U0587205

无限阅读

骆以军 著

后浪出版公司

上海文艺出版社

图书在版编目（CIP）数据

无限阅读 / 骆以军著 . -- 上海：上海文艺出版社，
2023
ISBN 978-7-5321-8548-1
Ⅰ.①无… Ⅱ.①骆… Ⅲ.①世界文学—文学评论—
文集 Ⅳ.① I106-53
中国版本图书馆 CIP 数据核字 (2022) 第 203782 号

无限阅读（原版书名为《胡人说书》）
骆以军 著

发 行 人：毕　胜
选题策划：后浪出版公司
出版统筹：吴兴元
编辑统筹：朱　岳　梅天明
责任编辑：肖海鸥
特约编辑：王介平
装帧制造：墨白空间·曾艺豪
营销推广：ONEBOOK

书　　名：无限阅读
作　　者：骆以军
出　　版：上海世纪出版集团 上海文艺出版社
地　　址：上海市闵行区号景路 159 弄 A 座 2 楼 201101
发　　行：上海文艺出版社发行中心发行
　　　　　上海市闵行区号景路 159 弄 A 座 2 楼 206 室 201101 www.ewen.co
印　　刷：北京天宇万达印刷有限公司
开　　本：889 × 1194　1/32
印　　张：14.75
字　　数：305,000
印　　次：2023 年 3 月第 1 版　2023 年 3 月第 1 次印刷
Ｉ Ｓ Ｂ Ｎ：978-7-5321-8548-1/I.6736
定　　价：70.00 元

目　录

赎回最初依偎时光

　　克蒂斯能描述各种自己从未见过的事物：世界是辞藻的海洋，是沼泽、是沙漠，瞬息万变地环绕他所站立的方寸之地。鲁恩总看着朋友，七手八脚为眼前所见的事实涂上一层又一层厚重的油彩，直到一切黝黑而可疑，不再是原来的样子……"朋友，"每一场战役后，鲁恩总对克蒂斯说，"您知道的，我但求公平一战。""我的朋友，"克蒂斯总是耸耸肩，一手敲着拐杖，一手扶起鲁恩，对鲁恩说，"只有让他们在我的言语前，成为需要向导的盲人时，我们才平等。对此，我深感抱歉。"我深感抱歉；几乎每则历险，都结束在这句话上头。事后想起，这亦是整个童年时代，白纸黑字浮现在我脑中的最后一句话。

我读童伟格，视觉上那翻动着空旷的场景如此像年轻时看

的塔可夫斯基。但流动的诗意却让我想到以色列小说家奥兹，或较好时的石黑一雄。

等待，一个被遗弃的孩子。"时间本身，单纯地让每个人终成鳏寡。"一种时间的洞悉同时放弃。一种静默的疯狂，一种焦灼、缓阻，目视着学习老人们（后来你知道那其实是死人亡灵）如何无声在这残酷的荒原和时间中，慢速地活着，不，展演他们仪式般慎重以对，像某些要素被吃掉被隐蔽的记忆，"最好的时光"（但难以言喻地古怪）。

小说是这样静谧的独自时光（也不是独白或独语），而是独自感受着星光、流风、时间、大海、暴雨临袭前的风云变化，无害但存在于老屋或这座岛各处的鬼魂。一个完满的宇宙。

空间上它是一座岛（或有两个不同名字：狗山和光武岛的不同两座岛）。这个岛，也许类似埃科的《昨日之岛》，似乎泅泳过去便穿过换日线到被时间没收的另一端；但却又历历如照明灯下近在眼前栩栩如生的游乐场。"我好像必须花上浅薄生命里的数十个年头，才敢向自己确认，也许，它将永远如此静静地疯癫，像宇宙中最称职的疗养院。"这个雾中小岛有神话时期的父亲，有史前时代的军队，有王爷府，有火车、铁路，有校园、村落、家庭、邻里亲人……在这些地貌场所上活动并进行着什么的人际关系。这个小说的大半本以上像在翻印着一具你找不到逻辑的窗口，一种村上春树的末日之街，石黑一雄《别让我走》那提供器官之复制人的寄宿学校，或玛格丽特·阿特伍德的《羚羊与秧鸡》、维勒贝克的《一个岛的可能性》——是的，科幻小说，我们借着小说家的凝视，看着那一整片他描述出来的画面风景，古怪又诗意，其实是童伟格将那"灾难"的耳半规管从所有飞翔情节之鸽子的内里摘除掉了，那变成一种"空望"。童伟格在晚近以单篇形式发表的一篇，题名为《将来》，奇怪的是，"将来"除了作为这整个小说接近结尾部位的一个时间逻辑的给予，恰像是童伟格自《无伤时代》即发展出来的时光剧场，让它们进入核爆过后的世界。计时失去了任何借以形成描述人类存在之意义，与回忆相对应的是一个被永恒取消掉了的现在，那是一个死亡的时间，"已经"终结了，但无法在目莲救母式的巨大悲愿重建这一切枯荒无望之旷野的同时，"解决"那悖论的，仍在前进的物理时间。

那让人想起马丁·艾米斯的《时间箭》。一部小说如录影带倒带，时间是颠倒进行的，我们眼中所见，竟不只是动作的倒转：抓奸的丈夫变成把妻子送给妲头的皮条客，刽子手赠予死尸完整的身体和生命，恶心的粪便从马桶的水喉上升吸入人的肛门，之后从他口中吐出豪华丰盛的美筵……"当生命倒着走时，一切变得美好了"。在童伟格的这个"将来"的世界发生着什么事呢？一种保护着——甚至如在碎成破片的倒影世界里傻笑着，如失聪者，如陀思妥耶夫斯基的"白痴"——《无伤时代》的，以超荷于"小说所能赠予、赎偿真实之空无"的愿力——粘贴模型那样"小小世界真奇妙"的一个空间化的"白银时代"（借王小波的书名）。那是我所能想象小说家用不可能之死物与尸骸，用一"借来的时间"让它们活在宛然画面里（一座被大海包围的岛）。

　　所以这个只要用愿力泅泳过换日线的"昨日之岛",一切都变换成白银熠熠的"将来",在"我想起来了"的魔术启动之前,它们恒只是漂浮静止于巨大标本皿内的死物(残缺的旷野),一种内向封印于族类的环节们失落的"故事"。这种刻意返祖,剥落掉写实主义以降强大复刻"真实"的细节元素,使之类似神话(寓言)场景的"故事",让人想到巴尔加斯·略萨的《叙事人》:"因为在马奇根卡斯人中间有一个担负着十分特殊任务的人,他既不是巫师,也不是巫医,而是主要担负着讲述历史的任务。这个人是讲述事情的、说话的。不久前,马奇根卡斯人还是分散的,孤立成一个小小的公社,有时是人数很少的家族团伙,因为他们居住的地区是非常贫瘠的……不能组成重要的社会集体,这样他们便完全分散、孤立地生活。马奇根卡斯人称之为'叙事人'的人物是他们各团伙之间来往联系的一种形式,有些像中世纪的行吟诗人,也有些像巴西东北地区尚存的流浪歌手,弹着六弦琴,走村串镇,边走边唱。至于'叙事人'并不是唱歌而是讲故事——既讲他们在别的部落里看到的事情,也讲他们自己的经验、公社里过去的历史故事、神话、传说和个人编造的故事。"

　　这个在死者、祖先、昨日和将来间,传递故事(或梦境)的"我",是一个退化症的畸人(譬如《铁皮鼓》的侏儒奥斯卡,《摩尔人的最后叹息》里的早衰症少年)。历史在这个岛因某种画框外的重击而搁浅了,所有人都停止在那故障的时刻里,"一个人出生的地方,终于成了他们所能抵达的,最遥远的地方。"停格,曝光,永远重复。"我"的父亲是个境外人

（飞行员。飞机被击落而被岛民俘虏关在大狗笼里），像疯了时的老邦迪亚那样以原人形象成为猿猴般的展示物。真到父亲的国家战胜，岛民这一边的国家战败了。"但是，'耻辱'哪里去了？'仇恨'哪里去了？还有，'怜悯'哪里去了？""我"构造着父亲的感受，凝视、独白、顿悟。由这个退化症的"我"，"无伤时代"的"我"，慢速、默片、黑白胶卷地投影那个父亲孤自面对一岛之人的屈辱、仇恨和怜悯。这样筛沙也似流光从眼前倾落，一种偏执的观照，想看清楚无辜的每一个在场者是在哪个关键遭受侮辱和损害。其实其证物泯灭之哀恸一如舞鹤之《拾骨》。只是童的"祖先游戏"之抒情核心更在"宽谅"。宽谅什么？"我"的罪如迷雾包裹，层层遮蔽（他的祖先们并无罪啊，有的只是被剥夺、被侵侮、被压碎了）。因为"我"无法修补父祖们的坏毁？"我"故障了，这个仅能用如此艰难晦涩故事重建残酷时光剧场之"我"让想象中的父祖失望了？"当简洁与温暖，终于也像余烬那样将要消亡，对他们的每次猜想，于我就像倾巢的话语，去抵御那个终将沉默的自己。"

所以这是一个"自己"之书。但那又是一个鲁尔福的《佩德罗·巴拉莫》的世界，所有死去亡灵的追忆、怀念、遗憾，全部进驻这个唯一活人（甚至他发现自己也早已死去）的意识。"我"负载着这所有沉默无告的祖先们那么巨大无垠的苦难，"自己"是遗忘的荒原最后一只稻草人，最后一根盐柱，但我难改自己血液基因里那善于苦笑、沉默、原谅，和敬畏海天的天性，"我已经无话可说了"。"我"，假定是复制自他人生命的赝品；但同时对抗这种复制，形成了杨照所说的"废人存有论"：不给人带来困扰，不与这世界发生过多不可测的联系。

　　"我"养着一只"穿透了老王的心"的那只小象；"我"在父亲面前和看不见的猫玩把戏，这样马歇·马叟式的和不存在、已离去的失落之物（亲爱者）玩"他们仍在场"的默剧，"我"像捧着将要迸散碎落的水，那样小心翼翼，那样预示着"将要"，必然的失手。那个慢速连笑话都失去了该有的痉挛，"没关系，笑话会等人"或"好好想，你时间多"。"他"（在后来的章节证明是"我"的祖父）在"我"的梦里，时光运镜不断往前推：包括"他"总是被陌生人骗走的母亲；"他"在军中承受那一次静默荒谬的暴力，西西弗斯式的浪费；"他"的父亲为了儿子的命运去找神乩打架，想收回海王之神谕，最后却变成那么悲哀、孤独，那么自由对羞辱的反转冥想之死前时刻。当"自己的故事"退无可退成为"箱里的造景"——"'他的'山村如何被封固在一个更为繁复的人造童年里，和时间两相遗忘，在地理中消失。他带动一整幢病院，发现世界并没有疯"，只是变成一死者回返的雾中风景。"我全部想起来了。"从无言、失语而至这整个小说最后滔滔不绝的描述，"我"成为那个之前因舌头贾祸的海王，唤起所有人的记忆，"我深感抱歉"。"我"睡着了，在梦中造镇，又用小圆锹凿毁整个岛活人与鬼魂的阻碍；"我"，一种赎回的意志；"我深感抱歉"，为着同时祭起这惊扰亡魂而融化已冻结的时光，让不知自己已死的亲爱之人们重演活着的时光。但那正是"我"和所谓界线外粗暴、快速、无感性的正常世界对决的"平等的话语幻术"。倒带、透明，背着快乐无害的他们在这片梦中荒原跑，从葬礼出逃，拉出这样一幅浩瀚如星河，让我们喟叹、悲不能抑、灵魂被塞满巨大风景的"赎回最初依偎时光"的梦的卷轴。

二〇一〇年二月号《印刻文学生活志》

无涯之河，无言之叙事，无法捡骨之度亡

童伟格的可怕，在于他可以解释其他全部人，而竟无人能解释他。

我总是感恩、感激，我竟遇到同样降生这个岛，这个时代的童伟格，虽然我大他十岁，但感谢上天，若我和他同代，或晚于他，我可能无法写任何一本小说了。因为无诈骗和呼咙之任何窗子。他如此温和，耐烦，娓娓而谈，但其实他铺开在你眼前的小说时间简史，如此一目了然，曾经的死亡、恐怖的灭绝、胡闹般的大航海、奴役、掠夺、而如高速摄影于是将飞行中蜂鸟翅翼如同静止分格，那骨牌效应、核分裂的连续扩动，欧洲哪些大思想家，大文豪，在这样瑰丽的烟火爆炸场面，他们似乎在人类大型的屠杀，放逐，恐怖地将别族全部消音，在这之上，如同万烛之厅，追忆似水年华的沙龙，陀思妥耶夫斯基众人争辩神学的将军官邸，卡夫卡的街廓或密舱……童伟格像修道僧，在他被确认、传说是台湾第一小说天才的十

年，二十年，不与人交往，沉默寡言，不进城，而像躲在自己的图书馆地窖，读完了"全部的书"（这当然是我们其他人很博尔赫斯式的印象）。《童话故事》出版后四年，我可能至少读过四次，没有一次不是，读完之后完全想不起读的那些说的是什么。但愈后来的重读，我愈能恍然大悟，原来这么小一篇，好像是童话版的纳博科夫的彩虹大王蝶被夺走，偷换了一只什么都不是的蛾的哀伤敏感的故事。其实是在讲列维-斯特劳斯，如何从卢梭的西方文明，走进那个，歧出、纵逝光缝的留影。梦外之悲。默多克的大海大海。天啊！童伟格多么孤独！我要读到第五遍，一切才突然那么清晰，明了，月光如白银洒遍田野，历历来时路。

　　爱之外，一定还有别的什么，我想去看看。

　　没有比他自己说的话更允恰的解释，我们雾中风景读他的《王考》《无伤时代》《西北雨》的某个段落，说不出所以然，但明明读得巨大的什么充满胸臆：

　　　　没有一株幸存的草，不是为了避免自己被水灼伤，而奋力拉扯茎干，长出永久的水中叶。
　　　　……这或许亦是说，哀悼是这样的：当我惜爱那人，假设那人是发光体，从至高处摔落向我，发出呼叫，我将见证那人的慢速星散，或迁就速率的部分重整。因为距离是那么遥远，我首先望见那人拖曳光芒，划过阒静夜空。

良久，呼叫才如同声瀑，在我耳边顺序炸裂。最后，那人才终于如同一枚挥燃殆尽的陨石，黝黑无声地坠落我面前。因为是这样绵长的死亡观望，所以我其实不该说，我惜爱那人。

你想想，这是一种多严酷的小说底牌：削减法。

　　情感上，关系上，想望上，减到一无可减，减到叩问死亡时，不存在一点自怜……

（是否比大魔王黄锦树，还严酷啊！）

而且他如此自律，十多年来皆如此，"不为人知的奇迹"，无人知晓的秘境，我们总说："伟格啊，你怎么还不出书呢？"其实他持续在写着密度、重力高过之前小说几倍的小说，然后在那已超高重力场的自己之境，再删减。

容我这个小说喇赛王狂呼："这不是精神官能症，什么是精神官能症？"

而童伟格回答：

　　父性、寿命长短、死后世界以及记忆等，在这些方面，运用自己深深为之所苦的，主动去创造不确定性，是精神官能症者惯用的方式之一。这造成一种深邃的景观：如弗洛伊德所言，是为了远离现实并与世界隔绝，唯其如此，他们才能在正常人环伺的世界里生存。

他真的是太强了！这是我从二十五年前，读到他的小说，就抓耳挠腮，不论当时人是在自家书房，咖啡屋，还是小旅馆，都会失控狂呼："啊！太强了！一定是封面把名字印错了！一定是把某个夫斯基，某个拉尼奥，某个拉巴尔，印错了！"他引进弗洛伊德的万花筒写轮眼，全景打开全部显影摄像，然后证明卡夫卡无法被投影："卡夫卡个人的万镜之厅，涵容进《荒诞》这一滑稽与恐怖的洞窟里。"

他的《长行入夜》这一篇，似乎就回答着，多年来我们读他的小说，总是说不出为什么那么"塔可夫斯基"，为什么无法解释那个旷野上，微光的变化？为什么这些死者，他们像"在海底走路的梦游者"？当其他的创作天才（包括我），凭个人感性、残断的时代闪电，像油门狂催的卡车，在那荒原那么车辙深陷、引擎狂吼，好不容易建立小小一段属于自己小说的画面，撕裂油彩颜料，将手指炸成香肠，挖祖坟观落阴，才有可能逼近那么奢侈的一点点现代主义的感觉。而童伟格却像一辆夜行列车，也不是安静的，但却确实在那夜幕中实现了一种奇异的，较长时间的"灯光列以一种我们造不出来的方式，移动，连续，那每列眼睛跟不上的车厢里，有我们陌生的人在演剧，如何契诃夫或伯格曼"，那是一列已驶过的，正在轰隆驶过的，或将要驶过的夜行列车。真的不可思议，我有次和另一位"童铁粉"聊天，说，光是这篇"长行入夜"，他就解决了，从陈映真、七等生，郭松棻，舞鹤，一路到黄启泰，邱妙津，袁哲生，黄国峻，赖香吟，我，某部分的黄锦树，某部分的董启章，这个串联不在一起，但如幽魂，如疾病，如暴动，的精神性前身。迷恋之所在。他从但丁的《神曲》开始说起："爱，不是（或不只是）心灵向某物自由的趋摆。而是被无法言喻的光照，无可抵御地掳获。这当中不容自由，不容理性的思索与疏离。"他说到受苦，说到自杀者的地狱，就是成为野树一株；说到年轻的疯狂，老人的疯狂，讲到孔子的科幻之文明重构大工程；讲到鬼如白蚁的奇异沉睡与死亡离异飞行，"有死后回家作祟的父母，祖父母，有善于伪装为人子弟的鬼，有三年后回来猎杀周宣王的杜伯，有与人女同居，自称是'上帝子'的鬼，有会变动物形的人鬼，有会变人形的物魅，有夜哭的鬼，有原因不明，但喜欢站在路边骂人的鬼。这些鬼魅并不一定含冤待雪，但当他们出现时，无论如何已扰乱了一个原本洁净有序的现实世界。"他讲到莎士比亚，最后又拉回那个"受苦"，只属于创作者的，必然"离世"，因其眼见必然眼瞎目盲之强光却被惩罚睁眼，目击地狱却必须以人世语言酬应。请注意，童伟格的小说里，没有任何一个装天真的少年，没有过于感伤的夸耀自身创伤者，甚至没有典型恶人，没有性爱的狂激。没有奇怪他最爱的陀思妥耶夫斯基那种情感勒索，或狂捶自己脑袋的忏悔者。他们如此温和，无能替自己辩论，被巨大的时光胶囊冻压着，或如不思议那我没读过但书名如此纯文学的九把刀的"我的父亲被融解了"。童伟格的群戏，非常怪异地，完全不搭嘎我后来才读进去，但佩服到五体投地的《儒林外史》《金瓶梅》《红楼梦》，而就是在他典型的万里灰色海岸，塔可夫斯基式的旷野，废弃冷冻柜仓库，那被不知何人，不知何时，堆在一起冷冻的父亲、母亲、祖父母、外祖父母、尸体或鬼魂奇异地又找到演剧的形式，但他们被黏堆在一起，但正在融解。

如此谈童伟格，会好像就把他放在一个"作家的作家"的物理学最难度章节（虽然他确实是），一如黄锦树的小说，因为我们要展读他们的小说之前，可能要先Ｋ一百本书以上，才有解读的最基础能力。这样谈童伟格，其实只要读他的《童话故事》，就可以以此证彼，他的林中路，他的蛛巢小径，他的被背叛的遗嘱，他的给下一轮盛世备忘录，就可以撷引为注解，解读那个哲人的他，人类学者的他，图书馆管理员的他，以庞大的未来之岛、纯真博物馆、卡拉马佐夫兄弟、万镜之城，填塞，钻进他那些极度删减的小说。但我想多说一嘴，这里有点攀亲戚的感觉，但是我自己时光中"多出来的感受"，因为我大伟格十岁——当然我在时光中的书写，很多年后逃不掉被清晰检筛，一种癌式的蔓延，这里不多说——但我一直有种寂寞，从来最强大的评论者，也从不谈我即使最短短篇里的，小剧场因素。亦即我的戏剧系背景，对我作为一个截断，之前和之后的小说布局差异。它们在评论语言里，可能就只是印象派式的，"变态"，"长句子"，"华丽炫目"。其实那在三十岁出头时的摸索，以我不用功的戏剧系感染，它有我自己觉得异于同辈甚至前辈的"小剧场"搭建。而不只在各自孤独行星飞行的小说（吞吃了这小说家全部，一切），在戏剧所的沉潜修习，童伟格仅在他的小说中，那秘密如玻璃瓶中结构大帆船模型的，小剧场的创生和消灭，那可能评论世界重武装军火库不以为意的，二十世纪西方在剧场上发生的，一切极局促空间的发生，换角进出，情感的抽离，语言的归零到再出生，甚至傀儡戏或即兴演出，这些精微，必须极专注，带有孩童最初惊吓或相信那就是宇宙缩影的戏班或马戏团的纯真欢乐，献演性格。我如果是F-16，童伟格就是F-22啊。他的任一个小说段落，都上下四方如珊瑚礁迷宫，布置着精微的场景折叠，人物间的滑稽荒谬，和幽默感啊。那是一种"在针尖上排站一万只天使"的精密活啊！难怪他年纪轻轻，头发都白了！或不该讲成一万个天使，而是在那针尖上，那些断肢残骸的鬼，连神明都被他偷怕了的小偷、迷路的莫拉雅人、写信给眼镜行的一位叨絮家伙、他自己版本的搭车游戏、他自己版本的环形废墟、一个在无人旅馆读着导览书的气象人……社会被毁灭了，所以这些人是在一种无社会惯习附会的，全然原创、飘浮如透明膜的状态，探索他们之间的无前例可循的关系。他既熟知剧场千百年发生过的，演剧幻景的魔术，却要消灭那一切超逸出演剧自觉之外的戏剧化，这又比知道百多年来那些大小说家曾在小说之屋里放置了那些小说猫箱，无立锥之地，还要写出小说，是又加了一个象限与维度的"反物质"，难度加乘之难啊。

让我来抄一段《泪的方向》里的文字：

梦是一种很奇怪的东西，它的魔魅与一切可能，其实完全是被动的，像卡达莱说的，其实是那冷硬的现实世界，"挑选着梦幻、焦虑和狂想，就像提桶从井中打水一样"，让它们浮在梦境里，"正是这个世界，从深渊里挑选着它想挑选的一切。"它是一个暴食者，这个被假想为，还在不断分岔的现实世界。很长一段时间，她这么静静躺在弹簧突起的沙发上，吸着液态尸体一样的温热空气，想象着那个现实，与那道莫名深渊。她想象那些公路交错的圆环，所织造无尽旷野，苏铁像巨大而孤寂的卫兵，一个个耸立在那干燥的狂风地带，那是国家的北面，月余之前，她还在那哩，也许，在另一个泡沫里，她还在那里……那里有无尽的红土沙漠，就这样一路延伸，沙漠滚滚撞进无望的大海里，仿佛那么大一片水体，也无法稍稍缓解红土的焦渴，反而加重了它：正午时分，艳阳下，那令人发怵的无底深蓝反射光芒，使人目盲。

光芒中，什么东西在跑，沿着海滨唯一一条街，各家各户的前院跑。那是好大一头变色龙，还是蜥蜴，她从来不知道，像那样的身体结构，可以跑那么快。那时，她大概是在那条街上的宫殿，或健身房，或杂货店，或车行，或其他店面里。总之，是在女王资产的其中一处。女王几乎拥有那唯一一条街了。也是女王雇她，和其他女孩来的。女王遣她车行的车，从国家最边陲的机场，载她前去那广漠荒野的梦幻街，车行大半日，手机没讯号了，那是她有限的现实人生里，第一次真的笑不出来，她以为自己要被抓去摘肾然后弃尸了。

这一篇其实好像在写一个在日本的台湾出身女工，画外音讨论了宇宙大爆炸乃至许多个平行宇宙的猜想，结尾非常诗意地说，风来自不存在的将来，眼泪射向那最原初的大爆炸。好像在替所有失聪者，无害之人，大历史不给予其通俗剧演出段子，因此只在如同陈淑瑶小说那种漫漫，时间失去坐标与事件的状态，随潮汐水母漂，但这么短一段，读者可发现，其细微搭建、拆换、另起的空间，是否像一整片充满不同蕨类植株、野菊、生机活泼的蚱蜢、蛛网、蚁群……那样一幅视焦不断变幻，感觉不断流动的新世界？

这里限于篇幅，无法多作引述，但大家可以去找他的《西北雨》和字母会不同篇的短篇重读，会知道我所言不虚。

后记

很遗憾我是在一身体、心智皆非常不优的状况，来写这篇"童伟格印象"，那使我觉得自己辜负了这个机会。我总是想："将来我一定好好来写一篇，深刻地谈童伟格的小说。""将来我一定好好来写一篇，深刻地谈黄锦树的小说。"不想总不如人意，力有未逮。但我相信会有未来的天才，可以以相匹配的理论军火库，真的展开解读他们两位的小说。我有个关于"童伟格之谜"的，"陀思妥耶夫斯基式的关键字"，是陀氏那许多可以来比附投影伟格小说之奇异旷地，诸多书名，但我选了这个：《穷人》。这个线团非常幽微隐秘，牵一发而动全身。粗陋地说，这是我注定无法解密他小说的障碍（虽然我也远非好野人[1]），或可比照其实心灵上，略可参照的，在他们极年轻时，

---

1. "好野人"，即有钱人。闽南语。——编者注（本书所有脚注均为编者注，后从略）

我就直感，觉得像是安哲罗普洛斯那部《雾中风景》里，那对拿着现实中其实已神形俱毁的父亲，不知何时寄来的一张，不知在地球何方的幻灯片，那上头的雾里哀伤的一棵朦胧的树，出发去找寻他们的父亲的那对小姐弟。我总认为房慧真像那个姐姐，年轻时的伟格像那个看到路边死去之马，伤心哭泣的小弟弟。而房慧真，后来以记者之姿，其实近乎高烧的，第一线去记下那些主流媒体看不见的，被恶意解雇的劳工，被牺牲而烧死的消防员，六轻的受害居民，麻风病人，甚至疯魔沉进"大屠杀"的所有议题和阅读。其实这后面灼烧的那颗炭火，正是无论如何发动，愈无法解脱，愈被屏蔽、不进入人们羞愧与同感的，处境愈绝望的"穷人"。那永远无法忘怀的，最渺小的公平，记忆之追索，可能的爱之赎偿。但这几乎是不可能的，我读到一篇萧伶仔的报导，标题是"当加害者也说自己是受害者的时候……"有一个背景：

> 在为期三个月的计划中，纳粹与箭十字政权迅速集结匈牙利犹太人，加开火车，以每日平均载送一万两千人的运量，一路将犹太人送往位处波兰的死亡之地：奥斯维辛集中营。
>
> ……根据统计，至少四十二万五千名匈牙利犹太人因为"匈牙利计划"被送往奥斯维辛，其中高达三十万名犹太人，抵达后的第一时间就被送入了毒气室"灭绝"。

但在二战后，除了包括"箭十字党"（其实就是匈牙利的本土纳粹）首领萨拉希及部分战犯被处死，但当时其实也满手沾满屠杀血腥的摄政霍尔蒂，却因战争末期预知纳粹将败，一些奇妙地转身，很奇妙地，其历史争议，却在六十年后，在现今匈牙利社会，产生了这样的说辞："尽管霍尔蒂是引纳粹入门的人物，但对匈牙利爱国主义者来说，他的作为却可被理解为对于'国家尊严'的渴望。"甚至被现今匈牙利右翼政党立碑纪念。"匈牙利境内的犹太人们至今无力反击，颓丧与愤怒感席卷整个社群，他们唯一能够持续下去的，也仅是一再向世人反复言说，关乎那些谁被谁拉上火车，谁又杀害了谁，谁被丢入非人的境地里"。

这只是二战后，世界进入"后来的秩序"，更大规模的种族灭绝，冷战……这其中的一个"变形记"。"所有人都是受害者"是一个可能被所有说故事的人，偷渡窃据的伦理陷阱：苦难、死亡、屈辱，乃至性别的剥夺处境、青年的贫困、被背叛者、被扭曲者……都可能被穿脱成戏服，这是一个非常严厉的反省（包括我的小说，可能不自我否证，就会掉入这万丈深渊）。而百年前以文学占据了道德面的左翼小说，可能就在陀思妥耶夫斯基式的百墙人心迷宫，第二面第三面墙就处理掉人类那无以言说的苦难处境。但是层层细微电缆覆盖的童伟格，他的"抵达之谜"不可能这样切换，所以《西北雨》最后，那"海王"的奇怪的"禁语"，回到前面所说的，那真是难之又难的"不存在的折纸"（一折再折再折，必须在某一折之瞬，所有说话的这一切是不存在的）。这样的失语，来自同样的，在那些"穷人"的膝畔长大，他如此深情于他们所经历感受的，而除了早远的羞辱，其实他们亦秘密地实现了他们对生命的温柔与开阔的体会，复式地记录他们如何在不善言词的静默剧场，实现那个可能百年来只有沈从文有的意味深长（虽然不太会有人把这两个名字联想一道），这可能是未来的那位天才评论者，有和童伟格一般的诗的粼粼流变之光，才能打开他神秘藏住巨大宝藏的钥匙。那同时在处理，历史创伤河道之外的，小说语言所曾经划过里程的，以及人类所可能最哀恸，但除了可想象的悲剧性，还可能在之外的奥秘的什么。这个《穷人》，可能未来是属于童伟格的《2666》、他独自展开的《三体》或《繁花》，他为这些一切都被剥夺的人，安静地创造了一个安放他们的星球、时间、海岸、仿佛有公路、街灯会逐渐亮起、对于谁犯过的罪不那么大惊小怪，那样一个另一次活着的真实。

为什么把一切弄得那么艰难？童伟格说："因为我惜爱。"

容我再抄一段陀思妥耶夫斯基另一本书《被侮辱与被损害者》其中一段：

"但这是可耻的啊，马斯罗波哀夫，"我叫，"尼丽怎么样呢！"

"这不但是可耻……这是……这是没有话可以形容的！"

"那么，这样就算了吗，尼丽的一切都丧失了吗？"

"一点也不！"马斯罗波哀夫愤怒地叫，跳了起来。"不！我不能这样放过他的。我要重新来过，万尼亚。我已经下了决心了。我拿了两千又怎样呢？滚他妈的！我是为了侮辱拿这笔钱的，因为他欺骗了我，这恶棍！他一定在笑我哩，他骗了我还笑我啊！不！我不能让他笑的。现在我要从尼丽身上来下手，万尼亚，从我所注意到的事情中间，我完全确定她是有打开全盘局势的钥匙的"

但是在这段疯狂绝望对话后的两个礼拜，那个不幸的尼丽死了。这也是这本小说的最后（一场让人心碎的葬礼）。最后，是这样的另一段：

当我们送了尼丽丧回来，娜泰莎和我走到花园去。这是一个炎热有太阳的日子。一个星期之后，他们就要动身了。娜泰莎朝我做了一个长久的奇异的注视。

"万尼亚，"她说，"这是一场梦啊，你知道。"

"什么是一场梦？"我问。

"一切，一切。"她回答说，"这一年中间一切的事情，万尼亚，为什么我毁坏你的幸福呢？"

在她眼里，我读到：

"我们本来可以永远幸福地在一起啊。"

底层的珍珠·微物之神

读运诗人的文章，很像小时候读《西游记》，每每唐僧师徒又梦境般从凶险劫厄侥幸过关，和那些遥远国度的国王"交换度牒"，对那时的我而言，"度牒"似乎混淆了年节中元站在母亲身后，看她将一叠一叠印了银箔小方块或红圈的黄草纸，或写满经咒的薄冥纸，折叠丢进火盆里的那些"神鬼灵妖之文"：一种往神秘之地的通行证，一种除了奢侈地交给火舌舔卷之外你无能力解读的浓缩故事，一种像《百年孤独》邦迪亚上校那十七个最后同样被神秘猎杀的儿子们额头上的十字徽印：永远无法超度的孤寂与流浪，那些"度牒"——或应说出自这个有高额头、一双洞彻人世之眼的古怪女孩之手的这些"不快乐的故事"——以极简（甚至近乎潦草）的线条匆匆记下别人可能以一生交换的浩繁巨册，《大唐西域记》《山海经》《堂吉诃德》……一个文明的覆灭，一座城市的废墟笔记，一部迁徙者后裔的暗室伤害史，一出出如伯格曼《芬妮与亚历山大》《呼喊与细语》那样的仲夏夜噩梦……然而我们手中只是一张一张符箓般的"度牒":一张叠着一张蜿蜒成一架盘旋险峻通往无光所在的天梯:

阴沉乖戾的父亲所主导的古怪的"家族旅行"。

密室里几个互相伤害的女孩静置。

像《盲刺客》那个将暗夜里的一朵一朵烟花般明晃晃的梦境编织补缀成一幅巨大的故事百衲被;像安吉拉·卡特《马戏团之夜》里一群妖异女孩轮流说着又纯洁又邪恶的怪胎、处女神、娼妓,各自奇技淫巧的神秘能力;又像巴尔加斯·略萨的《酒吧长谈》,一千零一夜的抛故事抖包袱,用各人的身世,作为擦亮燃烧这无情世界的火柴棒;或是吉本芭娜娜《白河夜船》里那个陪睡的灵媒,替人吸收他们各自梦境中的混沌缠绞在一块的伤害、绝望、恐惧,与遥远的渴爱的童梦……

或是村上春树《世界尽头与冷酷仙境》里,那图书馆里吃下城市里所有人梦境的"兽"的头骨——最后它们的尸骸被和秋天的枯叶堆在一起焚烧:那些曾被窃占吞食的"命运交织的梦境"们,又徒然地烧成灰烬,归还于虚空。作为运诗人她的部落格"单向街"长期的读者,我有一种慨叹:"啊,确实无法将一座博尔赫斯或卡尔维诺式的立体迷宫折叠,压扁成一平面书的形式";我们手中的这本看似"散文集"的书里的各小段文章,原本即是一组庞大的"词条"或"索引"。它们常在那深夜寂寥的电脑屏幕上,招魂般引来不知原先藏躲于何方的古怪灵魂,卧虎藏龙,他(她)像盛装而来参加这些关键词嘉年华的中世纪修道僧,带着各自珍藏的孤本书、秘闻、流浪旅行之所见，聚首于这条单向街上，嘈嘈咻咻，旁征博引，大摆龙门阵，有时是方法论或逻辑的大论战；有时是故事接龙；有时是让人叹为观止的庞杂知识炫学；有时是各自记忆某一条老街某一个古早吃食小摊（譬如面茶、凉粉……）的开水壶蒸气鸣响与难以言喻的气味。

我曾在运诗人的《单向街》或其他某几位年轻创作者的部落格目睹过这场以电脑屏幕为各自城邦的文艺复兴。一座青年艺术家们心中"原该是这个模样"的奥丽文学殿堂。他们用苍老的腔调谈文论艺，嚼食四面八方，不断增长累叠的书本围城，却又常泄漏出年轻知识分子的青春潮骚，时或擦枪走弹，论述重武装在那条街上蜂巢式歼灭火网乱射；时又七嘴八舌，像小学生（小丸子？）讨论卡通公仔型号那样虚荣狂欢地互补书单、电影、发烧碟、记忆街景……关键字串。我总感觉其中有一种类似阿特伍德《羚羊与秧鸡》那种科幻灭绝神话一般的，文明在荒原中从图书馆废墟灰烬中从头捡拾补缀，重建心灵史的火神庙孤儿的悲壮。

运诗人的泛爱众让我想起年轻时的天文天心，但她确实在书写的渡船划入各自不同身世、脸孔之人的隐蔽沼泽、曲折荒芜之境时，又多了一种疗愈系的，天使泪滴之类的神秘气氛。

有点像吉本芭娜娜小说里那个灵魂纯净优美的"陪睡人"，在深夜的蓝色荧幕上，她的一千零一夜故事不是向阳的，常是向阴的：

"而我总是被阴郁的人事物所吸引。"——《我的维若妮卡》

"晶莹剔透趋近完美，水晶般的 R，我不知为什么有一股冲动要去破坏她，打碎她，阴阴暗暗的劣根性，初中以后，依然存在于她的周围，那些没有她美丽没有她聪慧，不怀好意面目模糊的少女脸上。"——《我的美丽与哀愁》

"有时我站在暗处，盯着客厅里三人的互动，忽忽会觉得，我不在场的时候，才像个家。"——《我妹妹》

"过了社交障碍周期后，很自然地，我甩掉了艾勒芬。

这么多年以后，我总记得，有一次和艾勒芬去上游泳课，结束后，我们排队冲洗。她排在我前面，先进去了，不久，一股暖暖的热流传过来，淹漫过我的脚踝，没有热水，那是艾勒芬的体温。"——《艾勒芬》

底层的珍珠。微物之神。不快乐的故事。作为运诗人"单向街"这个部落格众多读者之一的我（惭愧的是，我始终是个潜水者），总在孤独静夜读着她这一则一则像隐没阴影里之苔藓绒毛的短故事，娓娓道来，无喜无悲，我的内心总充满一种巨大的悲恻：这是什么？怎么可能在一如此年轻的生命上插满了这么多不可思议的玻璃碎片？有点近似当初读到童伟格《无伤时代》的轰然迷惘。长他们十岁的我们这一辈，在一个迟到的现代主义未来废墟之城的无景深表演区，用"人工智能""银翼杀手""蝇王"这类橡皮灵魂合成人装配线机器人之自我隐喻来构筑和这个庞大但"存在处境已彻底隐蔽"之世界的关系，我们扩大并繁殖自己手中握着那一点小小的伤害来编织那些密室里的，"内向世代"（黄锦树语）的故事，神（应该说是苍蝇吧）的复眼、法国新小说的完全客物化，身体的尤利西斯流浪，穿孔变貌与吸毒，或如德里达所谓"形上的永远漂泊与替代"……但是这些三十岁上下的年轻说故事人，正在一块一块拔下插在他们灵魂上的玻璃，安静地（没有文学论战，没有文坛大哥的喜恶提拔或打压，甚至没有发展的舞台，面对的是一片纯文学出版之荒原）砌造他们的"单向街"，他们的"无伤时代"。

他们正用一种温柔害羞的形式，如《雾中风景》里那对固执的姐弟，仅凭一张风景幻灯片，便长途跋涉去找寻那个失落的父亲，和这个伤害他们的世界和解呐。

不能免俗地，我也提一下本雅明那本同名书《单向街》，如同王德威先生与黄锦树先生最早在论及朱天心"漫游者"形象时，引用本雅明在《新天使》中提到的克利的那幅画：一连串事件与灾难，坏毁的废墟与堆置的尸体，天使张大嘴，目光凝重，双翼撑开，想补缀这成为碎片的一切，但天堂的风暴吹来，把他背对着吹向他所痛恨的未来。那个风暴即是所谓之"进步"。本雅明对于资本主义现代精神、法西斯，对现代艺术经验之匮乏……种种严厉且忧郁之批判，他对于古典昔时优美教养之怀旧与恋物，他的"捡破烂者"诗意的形象……种种都在《单向街》这本小书里，以非论述而近乎一条"不存在的街"的地图志札记形式，残片地留下他的冥想与随感。那些小章节之标题本身就是一条时光之街上的建筑或地景：《加油站》《早点铺》《摆满豪华家具的十房住宅》《墨西哥大使馆》《建筑工地》《时髦服饰用品》《古董店》《失物招领处》《面具存放间》《站着喝啤酒的小酒馆》《餐厅》（啊他在这个梦里梦见自己与衰老的歌德一道用餐，并在要扶他起身时，触摸到老人的肘部而激动哭泣起来）……

这些标的物确定了"单向街"的存在，但密存在它们各自内部的记忆或梦境，却恰如逆反那条"单向街"悲伤无法挽回通往未来（或现代）之人文指标，它们"以这种方式回避夜与昼这两个世界的断裂"，像焚烧梦境，像格列佛在孩子收集的邮票上的国家与人民之间旅行，像陶醉在一种"全景幻灯"式的停顿凝视。

《全景幻灯》是《单向街》里的一章，在允晨版的注释里，提到全景幻灯"是十九世纪德国人奥古斯特·弗尔曼发明的可以二十五人同时观看幻灯片的环形幻灯屋。它像一个巨大的圆筒……周圈开二十五对小窗口，窗口里有一对立体镜，像望远镜的两个镜头……画片通过齿轮机械装置挂制，从立体镜前面经过……在任何位置都能看到里面的全部连环画面，故称之为全景幻灯。事实上，看全景画的人和今天看全景电影的人所处的位置正好相反……第一次世界大战后，电影兴起，全景幻灯便逐渐衰落……"[1]

"全景幻灯"或是本雅明"穿过""凝视""耽于细节"他那个一九二〇年代欧洲文明的方式，异于后来成为百年后人类视觉叙事进化后之电影的线性河流，你一次只能专注地凝视一张画片，因为那风景让你踟蹰停顿许久，所以在转换至下一张画片时，它不只是一张风景画了，你的"灰色的梦境牢牢地

---

1. 瓦尔特·本雅明《班雅明作品选：单行道、柏林童年》，二〇〇三，允晨文化。页四六。

粘附在那视觉暂留的寂寞与惘然"，然后下一张画片，再下一张……如此的全景，糅杂裹胁了观看者对自己置身之历史文明时刻的沉思、好奇、噩梦、失落的乡愁、救赎的童话可能……种种种种。

我想这或许也是运诗人这本《单向街》如水晶雪景球俯瞰着她置身的这座城市，这个文明，这和她"不断累众的阴影往下望"所缠绕连接的，她和许多她的"街友"们，从暗夜芙渠慢慢编织成一片惊人之故事海洋的秘术。但或许所谓"业余侦探"，所谓"都市拾荒者"，所谓"全景幻灯"……都是我这辈废墟悼亡人一厢情愿对运诗人这辈创作者，缺乏想象力的远距式描述。在她这本"词条之书"里，你会发现一种奇异的，如日本动画家今敏的《千年女优》《红辣椒》那样充满穿越废墟荒景，故事文本，梦境，他人之痛苦，古怪知识……各种界面世界多栖式皮肤、鳃肺，以及自由变化以潜泳或飞行的鳍肢与翅翼。她的文字始终带着一种童女的好奇、悲悯与邪秽不近身的贵气，如同《红辣椒》的结尾，在梦中之梦由俄罗斯娃娃层层卵覆的梦境核心，原来所有人在梦中被病毒污染加入一种玩具傀儡失智的狂欢恐怖游行，全因这一切梦中坏毁虚无灰色场景，是一位企业帝国总裁的邪恶梦境，但女主角在那所有人俱被诅咒成故障玩具、倒影与城市废弃物的独裁者梦境中，化身成一两眼无邪的女婴，她完全不理会那邪恶老人的枯竭却无处不覆盖的权力意志，在老人的梦中把老人创造的庞大死灰城市场景，吃进她胖胖的婴孩肚腩里。细看运诗人的这些短篇，会发现她的身份随着那一切颠倒恐怖、华丽照眼或楼塌楼空的城市实体与幻梦之复杂造境而自由变化：童年受创的不快乐女孩、印尼人、集体宿舍里的女大学生、养猫人、夜游神；人妻、公娼义工、"先秦阴阳五行数术黄老"的论文作者、影展赶集人、追忆似水年华者、抄书者……这样的身份换串与变貌，在我这辈的"现代主义型说故事者"，常因长期换挡而出现灵魂似胃液逆流之职业伤害，因为我们常总以宅男或浪女之单一真实身份在做身世交换与故事妄造，一种童话救赎无解为起点的废墟纪录片。我们像电影里那个童梦与野心弄混的造梦老人，脚下站着的"现实"其实仅方寸之地。

一直到我认识了运诗人和她的"老男孩"（此君亦为一宇宙无敌怪咖，来日有机会再等运诗人写他的幻异故事吧），像是遇见了《天使爱美丽》里那一对害羞、好奇、伤痕自我修补的男孩女孩台北版。我被他们带领着，走进假日午后旧巷的"日日春"看公娼阿姨当年接客小屋后巷绿光摇曳的矮墙；到"乐生"看那迹近人去楼空的零余者庄园；他们带我去西门町听红包场；眼光发亮地告诉我台北哪条老街旧巷里有一家怪旅社多么多么有意思，哪一幢尚未拆掉的无人老公寓可以偷爬进去冒险……而这一切于我仍止于"猎奇""窥看"，却是运诗人低调静默多年生活其中的城市动线。

无有躁郁，无有愤怒，如此温柔，如此哀悯。

写这篇文章的此刻，我仍寻思着，那看似涓涓细流却不会枯竭的爱与好奇心是源自怎么样的灵魂设计？有一阵子，我陷入忧郁症近乎无路可出的死荫之境，有一个深夜，独自在家附近的马路徘徊乱走，坐在街边抽烟，因为沮丧而像个游民那样哭泣起来。那时心里想："这个世界若无一人在乎我的存在，我便吊死在眼前这棵榕树上呗。"

那时，一秒不差，像神迹一般，我的手机简讯响了，是运诗人传来的，简单、安静的问候与祝福。……

从此便成为朋友了。我猜"单向街"上赁租或游晃的众多古怪灵魂们，应该也有这样超现实的，和运诗人及她的"老男孩"的神秘情缘？

黄锦树

《南洋人民共和国备忘录》，二〇一三，联经

《犹见扶余》，二〇一四，麦田

《雨》，二〇一六，宝瓶

写在南方

火·与危险事物

"延长赛是尴尬的。"

"延长赛是尴尬的。"

这里头，在阅读的默契——那之于马华之外，对南洋华人一百年之迁徙，卷入"远方的鼓声"，热血回看某个南来者的革命之梦，失语症地被歼灭，被"神隐"其名字，悬空在一"去脉络的现实"……几乎全然无知，常只能调度"异国感"（而正是拉美魔幻、印度、非洲小说在确定自身"进入"欧洲小说大书写的一个重要的自我戏剧化与挣扎）——小说先于原本无知、无共感之"史"（南方，南洋，马华近代史，马共史）

而鲜艳、气味浓郁、雨林里如上帝或佛陀最晦涩炫技之刺青的虫鱼鸟兽、热气蒸腾的性、同样热气蒸腾的原始屠杀，一种人类学情感的"之于外""空白页"、山海经式的奇观异想、被殖民史、日军暴力南洋进兵史。二战后马来西亚独立建国史一次次"在他人的国度"之捶击重塑不同形状的认同地位……活脱乱跳地蹦入"我们"（台湾的小说读者，或共享华文的小说读者）超出想象维度的景观。所以，李永平的《大河尽头》《吉陵春秋》，张贵兴的《群象》《猴杯》《我思念的长眠中的南国公主》，黄锦树自己的《鱼骸》《乌暗暝》《刻背》，到黎紫书那近乎"古老戏曲熠熠发光世界、栩栩如生之博物馆"（可与王安忆《天香》对照读之）……几乎任一种古魅幽灵的故事入口、传奇旋转门，都可以闯进那饱满、暴胀着存在的剧烈剪影（父母餐桌暗着脸的低语秘密、像公猴般生殖力强大的某个父系祖先、残酷的屠村、尸骸被野兽撕碎吃光、强暴芭蕾舞剧的性的脑额叶爆炸或忏情录、旖旎的弹词琵琶戏台上的人或湿雨的小镇［通常是离开的异乡人：从《十八岁出门远行》到《如果在冬夜，一个旅人》］，布鲁诺·舒尔茨那异变成大型禽鸟标本或螃蟹的父亲……）。

这是"我们"即使不懂"马华"内心那伤害史时钟、层层累聚之离散者考古地层学的，那么艰难晦涩的整幅二十世纪"史的现场"，也能"魂兮归来"（王德威语），将之"聊斋化"、福克纳"南方化"、马尔克斯"百年孤独化"的阅读：一种异史与无河之流、鬼影幢幢，符号大矩阵快闪纷繁的神话学式挤压与狂欢。

我们可以什么都不懂，却装作是最好的、最熟悉故人的"马华小说读者"。

然后我这样一个读者，从最初的时刻，就屡屡摔趴在黄锦树的小说（每一个，只是一个短篇的篇幅）之前。似乎他在操作着一架超乎你掌握的小说机械论更"非如此不可"的认识论的未来创造：最开始触摸那发着黑夜纯净冰冷光泽的巨大火车头里的铁铸锅炉、铜管蒸汽阀、嵌合连轴杆、魔鬼脸孔般的仪表；或是最开始在一个梦中醒来，飘浮着不知该摸哪里的一架朝寒冰天宇飞去太空船舱内；或是虚空中叠栈搭勒拱天窗，那阿奎那的《神学大全》或爱因斯坦与珀尔的"EPR"思想实验论战：完全抽象、纯净数学，在演算中叠高、脱离僵固物理学旧惯性，才得以趋近之"谎言与真理之技艺"。

问题在于这锦树关于马共的一句感慨关键字："延长赛"。

一篇先于小说集而浮现脑中的，这本"当时尚未出现之小说集"的"自序"；一本虚构的，应该长这样，虽然现实里未必如是，但以这小说家一人"代笔"，伪造出的《马华小说选集》；一篇像博尔赫斯《另一次死亡》；或村上龙《五分后的世界》；或更激进之《哈扎尔辞典》的《马来亚人民共和国备忘录》；一篇南洋该出现的陈映真小说；一个并没有如史载被日本宪兵秘密处决的，变成南洋女海盗老公（且多子多孙），被困于南方（遗忘、默写上半辈子知识构成之华文经典）的老人郁达夫……

应该发生过的九十分钟正规球赛，在这国境之南的地图上，最惨烈的冲击、犯规铲球、红牌黄牌、担架抬出断手断脚断头者、观众席暴动，或是可歌可泣的十二码罚球、魔术般香蕉弧度一脚进网的角球，一种人类以存在之个体妄图拼搏，却形成群体的叠加态，故而产生之荒谬、恐惧、哀悯……到了这个天才神童上场的空阔绿草如茵的球场，却发现：哔哔！没有比赛，没有那在他脑海中特写、长镜头、优美野蛮史诗般穿绕、扑防、打落牙齿踢断足胫的"罗摩衍那""摩诃婆罗多"……被屏蔽了？被"笑忘书"了？

　　他不断用"南方"开"中原"的玩笑；用二十世纪末乃至二十一世纪初全球化景观的资本主义大楼峡谷景观、笑忘书的政客、媒体人、盗卖"文化财"（尸骸或手稿甚至粪便化石）的商人之巴赫金愚人宴狂欢开"华教""族魂"的玩笑；用鲁滨逊式的野人传奇、猴子后裔、巨大的屌开那些"原乡神话"（被创造出来的失落乌托邦）或谜一般的"感时忧国、涕泪飘零"（郁达夫）的玩笑；或用"钱锺书养的鹦鹉""顾城的死亡诗剧布置""日本学者掌握的郁达夫晚年写在无数'香蕉钞票'空处的默写遗稿——古今名诗词两千首、古今名文三百篇、先秦诸子、歌德《浮士德》、弥尔顿《失乐园》、但丁《神曲》"，将晚清至民初，那个鲁迅、张爱玲们遭受的碾壳般的中国古代与西方现代的痛苦车裂文明撞击，拉至南方，成为一种《蝇王》式的荒岛恶童原始剧场，或如玛格丽特·阿特伍德《羚羊与秧鸡》那样的"创世纪"，或埃科的《昨日之岛》：另开一个从零开始的自由狂想蛮荒布置，无人在场（大人；二十世纪世界史那拥挤、自顾不暇其欧洲文明的崩毁、大屠杀、文明坏堕、机械复制的新旧帝国们；或那个祖先迁移往这热带丛林之前的"我的祖国是一座秘密地下电台"……全部不在场），一个像齐天大圣孙悟空，被其内在暴力、"为何是神猴"，但又一抓毛发幻变出千千万万单一个体承受（卡夫卡的《城堡》、蒙克的《呐喊》，乃至奈保尔的《抵达之谜》）的迷惘、失语、失史、被弃在千百华人苦力脊背被小说狂人妄图以中文之《尤利西斯》（不可替代的革命性的现代主义方案）刺刻于一"肉身的痛""随生命流逝之短暂性""活生生的载体"这经典的奇想——从鲁迅的"吃人血馒头"，朱西甯的《铁浆》，到莫言的《檀香刑》，这不知已奔跑到多远的噩梦国境之南，小说筋斗云能翻跳的不可思议颠倒幻梦、形销骨毁了。

被引渡到了"南方"。

如锦树在《南洋人民共和国备忘录》自序《关于漏洞及其他》一文中，半嘲半谑说："那时也想过尝试用各家文体来写马共题材（如爱伦·坡体、卡夫卡体、博尔赫斯体、昆德拉体……），似乎过于偏向于游戏，唤不起激情，也就无疾而终了。"——我完全相信，当代整个华人顶尖小说家之中，只有他有这能力及"演奏小说"之音域，可以实现这样一本"在他念头中出现又作罢"的"二十世纪伟大小说们撸起袖子各写一篇'马共'小说"的"如果在南洋，一个旅人……"（同时我们会疑惑想起，那个原本更激进的余华，更先锋的格非、马原，那个张大春……他们到哪去了？）

同一篇文稍后，他又提到：

有一年，想写一本假的马共书信集，与其说是为了讲故事，不如说是为了个中的省略和漏洞。／也是自然地无疾而终。／原因之一或许在于，我昔日试拟仿的那些人的文字能力普遍不佳，不论拟仿的逼真与否，下场都一样：必然是部失败的小说。

或再印象派地补一段他十年前在《刻背》后记就已经提出的话：

　　……可悲的是，作为异乡客，我们的写作，在此间的文学消费市场上，宿命地若非被当成异国情调来消费，便是把技术看作是它们意义的唯一依据。这多少可以解释我的两位同乡前辈的写作何以选择如此彻底的美学化，因为选择和自身存有的历史对话就等同自绝于此间的读者。即使是长篇累牍的注和解说也是无效的，解决不了它们内在必要的沉默。借维特根斯坦的话，简单性和复杂性都不是自明的，而是被语境决定的。

如此，不仅是将五四《文学改良刍议》后百年、那惊心动魄的西方（或应说"世界"）小说引进、在地对话、实践、误读——如所有第三世界文学"现代"的自我观看视觉与自我叙述的声音（通常是"巴别塔"的诅咒：杂语爆炸的机械）之"发明"，调快了欧洲四百年几条小说传统河道演进成渠网的小说钟面之命运——但或已在二十世纪末的全球化大国文化输出，透过不可能模仿的巨资电影工业，网路、智慧手机[1]的媒体革命，或倾倒如海啸的《哈利·波特》《达·芬奇密码》之类复制的席卷模式……完全实践其"文学-书（或不同载体）-商品"之宰制；那个"北方"（"中原""作为所有文化地震的震央"），因为上半个世纪的语言宗教式大清洗，农民（"为人民而文学"）语言成为国家文学语言之隐秘的正朔，反而奇妙地接收、模仿这种"国境是平的"的暴胀式出版景观。

　　之于台湾的文学场域（文学史；文学出版、市场、读者；发表之空间；学院的讨论，讨论后面的历史或文学史的记忆河道；下一代作家进入文学舞台的窄门……）的"马华小说"，在"大哥想扮演西方想象的那个'中国'"，"二哥想扮演那个西方想象的那个'台湾地区'或大哥想象的那个'民国'"，"鲁迅成为'大哥的鲁迅'"，"现代主义成为'二哥的现代主义'"，"张爱玲成为'大家的张爱玲'（我们一家都是［上海］人？）"……作为"马华小说"的那个孙悟空的黄锦树（或他想"刻背"于己身的"中文现代主义——一个未完成的计划"），那真正可以将华文小说的创作维度，带进博尔赫斯、纳博科夫、卡夫卡、马尔克斯、昆德拉、奈保尔、鲁西迪、大江、库切们的"小说罗摩衍那"、丰饶之海、堂吉诃德那无比自由的故事冒险大旷野，这样一个现代小说飞行计划可能拥有最未来设计图、最大运算资料库、最强喷射引擎的变形金刚，却站在一个"预先宣判缺席"的空旷太空。一个鲁滨逊，一座"先要

1. 即"网络""智能手机"，台湾地区用语。

把亡佚的父亲重新生回来"的孤岛。

当马戏团从天而降

以《当马戏团从天而降》这首卸除了"以博尔赫斯式之短篇否证了长篇"最形式激进的，像"剜肉还父、刮骨还母"地对西方长篇小说那"大冒险"（伦理、认识论、存在主义、国族创病史、追忆似水年华……）的漫漫书写长途，不断剥除，一种所谓"短篇"的物理学或方程式世界再现（卡尔维诺说"宇宙的模型、无限性、不可复制性、时光之永恒、现在"），或是叙事（而非"浓缩"与"隐喻"）的量子化微测模型——连这"最后的"字与篇幅形成的文类边墙都翻跳跃境——变成了诗。这样的一个"马戏团"（让我们想起布鲁诺·舒尔茨那孩童哀伤懵懂之眼所见，一个所有华丽梦幻"世界"拔营而去之前的，那傻气欢乐的诅咒。或让我们想起马尔克斯《百年孤独》里所有不同年代滤纸色层分析深浅晕圈的外来者：吉普赛人带来的新奇事物、高地姻亲带来的上一代西班牙殖民贵族的宗教、欧洲、拉丁文、银器之教养作态或神秘感，美国人带来的铁路、色情电影、香蕉园及整批跨国移工；或卡夫卡那自由变貌的动物、城市机构将之孩童嬉闹化的"惘惘的威胁"；或格拉斯《铁皮鼓》那个人时钟停止在侏儒〔因此是男孩〕的文明崩坏走马灯大场景的流浪汉传奇）；这样一个"从天而降"（让我们想起陀思妥耶夫斯基的《鬼》，易卜生的《野鸭》，格林的《文静的美国人》，奈保尔与鲁西迪）作为被启蒙，被赠予魔术奇景，同时被奸淫、掠夺，最终被遗弃的"可怜的小子宫"，被百年如浪潮的幻影侵入者一次又一次终只是魔术、激情后的虚无、竭泽而渔地被历史遗忘的《南洋人民共和国备忘录》，它不陷入那笔记小说、稗史、异志、卡尔维诺《看不见的城市》（如董启章在《V城繁胜录》所盖的镜像倒影之城）的陷阱，而是像乳酪状虫洞一个奇异维度可自由穿进穿出的"膜宇宙"，一个魅影重重走廊通道如迷宫不知在哪处锈坏崩裂之下水管道便打开一个暴胀、繁簇妖异的（伪）历史或记忆秘道：一个千疮百孔、结满伤痂脓血的"子宫城寨"：

　　"我可怜的卵巢"伊抑郁地说，
　　"已然凋萎如老妪"
　　是的　那只可怜的小蝌蚪
　　如被搁浅在干涸的河床上的老鱼
　　张大了口喘着喘着
　　在它三百六十度疲惫的视野里
　　都是沙漠。

之后便是狮子座流星雨般的，从天而降的华丽、疯狂、幻暴的各种骆驼、河马、神的大篷精液（好大一团乌云）、穿着红色肚兜的三只小猴子、蛇、人头蛇、互人、鱼妇、三面人、刑天、独角兽、那父、耳鼠、雨师姜纷纷从天而降。三个小丑、两个魔师，坠落感同时如轰炸意象，视维的自由碎裂、坠落物本身的神圣图腾旧昔感（像本雅明那哀伤回望但陈列于拱廊街的灵光、灵魂之手工艺造之物）因所出之时代印象的错幻；且从天而降的魔术师们，出场诗（介白）像发条玩偶般古怪、像布莱希特"史诗剧场"那刻意的突梯歌队）、嘉年华如歌的行板、小步舞曲的豆子蹦撒节，人文中的笑谑、争吵、喧哗、"恶童的胡搞"。

> 革命需要重整
>
> 指导一个伟大
> 革命运动的如果
> 没有革命没有
> 历史没有实际运动的
> 深刻要取得
> 是不可能的。

注释附录的被倒装、头尾乱接的原文："指导一个伟大的革命运动的政党，如果没有革命理论，没有历史知识，没有对于实际运动的深刻的了解，要取得胜利是不可能的。"

这像是《刻背》里那些脸色阴郁屈辱、背脊被异想天开的"伟大创作计划"，刺青了零碎断句的南洋华工，在我们眼前不存在的历史广场，混乱悲惨地乱跑，排列组合，如诗中那个俄国形式主义文论家"什克洛夫斯基"所说：

> 小弟的专长是

复活，词的复活

让石头

更像石头

让花更花

大象更 gajah

Tiger 更 haniman

　　这首诗让我们看到黄锦树可以展开的叙事旷野有多么自由，任意召唤结界以撬开这个历史纠结、多少坍缩、离散之族裔、身世之谜、被羞辱损坏弃之于"南方"的死灵魂们、承受且守诺携于流浪之途且"秘密教喻"原封口传子孙的"华教"，古诗词古戏曲宗教祭祀（那永恒无法启航的《开往中国的慢船》，郑和的宝船幽灵船队和荒冢遗迹，悲伤的失语的峇峇）。

　　这首诗《当马戏团从天而降》，像是卡尔维诺在《新千年文学备忘录》,《轻》这一章的提示，成为一种马华小说的历史意识那千头万绪纠葛辩诘（一不谨慎便被某一种"词"的魔术师式换手装箱吞没至"词的死荫之谷"：黑暗之心，作为太年轻的共和国或太年轻的"民国"各自不同中西冲突乃至其实已淘洗（或大江说的：被换成"冰雕的婴孩"），或是和那移迁落地之镜藤根盘错或许并不那么秀异的老一辈作品的紊杂心灵史矿层——它好像以"马共"为赋格主题的各篇章（那背弃的、负着罪愆的、时光永远停在树林战争中或屠杀噩梦的、说谎吹牛的、揭开性狂欢野性生殖奇观的、湮没的重大人物被重翻开的疯狂史）的"再一次"轻快演奏，一个提示，一个盘桓飞行其上的安魂曲。

但这首《当马戏团从天而降》，同时是书中（这本《南洋人民共和国备忘录》）上一篇小说《寻找亡兄》将近尾声时，那历史劫余幸存老头的一段话中，悬而未说完的"潘多拉之盒"：

> "你知道吗？五〇年代末，它的成员如果不是被捕投降，就是被杀或饿死。北方来的两个魔术师改变了它的命运。这棵树本身就是战争的纪念碑。这里是最后一场战役的旧战场。现在幸存的那些人，都不知道自己其实是幻影哪。"
>
> "在最后的战役里，我们几乎就要全部战死丛林了。那时发生了一件事，马戏团——"
>
> 奇怪的是，这话题就断在这里。凭空截断了。

这篇小说的开头，却说要去"寻找的这个亡兄"，竟和他二十年前那篇已成为九〇年代短篇经典《鱼骸》中的虚构哥哥，近乎一模一样的身世背景，同样的被军警围剿，拘捕入狱，之后"自我流放"的，没被马共史写进的幽魂人物，"那不是我的亡兄吗？"

故事如陈映真的《山路》，郭松棻的《月印》，一个被背叛的，发着纯洁微笑的昔时，像是夜行列车穿过一座一座幽微隐蔽的隧道，像旋转的藻井，不断进入那个丛林深处，暗夜行路，让人想到奈保尔《大河湾》《在自由的国度》这样的"寻找之旅"。

无岸之河的多重渡引

李渝在小说《无岸之河》的开头，借《红楼梦》第三十六回宝玉窥见龄官与贾蔷为一笼中鸟展演之恋人絮语，以看似无理之刁难、嗔怒伤害对方，其实以隐形之丝绳绝望又炽热地在大观园中禁制封闭、权力地位皆不对等的爱情关系中找寻一情爱交涉之"纯洁"可能；或是沈从文在《三个男人和一个女人》中，以"说故事"之递转、悬疑、艳异传说，层层切入一"不可能"的，在荒凉乱世中存在的深切爱情。李渝提及一"多重渡引"之概念：

> 小说家布置多重机关，设下几道渡口，拉长视的距离，读者的我们要由他带领进入人物，再由人物经过构图框格般的门或窗，看进如同进行在镜头内或舞台上的活动，这长距离的，有意的"观看"过去，普通的变得不普通，写实的变得不写实，遥远又奇异的气氛出现了。

非常奇异地，黄锦树可能是我这代小说家群最早具备这种"故事的多重渡引"——一种小说家将要全面启动、一个无比繁复、封印在幽微秘境的"传说"管弦乐团开始大演奏前某一把琴似是不以为意的调音试奏，一种"本格小说"的悬念气氛故事起手式"布置多重机关"天分、魅力，或技艺自觉

（说故事？）的第一人。其实，进入那个"秘境""被遗忘的处所""坍缩而无法从我们这个顺时物理学宇宙跳跃进入的一个宇宙"，这个"缘起"之交代，穿过换日线之前，一切都好好的，一切都如我们阅读的"那些小说"可信的细节。

像博尔赫斯《秘密的奇迹》，那些行刑队在冬日早晨，押着那剧作家在冬日刑场前，那一切"稳定的写实"：光影、空气、人物们的各怀心事的表情。一种故事展开，对读者的催眠。像那些本格小说、浪漫传奇，登上将出航的铁达尼号，码头上栩栩如生的"不知之后命运"的各路人等；阿波罗十三将发射前，所有角色内心的焦虑，惘惘的威胁：将远行前对妻儿的牵挂。

然后出发。魔术在那时出现：越过那道换日线，埃科的《波多里诺》的唬烂中一张羊皮卷一张羊皮卷翻出的一个"如果堂吉诃德没疯"，那个一坨纸团，一房间凶杀案现场（诸多推理线索），一个封印了的神灯巨人，在那魔术时刻将要启动（呼啸山庄？）前的"我只是来借个电话"。

包括《大河的水声》那奇异耸人的秘道里的展廊收藏：不存在的手稿、女作家的内衣裤、指甲牙齿毛发、作家的蜕物，甚至干尸。将之"古堡小说"化，怪诞地进入一个核爆地窖般的"不存在的马华文学地下室"；包括《补遗》那仿谑当年雷骧与摄影小组拍摄之"作家身影"，伪造了这样一趟"寻找郁达夫"的南洋之旅，也是透过那偷天换日、暗影幢幢的惊悚小说氛围，"多重渡引"至一个言之凿凿，像博尔赫斯《小径分岔的花园》那样一个由秘密、阴谋、谍影、监禁的老人郁达夫的"伪／遗世界";以这一年新发表的《扶余》一篇来说,锦树似乎把这样的"故事的多重渡引"发展到更神秘魔幻。

小说的开头引一九五〇年陈寅恪诗《读〈霜红龛集〉有感》:"不生不死最堪伤,犹说扶余海外王。同入兴亡烦恼梦,霜红一枕已沧桑。"

即进入那"一位女学者采录泰南和平村关于女马共生命史"的遭遇。她采录的对象是一个叫"阿兰"的老女人,她曾加入马共,但"从一次几乎丧命的危险遭遇中幸存后,她就变得很不一样,爱说一些荒诞不经的灵异经验"这样一个层层累加的"语境协商",读者不断在曾阅读过的小说记忆库调焦对准那文字的景观布置("村里的红毛丹、榴梿、波罗蜜、尖必辣等都结实累累,但都还没到成熟的时候,绿得张扬。村子中央那棵高大的树,叶子倒不合时宜地红了,它的叶子有点像山竹,阔叶卵形,叶厚而面带油光,叶背有绒毛。"):列维-斯特劳斯《忧郁的热带》那样的人类学笔记,采录的对象,女马共。一个湮灭的组织、一个失去生命现实感的时光废弃物,在南方之南,丛林的边缘。她作为一个"黑盒子"被解密着那些历史暗处的稀微磷光:惨烈地被歼灭包围的丛林遭遇战、组织里的斗争、批判、思想检查。那被世界遗弃的"比死更悲惨的遭遇",中伏、树林中敌人枪火的扫射、敌军用马来话喊要强暴她。那人失去人类文明依傍的野蛮之境,黑暗之心(这时我们很难不启动召唤李永平与张贵兴)……

这时,小说中奇怪的引渡出现了,小说家撬开了一个博尔赫斯式的魔术小盒。那瞬间暴胀张开的世界,乍看像唐传奇《南柯太守传》中，那蚁穴之国里"彩槛雕楹、朱轩棨户，冠翠凤冠、衣金霞帔"的朝廷奇遇，以及恍惚转眼荣华权贵一生如梦；但其实糅混了更多游侠传奇的现代小说运动感、怪诞感、疯狂的特写——这又让我们想起鲁迅的《故事新编》——同时阅读瞳焦错驳跳闪着斯威夫特的《格列佛游记》、爱伦·坡《阴郁的禁闭》；或锦树自己独门风格印记的"怪诞的生殖剧与性狂欢"；或他的"地下室尸体标本展廊"。甚至，没错，卡夫卡，那故障童偶般对唯一在人类状态者之恐惧、惊吓、迷惑、羞愧，完全无感无同情理解的仆人们或官吏们……

　　这样的一个短篇所吞吐的小说维度——时间上的暗影偷渡，调乱钟表齿轮的变形之迹，从南方，到马共，到唐传奇（或陶渊明《桃花源记》）那乌有之邦的开启、闯入，一个豁然张展的另一幅文明史（或如他另一篇小说《马来亚人民共和国备忘录》）。一个量力宇宙概念的，"在我们感知的这个宇宙没发生的，但在其他无数个薛丁格方程式宇宙必然是这般发生的历史"），一个狂想的、所有物理学法则全被更改的离散，或库切所说"极限的光焰在暗灭之前，最后的幻视残余所照见的一闪，让我们瞥见那不可见的事物"——我想那个层层累聚之阴影，一块一块揭开如洪太尉放走百十道金光妖魔之石碑。那从鲁迅的《在酒楼上》，从张爱玲的《雷峰塔》，从钱锺书的《鹦鹉》，郁达夫的手稿，辜鸿铭的国学夷学造诣，一个黑暗迷雾电光闪闪痛苦不已的，大爆炸意象碎肢骸掉出国境之南的，"再一次的死亡"。他不只是张爱玲将自己后半生全搁浅、塌毁的李鸿章、张佩纶的家族旧照片；他扛着那个"马戏团从天而降", "正欢快骑着女神的战神 / 一时走神 / 不及拦下子弹 / 只好抽搐出 / 好大一团乌云蔽天 / 雷乱鸣 / 随手捞起一条河泼下", 那因为无足够篇幅, 所以未展开如奈保尔那样公路电影漫漫长徙的"抵达之谜", 这个男孩, 愤怒、惊恐、悲不能抑, 翻拾遍野尸骸瓦砾 (这篇小说的女主角阿兰, 老去的疯妇, 唯一能证明那所遭遇为真, 竟是她会写一手曹操《求贤令》真迹的字), 一方面又如匈牙利女作家雅歌塔·克里斯多夫《恶童日记》的结尾, 始终以双胞胎"我们"这内爆叙事声音, 扞格于自我内在崩裂同时攫抓的文化之"魂飞魄散", 终于在结尾, 其中一人留在那成为废墟的故国, 另一人, 踩着父亲被地雷炸死的尸体, 越过边境线, 欢快地奔向那未可知的, 可能将变成怪物, 但故事全部可以颠倒错换从头说起的南方——是的, 就空间上而言, 我想将来的文学史家会重新丈量锦树这批小说, 筋斗云翻滚又翻滚, 将华文小说带到多么远之地。那或可以博尔赫斯的一篇小说《南方》来比拟, 一部出错的百科全书, 莫名其妙被关进一所精神病院, 似乎在一高烧梦境被放出, 搭上一列开往南方的火车, 中途在一罕无人迹荒弃小站下车, 从此展开一趟寻找南方, 但渐淹没进歧岔迷宫、古代神庙城廓的流浪。

犹见扶余

三件颜面神经麻痹病例。其中一件病例的脸颊刺入一片和手掌一样大的炮弹破片，伤患并且自豪地展示给我看——他展示的是那片弹片。

一件颈交感神经麻痹病例，该名伤患被子弹射入张开的口中。

两件脊椎骨折病例，其中一人处于濒死状态，另一人正在康复中。一枚炮弹落在他驻扎处附近的壕沟段落爆炸，结果支撑壕沟的一根横梁塌了下来，压在他身上。

只有一件头部重伤的病例；伤患名为尚·波尼西纳，五天前在孚日受伤，以某种神秘方式送到医院来。

——《美丽与哀愁——第一次世界大战个人史》

（一九一五年四月三日星期六，哈维·库欣在巴黎的

一所军医院里列出了一串值得注意的病例）

·

五十个三体时后，质子的二维展开第二次进行。这一次，地面上的人们很快看到了异兆，当聚变发电站的散热片发出红光后，在加速器的位置上，突然出现了几个巨大的物体，都呈很规则的几何形状，有球体、四面体、立方体和锥体等，它们的表面色彩很复杂，细看发现原来是根本没有色彩，几何体的表面都是全反射的镜面，人们看到的只是被映照的行星表面扭曲的图像。"这次成功吗？"元首问。

科学执政官回答："元首，这次仍不成功，我得到加

速器控制中心的报告,这次少减了一个维度,目标质子被展开成三维。"

巨大的镜面几何体以很快的速度继续涌现,形状也更加多样化,有环状和立体十字形,甚至还出现了一个类似于莫比乌斯带的扭环。所有几何体从加速器的位置飘移开去。约半个三体时后,这些几何体布满了大半个天空,像是一个巨人孩子在苍穹中撒了一盒积木。几何体反射的阳光使地面的亮度增加了一倍,且闪烁不定,巨摆的影子在这投到地面的天光中时隐时现,左右摇摆;接着,所有的几何体开始变形,渐渐失去了规则的形状,像受热融化似的。这种变形愈演愈烈,变化的形状越来越纷乱复杂,现在天空中的东西不再使人联想到积木,更像是一个巨人被支解后的肢体和内脏。由于形状的不规则,它们散射到地面上的阳光均匀柔和了一些,但其本身表面的色彩却更加怪异和变幻莫测。

在布满天空的这些杂乱的三维体中,有一些引起了地面观察者们的特别注意,首先是因为这些三维体极其相似,再细看时,人们辨认出了它们所表达的东西,一阵巨大的恐怖感席卷整个三体世界。

那都是眼睛!

——刘慈欣《三体》

怎样维度的展开才算展开?

如何才算是"无限接近那伤害、暴力、恐怖景观的第一现场"？

在阅读的时刻，我们让那文字串如钓丝，钻进我们的脑额叶中，然后啪地张开，像一根二维的线以三维的方式，炸张成一只色彩鲜艳的伞蜥蜴。我们想象着我们被那样的（透过阅读之翻译）经验占满，鳞片状根须状或无数根锚钩。于是一根一根雨丝般二维的线阵、线网，在那样炸开再炸开，不，它并不是一万只伞蜥蜴挤成的奇异巴洛克画面，它重构了一个关于存在的折叠宇宙。譬如张爱玲写干菊花扔进瓷杯里，注入滚烫热水，那菊花在那不幸而神秘的某一秒，"仿佛活了回来"。我们很难想象，用以上那描述一战某个战地医生眼中所见的视觉，描述《三国演义》某一场战役后的现场。

但这样如同"子弹射入张开的口中""大半脸被轰掉了"的描述，仅仅只是某种"观看的方式"的不断革新，提出，以及思辨吗？为什么经验要以这么侵入、撕裂、透视的方式，进入我们里面？或者是"个人史"（最接近写实主义小说的理想全景再现），上百个彼此无关连的个人，某个片段时刻的记录，内心独白，幻灯片投影，这样阅读过程的"将碎片在脑海中自主重叠"，最后会形成我们对"一战"的某种与官方历史无关的"一个多维的经验球体"。我们占据那些书页和字句，而那些叙述占领了我们脑海原本空荡荡对"一战"这件事的"百感交集"。它重构了我们所谓的现代性感受：之前没有过的，痛苦的形式，恐惧的形式，自我意识如此清晰但又在一比例尺下，如此渺小易碎；疯狂的旋转形式。

黄锦树的《犹见扶余》（取自陈寅恪诗："不生不死最

堪伤，犹说扶余海外王。同入兴亡烦恼梦，霜红一枕已沧桑。——陈寅恪，《读〈霜红龛集〉有感》，一九五〇"），又是从"红毛丹、榴梿、波罗蜜、尖必辣"南洋丛林视觉、气味与北方中国植被印象如此陌生的"国境之南"，雾锁重楼地展开（应说是撬开），一则仿拟对失落马共史的幸存者采录。从这个采录学者眼中看去，那位已是个不折不扣老妇的前马共游击队员，所言内容（往事并不如烟？）全是疯话。"从一次几乎丧命的危险遭遇中幸存后，她就变得很不一样，爱说一些荒诞不经的灵异经验……关过禁闭，后来就没敢胡言乱语了，但有的同志提起她还是会粗暴地说她'撞过鬼'。"故事就这样如"红毛丹或波罗蜜"式气味浓郁又层层复瓣地剥开又剥开其包裹又包裹的换渡，从一场马共游击队被马来政府军在丛林围歼，同伴都被射杀，她则可能被奸杀。但小说却在这个时刻，像画外音听到小说家弹了下手指，从此进入一"杜子春式时光折叠术"（或"南柯一梦""黄粱梦"，甚至"博尔赫斯《秘密的奇迹》式"）；一种唐传奇式机关布置，像《聂隐娘》《红线》《昆仑奴》《无双传》那些鲜衣怒冠的古代剑侠，半仙半妖，半神半兽，飞天般的丽人奴婢，从饕餮图腾二维世界跑出来的人物，一种在想象界面的视觉翻跳出画框外再翻跳的自由，这个想象性的无边自由来自"古代"，那个孺慕的、永无法抵达、永远失落的，碑帖书法的线条尚未被现代印刷术或出版的"小说"字形排列所框格住的那个羽色鲜艳，翩翩飞舞的"古代中国"。这部分让人想到安吉拉·卡特那些从典型英国小孩床边故事，变貌蜕脱而来的恐怖奇想又带着说不出想象力光辉的短篇。像是透过蛾蝶薄翼脏污微光所见的幻灯片影像。她被一群这样的"古代人"所救，既被引渡（解决了那在马共历史时空当下，将被屠杀、灭绝的写实主义处境），同时也被囚禁，成为那古代二维世界里的"生殖之母"（成为这个折扁世界"主人"性欲高涨的承受女体，又在"下腹如火烧"的魔幻描写生出半古代二维半现代四维的混血儿子）。那整个将古代中国"南方化"（《忧郁的热带》？）的志怪却又带着刻意的人类学笔记味的调谑笔法，遍摭即是，不一一举列：

> 有时扛回几只长颈鹿，脖子的肉特别好吃，但铜铃般的大眼很会流泪。鸵鸟、袋鼠还蛮常见的，烤了吃。也吃斑马、河马、犀牛。鳄鱼的皮很有用处，肉很硬的。再则是沼泽巨龟，大壳可以做脚桶脸盆，也非常耐用，不怕摔。那院里就有好几十个。大厅墙上还钉了张绿色的皮，说是只老妖的，剥了皮也死不去，给关起来了。
>
> 自我怀孕后，他们就不让我看那些血淋淋的东西了。但异兽他还是会抓来向我炫耀。譬如凤，就是野鸡嘛，我们常吃的。但羽毛实在太漂亮了，拖着长长的华丽尾巴，几乎是手到擒来的。我常为它们求情，有时他也看我情面放了。譬如龙，他养了几只火龙，平日无事就缩小了附在巨剑柄上睡觉，我还以为是小蜈蚣呢。用着它们时再把它唤醒。另一种异兽，他笑眯眯地捧来让我猜，身上都是五彩鳞片，四只脚，头像龙又像狮，大鼻圆睛，浑身散发出火光——你一猜就猜到了。没错，是麒麟。

　　从最初的《刻背》开始，黄锦树的小说或是华文小说最具博尔赫斯意识的一位，那不同向度的小说飞矢，造成你意图整本逐篇阅读的，眼珠跳动想统合一个"感悟""概念"，常被扯碎。他曾在《大河的水声》虚构一部不存在的马华小说史。问题是，他连这个似乎和"过去"的文学史时间跳开好几格音轨的，那些并没有写出过的小说，都伪造出来；或是还未发生的未来小说，也并置其中。最后却恶童狂欢地进入一地下密室，那收藏着那些失踪的"华人传奇作家"的尸身或骨骸（里头还包括郁达夫），这是一整个对"张爱玲梦工厂"的嘲讽？但后面又策动了"没有马华文学史"的地下暴动、鬼影幢幢、恋尸癖。似乎在脱离中原华文小说阅读目光的国境之南，所有发生过的跟没发生过一样：包括历史、存在、追忆父祖的离散故事，乃至于和现代民族国家相伴产生的"现代文学史"；马华文学常在视而不见的小说地图上变成奇怪的幽灵。或许没有足够量够格形成现代小说史的"好作品"，但光凭这小说家一人的伪造技艺，便启动那所有包括史料、文学馆、收藏家、媒体、文学社团、圈子、江湖……所有谣言和传奇，伪回忆录，那个博尔赫斯乃至埃科的狂欢。或是，像在《阿拉的旨意》，他展开了华文小说没有出现的"格列佛游记"式的；或后来我们喜欢的玛格丽特·阿特伍德式的；或维勒贝克式的"末日小说景观"；这整个叙事机器后面结构森严，必须要交代一个覆灭的华人历史意识；"我是最后一人，那个终结者"，曾在那国度发生的种族战争、革命被歼灭，乃至文化被清洗——他被放逐到外太空般，完全孤立，处于华文小说（不论大陆、台湾）

之外的几乎无启动叙事位置的"不被意识其存在"的，但其实无论百年来发生于南方那许多人的"个人史"、战争、屠杀、华人迁移者第一线和异文化冲突、胶林里那福克纳式的"喧哗与骚动"，皆像一被折叠压缩进维度太高所以难被转译的坍缩宇宙。

雨

习惯黄锦树小说之暴力、疯狂、梦中暗影稠液之林中屠杀、强暴、逃亡，叙事上大回转的翻扭，时光的大幅压缩形成一种小说时间不可思议的重力的读者会在这本书中，意外地遇见一篇篇抒情、伤感的美丽诗篇。当然还是有一个母题：失落时间的再造，不在场的旅者，如果一如所引《聊斋》那师父命门徒看守不使灭的蜡烛，其光芒照着另一次元的暗夜行路者。小说其实是一不在场的点燃。面对历史的消灭，那个点燃就爆炸如《南洋人民共和国备忘录》；如果是个人生命史，那个烛火的"使之不灭"（其实是无法知晓的另一幻梦里的光），就难免召唤，摇曳，感伤，迷惘，锦树曾说过的那个"抒情传统"。也因为这种暂与前几本小说，那孙悟空式的无有之境朝失忆的现在翻滚的核爆之力分别，这本小说集里对读者熟悉的雨林，文字上更精致，画面的显影解析更历历如绘，故事里的人物因为不是为一个之后要发动的魔术或叙事的妖怪吞噬而存在，故而更在故事里五官清晰，置身的场景愈栩栩如生。这种对细节的留情或耽迷，其实在锦树之前的散文即常见其笔力。

《雨》形成了时间的一块乳酪，不，应说是一个多面都有通道出口的欢乐屋，几篇同名《雨》的短篇，像在一个里头塞满回忆线索，胶林里的男女、生死、日军屠村之线团，但各篇故事在这块时间的块状果冻里穿着不一定交会的虫洞。读者跟着叙事在那虫洞钻行，啵地一下就从其中一个立方体的面破洞而出。在第一篇《雨》的故事里，男孩辛朝着屋外来侵袭的母虎小虎冲出，小说戛然而止，我们不知男孩的下场是否被虎扑杀。第二篇《雨》的故事中，父亲成了失踪者，不在场者，只留下那艘代表父之蜕物的鱼形独木舟。同时母亲的性，成为男孩辛充满焦虑的，父不在的胶林小屋面对原始野蛮，不确定的，随时要被夺走的脆弱物。最后母亲可能再被一位自称父亲朋友的男人强暴，或诱奸。这个故事的结尾，同样猝不及防，妹妹喊"爸爸回来了"。作品三号《水窟边》，辛成为已死的男孩，在忧伤的父母的怀念中，灵魂穿梭在胶林里。雨后枯木、土墩头、丛林里的各种昆虫和鱼，还有上一篇故事的鱼形舟，一种"逝者版的汤姆历险记"，被截断消失的子裔（原本的故事记忆者），小说的最后是"大雨来了，日本人也来了"。

这几个短篇，有福克纳短篇小说的决绝、明快。或雷蒙德·卡佛某些短篇，人被无法预测的，大于人类之渺小承受力的暴力或荒谬给击垮。

而这种"雨落下，魔术剧场中的人偶开始动作；雨停止，如幕降下一切即戛然消失"的神秘气氛，很意外让我想到安吉拉·卡特的《马戏团之夜》。为什么会让我将锦树和安吉拉·卡特这两位天南地北的小说家产生联想？我想是某种对故事的原始灵动的疯魔，且皆在一让人感觉窄挤的空间形成艰难把故事进入一个极大感受性的布景魔力，一种孩童听床边故事，那惊畏、无法判定想象力如何蹿长的不可测。譬如我很喜欢的这篇《归来》，好像是个"黄锦树式"的家族血裔内向的性狂欢秘密，但写到最后，二舅竟被不知什么人拘住，关在一长廊两壁挂满，其中一幅画之中，在那静止二维"画的时光"过了几十年，这个如聊斋的奇想，实在太令我震撼了。这本小说集或和《南洋人民共和国备忘录》在小说介入（或再造？）历史的实践，这种介入必然的拗折、跃迁、镜像，或真实历史终于无法从小说宇宙流刑再穿过书页返航的"另一个"，那种翻跳再翻跳，或是黄锦树的小说里，光谱最远的一本。也许这个小说家走得更远了（因为可以调戏大历史的小说，好像也正在这个新世界灭绝？以前他用小说追捕悼亡离散消失在南方的历史，现在他在悼亡"小说"那无与伦比的故事幻化之美？），也许他真正在不等速消亡的历史和小说（包括日军屠杀南洋华人的纪实）间，成为一个沉静的、在玻璃灯盏上绘图的说故事者？

第二次

死尸多极了，托彼亚斯甚至觉得在世界上见过的活人都没有那么多。他们一动不动，脸朝天，分好几层漂浮在水里，每个人都带着因被人忘却而感到遗憾的神情。

"这些人都已经死了很长时间了，"赫尔贝特先生说道，"要过几百年后他们才能摆出这种姿势。"

再往下游就到了安葬刚死去不久的人的尸体的水域，赫尔贝特先生停住了。正当托彼亚斯从后面赶上来时，一个非常年轻的姑娘从他们眼前漂过。她侧着身体，睁着眼睛，身后有一长串花朵。

"这是我一生中看见过的最漂亮的女人。"

"她是老哈科博的妻子，"托彼亚斯说，"好像比本人年轻了五十岁。不过，就是她，不会错的。"

"她到过很多地方，"赫尔贝特先生说，"她把世界上所有大海里的花朵都采撷来了。"

——马尔克斯《疯狂时期的大海》

我们会问："为什么要有第二次？"

在激烈清绝，饱胀着青春与衰老、回忆与欲望，近乎疯狂的逆悖时光之诘问，并让人讶然骇异"烧金阁"的第一次之后，"你和我一样，不喜欢这个结局？"重来，重起炉灶。布莱希特式地要死去的演员们起身，在老妇与少女的画皮间挑拣戏服，重新站位，灯光，敲导演板（"Action!"），另一个完全不同的命运、

语境、哲学论辩之位置，因之召唤起对同一组角色完全不同之情感……

重来一次。

那是博尔赫斯的"另一次的死亡"？昆德拉的"永劫回归"——曾经只发生过一次的事，就跟没发生过一样？还是纳博科夫的《微暗的火》：覆写在一首同名之诗上的乖异扭曲的小说。诗人引退。诗在感官之极限或回忆之招魂皆炼金术成神圣符号（"黄金印封印之书"）。然而，扯裂那记忆双螺旋体而复刻、黏着上谵妄、破碎流光幻影，庞大身世线索，诠释学式翻译每行诗句背后漫漶紊杂、"事实的真相是如何如何"的，不正是，"多话"的小说家，妄想症的不存在国度之流亡国君，疯子？那汹涌过剩的，"往事并不如烟"的"对照记""说文解字"——不，或是像豆荚迸裂纷纷弹出，且无止境弹出的小说家话语（或曰"巴赫金定义的小说话语"）：充满鬼脸、怨毒、

耽溺、默想、悔恨……各种表情的"重说一次"？

在第一章里，老年对青春的欣羡眷恋，它不是一种川端《睡美人》（或"洛丽塔"）式的欲望客物化，一种仰赖对方失去主体性（在迷雾庄园般一间一间密室吞服了安眠药而昏睡的裸少女，或不知道自己有一天会变形离开这个短暂神宠形貌的幼兽美少女）而高度发展。违反自然律的，"把老年人的鸡爪探进年轻身体（或灵魂）的战栗哆嗦"，一种孤立的极限美感。

很怪，它是一种《哈尔的移动城堡》的，或《被偷换的孩子》的，被诅咒的至爱变成猪，变成冰雕婴孩，变成无心脏的俊美魔法师，那上天下地、漫漫荒原，彷徨无所依的救赎之途的启程。

在这样神话结构里，"我"通常是较平庸、无神奇法力的平凡人——他是到冥府寻回被冥王夺占为冥后的发妻的俄耳甫斯。在《初夏荷花时期的爱情》里，是个"所有囊状器官皆胀气""瘦得像蛙类，胖得像米其林轮胎人"，天人五衰，"困于老妇外形的少女"，同时又是南柯一梦惊觉所有如鲜花朝露的美丽事物，怎么转眼全衰毁石化的浦岛太郎：

> 啊，如此渺茫，如此悲伤，但又不可以，你不失理智地告诉自己并无人死去无人消逝，你思念的那人不就在眼前。

那个"被救者"——对照于"日记"作者那个以永恒为爱之赌誓的痴情少年，成为时光河流中变形、故障、异化、怠懒

（对不起我又想到宫崎骏《千与千寻》的河神／腐烂神）的陌生丈夫。

这篇小说同时存在两种时光剧场：

1. CSI[1] 式的尸骸四散无从理清头绪的重案现场。"我"重建、比对采样，在每一件时光蜕物上做局部推理："这一部分是在哪一个环节变貌的。"小说中的"那个丈夫"，在这样的"追忆似水年华"中，其实是个"死者"——"这个人吃了当年那个少年"，恒不在场，或被关在"'我'与日记的独白密室"之外。

2. "寻找被冥王劫去的妻子"之旅，招魂之祭，模仿最初时刻（或"抵达之谜"：年轻时在一张电影海报中看过，一对优雅的老夫妇衣帽整齐地并肩立在平直的、古典风格的桥上凝望着）的旅程。"日记"在此，成为如《古都》中，那个失魂落魄、伪扮成异乡人，对自己所在之城（但已是另一座城市）的一次陌生化重游的那张记忆地图。

那样的"寻回"（认定现有的存在是最初那个的赝品，是失落物）、"推理"（"尸体"与"遗书"在时光两端各自提出意义相反之线索），建立在不可能的时间鸿沟、不可逆地作为时间债务的身体朽老、激情不再……因而所有的反推比证的判定必然是负弃与变节。这样的叙事意志带来巨大的，卡夫卡《城堡》那个土地测量员 K 般的焦虑：荒谬的核心，任何想循迹找回"事情的真相"（最初）的路径必然被挫阻。那个"恒不

---

1. 即《犯罪现场调查》，美国刑事电视剧。

在场"，极限激爽的最好的时光在"你的幸福时刻过去了，而欢乐不会在一生里出现两次"之形上永远失落之体认后，却仍如伯格曼《第七封印》的武士执拗坚决与死神对弈。在第一章的结尾，变成了一种美学上的爆炸——那就是三岛"火烧金阁"的意志：

> 举凡有生之物，都不像金阁那样有着严密的一次性。人只不过是承受自然的所有属性的一部分，并予以传播、繁殖而已。杀人如果是为了毁灭对象的一次性的话，则杀人是永远的误算。我这么想，这一来金阁与人类的存在便愈益显示出明显的对比：一方面人类由于容易毁坏的身体，反而浮现出永生的幻影；而金阁则由于它的不灭的美，反而飘起毁灭的可能性。
>
> ——三岛由纪夫《金阁寺》

偷情。让我们回到那个，小说家的咒语从半空响起："你和我一样，不喜欢这个发展和结局？那，让我们回到《日记》处……探险另一种可能吧。"如爱丽丝梦境正在消失，所有正在亲历的场景、舞台、欢乐古怪的同伴皆塌陷、模糊、消失、远杳……作为结界咒术镇物的巨大钟面之齿轮、机栝、锤摆正四面八方回响以偷渡了流光的，博尔赫斯《秘密的奇迹》之时差换日线。

（作为入戏的读者，我差点惊呼出声："不，不，我喜欢这个版本，请继续……不要关掉它……"然少女已遭荒野女神诅咒成老妇，至爱之人已变成无明无感性无记忆的猪，美丽神祇的脑袋已被砍去，老邦迪亚已迷失在梦中列车车厢般无数个一模一样的房间其中一间忘了回来的路；繁华游乐园变成塌落泥胎鬼气森森的丑陋废墟……）

小说家不理你，启动了魔术。原本受伤的、哀逝的，被时光负弃故事所困的脸，突然轻微转变成柔美、神秘的微笑。

是的，第二趟旅程启动了。《搭车游戏》。

认真回想，早在很久很久以前，朱天心就是个启动一场"流浪者之歌""哀伤马戏团游行""面具狂欢节"，主人翁换装、伪扮成另外角色以进行一场离异于"任何旅途小说圈见"之外的旅途之高手。《古都》已成为后仿者翻转城市多重记忆、地质考古学般将被高楼遮断天际线的丰饶汹涌"小历史"杂语，如潘多拉盒子打开放出的黄金典律；《匈牙利之水》的伪香水朝圣之旅，《威尼斯之死》的伪钻石拱廊街的拾荒者，业余侦探之小型暴动；乃至《我的朋友阿里萨》《鹤妻》《去年在马伦巴》……无一不是（如果冒犯地、简化地说）一趟又一趟，从上下四方，里面外面，以咒术召唤不存在之走廊，以穿越这个铺天盖地、银翼杀手般晚期资本主义大峡谷场景的变装旅程。即令在创作光谱中最晦涩浓缩，因悼亡父而书之《漫游者》，也被黄锦树比为宋玉之《招魂》："旅行。漂流。在地球上踩满脚印的朱天心，旅行漫游的那种快适在这里却沉重如同沿途撒着冥纸，于是我们将听到压抑的哭泣声……"上穷碧落下黄泉的旅途。

在《偷情》这一章里，则是伪扮成对方多年来并不在场

（不在时间内）的初恋情人的偷情之旅。

《搭车游戏》此一短篇，在昆德拉那些动辄祭起希腊词源与哲学论辩公案，像魔术方块旋转、拆卸、重组，各章节以音乐赋格形式对位、重奏、变奏"同一主题"（"乡愁""不朽""生活在他方""媚俗""笑与忘""缓慢"），博学、雄辩、性爱展廊与犬儒知识分子"误解辞典"之狂欢的长篇巨石阵里，或只是一个"昆氏小说技艺"最原初、基本几何构图的微型宇宙模型（勉强类比卡尔维诺的《宇宙奇趣全集》、张爱玲的《留情》、李永平的《拉子妇》）。

一对各有所思的年轻情侣，在一趟原本平庸无想象力的既定旅途中，一时兴起玩起"假扮陌生人"游戏：纯情的女孩变身公路边拦陌生人顺风车的浪荡女，老实的男孩则打蛇随棍上演起这种顺风车艳遇的玩家。这样看似陈腐的《仲夏夜之梦》角色换串大风吹，在这类第一流小说家的小篇幅操作里，反而可以一窥其严谨强大的基本技艺，原本恶戏的小男女突然意识到他们不知从何时起，被那个小小调皮的角色扮演游戏，那个罩至他们脸孔的面具所吞噬、制约。他们无从脱身，愈演愈烈，混淆了伪扮情境之契约边界，猜疑、嫉妒，且愈在对方面前入戏扮演那个本来不是（但后来自己也诧异：原来我有这一面？）的淫荡放纵的"另一个我"。

小说的结局是在这一切不断加码，无法踩刹车的最恐怖暴乱，同时最狂情淫荡的高点，女孩在一间污秽破烂的小旅馆，啜泣着对男孩重复："这是我啊……这是我啊……"

这个"搭车游戏"的旅程之展开，正是朱天心在这一组

"初夏荷花之恋"小说的芝诺"飞矢辩""阿基里斯追龟论"，或曰博尔赫斯"秘密的奇迹"的魔术所在。

飞矢辩：

（一）一支飞行中的箭矢，这飞行之空间可以区分为无数个瞬间的位置。

（二）飞矢飞行的过程，即是这一系列连续瞬间位置的总和。

（三）在每一瞬间位置上的箭矢是静止不动的。

所以飞矢是不动的。

旅程本身不再是"寻找金羊毛"的梦想、追寻、冒险与启蒙。而是堂吉诃德式的，对成为怀旧照片、金阁寺，或本雅明那里熠熠发光，冻结在永恒静美的时光蜡像廊（或电影海报）的"最珍贵的处所"，再一次踏查，一种冒渎、歪斜版、滑稽、愚人嘉年华式的重游。

正是在这个不断可以按"暂停键""倒带重播键"，把剧场上一脸茫然的那对男女演员（扮演老妻的堂吉诃德和扮演老夫的桑丘？）不断叫回后台，重新化妆，换戏服，像疯狂的导演交代另一套又一套迥异的剧本。（《东京物语》？《去年在马里昂巴德》？三岛的《孔雀》？《魂断威尼斯》？《恋情的终结》？）

当我们脑海中还被核爆之瞬的强光停格在，第一章那个"变成冰雕婴孩""是不是哪个妖怪吞食了未来那个写'日记'之深情少年"的，那个在初老妻子眼中汩汩突突不断冒出污油臭味的故障机器人丈夫被推落桥下，"啊！"一趟远比昆德拉《搭车游戏》复杂、妖娆、恐怖许多的面具换装之旅启动了。原本我们自以为熟悉的那个"少女神"——为了不能忍受孔雀在时光流河中必然衰败变丑而将动物园孔雀悉数杀光，为了金阁绝不能落入平庸污浊的无想象力视觉而烧了金阁，为了"宝变为石"而号啕痛哭的那个挥动翅膀背对时代暴风，眼前散布尸骸与瓦砾的克利大天使——不见了（或诡笑地戴上狂欢节面具了）。"偷情"。如同M·安迪在《说不完的故事》中，替那个被虚无吞食国度危难所困的孩童女王所提出的唯一救赎之道：作为拯救者的培斯提安纵身踏入以抢救之的赎偿代价："每创造一无中生有之物，便以失去你在现实世界一件记忆，为交换。"小说家在此拉开的一段"偷情之旅"，形上而言，正是"爱、易感、泪水、体液，所有第一义，最鲜烈年轻、动物性的创造力"之秘密赎回。把变成冰雕婴孩的本来的弟弟换回来，试想如果一个在除魅已尽，无有神所以也无有魔鬼可协商交换年代的浮士德；一个遇不到汤婆婆与白龙，无魔法幻术可施，但是确实失忆想不起自己名字的神隐少女（埃科的《罗安娜女王的神秘火焰》？）——这是《偷情》这个"抢救大冒险旅程"最黑暗、恐怖、让人读之大恸的"存在之隐蔽"。

　　——"啊，吃不动了，走不动了，做不动了。"
　　——时候到了，原来儿女也并不重要。
　　不然何来抛家弃子之谓？
　　"你愿意为我抛家弃子吗？"比"你愿意嫁（娶）我吗？"更具吸引力和神圣性，可以同样站在圣坛前庄严回答的。

除了满满、沉甸甸的，一无是处的回忆；除了那在时光原点懵懵慢速以己身（变成这样让自己厌憎沮丧的天人五衰模样）浇灌长出的一切（并不是自己当初所想的）：子女、家庭，再没有新的可能性，可以直望到生命尽头的，所有中年初老之人眼中所见那疲惫重复的生之哀——无任何可堆上牌桌梭哈那一把以何为交换？以何为抵押品（甚至祭品）去"偷"回那本来已不再被应允属于你的，神光闪闪的至福时刻？

那个国王让人杀了贝克特大主教——他看到敌人把他的出生城市烧毁，于是发誓说因为上帝对他做出这种事，"因为祢抢走我最爱的城镇这个我出生而且长大的地方，所以我也要抢走祢最爱我的那部分"。

——格雷厄姆·格林《恋情的终结》

那交易已经开始生效……这发生在很久以前。在北温哥华，他们住在柱梁式房子里。那时她才二十四岁，对讨价还价还是新手。

——艾丽斯·门罗《梁与柱》

第三章，乍看是"误解的词"之形式，其实是"神隐"——在前章所有作为旧昔时光蜕物（"你"挡不住的，正在石化的一切），堆上牌桌以梭哈那一趟神光重现之旅的，小说时间之外的逐条注解，或这么说，借本雅明在《普鲁斯特的意象》所提：

> 普鲁斯特的校对习惯简直令排字工人绝望：送回去的长条校样上总是写满了旁注，却没有一个误印之处被纠正过来，所有可能的地方都被新的文本占据。回忆的法则在作品的边缘同样发挥着作用……记忆中产生了编织的规则。
>
> ……普鲁斯特如此狂热地寻觅的究竟是什么？这些不懈的努力到底为什么？我们能说所有的生活、工作和行为等等，仅仅是一个人生活中最平庸乏味、最容易消逝、最多愁善感、最软弱无力时刻的混乱呈现吗？……我们可以称之为日常时刻……如果我们就此屈服、沉入酣眠，就不会知道什么在等待着我们。普鲁斯特没有屈服、没有没入酣眠。
>
> ……依靠对这种法则的屈从，他征服了内心绝望的伤痛（他曾经将之称作"……此时此刻本质上无法补救的不完美"），而且在记忆的蜂巢为他思想的蜂群建造起蜂房。

什么样的法则？

普鲁斯特的法则是"夜晚和蜜蜂的法则"，那朱天心呢？

我们或可这样说：

朱天心是一个头顶着美杜莎蛇发（我想象着一尾扭动的

蛇是她埋伏、骚乱——大至一座城市、一段编年，小至一间咖啡屋、琐碎物件、飘浮如风中微尘感官——指针各自不同的时钟）的记忆之神。她的眼瞳凝视之物，立即石化成"昔时"，成为庞贝古城永远停止在毁灭之瞬的浮世绘蜡像馆。"一望"。但我们同时为她深情款款的眼神所骗。一望即成死灰（譬如聚斯金德《香水》中写到大把玫瑰一扔进滚烫热油之瞬，立即枯萎惨白……）

包括她的时间重瞳（《古都》）。"老灵魂"。奇怪我总在那些"怨毒""焦虑""卡珊德拉之预言""抒情传统"的叙事看到一些完全相反的东西。或许这个复杂的小说家在睁睁瞪视眼前发生的一切／将要被咒禁进她小说中的，也正是挣搏于那些"完全相反的本质"。

所以，在第一章以"日记"和"《东京物语》海报那两个站在桥上的暮年夫妇"为时光起点与终点而祭起的"烧金阁"行动（祭品是那位不幸当年写了"日记"却并没有经历浦岛太郎时光机奇遇的老丈夫）；第二章展开了（其实是重来，覆写了）"搭车游戏"的偷情旅途（交换那极限光焰，或光焰黯灭前一证之眼"可以了吗？""可以了"的神之秤的另一端是抛家弃子剜肉刮骨断肠截肢的所有，"不要了"）；连朱伟诚这样的专业读者（或我这样的小说后辈）初读时都会忍不住入戏呻吟提问：

　　……你拿过往年轻时候的认真来检证年老的现实，这种检证可能有些读者会觉得荒谬，我的意思是说用年轻来检证现在，不管什么样的人其结果都必然是不堪的。

——《朱天心答朱伟诚问》

《印刻文学生活志》第六十一期

这或正是朱天心的"法则"：不断插入的旁注，旁注的页沿再被插入延伸了更汹涌语义与无数张"我记得"的禽鸟俯冲快速变换调焦的层叠回忆照片。一开始我们以为那轻灵（而且显得不够多以组成"伪辞典"）的小章节是数独式的填字游戏（误解的词）；或如唐诺在朱天文《巫言》的长跋中提到的，吴清源所说"当棋子下在正确的位置时，每一颗看起来都闪闪发光"的星空……但我们很快就大汗淋漓地发现，每一刹那被朱天心填进空格（或夹起抽换掉）的数字，每一枚被她放进那次叙事那个位置的棋子，都像将要引爆一场连续液态炸药的第一粒灼烫的硫黄，或是核分裂核融合千万次方扩散（无法收回的地狱场景）第一个塌瘪崩溃的原子。

这时，《神隐》展开了，插入"第二次"的另一个"第二次"（以及等比级数或如连续引爆的"误解的词"）的"旁注"沙沙编织起来。博尔赫斯所谓"两种（或两种以上）庞大隐秘、包罗万象的历史"。

黄锦树当年在《从大观园到咖啡馆——阅读／书写朱天心》一文中，以小章节分项定义且论述的"都市人类学"——包括"资讯垃圾"（一方面显示朱天心"一篇写尽一种题材"的惊人企图；另一方面却又透露出她作为都市社会中资讯／垃圾处理机的深沉忧郁）[1]；"蛮荒的记忆"（黄文引《去年在马伦巴》）中慢慢退化为爬虫类的拾荒老人，及《鹤妻》中在"台湾男袜业发展史"、"近五年家电史"、毛巾史、洗衣粉史……物化的世界里为了抗拒男性对她的遗忘（在死前、死后）以商品填满所有隐蔽的角隅，"彻底异化为一个更加静默他者"的鹤妻解释，朱天心"以取消时间纵深度的方式来诠注都市文明中断裂的现实"，把在时间共时化中消失的历史还原为神话，人类的历史从"蛮荒-文明"转变为"蛮荒-蛮荒"；"历史""巫者：新民族志"（"作为巫者，他们进入神话的时间，进入由无数的'死亡'堆砌成的'过去'。在叙述者神经质的旁白、解释性的叙述中，作者援引心理学、哲学、人类学的论述，举证历历……透过类比……"）如今重读，仍奇异地具有如此新鲜、强大的诠释效力。

"神隐"，即是穿过宛如昨日重现的垃圾坟场、老灵魂多年前彳亍做人类学观察的原始部落旷野、神话的时间（这时我们领悟朱天心式的，博尔赫斯之一个以上的"包罗万象的历史"之构建）……如那只变貌成腐烂神的河龙，偿还时间／物质／人类学式庞大城市记忆债务地，哗哗吐出这一切"变老"噩梦的造梦材料。

作为读者，我们原本从《古都》那些一趟趟"天使爱美丽"式的城市蛮荒里乖谲、暴走、颠覆性的"出走／离场／伪物质史"召唤而起的"抒情-愤怨-滑稽"复杂情感，在《漫游

---

1. 收录于朱天心《想我眷村的兄弟们》，二〇〇二，印刻。

者》那黄金印记，如同《百年孤独》老邦迪亚率族人在一片
"长征者的皮靴陷入热腾腾的油滩"，"像梦游般走过悲哀的宇
宙"的"寻父之途"梦中沼泽的乱迷、哀恸与神秘性之后，似
乎印象的判准朝向朱天心小说的抒情与"愤怨著书"（王德威
先生语）倾斜。我似乎也惯性地在阅读朱天心小说的预期舌蕾
上，忽视了那些其实荒谬滑稽，难以言喻的鬼脸，一直到《初
夏荷花时期的爱情》，不，应该说是跟随着第一章之后的第二
章，我们被那强大抒情力量带引，愈陷愈深的浓愁耿耿，凭吊
伤逝之情裹胁，却在某些段落出乎意外地扑哧笑出声（啊？怎
么搞的？）。

　　我不很能厘清这种混杂了抒情、愤怒同时古怪滑稽的情
感是怎么进行的，或如巴赫金曾在《讽刺》这篇短文所作之
界定：

　　　　以其真正的形式而论，讽刺是纯粹的抒情——愤慨
之情。

　　　　讽刺并非作为一种体裁，而是作为创作者对其所写现
实的一种独特态度。

　　　　……所有这些笑闹的节日，无论是希腊的，还是罗马
的，都与时间——季节的交替与农耕的周期有着重要的联
系。笑谑仿佛是记录这交替的事实，记录旧物死亡与新物
诞生的事实。所以，节庆之笑一方面是嘲讽、戏骂、羞辱
（将逝的死亡、冬天、旧岁），另一方面同时又是欣喜、欢
呼、迎接（复苏、春天、新绿、新岁）。这不是单纯的嘲

笑，对旧的否定与对新、对美的肯定紧密交融。这种体现于笑的形象中的否定，因而具有自发的辩证性质。

《初夏荷花时期的爱情》这整部小说当然是环绕着"时间"这一主题进行复奏式的辩证，形式上它在章节间违反现实（或阅读惯性）之逆转、倒带、不同钟面的景框跳跃、停格（微物之神出现）……形成一种小说时间默契的挤迫与松脱，高度期待而骤转虚无，一种（看不见的钟表）机械意象侵入的错置感。在对时间的辩证本身，它所形成的"纯粹的抒情-愤慨"又远比古老农耕节的时间想象要严酷残虐许多：因为衰老（或将逝的死亡）并不是欢欣迎接新生的递嬗旋转门，它是一幅巨大的文明场景将被遗忘（石化、废墟化、天人五衰）、不为人知的秘密抢救行动。小说家让人瞠目结舌的追忆幻术相反地是在"对旧的（等价时光之无限延展）怀念，对新、对美的质疑"，在极窄如"站满天使之针尖"的时间切点之上打开。而各章节间的辩证互相颠倒、逆反……

（这正是"第二次"的力量所在）

大江健三郎在《小说的方法》第七章《仿讽及展开》中，提到俄国形式主义者关于"延续小说事件"，讨论"怎样通过叙述事件的方法让事件的整体像物那样深深地印在读者的意识中？""被'陌生化'的事件又如何成为我们'明视'的对象？""怎样开拓出与符合日常生活逻辑的发展不同的途径？"。什克洛夫斯基指出：

主题这一概念经常与事件的记述以及称为内容的叙述相混淆，但是，内容只不过是构成主题的素材。

……艺术的形式不是靠日常生活的动机形成的，而是通过艺术本身内在的法则来说明。延长小说的做法不是靠纳入对立者，而是靠置换几个部分而得以实现的。作家通过这个方法为我们提供了构成作品方法背后的美学法则。

换言之，即《项狄传》作者斯特恩在扉页引爱比克泰德[1]的话："推动人类的不是行为，而是关于行为的意见。"

大江在这个章节中，举了《堂吉诃德》中，几个"小丑看穿了欺骗作弄他的所有诡计，立刻在内心世界颠倒了两者的关系"，滑稽性模仿的例子（包括主仆两人被作弄骑上木马且糊弄那是可以在天空飞翔的滑稽机关；包括桑丘作为狂欢节小丑当上"岛上的总督"；包括挺身保护引起众怒的牧羊女……），如何"通过显露对既有手法的仿讽来创造他们自己的小说结构"。最感人的一段是写到，意识到自己不久人世的堂吉诃德把朋友们召集到病床边，对他们说：

我确实曾经疯过，但是，我想做一个正常人死去。

他的仆人，一直扮演给堂吉诃德这种疯癫的冒险泼冷水的桑丘，这时却着急地劝他：

---

1. 爱比克泰德（Epictetus，55—135），古罗马帝国时代斯多噶学派哲学家。

　　啊呀，我的主人，您别死呀……您别懒，快起床，照咱们商量好的那样，扮成牧羊人到田里去吧……假如您因为打了败仗气恼，您可以怪在我身上，说我没有给驽马系好肚带，害您摔下马来。况且骑士打胜打败，您书上是常见的，今天败，明天又会胜。

　　大江写道："在此之前，正像堂吉诃德自己所承认的那样，他一直是疯癫的冒险。可是，对守护在病床前看到堂吉诃德垂危的桑丘来说，已经不用担心自己再次被拖入冒险的行列，他获得了新的感受。真正给自己封闭的农民生活带来活力，使自己的生命焕发生机的正是与堂吉诃德所进行的冒险。桑丘认识到日常生活的自己与其他农民一样精神正常、碌碌无为，通过充满活力的自我解放，他看到了另一个世界。这是一个想象力活跃的世界。"

　　或如博尔赫斯在《另一次死亡》里那个死了两次的达米安，提出了两个时间版本：一个是一九四六年在恩特雷里奥斯去世的懦夫；另一个是一九〇四年在马索列尔牺牲的勇士。

　　达米安战斗阵亡，他死时祈求上帝让他回到恩特雷里奥斯。上帝赐恩之前犹豫了一下，祈求恩典的人已经死去……上帝不能改变过去的事，但能改变过去的形象，便把死亡的形象改成昏厥，恩特雷里奥斯人的影子回到了故土。他虽然回去了，但我们不能忘记他只是个影子。他孤零零地生活，没有老婆，没有朋友；他爱一切，具有一切，但仿佛是在玻璃的另一边隔得远远的，后来他"死了"，他那淡淡的形象也就消失，仿佛水消失在水中。

一九四六年的版本则是：

> 达米安在马索列尔战场上表现怯懦，后半辈子决心洗清这一奇耻大辱。他回到恩特雷里奥斯……一直在准备奇迹的出现……四十年来，他暗暗等待，命运终于在他的临终的时刻给他带来了战役。战役在谵妄中出现，但古希腊人早就说过，我们都是梦幻的影子。他垂死时战役重现，他表现英勇，率先做最后的冲锋，一颗子弹打中他前胸。于是，在一九四六年，由于长年的激情，佩德罗，达米安死于发生在一九〇四年冬春之交的败北的马索列尔战役。

博尔赫斯说："《神学大全》里否认上帝能使过去的事没有发生，但只字不提错综复杂的因果关系，那种关系极其庞大隐秘，而且牵一发而动全身，不可能取消一件遥远的微不足道的小事而不取消目前。改变过去并不是改变一个事实，而是取消它有无穷倾向的后果。换一句话说，是创造两种包罗万象的历史。"

"第二次"的力量：不论是大江所说的"想象力活跃的另一个世界"（堂吉诃德主仆针对"现实"或庞大骑士传奇牧羊人小说所发动的）；博尔赫斯所说的，牵一发而动全身，"创造两种完全不同，却各自包罗万象的历史"；或纳博科夫在

《微暗的火》中炫技展开的"小说之于诗的肿瘤式话语增生繁殖",一个妄想症者脑中汹涌冒出的"不存在王国历史"。朱天心在《初夏荷花时期的爱情》启动的小说时间,绝不仅仅是我们那个年代所谓"开放式结局"如芥川的《竹薮中》或福尔斯《法国中尉的女人》,"几个不同版本之情节"。那更接近于昆德拉谈论卡夫卡时所提出的"赋格"——拉丁词原意是"飞翔"或"追逐",同一主题在其他声部模仿、变奏、形成各声部相互问答追逐——"我把我的歧路花园留给许多未来,而不是一个未来",是的,但朱天心在这每一座拆掉重搭的歧路花园里,天啊她打开了"小说不只是故事,而是关于人类行为之意见的全部话语"的潘多拉盒子:想象力、历史、记忆、虚构的权柄、哲学的雄辩……"第二次"并不是与第一义篇幅相当而情节不同的"另一个故事",而是"小说的全部"——作为晚近愈见泛滥的所有将小说变成冰雕婴孩仿冒货(卢卡奇说的"小说有一个孪生兄弟:通俗小说"?)的陈腔:"现在的小说家愈来愈不会说故事了。"或者,某些只在第一义便完成小说阅读之生产与消费的懒惰读者轻率下标:"认同焦虑""城市书写""身体/性别"……的那些小说;甚至她如哪吒刚烈寡恩在抛甩着那些(包括她自己写过的小说)曾经存在的小说时光队伍……所有"关于小说的误解的词"。

　　这个小说家以这趟书写(这本书。这几个作为赋格的短篇)搏击"衰老/时光"这个主题,她明白地告诉我们:小说不只是对生命的"铸风成形""编沙为绳"(博尔赫斯语)、"以影惑体"——它近乎其姐朱天文的短篇《肉身菩萨》结尾引尸毗王割肉贸鸽的故事教训——"这样够了吗？"一次、两次……像裱画老匠人一层一层糊上对这个主题（时光）不可能之捏塑、逆袭、扭转——一则遗失的爱情故事——克利悼亡的大天使变成文德斯《柏林苍穹下》那个自鸿蒙初开以来即瞠视脚下人间，终于选择折翼坠落的天使，为了究问、议论（不是行为而是对行为的意见）、追逐与飞翔……一次又一次造成时间之锉磨、拗扭、伤痕印象的下坠，直到天秤两端（无边的真实与博尔赫斯所说的那个"阿莱夫"）等重。

　　种种，你有意无意努力经营着你的梦中市镇，无非抱持着一种推测：有一天，当它愈来愈清晰，清晰过你现存的世界，那或将是你必须——换个心态或该说——是你可以离开并前往的时刻了。

——《梦一途》

在《不存在的篇章》这一系列短段落，在老男人对着这篇小说的发言者（老女人）说了那段"不结伴旅行者"（借朱天文《巫言》）最哀伤、澄清，且孤独的最后旅程之"结伴邀请"：

　　抱歉我曾把你像一只美丽的鹿一样牢牢抓住不舍得放走，如今，那曾在我体内牢牢抓着我不放的神奇之兽已离去，我们，我们能否自由地（当然仍可以一起结伴）走入旷野，走入另一个彼岸世界。

　　由此，到最末一章《彼岸世界》，那卡尔维诺所说之"轻"的，让人诧异、静默、被那无限自由辽阔但哀绝的弃去所震慑，在这之间，小说家设定了一个非常奇诡的"箱里的造景"，一个窥视孔。同样是那重来一趟的"赫拉克利特河床"之旅程，但这次"搭车游戏"雄兔脚扑朔雌兔眼迷离在"今之昔"的角色换串游戏中，第一次在时光彼岸找到共时点，成为共谋的两人，"你们成了变态老公公老婆婆老妖怪"，分别裹挟一个各自青春幻影之少年少女替身，"你们带他们二人异地一游，看他们吃，看他们走，看他们买，看他们做"。

　　这个视觉魔术如蜡烛黯灭前最后的火焰，惊鸿一瞥，简笔匆匆带过（小说家甚至将其标定如"垃圾回收桶"那般，仅为备忘的"不存在"）。然而，这一个"其实存在的窥视孔"，以我这样一个小说后辈读来，如林俊颖在《巫师与美洲豹》一文所引博尔赫斯之"阿莱夫"：

　　　　据说它的形状是一个指天指地的人，说明下面的世界是一面镜子，是上面世界的地图；在集合理论中，它是超穷数字的象征，在超穷数字中，总和并不大于它的组成部分。

　　　　……墙那一边，不会有什么的，他们小妖似的身着新买的寸缕、肤贴玫瑰花蔓藤刺青贴纸、手腕颈项咣啷啷戴满白日血拼的战利品（混合着重金属和哥特风的骷髅头皇冠十字架）……他们互不相视，什么都不做，不做那、此行、此生、你期待之事……都说欲界的男女天人，随时以身相亲，夜摩诸天的仅仅以手相拉，兜率陀天的仅仅以心相思，化乐诸天的仅仅以目相对，他化自在天的仅仅以语相应——仅仅如此即可完成交合。如此，竟是老公狮说的彼岸世界吗？

那个窥视孔构建的观看剧场，如小说之林，机关重重，繁复汹涌既是时光的悖论，今昔的对峙（《博尔赫斯和我》？或者《古都》里的"我"与Ａ？）又是暮年之眼凝视青春丰饶色境的感官爆炸（不论是川端《睡美人》对少女胴体那近乎恋尸癖的微物之神，或纳博科夫《洛丽塔》的昆虫学家式审美狂执）。

对我这小说后辈而言，直如插剑石上论艺，搔耳挠腮，揣度其意，余绪无穷。

（此时应是小说家食指大动、派遣墙这边的两个变态老人登场做变态之事的时刻……）

（你多希望小说家为你多写些篇章，抵抗着终得步上彼岸世界的那一刻。）

也许是小说家的钟面，移格到我们重兵屯集，列阵决战的旷野边界另一端，幽微神秘的刻度所在？

……留有夜灯的病房，我可以确实清楚看到躺着的父亲睁着大眼四处打量，异于白日地因药物和贫血而昏睡。父亲确实清楚看到很多我无法看到的什么，他鹰似的爱观察的炯炯双眼，焦距左右远近不定地时时变换着，几乎我

可以听到上好的单眼相机不断咔嚓地按快门声……真想问
他看到了什么。

——《〈华太平家传〉的作者与我》

天人五衰，魂飞魄散，神明形体终于塌毁崩陷前那一刻，
小说家记下的是一场将启程的"老年的未竟之渡"，出发前的
刻舟求剑式的怀念、荒诞，甚至堂吉诃德主仆摇头晃脑、两眼
认真但同时神秘诡笑的，只属于小说的"一个秘密的奇迹"。
当青春的幻术以不同故事祭起又次第萎白凋谢，形式的"第二
次"泄露了杜子春式的时间原点，"换取"的过程我们不知不
觉因小说的物质性力量，领会到从极限光焰那端一点一滴交换
到衰老这端的"老年"，其实千滋百味，印满初老小说家好奇
把玩，难以言喻的情感，作为替身的青春"另一个我"反而愈
见透明。这个古怪的两个老人窥视两只年轻幼兽的房间（时光
的渡口或驿站？），让我背脊起鸡皮疙瘩地想到福尔斯以莎翁
《暴风雨》中普洛斯帕罗为主人翁原型的长篇《魔法师》；或
大江在《再见，我的书》那个老头古义人在他的"另一个"分
身将他诱卷进一场"以老人之姿重来一次的三岛切腹式恐怖行
动"的暴乱、滑稽，但同时悲愤的"堂吉诃德矛枪的奋力一
掷"，脑海中却宛若音乐鸣响着艾略特诗句：

我已不愿再听老人的智慧，
而宁愿听到老人的愚行，
老人不安和狂乱的恐惧

老人厌恶被缠住的那种恐惧

老人惧怕属于另一人，惧怕属于其他人

惧怕属于上帝的那种恐惧。

　　这是这间怪异的小小房间带给我的强大冲击："原来如此！"而远不止于此。在看到小说家以像素数千倍于我们之屏幕，以快速切换焦距的多景窗视觉，以《博闻强记的富内斯》那样将所有约定俗成之抽象符号与计数单位全抽换成完全独立的第一手感性所造成之"细节的细节的晕眩"，一种整座城所有钟楼的钟面全调成不同时刻的疯狂共鸣……进占那个难以言喻的房间之前，太容易被那些"没有误解的词"、类型化角色、想当然耳的抒情传统给套用、臆想的"暮年之哀"。"老男人／老女人"——误解的词——你不断在阅读中被调校着自己不够宽广的变速箱，被小说家左突右奔，不同路况的跳换中闻到自己过于僵直灵魂轮胎的烧焦味。老人的智慧，澄澈死寂的无欲与怀念……不，这个"初老的秘密"有时杀气腾腾，有时泪眼汪汪易感自弃，有时决绝寡恩到让人胃部发冷，但有时读着读着会被那古怪滑稽的段落惹得（在咖啡屋引人侧目地）哈哈大笑……

　　如同也是双鱼座小说家的马尔克斯，在《霍乱时期的爱情》，写到暌违半世纪的这一对老恋人那应该是整个小说高潮的会面时，竟然写的是阿里萨"腹部立刻充满了疼痛难忍的气泡"，在羞耻和痛苦下匆匆告别，之后在自己车上拉起肚子。或是写到他俩在最后运河上来回航行那轮船的第一夜，费尔米纳说了那句俗烂又非如此不可的台词后（"不行了，我已是老太婆了！"）接下来却是：

> 她听见他在黑暗中走出去，听见也走在楼梯上的脚步声，听见他渐渐消失的声音。费尔米纳又点了一支烟。一面吸着，一面看到了乌尔比诺医生。他穿着整洁的麻布衣服，带着职业的庄严和明显的同情，以及彬彬有礼的爱，从另一条过去的船上挥舞着帽子向她做再见的手势。"我们男人都是些可悲的偏见的奴隶。"……费尔米纳坐在那儿一动不动，直到天亮。她一直在想着阿里萨，不是福音公园中那个神情忧郁的哨兵阿里萨，那个阿里萨已激不起她的一丝怀念之情了，而是此时的阿里萨，他衰老了，然而是真实的阿里萨，她一直伸手可及，但却没有及时识别出来。

很怪的是，我读朱天心《初夏荷花时期的爱情》，一路下来，从第一章、第二章，小说之妖兽不断从记忆封印之铜柜放出，到了黄锦树曾云"伪神话""伪人类学"的"误解的词"，衰老成为捡拾碎瓦残骸（又回到克利的大天使？《去年在马伦巴》的拾荒老人？）在场的存在：那个"不再留恋现世的东西，不再了解和喜欢现世的人，其实都在预做准备，预做前往彼岸世界准备"的渡口，我却被一种完全相反的、眷恋不忍、对眼前每一件细物的衰坏或石化惊怒且哀恸，昆德拉所言"对人类存在处境描述之热情"给震动。

不仅止描述（当然也远不止"热情"，那近乎疯狂地召唤小说全部之术，国王的随从与他心爱的猎犬，上穷碧落下黄泉，以追讨之）。于是在我看了《不存在的篇章Ⅱ》这一段文字，竟无法控制自己是一专业读者地哽咽起来：

> 窥视孔中，两名小妖终于四仰八叉地睡着，仍耳戴耳机，软垂着长长触须器官似的接线，室内灯火大亮，电视大开，想必冷气也开在最强，零食饮料吃完没吃完地散落身畔，中毒身亡状。
>
> （此时应是小说家食指大动、派遣墙这边的两个变态老人登场做变态之事的时刻）……

> 二老不从，女的离开窥视孔沉吟着："这样会着凉，该给他们盖床毯子……"
>
> 男的，泪流满面，他们，多像那最终偷偷塞块肉干给他的那女孩，多像那唯一发现他走入旷野变作蹲踞着一只鹰的那小孤儿啊……

大江在那个章节稍后又引了两小段艾略特《东科克》的诗句，我将之倒置，恰可作为对朱天心这本小说像时光坛城，将时光如神兽庖解一如达·芬奇那些解剖图的神秘阅读经验之注脚：

> 我对自己的灵魂说，静静地，不怀希望地等待，
> 因为希望经常是对于错误事物的希望；
> 不怀爱情地等待，

因为爱情经常是对于错误事物的爱情。

啊黑暗黑暗黑暗。人们全都去往黑暗之中，
那个空空如也的星辰的空间，空旷前往空旷。

不确定的灰色地带

　　品特的剧本《往日》是至今我反复重读，仍为其暴烈的诗意、不可确定的记忆主体在镶嵌组合互相之抒情时刻，这样一个紊乱、错位，叫人迷惘而叹服的作品。舞台上有一个丈夫、一个妻子，他们充满对往昔时光眷恋之情感地招待妻子昔日的昵友。这样二女一男的对戏，充满阴影的嫉妒关系与疲惫的支配关系不断像换舞伴那样轮替着。作为第三者的安娜（妻子的昵友）和丈夫亲昵地谈论着妻子在少女时光的私密癖性。那妻子不断忧心地插话："你们谈我的态度好像是我已经死了。"

　　苏伟贞的小说集《魔术时刻》，收录了八个短篇，逐篇读下来，让我后颈泛疙瘩地想起品特的《往日》。

　　这里面有另一层的意涵:《魔术时刻》之定为书名，以及作者自序中提及:

　　　　……放手由着小说带领我，进入一个难以捉摸、非常

间接、无比缓慢、充满试探意味的异次元空间……后来是
在一场座谈会，我听见小说家朱天文谈及电影技术"魔术
时刻"捕捉"暧昧不明、幽微难测的灰黑地带"狼狗时光
的效果。狼狗时光衔接白昼与黑夜中间暮色，只有短短几
分钟，要留住顷刻画面，抢拍手法叫"魔术时刻"（magic
hour）。我猜测生命情境不确定的灰色地带便是这个空间。

这样抒情化散文式的自我叙述极容易诱引读者催眠般地
进入一博尔赫斯以降拉美魔幻写实之"时间特技"（博尔赫斯
《秘密的奇迹》将面临行刑枪队的剧作家向上帝挪借来完成旷
世巨作的一年，吊诡地压缩在濒死前的一秒之瞬。或是卡洛
斯·富恩特斯的《奥拉》，将年轻历史学者抄写老将军回忆录
的过程，被吸卷吞噬进破碎纸页禁锢的浪漫传奇）。在这一部
分，苏伟贞的这本小说集，似乎仍延续着《沉默之岛》时期，
评者所言"双重平行故事线或多或少给人以精英式'实验小
说'的印象。小说的结构有明显的几何性——偏离了处理同类
题材的文类所惯用的写实框架"（张诵圣语）；或是"在话语
符号无所不在的天地里小说家要写一种幽秘的沉默：对话语的
拒斥，也是对回忆及历史的拒斥"。（王德威语）

然则回到品特，剧评家们为之困惑的"鬼魂般存在于舞
台上的安娜"——那个第三者，她掌握了妻子少女时期不为丈
夫所知的淫荡一面，她具备妻子无能力的与丈夫共同缅怀那逝
去年代的抒情能力，甚且她可能在许多年前和丈夫有一段粗鄙
但热情的不伦关系……剧评家们甚至认为安娜的存在，是暴力

化地张展了婚姻关系中被扼杀掉的"妻子的另一个可能"，问题不可能如此简单。现代主义的戏剧性面貌不仅在它将漫长的写实性昔时压缩在一混蒙不明的暧昧时刻。许多的闯入者正是那挟带着庞大的时间（记忆，或相对于大历史的个人的猥琐历史）债务的麻烦异类。

如同书名《魔术时刻》之单篇里，在台北"老于情感游戏"（"你是我这一生拥有过最现代化的礼物"）的女主角，主动和男主角（在他说完十四岁时知青下放在长白山里伐木，害怕自己一次爱都没做过就死在山里）在大连城市的飞天轮上方性爱。

男主角成群深叹口气："言静，那是不够的。"

苏伟贞这样写道："怎么会够呢？连一场电影的时间都没有，更没有足够的了解……半年见一次是不够的，他特殊的故事是不够的……"

这样在游乐场意象的城市顶空的匆促交媾正是《魔术时刻》在"天色明暗暧昧，只有七八分钟光景，叫作狼狗时光"的紧迫交换压缩光碟般的"异国身世"的故事时差。"那确实是不够的。"

我记得我初读玛格丽特·杜拉斯的《情人》的第一段：

"我已经不再年轻了，可是有一天在某处的大厅中，一位男士走过来自我介绍之后，他说：'我以前就认识你了。大家都说你年轻时是个美人儿，但是我想告诉你，我觉得现在的你比年轻时更漂亮。和你年轻时比起来，我比较喜欢你现在的容貌，历尽风霜的容貌。'"但她之后写到："十八岁的我就已经老了……眼看着老化现象渐渐地毁去脸上的优美线条，五官也产生了不同的变化；在脸孔逐渐老化的过程中，我不仅尝到了恐惧，同时也尝到了一种逐渐陷入小说情节里的心境。"

我想那是我初次在时序错乱的"现代主义小说"的阅读教养中，第一次深深地被某种"现代性时间"的小说爱情力量给折服（你可以说那是"撒谎隐瞒"）。那是在读到福克纳的《献给艾米丽的玫瑰》——一个独居的妇人将她负心的情人用砒霜毒死，与尸骸共眠了数年之久——之前；在博尔赫斯的《小径分岔的花园》之前；在巴思的《迷失在游乐场》之前；甚至在卡尔维诺的《命运交叉的城堡》之前……这些层层遮蔽的"撒谎与隐瞒"，形成了一种隙光自各种漏洞折射进来的时间之屋。一个时间的黑洞。完整的故事在预备开始述说前，便被在它之前那千百个故事的重量压垮变形。（"我以前就认识你了。大家都说你年轻时是个美人儿……""我不仅尝到了恐惧，同时也尝到了一种逐渐陷入小说情节里的心境。"）

那个时候，仿若噤声坐在品特的剧场舞台下，看着那个同时挟带着活着的饱满记忆和死去时光无边的空无的第三人（如今我们娴熟地称之为"他者"），款款地穿过被暂停的主人翁之间。

那个鬼魂般存在的"第三人"何其重要，不仅要借以表现时间暂停的大厅里，每一个心思迥异的人们被误解，被"哭泣与耳语"，被"声音与愤怒"互相侵夺。遗忘、隐蔽的更多的"身份"（昆德拉且还动员了"误解的词"）——如同《倒影小维》、如同《候鸟顾同》，它们总像王尔德的童话《打鱼人和他的灵魂》里，那个被负心地用鞘刀割离的影子。

> ……她终于掉进记忆更深的失重状态，确定永远不会
> 放自己出来了。世界另一边，一个封闭的潜水钟里。背
> 负着她自己和顾两个人的生命，如果她不记得顾，顾就
> 会消失……
>
> ——《候鸟顾同》

在时间启动的最初时刻，"顾哥哥"是在十四岁少女房间，近乎"与自己同性"，"具有一种轻暴力"的，每次射精后异常烦躁自问："那些不见的东西都到哪里去了？"这样细微索索，像用丝弦吊住才不至于发狂崩溃的懵懂的爱与伤害。之后（时间启动了之后），顾被送进精神疗养院。她则持续在"这个世界"长大，顾成为她每晚夜归时，窗外反复出现的一只候鸟。"顾哥哥，你以什么方式出现呢？"少女时光暧昧光影的性侵害者，变成了一同对抗更巨大的伤害的世界的，冻结时间的共谋者。

我以为这样如鸟喙反复敲窗，"她和顾哥哥身体之间的光是灰蓝色"，不断回头勾引时间碎片的优美书写，后面有着一个现代主义细腻教养的说故事人，不得不如此让她的故事在时间重力场寻找最折叠形式的困难。

这样的说故事者，听到王安忆说"城市无传奇"时，一定会讶然晕眩。

很讽刺地，这里所说的"现代主义之教养"，却在本雅明

早于一九三三年的文章《经验与贫乏》中，愤怒地指出："随着技术释放出来的巨大威力，一种新的悲哀降临到了人类的头上——他们都摒弃了传统的人的形象，那种庄严、高贵以过去的牺牲品为修饰的形象，而转向了赤裸裸的当代人，他们像新生婴儿哭啼着躺在时代的肮脏尿布上——那像是恩索尔的油画：大都市的所有街道上都在闹鬼；市侩招摇过市，身着狂欢节服饰，戴着扭曲的粉饰面具头顶着金光闪闪的花环……"

本雅明说："我们必须承认：这种经验贫乏不仅是个人的，而且是人类经验的贫乏，也就是说，是一种新的无教养。"

这是我作为后辈，阅读苏伟贞或她同一辈小说家，这些年出手愈缓慢，而形式的内造愈朝向一现实的光束极难轻松穿过的晦涩繁复之世界，心中常兴起的凛然敬畏之感（包括愈来愈轻易在评论文学上读到"看不懂"这样句子的《漫游者》《城邦暴力团》）。那像是一个曾经目睹（或记忆）了某一整世代的繁华文明或经由时间积淀而形成传奇厚册的"第三人"鬼魂，在一个过渡的（时差）形式里，不甘心地偷渡进那个空间化了（失去时间向度）的，可任意停格的现代（都会）剧场的表演区。

这是《日历月历挂在墙壁》那个老太太在日记里凭空多出（虚拟）个女儿"冯冯"。只有这个虚拟在二次元世界里的女孩可以出镜喊停时间让老太太和她在光源区轻摇双人探戈。日记外的世界是一个背义的，老爷早在多年前即窝囊离弃而去的衰败的封闭家族（就那些仓皇敷衍老太太的第二代儿女言，或是被——新的时局、新的语境、新的伦理、新的都市丛林生存法则——更广义的"不义"遗弃了）；或是如《老爸关云短》，那么地向朱西甯致敬式的山东腔口，那么地如王德威所说"苏伟贞即使写情，也是在写一决绝的义气"。那样假戏真扮地进入老先生反复哭着说书《三国》——一窝的关云笑关云拉风关云霸关东关云腿关云闷——这样倒影与真实世界的酬换指涉都险险要闭锁成"老派眷村人的戏疯子故事"时，结尾却是一极幽微隐晦的，经由伤害而一闪而逝的（那是何其现代性的），"伪扮在男戏服里的女儿终于向她的父亲情人款款展露她的女性身体"，她的现代性台词将舞台上的《三国演义》段子瞬间摧毁：

"老爸，你知道吗？有一种故事，不用来观赏，是用来经过的。"

这样的，最后一批"有教养"（或曾目睹了"有教养"的佚失族类）的追忆冲动者，或作为第一批完整的现代性时间（现代主义小说的完整引介与临摹）的，本雅明所谓的"无教养"的悲哀处境——"他们渴望一种能够纯洁明确表现他们的外在及内在的贫乏环境，并非总是无知或无经验；恰恰相反。他们'吞噬'了这一切——'文化''人'，他们吃得过饱，疲倦了。"——如同将黄锦树评朱天心的《自大观园到咖啡馆》的隐喻作本雅明式的"续集"："疲倦之后，继之而来的是睡眠，睡眠中不乏这样的情形：梦弥补着白日的悲痛和胆怯，表现着清醒状态中无力可及，非常简单却十分伟大的生存实现。"

所以苏伟贞的《以上情节……》不可能如王安忆在《长恨歌》中让王琦瑶在强光投影、工作人等乱哄哄的片厂里，在催

眠般的"开麦拉"的呼喳下卷进命运的传奇。《以上情节……》
的宝圣，活在一个"假装的世界"里——反高潮、纯属虚构、
母亲是一个无趣的女性主义服膺者、父亲则像"捏造出来"从
小偷跑去学校偷看她（后来也就消失了）——她成天成夜地泡
在电影院，随着那些片段的、平面的巨大人影和对白长大。片
中深谙世事的人物说了台词："我们只有这个世界，现在的这
个。"宝圣则回嘴："你错了！我们连这个世界都没有。"

　　如同张旭东说本雅明"死于一种'对这个时代'经验的
无能，但这个离时代最近的人却偏偏感到一强烈不可遏制的欲
望，他要保留住这个时代，把它描绘出来"。这亦是苏伟贞及
其同世代拔尖小说家群，无论在推进小说技艺或对存在处境的
感性边界，"宛如在寂静深海底"的难度（或困境）。他们无法
如下个世代，彻底缴械成为波德里亚拟像（simulacre）虚构世
界的嘻哈信徒。但离开了大观园，游晃进咖啡屋后，世界的细
节全成了"单向街"，也许亦如奈保尔所说（"我的虚构小说已
经写完了"）："小说只有在处理单一文化的时候最方便——单
一种文化，就那么一套行为模式，几乎就像简·奥斯汀一样。
不过，当整个世界从四面八方冲激的时候，小说那种形态就无
法绝对地呼应这种趋势，而撒谎隐瞒又如此轻而易举……"

　　不论是"说三国"里，忠孝节义君臣夫妇啼泪别离的说书
言语（父系语言？与当下时空无关的"中国"想象性符号？）；
不论是庞大的电影对白堆积成的时间流；不论是一个老妇在阿
尔茨海默症的蚀空脑袋里自动修补生命裂片而活生生长出来
的一个"不存在的人"；或是其实早已被按停生命时刻（如静

止在照片里的小维，或疯人院里的顾同），仍被作为麦芽糖拔丝般不断召唤以证明主体时间确实存在之客物；或是在"狼狗时光"里仙德瑞拉般抢在魔法消失前匆促以肉体相衔，仿佛两座庞大记忆体以烧录机快速压缩形式交换身世的《魔术时刻》《孤岛之夜》……这本小说始终在主题复返重奏着一品特《往日》式的，伤逝（和它后面的阉割焦虑）与欣羡（及暴力）：失掉语言的、倒影世界的、鬼魂般在城市咖啡馆或拟像媒体掏空背景、故事、空间的"看不见的城市"里游荡——这样的"无传奇人种"却同时是"说故事人后裔"——每一则故事在表演的恰不是那"魔术时刻"被冻结的、淡黄色美好如旧照片的幸福之瞬；而是魔术终止后，无边黑暗侵夺涌来，所有的语言皆如伪币如狐狸树叶枯萎凋败，你不得不在光度巨大落差的散场时刻推门出场，与外面的世界继续对话（即使再格格不入、混乱或枯燥）——那样的哀恸逾恒。

二〇〇二年七月《联合文学》

镇魂曲
不存在的女儿和她的疯魔情人们

这是一个困难而恐怖的经验。

困难处不在阅读本身，反而是在那剥洋葱般一瓣一瓣摘下包裹身世谜雾的每一张呻吟的、颠倒嗔痴的、为爱而变貌成魔的群脸。恐怖的不是那伤害最核心的"父之罪"——这几乎已成为陈雪成熟期之后所有小说技术、叙事迷宫所封印镇魂的那张恶魔之脸——那比所有的伤害史更蒙昧混沌的史前时光，恶魔的脸其实孤独、软弱，被生命的不幸和社会的剥夺损坏而微弱打光重建出一张暗室中五官融化剥塌的"可怜人"，恐怖的不是作者如女祭司召唤所有原本静置冻结于往昔时代，所有被那一场核爆般"爱欲之魔"所附、炸得尸骸碎裂的亡灵，再一次像剧场演员在废墟中支撑站起，重演一次当时那（所有）高烧的、呓语的、想杀掉对方的，把有限之爱之能量一次挥发炽亮到极限的……那种慢速倒带睁大眼睛、不放过当时咒困其中每一角色内心微细叶脉绒毛，其实追忆之摄影镜头对着的，是像高温焊熔枪对着眼球喷出的氢焰……

　　是怎样的心灵可以承受这样"整座地狱燃烧得如此辉煌"的全景素描——而非洪太尉揭开镇魔铁板放出一百零八天罡地煞之魔物瞬刻的轰然汹涌——作为小说同业，我畏凛佩服的是，从剥洋葱起始，层层屏障回廊，陈雪如何能以一种小说家的绝对专业，像藏密唐卡老绘师，一层一层镶嵌叠套，每一细节填色、描花、精密繁错地占领局部，绝无晕染泼洒？如何能在娓娓旁白时，拿镜头的手从未抖过？如何能，不为最初无辜置放至少女躯体内的核废料之毒液腐蚀、扩散，被愤怒与疯狂吞噬？或相反地，被遗忘机制或心理治疗话语体系保护，将那一切噩梦封箱沉入最深之海底？是怎样强大的心灵，可以不虚无、不进入憎恨冰冷之境，不为画面里"所有人都疯了"至爱之人全变身成鬼形、猪形，在油锅刀山刑架上哀号哭泣的暴乱全景所惑，如目犍连以锡杖击地，坏肉身入冥府，引渡、释放、以泪水滋润，那些枯槁恶臭困在伤害地层冻土里的亲人与爱人之怨灵？

　　如何能？

　　我们总在想：灵魂的盒盖掀开后，里头能藏有多少可能？

　　这部小说朦胧让我想起王安忆的《小城之恋》，二者毫无相似处，只是一个"性进入离群索居的二人小世界"的寂静与悲伤，"只有我俩"的一种疯癫与朝必然之半衰期耗竭。

　　其实推进叙事唱盘旋转的声纹形式，以我们这世代的小说技术选择而言，甚至可算古典：多声部内心独白之轮奏，譬如福克纳《喧哗与骚动》、芥川《竹薮中》，或如伯格曼那些静置剧场里脸孔没入暗影的聚会之人，汩汩吐出各自纠结埋藏之恨意与伤害：琇琇、阿鹰、淑娟、阿豹。

每一部里像精准组合的小女孩玩具"甜蜜家庭模型"伤害版：芭比和她的爸爸、妈妈、男友们、妹妹、男友的妻子……当时，墙在这里，沙发在这里，床在这里，电视播放的是哪一部片子，谁谁谁在那个时刻说了一句什么样的话，另一个人脸上表情是怎样细微之变化！每一部里像上发条的蜡雕傀儡以三人或四人一组，一动对位一动地跳着把自己机械拆掉、慢速地毁灭的探戈……或者，我们看这位作者在展示一种奇异、冷静的游戏：一座由无数片长方薄积木垂直堆架而上的、巍巍颤颤的高塔，每次从塔身各处抽走一片薄积木，在一种高度危险的焦虑中，那脆弱之塔在各部位似乎致命处被抽去仍保持不倒，直到造成最后崩塌的那片不知在何时被抽掉……

琇琇这个女孩，是书中所有男人之所以附魔、狂情荡欲、颠倒疯狂的核燃芯棒，将性欲与极限美感渴求带至一光爆的形貌。她既是洛丽塔，又是以处女身被缚绑上刑架承受"父之恶"的牺牲。她摧毁了那阴郁、苦闷、不擅描述自身感性的典型台湾底层男性的"婚姻""结拜兄弟""长嫂如母""叔叔与侄女"这种种细微索索的性之经济、权力，伦理网络。那其实是本土女性版的《家变》。只是坏毁的剧场驱力非王文兴式的"时间"（或曰卷轴画式的全景、慢速时间，静置镜头对着一活物记录其败坏、塌陷、溃毁之长时间过程的哀感），陈雪是以"性"，或琇琇这个"被超现实、超越社会伦常能承受之性而永远摘除掉'正常'晶片"的女孩，因为女童时期为父所玷污，而封印在一永远纯真（帮痛苦父亲治病的小女孩，或用意志将胯下闭合成一无孔穴状态的超现实自我想象）的疗愈处女神，作为那引发这一切"大人扮家家酒""所有人伪装成幸福快乐"的这一群其实良善、卑微的几个家庭剧场的恐怖大爆炸之液态炸药。

我想台湾小说或不曾有将"性"展演得如此纯粹、妖异、美丽——除了舞鹤之外——却具有毁灭之神狰狞之脸的恐怖力量的书写了。

我记得去年（二〇〇八）年初，在农历年前，我与陈雪、颜忠贤君、杨凯麟君四人同游台南，在大天后宫前庙埕，目睹了一场奇异诡丽之出巡神偶朝拜黑脸妈祖的"神拜神"场面。我曾将这段经验写在自己的小说之中：

　　　　那是八尊两层楼高的巨型傀儡，各自穿着白银蟒鳞锦织绣袍，关节僵固不动，但双臂长袖曳摆摇甩。祂们是范谢甘柳四将军，春夏秋冬四大神，踩着颠倒梦幻的舞步绕着圈子，像是八个得了巨人症的长脚大个儿相聚欢喜又焦虑地不知如何是好，祂们的腹脐部各有一潜艇般的舷窗，让躲在巨神身体里面下方的蛮勇汉子眼神凄迷地看着外面炮仗锣鼓喧天，纸醉金迷一张张畏惧却又迷醉的凡人的脸。

　　　　"大仙尪仔。"他发现这几尊在发光的房间金漆巨影的女神注视下跳着神之呆傻舞步的巨人们，脸部不如印象中这种绕境傀儡漆着俗丽肉色漆红色漆或黑色漆，而是长须长眉，脸如焦炭或枣木，瘦削拉长的下巴、深凹的大眼、高耸的鹰钩鼻——完全是中亚人或阿拉伯人混血的人种轮廓。他想：搞了半天，原来这每每在巡神幻丽之境孤独于半空中挥着长袖的大个儿判官或瘟神将军们，根本就是几个忘了回家之途、陷困于矮小汉人梦境中的八个外国人。

八个胡人。老外。

每尊盔顶红珠乱颤，背插旌旗，祂们不敢回看身后那銮殿中目光灼灼的天后。摇头晃脑，孤零零进不了这包围住祂们的汉人梦境。一脸滑稽悲伤，找不到回去当初被甩出神之梦境的路径。祂们每一尊的头顶，木雕层瓣而上，非常古怪地载着如一座金漆凌霄殿的奥丽之冠，一个想法深深震动了他。

神把祂的旅馆顶在自己的头上。

这几尊大仙尪仔、异国神祇，即使最后混迹于一座汉人之城里，从事驱邪压煞，捕捉恶鬼的游巡武职，在汉人的集体阴怖梦境里挺着四米以上的高个儿，穿着华丽汉服东奔西走，但祂们，仍像那些非法外劳在地下工厂、餐厅、面包店地下作坊间流窜躲避移民官员，得把铺盖随身携带。即使那些神的旅馆建筑得如此幻丽繁复，让人目眩神迷，祂们还是得把它们顶在头上随时可进行迁移中的迁移。

于是，跟在大仙尪仔之后列阵摇头晃脑踩"虎步"前行的八家将，就像是一整批从那些巨神头顶神的旅馆里歪歪跌跌摔出的不成形小人儿。他们矮小（或因跳八家将的都是一些十三四岁，身体尚未发育完熟的青少年男孩）精瘦、背膊刺龙刺凤，个个一脸酣迷、双眼怒睁，绘了京剧孙悟空白菊花绽放的脸谱后面，带着迌迌仔的腾腾杀气，那脸谱使他们的脸，绽裂开一个以鼻尖为圆心的黑洞，或如旋转中的彩色风车。他们左手统一执一把蒲扇，右手各自拿着鱼枷、蛇杖、戒棍、火盆、黑旗、瓜锤、判官笔……这些蜕化成神失败、被从神的旅馆逐出的少年神差们，知道此刻自己正在这被善男信女一层层包围的神之剧场的正中央，他们像梦游者附魔者神之胚胎被用针尖挑刺过的畸形怪物，有人类少年的胸肌和乳头，却穿束着最低阶之神（不是天界之神，是冥界之神阴司之神的衙役）彩衣官服招摇街市。蜂炮和烟花在夜空炸开，广场群众外围有至少二十支白铁打铸的长螺号，单调却邪魅地冲着他们发出宰杀鲸鱼时被海涛一阵一阵盖过的呜咽悲鸣。

"神在拜神了……"人群中有人低喊。

——《西夏旅馆·神之旅馆》

是夜，在凯麟君家客厅，我第一次听陈雪娓娓陈述琇琇、阿鹰、阿豹及环绕着这整个恐怖剧"所有人都疯了"的附魔故事，那非常像一千零一夜某个最关键之夜的启开封印群魔嗥鸣窜出的说不完的故事，我记得我听得泪水满面，除了说故事的陈雪像降灵巫祭起故事中每个角色被自己"因爱而入魔"的变形毁灭样貌而惊吓之画面，我们每个人都噤默无言，只能浑身发冷地抽着烟。当时我便预感《附魔者》这本书一旦写出，将是陈雪进入成熟期最重要的一部小说。那个晚上我们在天后宫前看到"大仙尪仔"与八家将以一种台湾迟迟男子的阳刚、暴烈，但又妖媚之舞步，在炮仗与锣钹的迷离衬响中，摇头晃脑不知如何是好地绕圈朝拜那尊黑脸女神，那恰像后来听到阿鹰、阿豹们痛苦进入琇琇以自身为潘多拉之盒而开启的"大型强子对撞机"——所谓的末日实验，当琇琇这个小女孩曾受到的伤害被拆封，一旦这些雄豪男子心中掠过"以爱为救赎"之念头，你立刻听见故事中一座一座个人宇宙次第崩毁坏灭的巨响——整个夜晚恰形成一相咬相扣、颠倒迷幻之华丽隐喻。

本书书名挪借自陀思妥耶夫斯基之《附魔者》，实则书中诸人在狂爱之漩涡中扭曲、呻吟、恐惧之脸，反而让我想到陀氏另一本小说《卡拉马佐夫兄弟》的三种对应"父之罪"的爱（或失爱、无爱）、惩罚或救赎：米卡、伊凡、阿莱沙谢意三兄弟。

如同他所有小说对"激情"的迟疑：

良心的折磨、悔恨、永远被地狱之火灼烧。

在陀氏《卡拉马佐夫兄弟》之中，弑父——杀掉那个卑鄙丑恶的父亲——以伊凡（具有《罪与罚》以降，高等智力之"超人"，拥有无边界之自由可以杀掉劣等人种的附魔者）引诱他的兄弟米卡（像狄俄倪索斯那样的动物本能型男人）去执行杀父的行动。在陀氏典型的"附魔者"与"白痴"之钱币两面，时常缠祟着一个巨大、恐怖的提问：人可能把自己拉高到神的视域？僭越进入神的纯粹时间？包括伯格曼《第七封印》里和死神对弈的中世纪武士；包括《银翼杀手》里那个博士按自己智力之理想典型打造之复制人，在捏爆自己的创造者（对比意义之上帝、父亲）前，说："我将要做一件令人困惑的事。"不论"惩罚"或"负轭受苦"，其实皆是篡夺神之权柄，那样的自我意志扩张，注定如宫崎骏《风之谷》那帝国打造之巨大战斗机器人，站起以恐怖力量口吐光焰暴风将遍野王虫瞬刻烧成焦烬，但终因体骨身躯无法支撑那巨大能力之挪借，在下一瞬立刻融解垮掉。"上帝的裁判并不和人类的裁判一样。"

在陈雪的《附魔者》中，"父之罪"在伤害起始的神秘时刻，在那人间伦理惨不忍睹的光影蒙昧暗室，她并不是将之放置在一精神分析式的辩证（这早在《恶魔的女儿》，乃至后来的《桥上的孩子》《陈春天》，已经以不同的小说引渡"宽恕"过那个被自己所犯罪行永恒钉在核爆时刻的不幸父亲了），而是进入一神秘主义的摄影：那个扮演了女性版阿莱沙（《卡拉马佐夫兄弟》中，具备基督之爱的那个老幺）的琇琇，以神性之哀悯包裹救赎无数时光反复的卑微、损毁、犯错的父亲，但这样作为其他小说结尾的升华与宽恕是可能的吗？

于是在《附魔者》这个故事里，裸身吞食了父之噩梦的童女神，反而启动了"附魔"：因为在一纯真无告的"处女机器"自我修补自我净化的程式内建过程，在将父之罪的暗影翻印成"女儿之爱"的极限强光，像与真实世界漂离断裂的一只"玻璃瓶中帆船模型"的精巧灵魂之内向小宇宙，使得琇琇在真实界与人间男子遭遇时，形成一种爱之形式无从建立、爱必须被拉高到不可能之强度才可能盖过那恶魔父亲包覆于温暖子宫内的童女神的"纯净的性"。否则任何的爱欲行动皆重演强暴

（奇异的是，阿鹰与阿豹掉进对琇琇之洛丽塔狂魔迷恋，场景皆是在KTV小包厢——那父之罪密室的复制）。爱之神光降临在阿鹰与阿豹身上时，变得痛苦、阴郁、折磨、扭曲。于是一种奇异的腔肠式叠套魔术出现了：在陈雪的《附魔者》里，琇琇既是那无比温柔承受父之玷污的神之子阿莱沙谢意；却同时是操控傀儡悬丝让米卡（雄性动物本能的阿鹰与阿豹）去弑父的伊凡。她揭开、让他们看见那极限光焰，一旦附魔无法重回人间义理秩序，无比妖艳无比纯真，却又在像骇客[1]植入病毒软体[2]将他们原本运行无碍之男性程式完全炸毁、瘫痪之后，最后那张底牌上画的却是一个早将自己倒退回女婴纯洁时光（故而无能回赠同等激情、牺牲、世俗时间的"人之爱"）的"不存在的女儿"：永远的逃跑者、失神者、离开现场者、遗弃者。

"阿鹰的爱太辽阔，阿豹的爱太缠绵，大家都疯了。"

作为同世代小说创作对手，陈雪的这部小说让我敬畏之处，并不完全在她以"万花筒写轮眼"般的乱针刺绣，展演了不同声部诸人在这个恐怖剧场中，各自抓脸哀号的"声音与愤怒""哭泣与耳语"；也不止在小说时间竟同步人世沧桑的忏情体幻术——故事的最后，所有人都"变平凡了"：

> 他曾以为那已是万劫不复了……但没有毁灭……他们都变平凡了……我们在痛苦之中壮大、强大，扩大到无限

---

1. "骇客"，即"黑客"台湾地区用法。
2. "软体"，即"软件"台湾地区用法。

大，以至于我们只看见了自己造成的毁坏，自己身上的痛苦，我们的眼睛、感官、情感都如此细致能将任何情绪体验到无穷……但生命之中还有生命，生命之上还有其他，那垂危之际，有人伸出一条绳索垂向我们……地狱在后头追赶，我们终于转身，伸出微弱的手抓住那条绳索。

读至此我热泪盈眶，犹如重回那个我们诸人目睹巨大神偶在妈祖神龛前踉跄踩舞步的晚上，那第一次听这个绝望故事的魔幻之夜。我佩服的是，陈雪进入小说时光将这个"所有人都疯了"的艰难剧场一个章节一个章节翻写上稿纸时，那仿佛瑜伽修炼的严谨与稳定，并未被小说中的狂魔激情给吞噬。像博尔赫斯小说《环形废墟》中在河岸火神庙于梦中造人的炼金术士，沉静的工作途中，手没有抖过。没有狂谵妄语，没有掉进恶之华的狂欢引诱，没有闪躲与虚无。那让我在阅读时刻再一次被提醒小说书写以其抄写僧之枯寂工作这件疲惫劳动，可以镇魂之庄严。

哥特大教堂与曼陀罗

　　李渝在小说《无岸之河》的起章，以《红楼梦》三十六回宝玉窥见贾蔷、龄官之"放雀"情事，或沈从文小说《三个男人和一个女人》，提出一"多重渡引观点"，那似乎是她小说中亭台楼阁、花园幽径，层层迂回的神秘起手势，一个时光之梦的入口，一个震慑华丽交响乐的序曲。包括《无岸之河》，《温州街的故事》里的《夜煦——一个爱情故事》（以下简称《夜煦》）《她穿了一件水红色的衣服》《夜琴》《菩提树》诸篇艺术性臻于不可思议完美的短篇，以及《金丝猿的故事》，甚至后来的《贤明时代》……这是一个非常奇特的，关于叙事的"观看-运镜纵深"或"说故事-故事包裹故事乃至于说不完的故事"最后却产生出传奇效果的内在结构。她的小说总带有一种时间之谜，让人迷惘又怅然的雾梦世界，很奇怪的是，以文字的精准控制和近乎严厉的自觉，她（以《温州街的故事》为标示）可说是不折不扣的现代主义者，但从"多重渡引观点"后面所欲"渡引"而出的，却又是一个什么非如此无从召唤而出的——昨日之街？压抑着秘密、伤害之谜的烟锁重楼？失去线索的巨大文明？一段穿行过百感交集难以言喻的倾城之恋？一种说故事的意志，那种悬逗和魔魅不仅在其印象派点描画式的风格文字，而且是这意志的相反两面：作为读者，李渝小说始终给我一个印象，那高度疏离，抑敛情感的视觉或空间歧路花园，似乎在延阻着我们过早抵达核心，将读者之心智在诗化语言、繁复的文明场景、闪藏遮掩其后历史公案或罗生门式谣言、耳语、新闻、传说之多版本真相之暗示（如同整个"红学"？）……这种种延异之意志中消耗殆尽；但后面却有一不断"渡引"故事，故事如被封印之妖兽在迷宫的最里面蠢蠢欲动，妖幻发光的叙事热情。

　　年轻时抄读李渝的小说，那隐藏在雨滴般断句、暗夜芙渠不断打开感官的细节后面，其实有一极严谨的结构。那总让我想到哥特式大教堂的尖拱、拱肋和飞扶壁（flying buttress），哥特式建筑利用它那"大树张开的树枝"般的拱顶肋架，那像撑开的帆或吊起之罩篷，将砖墙结构的拱顶由棱筋与束柱连接成一种垂直向上，轻灵飞升的幻觉；而墙面上愈开愈多，愈开愈大的彩色玻璃窗（那些蔷薇花窗），让映照进建筑物里的光线，产生一种层层叠映、神秘壮丽、盈满垂洒的天堂临场感，而为了达到这样"垂直朝上"且"光阴流动"的效果，他们将原本支撑高耸建筑物本身重力与侧推力的难题（彩色玻璃窗的比例甚至超过墙砖部分），分散到建筑物之外，像角架般的飞扶壁（辅壁）。

如同王德威先生在《无岸之河的渡引者》中，指出李渝的"渡引"，从沈从文"如何借着黄昏的光影，对生命的得失投掷暧昧、包容的眼光"，《三个男人和一个女人》画面最后那个在月光下吹喇叭的小兵；渡引至艺术（或艺术史？）的"无岸之河"：

> 面对熟悉的古人和图画，心中却宁静欢喜。而《江行初雪图》里的，《富春山居图》里的那条河仍旧流着；在世上所有的琐碎，所有的纷扰，所有的成败中，有比它更永恒的么？
>
> ——李渝《江河流速·〈任伯年〉补记》

《夜煦》中那近乎《霍乱时期的爱情》经历半世纪被历史荒谬蹂躏、剥夺、损毁的一对传奇恋人，琴师和美丽女伶，如今已是两个蹒跚疲惫的老人，但李渝写到他们在舞台提弓鸣弦，老妇启唇轻唱时整个"奇异、闪烁着光"的魔术，"从阴沉晦暗的焦土，进入繁花甜雨的世界"；《蹒跚之谷》最终将军（画家）迷醉消失于自己的画中悟境；或《无岸之河》最末由小女孩之眼将故事的时光惘然怅慨拉远成展翼飞行的，雪白之鹤。

或如郑颖在《郁的容颜——李渝小说研究》中提及李渝以《贤明时代》为代表的三篇小说"从文字-物质性、时空-共时性、记忆-多异性、场景-再现逻辑、经验-受创的主体"之现代主义式"多重渡引"世界，慢慢走进一个"审美意识"，一个乌托邦，"和平时光"：

> 小说的结尾总往上翻腾……一个更大的救赎，像入
> 巴布尔花园，一处神的国度，或如面对端坐如斯的交脚菩
> 萨，时间与事件于是在光的后面隐去。

那种朝上的、向阳的，一种对人类更高度文明的向往与飞
升，譬如《伤愈的手，飞起来》结尾引商禽诗《鸽子》："无辜
的手啊，现在，我将你们高举，我是多么想——如同放掉一对
伤愈的鸟一样——将你们从我双臂释放啊！"又如同在《无岸
之河》层层故事多重渡引的尾声，那个几乎失去自我纯洁少年
原型的男子离开本来庸郁的生活，寄回给家人的一张黑白照是
一座建筑：

> 沉厚的造型猜想源自心灵的宗教感，秩序和庄严的结
> 构或者来自条理的尊敬。已被时间蚀化了的梁柱的顶端，
> 有一种婉转流畅灵活妩媚的线条稍纵即逝，却透露了远古
> 人类的绮丽心思。

那之后便写了一小段似乎和小说前段情节并无极大关系
的"鹤的意志"：一个小女孩在已成为工地、废墟意象的城市，
近乎不可能地看见一只美丽的白鹤，于是李渝写到宋徽宗的
《瑞鹤图》：

精致的工笔，描绘出典丽的殿檐，浮现在低低的云层中。二十只白鹤中的两只，停歇在檐两端的鱼尾饰上，其余愉快地翱旋着。虽然是简单的黑白复印，我们仍能读出上元节次夕，当晚空呈现银灰蓝色，一群白鹤飞来时，从来没有一位皇帝一位画家的心灵能比他更绮丽更忧郁的徽宗的感动呢。

李渝《待鹤》的开头，奇妙地又引了徽宗在十二世纪那个绮丽的黄昏，"刹那的一个时空，当神话和现实同时出现而无法辨分时，艺术家以真实明确的图绘录述感动"，似乎仍是以鹤的雪白羽翼翩翩飞行的视觉印象，作为一种飞升、上旋、美学上的轻盈（卡尔维诺说的"轻"）渡引那人世的、历史的、无法辨明的暴力和苦难。然而，这个《瑞鹤图》飞升的意象放在小说的开头，《无岸之河》作为结尾的宁静旷远缺憾还诸天地的感受不见了，李渝"多重渡引"的魔术展开，我们发现那与"鹤的意志"逆反的，反而是层层累聚的，一个接一个赋格回奏的"下坠"的故事。暗夜行路。一趟旅程（前往不丹看传说中的鹤和窟藏绘画），启动了一段时间中的经历，而又召唤了"我"记忆中幽微困惑，一个深沉黯黑不断下坠的井。我第一遍阅读这篇小说的惊动是：那座"垂光幻丽的哥特式大教堂"不见了，同样的"多重渡引"，但已进入到一个凶险的、小径分岔的花园的、昆德拉说卡夫卡的"一个旷野漫游之终点"，那一堵一堵机关迷宫的墙，甚至那将内心视觉由平行拉成一垂直鸟瞰的坛城唐卡，或文中提及的"曼陀罗"。

　　小说的起始，一个不丹男子坠崖的意外，骤临的死亡，似乎替这翻展而出的故事笼上一难以除魅的阴郁与不祥。

　　作为一个"观看者"，不仅是那崇山峻岭构图里人成为一如此渺小、脆弱、瞬即掉落消灭的存之嗟叹；更被一种歌德风"闯入者启动了一个封闭世界原本静止和谐之秩序的异变"，一个外侵者自觉的深层不安（我突然害怕起来，一阵恐惧涌上。这身边围着的一圈人，难道他们究竟要自己动手来处理事情了吗？想必人们终究是明白，这批外来过客都是某种程度的剥削掠夺者，都是伪善的人，明白这批人才是真正的肇祸者，应该为此事负责任的）；"观看者"在这里像剥洋葱打开了几组不同的"观看方式"（梅洛庞蒂）。我们被猝不及防的灾难扑袭笼罩、恐惧与哀悯，但同时被作者多重渡引的故事层层包裹；像降灵会，像一种灵媒的仪式。"大难将临，唇干舌燥。"像本雅明在《早点铺》中所写："灰色的梦境顽固地将根须留在灵魂的更深层……一半过渡到白昼这边，另一半留在梦境的彼岸。"

　　接着小说进入到一幕接一幕极大扭力的身份（或身世）的间错和它们各自背后那么丰饶繁复的时光体悟。从沈从文《丈夫》的群山淡景视觉对那丧夫女子灾难骤临的同感："现在屋里的世界看来日常又平和，显然当事人已经离开那一时间，好好地往前走了，我真为她高兴，然而旁观者的我，却仍旧滞留在原时间，纠缠在原情况中。如同发生了放演故障的影片，记忆的画面轧在机件的齿轮上无法移动，挣扎在几个定格之间前前后后，不能往前走。"这已不再是沈从文了，而偷渡进卡夫卡那冰冷无援的精神治疗空间，或超现实的大学机构；一种福柯式的"疯颠"的被描述，自我定义的被剥夺与夺回："在《一千零一夜》里莎赫札德说的其中一个故事就是讲述自己为什么要说这些故事，而我们都知道这是为了拖延逃避她的死期。"

小说写到任教大学图书馆里一个天井总有学生在此跳楼（"中庭天井滑石地面的几何图形，在构造上和色调上都引起丛山崀岭，峰峦尖耸的联想"；"从楼上往下看，这天井地面更会变成丛丛更迭的深渊，一整片阴险的迷阵，发出令人昏眩的诱惑力，好像招呼你跳下来一样。"），校方在边楼围封上塑料玻璃板，不想还是有一医预科学生，翻过高墙跳楼自死。"我"再度由旁观者的视觉，越界进入自杀者被死亡引诱跳下，那"滞留的时间"："在他伫立在这空隙前，尚未跳下之前，他一定像徘徊在地狱的断崖边一样地辛苦"："我"因这"同感"的恍神，反而让自己掉进了一个"影像卡在放演机的齿轮间，固执地拒绝前移"，一个曼陀罗式的现代性机构场景：一个无比孤独的荒原。"我"成为同事狐疑眼神、医疗系统与话语、无感性无同情理解能力的医生、地下室的诊所……层层包围旋转，在卡夫卡的回廊建筑惶惑迷走的，"疯了的人"。

其实"被疯狂（或比疯狂更巨大、恐怖的人类集体的愚行）摧毁的女子"的画像，在李渝之前的小说便可窥见，那形成一种沉郁、失语、内向暴力的后台幽灵。譬如《江行初雪》《夜煦》的女戏子，《金丝猿的故事》将军的年轻妻子，那皆充满一种让人想尖叫的隐晦抑郁的疯狂，像蒙克的《呐喊》，但李渝以其精炼内敛的文字，乱针刺绣其画像外延环境的花木浓荫、廊檐院落、巷弄街景、人声浮动……

这样的被静默的暴力层层包裹住的"发疯的女子"——总让人想到《牡丹亭》里青春抑郁却无路可出而进入一理想性自画像的少女；或 D. M. Thomas《白色旅馆》那大屠杀时刻无数个无名身体其中一个女子不为人知的内心世界竟是那无比妖异丰饶的"歇斯底里症的内心地貌"——从《菩提树》《她穿了一件水红色的衣服》里的阿玉，到《贤明时代》的永泰公主李仙蕙，这样的青春、纯真、代表救赎幻影的"少女神"，在《温州街的故事》或《金丝猿的故事》时期，她们似乎在不同时光的落点，像浸泡显影剂的底片，幅展着伍尔夫，不，普鲁斯特式的汹涌的、在回忆折光里所有感官放大显微、所有的光影像蕨草细微叶脉同时呈现，她们纯真、善美，却又忧悒而无能表述自我，在焦灼的欲望、延搁的迷惘，或某种核爆过后怪异的宁静……成为战争、白色恐怖、大逮捕年代、暴动、种种"乱世"的河流上粼粼之再现波光水影。套句老话，她们脑中的记忆体，她们的"疯狂"，正如《AI 人工智慧》里那个经历、目睹"人类这个会自我毁灭的低等文明，却又创作出诗歌、戏剧、足球……让另外更高等文明迷惑"某一时期的机器人小男孩，它脑壳中的记忆体，在人类完全在地球灭绝之后，成为一考古地层化石般的证据。

这样的"少女神"——或等待戈多的女人、青春抑郁的女人、脸上的线条被什么画面外的东西伤害损毁的女人、殉情的女人——与之对峙的常是那"迷宫中的将军"，造成李渝小说中那哥特式建筑隙光垂洒、流幻暧昧、禁锢时间并笼罩一切静物的"真正的疯者"：将军、画家、君王，或父亲背后那看不见的、必须在自家饭桌压低声音谈论的"老大哥"。这类型的人物，其复杂，恰正是阅读李渝小说的那醍味、丰腴、《牡丹亭》式"良辰美景奈何天，赏心乐事谁家院"的哀愁、不安之惘惘威胁乱世预感的抵达之谜；像《往事并不如烟》里，某一个历史的搁浅停顿时刻中，一群仿佛契诃夫《樱桃园》里具有高度教养、审美趣味的没落贵族、老派高官、老将军、赫赫有名的五四人物……他们在她那微物之神的摄影术素描下，像鬼魅被困在《温州街的故事》《金丝猿的故事》一张张旧昔剧场照片里。

那阅读时总让人浓愁耿耿、难以言喻的（以小说后辈来说，难以模仿的）专属李渝说故事的"体"（如黄锦树说郭松棻的"病体即文体"），"味"与"魂"，核心有一谜面或即是"教养"：生活上的、美学上的、人情世故的贴近权力核心之吉凶征兆判断，对于人事飘萍或变故之静敛，或《踟蹰之谷》里那个经历过中国现代史上诸次大事件，"出于爱国忧国的原因，或陷狱或暗杀了一些人"的情治军官，最后走进山水画里，成为一以绘画重建一静默宇宙的画家……那在历史时空递转更迭而今是昨非的"欲辩已忘言"，李渝或因"因为理解，所以慈悲"，她在招魂"渡引"他们进入故事隧道时，常不只是沈从文黄昏河面上的悲伤与抒情；且奇异地进入一个无比孤独，他们内心的疯魔旅程、疾病的长廊。

而在《待鹤》中，曾经救赎、拔升、渡引、安慰宁静这些附魔者内心的山水画、琴乐、巴布尔花园；他们"进入结构、融入脉络组织、动势中的静势，缤纷中的简纯，喧嚣中的安宁"（《金丝猿的故事》）……似乎被更迫近、更凶险、"更大的灾难要来"的恐怖、疯狂、虚无给"反包围"，"我"作为创造者，竟也身陷那曼陀罗层瓣回旋的、魔众入侵的围城，成为那个迷宫中的将军。似乎这趟不丹之旅，遇见不同的人物，乖异近乎超现实的事件，于小说家（或她之前的小说）像一趟宝玉神游太虚幻境般的自证：只是那前八十回皆已发生过了，或尤利西斯在漫长流浪来到费阿克斯人当中，他发现他们所传颂多年的故事其实就是他本人的历险。或像唐僧师徒终于历经艰苦来到西天，渡河时搭无底船，望见自己的尸身从眼前顺流漂下……

关于曼陀罗（梵文 Mandala 之音译）一般意译为"坛城""中围"，象征修行密法、观想的地域，宇宙万物居所的缩图；"无限大宇宙"与"内在微观之小宇宙"的层层包覆反错。它可能是一种永劫回归的时间简史；或是一对人心劫坏灭堕经历的抽象描述；或是有关"无限"的剧场式展现（它或即是博尔赫斯描述的"阿莱夫"）。似乎是佛的宫殿，但又有"发生""聚集"之义，是"为了在修行密法的时候，防止魔众入侵而建筑的"。那些坐于曼陀罗坛城中心的主尊，常有不同自我的化身、变貌，或动画分格画片展演生命不同激情时刻（恐惧、欢爱、悲恸、愤怒）的镇慑或觉悟。

且看李渝在《待鹤》中如何描述绘卷梵画里的"曼陀罗"：

　　……把痴想和欲望全部画出来，用热情甚至于纵情的风格来追求性灵的宁静空净，从繁华到肃穆，喧嚣到安静、放肆到谦卑、执着到舍弃，从有到无，实到空，用入世的手法来达到净世的目的，这荒瘠的洞穴岂不是变成了善恶决斗的场地，在肃穆中进行的不都是一场接一场的喧腾的血战了？

　　……每笔每色底下都埋伏着色相和欲望，处处皆是诱惑和陷阱。古典中国画家的课业执行在下笔前，修身养性寓情的功夫事先把堕落的因子一一去除，险局一一化解，落笔往往已是清明景象，这里却是把世界的建构元素全体都列出，战斗的时态是此刻、当下式的；如果文人画争取静止的境界，这里则是行动的疆域，唯一的武器是对自己的信任，对人性的肯定，而一个失误，于中国艺术家莫非是退隐遁逸，这里却是失身堕入深渊，要粉身碎骨，万劫不复的……

　　这段文字，读来让人惊心动魄、迫近且如许真实感受那曾经发生过的"战斗"：肉身的崩坏、存在的孤寂、疯狂经历的地狱之景，卡夫卡式的箍桶般的现代寓言世界……

　　那不再只是蛰伏于温州街那个所有人困陷于一个时光果冻般的微物之神，静置世界里的"惘惘的威胁"；而是"只是当时已惘然"的"惘然记"。这似乎是一则创作者对已完成、封印于小说中的"极限光焰-神秘追寻"艺术家渡引之途画轴的反转、时光积木的重组、那个花木丰艳、鸟鸣婉转、流泉潺潺的天堂"巴布尔花园"噩梦般地拆毁、离散、倒带回惊悸恐怖、刀光剑影的战场。一个如王德威所说"身体的溃散,因此几乎带有寓言色彩。什么是主体的完成?什么是形神的琢磨?面对这些(现代主义)问题,从芥川龙之介到阿陶[1],却纷纷以肉身的崩毁来反证理想的可望而不可即"的"现代主义"创作者最严酷、凶险、"时态是此刻"的反诘和更复杂况味的体悟。如何在神形散溃、"额头被插上一柄斧头"(太宰治语)、看清人是如何孤单渺小之境,还能召唤残兵剩卒,如何调度?如何凝神?手捏彩沙,直线、圆弧、块面、涓滴成形,一层一层复绘上那方圆相间,俨然世界缩影的"曼陀罗"构图?

二〇一〇年七月号《印刻文学生活志》

---

1. 安托南·阿陶(Antonin Artaud,1896—1948),法国诗人、戏剧家。

他从自己裤袋掏出那枚钱币，放上

《温莎墓园日记》这个短篇，一开头就是一段美得让人透不过气来的墓园风景素描：

> 最初是陌生的无名墓园，每周一二次漫步其间，几年过来，季节的换景就不再惊讶，也未曾遇见人，渐渐信赖这是个废区，可占为孤独者的采地，踯躅在环形的泥径上，就都是苍翠的树，因为十四座墓碑全位于泥径的外缘，其内细草铺汇成偌大的圆坪，乔木和亚乔木分别耸立着，已经是一个不小的幽林，只有居中而偏西的那块黑岩，巨象之背般伏在蒿莱丛中，容易引起如果憩息其上的意欲，并非有所困倦，都只宜于坐着卧着浏览高处纷纷的权桠，其实是满天明绿的繁叶，无不摇曳颤动萧萧作声。
>
> 那年夏季常来大风，暴雨比风还大，墓园里有树折断了，折倒了一棵，也位于西北角，过后锯成许多段，曝在

原地，日光照着肉黄的鲜明的横断面，年轮可估百数，蛀空了的缘故，近地面那截被什么虫长久营巢，倒下来的时候，似乎没有连累别的树，而因为是夏季，墓园的整部浓荫，唯独西北角就敞亮得异样，可知这棵树曾有多少多少叶子……

木心写"不在场"，用一种"本来在、应该在、记忆惰性或视觉暂留的在"，但终于空缺了，永恒不在了。用墓园树林枝丫的晕染和点描，突然全景构图因一棵树被涂掉了，被隐蔽，"不在了"，一种耽美（对于浓绿的林荫）的失落和意外的敞亮的错置情感。

这样的"不在场"——"空山不见人，但闻人语响，返景入深林，复照青苔上"——或可视为木心这个短篇小说集里，无论在抑怀感伤，或娓娓陈述，或道德谬境的"我"的位置。有点像德勒兹所说的"怀旧照片"的功能性。

《温莎墓园日记》就情节而言分成两部分进行：其一为"墓园"里所发生静谧却暗潮汹涌的"情"与"形上"之对弈，作为主体的"我"始终和一个不在场的心智对手，透过荒弃无人的墓园之碑石上的一枚钱币，一来一往，一正一反的翻面游戏。其二为"日记"，既附寄于温莎公爵与公爵夫人的传奇爱情故事，似乎"我"与一位始终没进入故事前景的女性知己之通信，既慨叹抒怀昔人已逝，公爵夫人之珠宝在拍卖场引起天价抢标之"华丽却苍凉"反差。

这两条线索，都是"不在场"。

　　"日记"的部分较古典，或较可理解为对一个已一去不复返，颓坏灭绝的古典时光（所包裹的教养、情愫、美德和端庄）的怀念、伤逝，譬如他写："这分明是最通俗的无情滥情的一百年，所以蓦然追溯温莎公爵和公爵夫人的粼粼往事，古典的幽香使现代众生大感迷惑，宛如时光倒流，流得彼此眩然黯然，有人抑制不住惊叹，难道爱情真是，真是可能的吗？"

　　这个部分的"通信者"桑德拉，是个女性（从信中看出还有个念中学的女儿），影影绰绰的背景似乎是能近距离在"温莎夫人遗物苏士比拍卖会"（最动人的无疑是那红宝石项链），那些顶级富豪竞争者的核心密室，至少是一个有能力说出曾在那传奇时光遗骸的现场，"看见了那极限光焰"是如何如何的转叙者。而她又在木心的狡黠布置下，靠着一种说故事时刻的"不在场"（这些日记是否确曾作为信件寄出，直到小说最后我们才确知），一种像穿越过木心诸篇作品的这类"爱智女人"理想原型：机锋、聪慧、老派教养、对郁愤的"我"宽纵宠溺又轻微怨怼的母姐温暖，最重要的是她们常作为补充（或引答人），如伴奏乐器承托着代表木心观点"我"的讥诮或哀伤的高音小提琴之盘旋拔高。

　　最让人震服的，重读几遍皆心折、说不出的迷惘、叹息，近乎"博尔赫斯魔术"翻动那《小径分岔的花园》（"留给许多个未来""许多个化为一个"）的"叙事恶魔机器"，其实就是"我"与始终不在场，然又"必然在"的另一人，在大雪墓碑上，透过翻转一枚生丁（"我"将之翻为林肯侧面像的一面，彼将之再翻为纪念堂图像的一面）。

一开始，木心将这个铜币正反面的信息，经过几次"人力"的翻转，进入了一种克尔凯郭尔《诱惑者日记》式的，意义在时间流中持续加码而形成的爱之重担、被遗弃之恐怖，乃至存在之桎梏的超越或对无明、荒谬之洞见。

> 此存在
> 此没忘怀
> 此愿意持续
> 生丁正之反之的次数愈多，含义的值就进入：
> 此至今犹存在
> 此怎能忘怀呢
> 此已无法中断这个持续了
> 原本是最轻易的两个手指合成一个动作，起始的信息，初极与终极天然相连，由于此彼各执一面的次数的增多，亲手制造轮回，落入轮回中……

譬如木心在《爱默生家的恶客》最末收入一篇《大宋母仪》，从《二拍》卷十三正章转写，讲到"《大宋母仪》的现代性，在于'同一种罪孽，接连两次发生在一个家庭里'，那么审判和报应没有惩戒和教训的作用，这样的象征性就大到了整部人类文明史，代代众生所犯的都是前辈已一再犯过的错误。恶在继续，日光下无新事。"这或就是"西西弗斯的神话"；贝克特的《等待戈多》；或如我还是最喜欢的，昆德拉在《生命中不能承受之轻》第一章所说的，尼采的"永劫回归"：

　　永劫回归的幻念以否定的方式肯定了一件事：一旦消逝便不再回头的生命，就如影子一般，没有重量，预先死亡了，无论生命是否残酷，是否美丽，是否灿烂，这残酷、这美丽、这灿烂都没有任何意义……如果法国大革命必须永无休止地重复，法国的史书就不会因为罗伯斯庇尔而感到如此自豪了……血腥的年代于是变成一些字词、一些理论、一些研讨，变得比鸿毛还轻……

　　如果生命的每一秒钟都得重复无数次，我们就会像耶稣基督钉在十字架上，被钉在永恒之上……在永劫回归的世界里，每一个动作都附和着让人不能承受的重责大任，这正是为什么尼采会说：永劫回归是最沉重的负担……最沉重的负担压垮我们，让我们屈服，把我们压倒在地……

　　这种"已经不全的自己"（年轻美丽的那个"我"，曾被历史疯狂刑虐的那个"我"，已经不在了）之自觉，常在不同体例、时空幻觉的故事废墟剧场，招魂、凝望、唏嘘那"不在场的"、影影绰绰的"更美好的文明盛景"：当时人们是怎样说话、怎样爱美、怎样揖让而升知情守义，怎样地温润含蓄……那形成一种"此在"磷磷鬼火，而彼时满室光辉的寂寥哀叹之感，这或是木心这些短篇小说常轻描淡写却与人繁复丰累之印象。譬如《月亮出来了》这一篇，"我"和一位聪慧女伴，一位马车夫，在恍若仲夏夜之梦的一趟月夜夜巡中，一路的哲学机锋与高级调情，"你的伍尔夫夫人总是有理，举莎士比亚、托尔斯泰为例，男人女人都是半人，只有少数是全人"，读者像在读《红楼梦》时的惊叹：这些十三四岁的少男少女们竟能在游戏间写出意境如此超凡之诗。木心的这遮掩偶一露示的，如郭松棻所说的"彼岸性"，"……在木心的冥想沉思中，他求得很远，他远远地达到了'彼岸'；但是他在落笔的时候，却又不给我们带来太多的彼岸消息，而调弄的却是'此岸'零零星星琐琐碎碎的题材，但就在其中，隐藏着那个'彼岸性'。"（一九八六年纽约《中报》"木心的散文"讨论会）

　　缩限在《温莎墓园日记》这本集子里的诸短篇小说，也各自遮藏隐蔽、欲语还休，只给见树却如雾中风景让读者存在"背后有一整片森林"之印象，即是这种"彼岸性"：曾经如此繁丽的文明全景；曾经如此和谐的人文宇宙；曾经如此严守风格风骨的文人丰仪；曾经如此守诺重情的义理秩序；灿若繁星的欧洲诗人哲人引句；或如《世说新语》人物品藻，几笔素描即栩栩如在眼前的，"全人"该是如何言行、自由、潇洒、高远。譬如《SOS》的将沉之轮船里一位医生面临救临盆孕妇还是自己逃命，然即使帮忙接生完全了婴孩诞生之神圣一刻，他们（医生、产妇、婴孩）旋即一同随沉船灭顶。譬如《七日之粮》中，围城者司马子反与被围者华元之间的君子诚信（"你们好好坚守城池吧，我们也只有七日之粮了，吃光，就回去。"），连为君者（楚庄王）面对这种君子之德，亦不敢逆之折之；譬如《五更转曲》写崇祯末年江阴县典史阎应元率全城军民，惨烈守城乃至城破被俘被戮之悲壮围城史；乃至《寿衣》这篇，近乎向鲁迅《祝福》里的祥林嫂致敬的，同样"南方的忧郁"的江南小镇的场景、氛围、群众演员、叙事者视觉被这底层苦难者绝望无言翻不了身（一是阶级，二是礼教传统）的哀愤同情，那种左翼作家暗影浓厚的版画风格。这几篇小说，我们闻到一种古典的芬芳，或对某种古老道德价值之孺慕。似乎那个沉郁冷诮、那个议论起培根、瓦格纳、爱默生、蒙田、托尔斯泰……像隔邻老友，那个"结结实实的怀疑论者"的木心，不见了，或是不像了。

木心在《鱼丽之宴》里的几篇应答编辑或学者提问，有许多段落至今读了仍令人心惊，譬如：

> ……"文学"，酸腐迂阔要不得，便佞油滑也要不得，太活络亢奋了，那个"品性的贫困"也到底不是"行路""读书"就可解决。时下能看到的，是年轻人的"生命力"，以生命力代替才华，大致这样……

譬如被问起："在什么地方（环境）您写得最顺意？"

答曰："繁华不堪的大都会的纯然僻静处，窗户全开，爽朗的微风相继吹来，市声隐隐沸动，犹如深山松涛……电话响了，是陌生人拨错号码，断而后续的思绪，反而若有所悟。"

譬如在《仲夏开轩——答美国加州大学童明教授问》（这篇访谈或是关于木心研究的经典资料），当被问及"西方文化究竟是如何影响您？"，他的回答：

"人们已经不知道本世纪二〇、三〇年代末，中国南方的富贵之家几乎全盘西化过，原因有三：一、大都会的殖民地性质辐射到小城市而波及乡镇；二、西方教会传道的同时带来了欧洲文明是系统的博洽的；三、成年人对域外物质文明的追求，便利了少年人对异国情调的向往……"

当被问及"如何对待中国文化精粹？"，他回答得让人抓耳搔腮：

"中国曾经是个诗国，皇帝的诏令、臣子的奏章、喜庆贺词、哀丧挽联，都引用诗体，法官的判断、医师的处方、巫觋的神谕，无不出之以诗句，名妓个个是女诗人，武将酒酣兴起即席口占，驿站庙宇的白垩墙上题满了行役和游客的诗。北宋时期的风景画（山水）的成就，可与西方的交响乐作类比，而元、明、清一代代大师各占各的顶峰，实在是世界绘画史上的奇观。西方人善舞蹈，中国人精书法，中国人的'书法'之道，是所有的艺术表现中，最彰显天才和功力的一种灵智行为……"他还说到中国古代的雕刻、陶、青铜、瓷、古典文学、古哲学……但又说："中国文化发源于西北，物换星移地往东南流，流到江浙就停滞了，我的童年少年是在中国古文化的沉淀物中苦苦折腾过来的……"

在《战后嘉年华》这篇，木心少见的不是一片废墟墓园而是回忆的梦里的长幅"清明上河图"，那个熠熠发光如在梦动的"儿时江南"："我曾见的生命，都只是行过，无所谓完成。"

日本侵占中国江南，始时国民纷纷逃难，到了全部沦陷，人们又各回故乡，谨慎苟且度日，忙于对付各种苛捐杂税，脸色凝重，道路以目。大小城市百业萧条委顿，偶有伪饰的繁华，所谓"共荣圈"的骗局把戏，显得力不从心。被侵略者与侵略者都渐渐知道局面既长而不会维持太长，你的好梦就是我的噩梦，那么你的噩梦便是我的好梦，一种骎骎八年变得又僵硬又软靡的等待心情，弥漫整个江南。乱世必有的普遍的虚幻感，使"时值非常，一切从简"成为那年月最流行的礼节性的托词。自然景象虽则四季如仪，而清明节扫墓，同时祭奠为国捐躯的阵亡将士，中秋节赏月，家破人亡能有几处称得上团圆，山川卉木都一色惫顿恍惚，是人的心情的投影吧。

这个"南方"，"古镇"，像浸泡在西方文明羊水中面目尚模糊的胚胎，不及长全，即因战火、逃难、革命，歪斜瘫塌地只好硬被穿戴上古代衰老梦境的戏服，我们在张爱玲的《小团圆》《雷峰塔》，鲁迅的《朝花夕拾》读过这些恍惚如梦，扭曲变不了脸，或新旧华洋文化冲击而易碎、轻蔑自嘲的笑、困惑迷惘的"无所谓完成"的人们的脸。

木心在《温莎墓园日记》一书之序中，像《红楼梦》的锦织幻绣那样写到儿时在故乡乌镇看戏的经验，"如梦而难醒"：

　　……要候"班子"开码头开来了，才贴出红绿油光纸的海报，一时全镇骚然，先涌到埠口的帮岸上，看那几条装满巨大箱笼的船，戏子呢，就是爬动在船首船艄的男男女女，穿着与常人无异，或者更见褴褛些，灰头土脸没有半点杨贵妃赵子龙的影子，奇怪的是戏子们在船上栗栗六六，都不向岸上看，无论岸上多少人，不看，径自烧饭，喂奶，坐在舷边洗脚，同伙间也少说笑，默默地吃饭了。岸上的人没有谁敢与船上招呼⋯⋯

混绿得泛白的小运河慢慢流，余过瓜皮烂草野狗的尸体，水面飘来一股土腥气，镇梢的铁匠锤声丁丁⋯⋯

⋯⋯散戏，众人嗡嗡然推背接踵而出寺门，年纪轻的跨圮墙跳断垣格外便捷，霎时满街身影笑语像是还有什么事情好做，像是一个方向走的，却越走越岔渐渐寥落，寒风扑面，石板的碌咯声在夜静中显得很响，电筒的光束忽前忽后，上桥了，豆腐作坊的高烟囱顶着一弯新月，下面河水黑得像深潭，沿岸民房接瓦檐偶有二三明窗，等候看戏者的归返——跟前的一切怎能与戏中的一切相比，本来也未必看出眼前的人没意趣，见过戏中的人了，就嫌眼前的人实在太没意趣，而"眼前的人"，尤其就是指自己，被"戏"抛弃，绝望于成为戏中人。

这段文字，真是美，完全不输布鲁诺·舒尔茨的短篇名作《肉桂色铺子》。

梦外之悲。梦里不知身是客。戏中悲欢离合鲜衣怒冠。戏外是仆跌摔进二十世纪"现代"那光天化日下的古代遗迹、精神性、人世愿懑、脏污小运河旁甩头甩脑走动的"冥晦之境的同族之群体"。既憎恶又伤怀。既尖诮却又厚道，木心说："某西班牙画家说，他望着雅典的帕德嫩神庙，感到世界上一切文明文化都是从这八根石柱中出来的。"但他经历过谜一般的浩劫、譬如远亲沈雁冰这一辈的三〇年代中国现代创作灵魂们，从身体和可能展开的文学成年期整个摧毁、斩断，他却出走纽约、文字的呼吸仍那么清新激烈，他大口呼吸的"欧罗巴精神"，同一座时钟其实亦正是二战那恐怖屠杀、文明彻底崩毁、种族灭绝、噩梦般的荒原。形成一个永远侧身在一切场景之外的异乡人，或游魂的自我形貌。他说："我恨这个既属于我亦属于它的二十世纪，多么不光彩的丧尽自尊的一百年，无奈终究是我借以度过青春的长段血色斑斓的时光，我，还是，在爱它。"

当童明教授问起他"尼采所说上帝之死，与那个主宰道德世界的上帝相辅相成的人文主义随上帝俱亡，尼采呼啸的'悲剧精神'是什么呢"，"这似乎又是二律背反"？木心典型的回答方式是："问题愈谈愈大，也愈黑，我向来只是剧场中的后排观众，你要我突然坐到前排靠近舞台，又何苦呢。"但当童明再问，他则恳切做了一段非常严肃的回答（此处不再摘引，请参看原书），提到"中国的成语'哀莫大于心死'，就是指这种地步和状态，还有两个成语，叫作'绝处逢生'，叫作'置之死地而后生'又是很可爱的逆论。"

或当被问起"作家的被理解"，他则诮讽："《聊斋志异》里面有许多女的男的，俊俏伶俐，非常之需要赞美，非常之不求理解，一旦眼看要被理解了，便逃之夭夭。"

年轻时我读木心常似懂非懂，不解其意（他那些警句又似禅宗偈语里繁若星辰的大哲人、大艺术家、大文学家，我大部分没读过），感觉抒情的启动或终极辩证的机锋后头，总有两只手指在扳动翻转着一枚银币之正反两面，检测、棒喝、遁逃，却又痴情想展示一幅已灭绝了的，像光焰熄灭前一瞬辉煌残影，像《红楼梦》、像《陶庵梦忆》那样一个文明场景。那枚钱币，既翻转着古代与现代、东方与西方、朝圣与返俗、抛弃与拾遗、死荫之境与呵护祝福、犬儒与激切……如果未必是他散文与诗创作的理想读者，仅独立拿着这本《温莎墓园日记》的诸篇小说阅读，你也会感觉到各篇之后总有一个哈姆雷特，沉吟、固执、一种道德情境无从选择的惘然或遗憾、一种"将要被翻转到钱币另一面"的悬念或暂时搁浅。

譬如《两个小人在打架》，一个似乎从鲁迅"未庄"长出来，作为钱币另一面，群众愚骏、嚼舌、流言、假道学真施暴无助弱者的暗影对照的"光"，一个"新时代美德"的中学作文老师，这赵老师痛批学生：

> 怎么搞的，学生作文，都是脑子里两个小人在打架，也谈不上两种世界观的矛盾，不过是白脸红脸好人坏人纠缠不清。是谁教出来的。积重难返吗，我倒是不相信，我非赶走这两个小人不可！

然则，这样一个"英锐之气"的落单个体，落在那不只学生作文簿中，而是这整个中国旧文化暮气沉沉、关系错综、所有人委曲求全于密织般的群体里，也终于像摔落泥河中被食人鱼群围噬的斑马，挣扎、灭顶。父亲，女人，孩子，父亲要再娶寡妇，女人给他戴绿帽，父亲与媳妇恶斗，两方都在要钱，主要是他要面子，不敢将此事闹开，环环锁死，荒谬喜剧地自己也陷入"两个在打架"。

又譬如《芳芳 No. 4》，开篇乍看似乎是木心极短篇浮光掠影常见的年轻女子素描轻喜剧，一个像《理性与感性》，像张爱玲的白流苏那样的，民国新女性（如木心所说："江南小镇的西化比一般人想象的彻底"）在新与旧社会秩序、经济关系、性别意识的崩解与混乱重建中，一种无法找到合宜戏服、新旧华洋（话本小说与西方罗曼史杂混）的女孩自我扮演的尴尬与无所适从。"我"的朋友倾心于女孩，但芳芳让自己"意象捉摸不定，摇曳生姿"，后来成了芳芳对"我"的一往情深，然则对自我的抒情（或调情勾引之教养）的建立，是透过和真实自我不相符的"情书"："如果不识其人，但看其信，以为她是个能说会道的佳人。如果这些俏皮话不是这样的笔迹来写，一定不会如此轻盈。什么时候练的字？与其人不相称，她举止颇多僵涩，谈吐亦普普通通，偏在信上妙语连珠。我回信时，应和她的风调，不古不今，一味游戏。"若我们将木心笔下这个"芳芳"，联想至最初时读到二十多岁时张爱玲笔下的那些精算、易感、却又深谙上海白相公子哥儿半洋半华的交际圈子之游戏规则；至半世纪后读到《小团圆》《雷峰塔》，才知那在一急剧塌毁、变形的时代切面中，琥珀般记录的，这样从老师阴影走进学穿时髦西服的年轻同伴里，快速变换的外在世界和永远僵止的衰败老宅里的窒息空气，那之间的无所适从，像激流漩涡，让这些女孩们除了小说，无学习模仿的典范。那样的焦灼痛苦于自己该如何选择表情，自觉得侧脸剪影，或下一句回话的"所描构出的那个我"——一个《蝴蝶君》那样的女人，站在两面镜子互照形成镜廊或无数镜像——一扇是西化的，一扇是传统中国女性的——譬如张爱玲的母亲。木心笔下的《芳芳 No.4》，一如那诸多其他篇（包括他半嘲半哀矜回忆的艺专年轻画家们）的人物群像，其实是一场像从"欧罗巴文明"时差引进当时中国的浪漫主义的（年轻人内心的）化装舞会，他（她）像陨石群冲击进这"惘惘威胁""来日大难"，不知"后四十回"的动荡、战祸、个人自主性的被折磨、消灭、损坏，或是离散、逃亡……终于只是一出"当时已惘然"的烟火秀。

这个短篇到中段急转直下，（啊还是让人悲怆想到张爱玲）女孩夜奔献身，却又像《法国中尉的女人》那样让自己消失，小说背后木心那翻转钱币两面的手指啪啪响着，像是在写一激切寂寞的忏情录里被狂爱燃烧的女人，其实轻描淡写的背景、时代："大祸临头往往是事前一无所知。'十年浩劫'的初始两年，我不忍看也得看音乐同行接二连三地倒下去，但还没有明确的自危感——突然来了，什么来了？不必多说，反正是活也不是死也不是的长段艰难岁月。"浩劫余生，十年生死两茫茫，这一男一女，曾经在那演错了剧本，在江南小镇学着欧罗巴文艺空气，像蝴蝶精致抖翅顾影自怜、乔张做致的年轻人，在重逢时已是头发斑白稀薄，讲话唠叨村气的老太太和将要出亡成为异国游魂的老人了。他们终于魂魄落定成为"自己本来该是的模样"，然说起这一切"痛史"，似保持最基本尊严，装出"与己无关"的感慨。在所有人都疯狂的噩梦中，芳芳是否曾经心中庆幸"幸亏我当时走了，不然我一定要受株连，即使不死，也不堪设想——好险！"

温莎墓园墓碑上那枚硬币，在此又翻转再翻转。

这样的"赫拉克利特河床"（昆德拉语）的记忆诠释歧义与作为个体秘密感受宇宙整个翻转的诡戏，在《静静下午茶》这篇杰作中，木心亦将之演绎至极致：十年如一日重复如钟面的老夫妇之间的疑问："那天，我记得是十月二十六日，空袭警报是下午一点开始的，三点，解除了，你是七点钟到家的，路上一小时，还有三个小时，你在哪里……"

如果我们把木心在他创作中吝于显露的那个"追忆似水年华"的教养底牌，那漂着瓜皮、狗尸的小河渠和篷船上狼狈却又华丽的戏子们，那江南古镇，视同舒尔茨的《鳄鱼街》《肉桂色铺子》那穿越过栉比鳞次，像化石岩层的老人老教养老工匠或老掌柜的少年启蒙，那像是渡过一条夜梦与白日真实的边界冥河，不同于张爱玲、沈从文、鲁迅，也不同于八〇年代崛起的"寻根派文学"，木心的庞大作品群似乎总在精神上离开、漂远那个宛然若真、似戏若梦的原乡。而木心的乌镇，也并不是农村，而是所谓"中国文化……物换星移地往东南流，流到江浙就停滞了，我的童年少年是在中国古文化的沉淀物中苦苦折腾过来的"，那个"二〇、三〇年代，几乎全盘西化过的，中国南方的富贵之家"这个"文明小史"，保存的当时新形态工商人、小布尔乔亚、新旧混处的老师，或夫人姨太太、或环绕着的老工匠或新小生意人……这样一个江南小镇繁错多层次的男女、经济、死生关系网络（黄仁宇言）。则《夏明珠》与《第一个美国朋友》这两篇小说，是极珍贵难得，像木心挟带着一个较全景、较暗影折藏、层层汇聚的"身世"，因之在抒情或道德之硬币翻转选择也更艰难，陷困于小说编织之人物群命运与品器的"文明沉淀物"。恰巧木心在这两个小说中使用的"我",那个"我曾见的生命,都只是行过,无所谓完成"的"我";在《此岸的克利斯朵夫》中对青年席德进像偈语又像预言所说的"我这个自己还不像自己,何必谈它"的"我";"谈事说物不宜插入一个'我'"的"我";在这两篇小说里,是以孩童的视角发声的。

《夏明珠》里,"我"这个小男孩,和姐姐,像伯格曼《芬妮与亚历山大》的"从孩童之眼看着大人世界的种种纠葛",因为是小孩,所以无能做决定,只能观看。夏明珠是父亲(作为乌镇出身到上海冲事业的工商实业家)在上海的"姨太太","父亲一人在大都市中与工商同行周旋竞争,也确是需要有个生活上社交上的得力内助。"这于是在小孩的世界,形成母亲(传统小镇的大老婆)与"那个女人"(代表上海这十里洋场所有新奇梦幻,华丽炫目的排场与教养)隔空对阵。然也因此当小孩暑假赴上海游住时,形成一周旋于父亲、母亲、夏女士之间的"空腾出来的",大人关系间的暧昧地带,"妈妈一定会问的,哪些该讲,哪些就不讲"(让人想起少女张爱玲被问起"比较爱姑姑还是比较爱妈妈"的焦虑、世故、困扰),同时也因此在叙事上展开了"奇异的冒险"。

这一切当然从父亲丧亡后,夏女士如折翼之鸟回到古镇而巨大翻转。夏女士几次托人向母亲恳求,希望归顺进他们家(上海的洋场交际被拗折回传统中国古镇的大老婆与姜之间的"宗姓"旧秩序斗争),她为父亲生下一女,至少希望这孩子姓父亲的姓。母亲则守着传统大妇之懿德,但被激怒时亦说出这样狠话："她要上我家的门，前脚进来打断她的前脚，后脚进来打断她的后脚。"

这几乎是可以从《红楼梦》《海上花》援引片段即不断繁衍、万花筒化的中国女性斗争戏。然木心又将墓碑上的钱币喀嘟翻转，太平洋战争爆发，古镇沦于日本法西斯军人与"维持会"之手，"我"与母亲、姐姐躲在楼上，不敢与人知，时局艰险，连管家、仆人皆人心惶惶。辗转才知夏明珠女士被日本宪兵抓去，因为一口流利英语，被认定为英美间谍，且因坚拒不愿被奸污、刚烈斥骂，惨遭肢解。母亲这时大恸，冒险请管家收尸，且将之葬在祖坟地上；并托人寻找那个小女孩，然回复是：已被卖掉，下落不明。

《第一个美国朋友》亦是由这样一个童年、敏感、体弱，且生于江南有钱人家的"我"——甚至更贴近于鲁迅、张爱玲、周作人他们的童年大宅——这样打开故事，讲述这个早慧抑郁的男孩，和他的美国医生之间，一种杂糅着启蒙（同时代表大人、较文明的西方，以及掌握专业技术及知识的医生）、信任、关于对话的教养的成长小说。但与另一篇同样带有童年回忆气味的《寿衣》（近乎鲁迅笔下的祥林嫂，或张爱玲《雷峰塔》里的"何干""秦干"这些乡下嬷嬷，她们和这孩童主人翁的家庭之间的旧社会经济依存关系，与主仆伦理，所展开的悲惨身世）相较《第一个美国朋友》，环绕这男孩身边的，是一个和陈妈、男仆、陈妈的无赖老公、私塾老师、账房先生、舅父舅母这些中国人际所布展的，暗影、耳语、奸险或忠实人际经验不同的，这个美国医生（以及周围的护士们）带给了这个男孩是一个西化的、敞亮（小教堂里速写来的漫画像、建筑积木、电动玩具），虽然病中无以名状地忧郁，但那些洋人（包括院长太太、罗莎丽小姐、仆役）给予这男孩的，全是一种更高度（因此更自由、更新奇、更具想象力）文明对一个孱弱孩童（同时因生病而坏脾气）的宠溺和劝导。这是否有某种对发生在三〇年代中国南方的"西方文明进人"姿态的素描？然确实这在这个乌镇孩童的回忆之廊，是和《寿衣》的陈妈、和夏明珠，是并存在同一时期，同样的故事世界。

如果我们把《温莎墓园日记》里的诸短篇视为一，像木心这样的，代表二十世纪初到三〇年代，穿过共和国现代小说——余华、苏童甚至王安忆、叶兆言、格非——同时带我们运镜进人，却有部分"不在场"的南方中国，南方小资产阶级、文人、艺术家、知识分子的"荒弃的墓园"，不在场的"我"，过度年老的中国文明与世故，却又在承受西方文明冲击（启蒙）时，像个病弱敏感的孩童。则《此岸的克利斯朵夫》，更可看出那枚墓碑上的钱币，木心翻转它时，颤抖手指后面，对于中国现代文学艺术与哲学，在时光快转、拿来主义、常只是像穿脱戏袍的顾盼与装腔，那注定是"蛹"、孱弱病童、高蹈青年，不及成熟稳健却被卷进浩劫，出亡，转眼便是一老叟的难以言喻之"多重视焦"了。那个病童承受的西方文明，青年如戏扮串的迟来的欧洲艺术，或流产的浪漫主义，在后来终于洪流般将一切淹没的劫难，它们只是残余视网膜流光印象的灭尽的烟花。

《此岸的克利斯朵夫》写的是"我"在杭州艺专，和席德进的一段同学之缘，以及几年后意外在台湾嘉义短暂重逢的，两个"青年艺术家画像"。罗曼·罗兰的《约翰·克利斯朵夫》是那个年代年轻艺术家的理想典范，在贝多芬、米开朗基罗、托尔斯泰这三个艺术巨人之间，找到一个虚构的艺术家苦难与思辨的一生，艺术作为一种朝圣或启蒙之途，那近乎求道或殉教。如同郭松棻所说："木心曾到达彼岸，而又回来了。"

这篇怀故人之作，木心极难得地让"真实我"（即便是那别扭的青年时光）浮现在这光影缭乱的画布上。关于那个年代中国年轻艺术家们，在一华洋杂混、新旧倾轧、战火烽烟的年代，他们对新艺术的憧憬和知识素养背景（主要是欧洲）。

　　席德进一开始就唯美主义，邓肯自传，王尔德狱中记，陶林格莱的画像，约翰·克利斯朵夫……艺术家如蛾扑火地爱美，必须受折磨受苦，百般奋斗，不是没有卑下的情欲而是不被卑下的情欲制伏，几次三番地死而复活，终于成功，成功就不会失败了……

　　当时上海美专和杭州艺专在素描上的共性是，以意大利文艺复兴期的绘画为源泉，歧异则在于私淑宗师，美专倾向米开朗基罗、达芬奇，艺专倾向波提切利、拉斐尔。而印象主义呢，美专尊塞尚，艺专尊梵高。再下来，则美专偏爱毕加索，艺专偏爱马蒂斯——我想，似乎是两座城市的地域特性的关系，似乎是两位校长的脾气关系，似乎是两方教授的癖好关系……我既然感到了滑稽，就要脱出这样群体潜意识……

　　关于这个"青年艺术家画像",在战时杭州所目睹的"两个小人在打架",或可对照读《鱼丽之宴》一书最后一章《战后嘉年华》,可以看到木心(或青年席德进,或其他当时南方中国的"克利斯朵夫"们)如同同时在心中光雾朦胧建构一个"欧罗巴文明",或浪漫主义过晚冲浪进这个古老颓塌且饱受战乱陵夷的国度,他们如何"惘惘的威胁"、进退失据、承受内在暴力的文化错位失语症之苦。有原来看这年轻后生临山水花卉、隶真行草,而后满屋油彩气味、弃长衫布鞋取西装革履,而批评"华而不实"的老夫子;有完全意识不到欧罗巴(世界性艺术)的存在和发展,却懂得赶时髦,西方物质文明种种新鲜玩意儿捷手先得的纨绔公子哥;有"美术工作者协会",画农民、小贩、码头工人、乡村集市……个个模仿丰子恺的"革命者";美专里的教务主任只要他交出五担米折学费,绝对录取;或执政党的"专业学生"……

　　年轻,真像是一个理由,一个实际上毫无用处的理由,而且当时也惘然不知用这个理由去年轻个够,我只懂得独自利用图书馆的桌椅和灯光。在校外是匆匆地吞食,在图书馆才开始静静地反刍,再则电灯坏了的琴室中燃烛而弹奏的夜晚,杜美路蓝顶教堂边电影院连看七遍《罗密欧与朱丽叶》的夜晚,风雨交加窜进"亚洲"西餐馆罗宋汤加牛排及沙拉的夜晚……好像我是凭夜晚而长大的。大白天,社会、人性、哲学,锻炼周旋,消耗甚巨,所以只能在夜晚成人长大。

《彼岸的克利斯朵夫》可以视为中国二十世纪上半叶，"失败的浪漫主义"悼怀之作。

如就当时所知的已经成型的人物而言，其中最卓荦者，也不过是浪漫主义在中国的遗腹子，"五四"后，这里迟到的西方思潮很快就分趋两派：极权的、社会的。民主的、个人的。论争既起，形成两大阵营，而现实的繁复动荡，人性的幽邃多变，总是使任何一种信仰终于显得是少数主有者的刚愎自用。中国没有顺序的"人的觉醒""启蒙运动"，缺了前提的"浪漫主义"必然是浮面的骚乱……

二次大战后，《约翰·克利斯朵夫》在法国已无读者，而四〇年代的美专艺专学生，奉此小说为圣经。"打开窗户吧，让我们呼吸英雄的气息！""窗户"在亚洲，"气息"在欧洲，时差是一百年四百年，这种本是神人清醒的"英雄的气息"，反而弄得我们喝醉了酒似的，将艺术的人物倾在生活中，而把现实所遇者纳入艺术里。我们的青春年华是这样结结巴巴耗完的。

让我们回到《温莎墓园日记》里，这个"我"对于不在场时刻，那枚墓碑上之生丁被对弈两人重复翻转的另一可能：

又害怕有第三者介入，偶然发现生丁，取来，信手抛掷，那就，信息乱了，含义转为：

终止

这是荒谬

这是荒谬的消除

故而，若生丁不在，先应解释为有第三者介入，就得再放一个色泽相仿的生丁在那里，作林肯像的正面。

且深信，倘彼来不见生丁，彼思，彼也将以另一生丁置于原位，作纪念堂的反面。

这样，岂非已经与爱的誓约具有同一性。

这个生丁的变动，倘是出于神意，出于魔意，就可不予理睬，任凭神魔进而捉弄，总能与之颉颃周旋，而今是人，人意，不明性别年龄仪态品质，时日愈久，愈无意观悉其品质仪态年龄性别，只以精纯的人的一念耿耿在怀，这又岂非正符合那生丁背面的拉丁文铭言：把许多个化为一个。

关于永恒的幻念，博尔赫斯在他的《永恒史》中提到三种"永恒"：唯名论的永恒、伊里奈乌斯的永恒、柏拉图的永恒。他提到了永恒否定过去、现在、未来，所谓"柏拉图原型可怕的静止博物馆"，博尔赫斯近乎谐谑地提出这种静止博物馆里收藏的清单（正义、数字，美德、行为、运动、音乐、所有几何形状……而没有病理学、农业、财政、战略、修辞学……因为不需要），他说："永恒比世界还可怜。"他提到伊里奈乌斯所提到的基督教三位一体，"永恒成了上帝无限思维的属性"。一个无法确定的上帝。然后他又提到"永恒"作为人类愿望两种"连续又对立的梦想"：

一，是现实主义的，即以一种奇怪的热情渴望造物的静止原型（这让我们想到《红楼梦》）。

二，是唯名论的，他否认原型的事实，希望在一秒钟之内将宇宙上所有细微之物都聚集起来（这让我们想到博尔赫斯自己的小说）。

博尔赫斯指出这些"永恒狂热者"的困境："以秘密地按某种方式滞留时间的流程。生活及浪费时间：除非在永恒的形式下，否则我们不能恢复或保存任何东西"；这种恐怖、迷乱、想直接召唤（其实是由记忆源生的想象）那绝美、至福的光焰，"足以与之相提并论的只有卢克莱修有关交媾谎言的可怕段落了"：

> 仿佛一个梦中想喝水，而喝多少水都不能解渴的人，仿佛一个身在河中却被干渴焦灼至死的人：维纳斯如此以幻象蒙骗那些情人，可对身体的视觉不足以令他们满足，尽管游离不定的相互交织的手抚遍全身，却不能将任何东西分离或保留……情人们热烈地搂抱在一起，情爱的牙齿顶着牙齿，但他们不能在另一方销魂，也不能成为一个自我。

这让我们想起木心的"我曾见的生命，都只是行过，无所谓完成"，他在《温莎墓园日记》中特别提到福楼拜《情感教育》里，阿尔鲁夫人的珠宝家具被拍卖的场面，"实在写得好，残酷，噢，文学是，必得写到一败涂地，才算成功"。

废圮的墓园。被拍卖的公爵的爱情传奇里的红宝石项链。无情的世纪。穿行过那文明大坏毁，人们全疯了的"浩劫十

年"。他深情款款回望的十九世纪。或欧罗巴文明。或中国古
代。他憎恶却又痛爱的二十世纪。回忆中的战时乌镇。青年
艺术家那羽翼不全却两眼发光，那些传递延俄，或资讯不全的
"约翰·克里斯朵夫"的殉于美。那个遮藏隐蔽的，如河面倒
映之戏中戏的，童年教养。所有行过的一切都如梦中场景，销
毁融解；如深海沉船遗骸，无从打捞。这样读木心的《温莎墓
园日记》诸篇小说，我们感到一种奇异的、巨大的"已不在"
的文明空洞战栗，但诸篇似乎时空漫散，并不统一的记忆残
骸、灯光一灭戏即结束的旧园、古镇、异国街道、古代、青年
艺术家之前的纯爱……"我"总是像哈姆雷特的父亲，一个游
离在舞台之外的鬼魂，惶然、感伤、苦笑、遗憾……这些跨度
极大的短篇小说折缩的文明布置，因为这种"已不在了""让
我回忆看看""无可语之者"的"我"始终带着叙事者的别扭、
劫后余生的"沮丧"、一种对情操美感的挑剔、孤僻，于是逐
篇读下来形成一种残骸层层挤压、难辨难重建其原貌的、"流
浪者的痛史"。对于小说，木心的野心或远不如他之于绘画、
散文，以及诗。但反而是透过这些小说（他总将之自嘲为"演
戏"），或这些小说其实比他跨度同一年代、时间的中国现代
小说，那翻转人类道德困境、钱币之手指，更多几重的犹豫和
参数，我们在这些小说看到木心那孤绝、刚烈、冷诮印象之外
的，厚道、柔慈和温暖。我们或可说他文学灵魂的近亲，其实
是曹雪芹，或张岱。

二〇一三年一月号《印刻文学生活志》

灵魂深处祖母的叙述

　　台译本《小说的方法》（二〇〇六，麦田）最末，有一篇小小的后记《怎样写？写什么？》。大江健三郎提到他在一九七七年末至一九七八年初，在一较短的时间里集中完成了《个人的体验》。他也提到后来创作的《M/T和森林里奇异的故事》的后记：

　　　　我一直想把自己出生和成长的四国丛林中的村庄里的神话与传说中独特的宇宙观、生死观写到小说里去……为了重新明确和认识从祖母那里听来的记忆深刻的神话和传说，创作小说的时候，我参考了巴赫金与山口昌男的理论。对于有关传说中的祖母没有讲清楚的部分——对她来说，是那些意义不明、沉没于过去的黑影之中的细节——我从冲绳和韩国的民俗书志中寻找答案来重新认识，这样就把祖母漏掉的环节连接起来……

　　……于是，我专心致志地把回荡在耳边记忆和灵魂深处的祖母的叙述语气作为新的小说的叙述方法再现出来。

　　对我这一代的小说创作者（台湾地区的；亚洲的；经历二战结束世界秩序重整十年、二十年之后才出生的）或是作为大江的读者，那（套句余华的话）是"一段温暖而百感交集的旅程"。一座或是无数座属于大江的，"四国丛林中的村庄里的神话与传说"，"祖母叙述的回声"：从《听"雨树"的女人们》那夜暗中心滴落音乐的巨大雨树，那精神病院中螺旋而上，一种"上升"的"位置"的楼梯，或那位似乎是马尔科姆·劳瑞《火山下》的倒转过来的高安康宝；《万延元年的足球队》那山谷森林里，安保挫败青年的恐怖自杀场景；《迟到的青年》那遁进森林之前，恐怖的杀狗人屠杀狗只的画面、瘟神石像、群体的痛狂；《空翻》，那由羞耻的积木模型破处的少女和青年，或向导与教主，形成一个奥义的暴胀宇宙、对"新人类"的想望……一直到《被偷换的孩子》，那"从不断累积的阴影向下望"，回到古义人父亲当年战后农民起义的，歪曲的、自我暴力化的，牺祭仪式般那个"被换成冰雕婴孩的时刻"，少年们在森林深处"做了不好的事"，模糊色诱了那位美军青年；或是"把死去的吾良重新生回来"；到《忧容童子》，那个"双生子"概念，在四国森林厨房后阳台，双臂朝上升，要飞翔而去，进入那个山谷（同样是螺旋上升）里会遇见"未来的我"的树；一场浩大的堂吉诃德式的演剧、愚人游行、穿越森林，或那被重新"扭曲变形了的复杂结构"；《再见，我的书》里的

《卡拉马佐夫兄弟》和纳博科夫，那恐怖分子的爆炸行动……

　　像是许多座森林，被不可思议，在这样一条漫长的、小说河流，一次一次覆盖、回旋、重新启动，"这夜暗的大半其实只就是给那么一棵巨树遮埋着，虽说是微弱的，它映照着仅可辨识的那么一点光，地面上是重叠盘踞的老树根"（《头脑好的雨树》），那核爆末日火焰意象；那一座座完全不同的精神病院；绝望的、自杀或是没自杀的青年；层层树叶、枝丫、闪烁光影后面隐藏的屈辱历史，或挫败者们的荒唐失动；或是，一个承受负轭了这宇宙噩梦怪胎婴儿的形象。

　　那对我来说，是进入他的"神话森林"的第一座森林：窒息，夜暗的东京大楼峡谷或酒精气味，医院里被遗弃的悲惨的妻子和那怪物般的婴孩，因为受到灵魂最深处的创伤，像战后派那些小说家无法钻进已被核爆规模熔烧变形的女人阴道，于是更悲惨的徘徊打转，那密林丛叶的"坏毁"的诗意长句。然后是另一个被世界玷辱、创伤的女人火见子，在那绝望辐射密林里，扮演救赎者（护士）的女性角色。

　　《个人的体验》这本小说，似乎是大江的神话曼陀罗森林开启那"小说的方法"的第一个界面，第一次将读者（或亚洲读者）带进那个，有加缪、卡夫卡、萨特、本雅明、纳博科夫、陀思妥耶夫斯基……的"现代"，那座有自杀者、附魔者、意识到现代性战争或核子机构之异化（不论是语言，或失去"个人"的自我感），那样的第一座小说森林。

　　一开始，那关于主角"鸟"在书店中，偷窥非洲地图的不可思议丰饶之意象：

　　鸟抖着身子，凝目看地图的细节，环绕非洲的海像冬天黎明的晴朗天空，用动人的蓝色印刷。经纬度不是用三角板画的机械式线条，是用可以让人想起画家内在不安与余裕的粗线条来表现。那是象牙黑。非洲大陆有如俯首男子的头盖骨。这大头男子正忧郁地垂下双眼观看袋鼠、鸭嘴兽和无尾熊的栖居之地——澳大利亚。地图下角显示人口分布的小非洲很像开始腐蚀的死人头；显示交通关系的小非洲则是剥除了头皮，血管完全呈露的受伤头部，这些都鲜活地唤起暴力致死的映像。

精神病院的完足、封闭宇宙、环场建筑成一个"当代的我们正活在其中"：哲学辩论，美学高度、一个或许对本雅明、波德莱尔、卡波提、普鲁斯特的"欧洲"的欣羡、栩栩如生重现眼前，譬如《头脑好的雨树》，或者疗养院意象，譬如《别人的脚》。在其内，是像《蝇王》，或福尔斯《巫术师》、托马斯·曼《魔山》那样一个"疯狂的古堡、高塔内正发生的事"的翻译、观看的镜头自内朝外转播。可能是一场少年法西斯的集体霸凌、酝酿而终于胎死腹中的暴动、权力关系的流动、换串。这可以是二十世纪诸多小说中关于"疯人院"，非猎奇、以怪诞风格满足"另一边的哥特风"惊异，一种悔罪感，遥迢时光久远过去的某个耻辱，不为人知的秘密，黑盒子。"到底当时是谁在哪个环节动了手脚，使后来的我们像耳半规管被剪断的鸽子，一直打圈，扑翅却摔跌，歪斜狼狈。"大江的小说似乎一直持续处于某种"叙事后面惘惘不安的黑盒子"中。那且引动了里头不同角色对"当时究竟发生了什么事"的记忆版本之篡夺、重写、覆盖。

从《听"雨树"的女人们》里的高安康宝；到晚期风格的《被偷换的孩子》，少年的古义人和吾良在被遮蔽、马赛克掉的昔时，在场目睹一个秘教（蝇王）式的人性堕落、返祖地虐杀那同志美军。这个恐怖回忆在《忧容童子》又被重新翻转、剥开、审视，成为人类黑暗行为的各种博物馆装置，乃至那段"时光证物"，在后来的《忧容童子》《再见，我的书》，又一再被不同记忆覆盖并涂改。

他的小说后面有一隐藏的"位置的难堪"，像泅泳自那本雅明《单向街》回望的，充满艺术灵光、十九世纪教养、尚未被空袭炸弹炸成废墟的文明建筑的，光焰梦境中溶出，爬上这泳池之畔，却凝视着那宇宙爆炸之初的神话学倒影。而哀伤的是，他终又要退回那举烛明亮的疯人院现景，眼睛却带着直视暗黑深处的残影。这样的"人类文明被'雨树'或精神病院，暂存、暂时收纳"的奇异换日线位置，远比福尔斯、波拉尼奥、马尔科姆·劳瑞，或《跳房子》的疯人院（或逃离疯人院之出走），都要复杂难解。

核爆的意象。脑疝畸婴的意象。格尔尼卡的末日画面。这些似乎皆不足以解释大江"将二十世纪人类奇怪的噩梦、恐怖、痛苦全揽上身，进入小说家全部作品不连续的潜意识中"。而是徘徊、困走、眼瞳被小说家造句的疯狂细节不断重塑真实——一如《听"雨树"的女人们》中，那"坏掉的老友"高安康宝作为赝品的《火山下》的马尔科姆·劳瑞；或《2666》

的波拉尼奥——大江在二十世纪小说中盖了一座博尔赫斯图书
馆式的精神病院。

怎么说呢？

一如《听"雨树"的女人们》开章，那赞助这座"精神病
院"（画面外的我们犹不知觉），如一个熠熠发出文明（欧洲）
光焰的最聪明精英脑袋的沙龙论坛，那个德裔女人奥雨嘉带着
"我"，走出酒会人群，穿过长廊：

> 我凝目看那暗夜的夜空。夜空里有种水湾的气息。我
> 终于看出来，这夜间的大半其实只就是给那么一棵白树遮
> 埋着，而在这夜间的边际，虽说是微弱的，它映照着仅可
> 辨识的那么一点光，地面上是重叠盘踞的老树根呈放射状
> 伸延，直到眼前。等到我的视觉逐渐习惯于这夜暗，我终
> 于也看出它那黑色木板围墙般的四周围还微微地透出一
> 种灰蓝色的光泽。树根发达得蛮可观，树龄好几百年，这
> 样的一株树，就那么竖立着，把天空和遥远在斜坡之下的
> 海，摒遮在它那夜暗之外。
>
> 这样的夜暗好像就会把看着它的人连人带魂都吸
> 了去似的。

那些指腹大小的小树叶如此紧密，会把眼前夜骤雨的水滴
贮存，第二天白日仍滴落不停，像持续下着小雨噢。

这样的一个位置——从灯光如昼的酒宴走出，在明亮与暗
黑的边界，一个巨大的宇宙树影留存着"已发生过，已不存

在"的曾经——一如精神病院。

《个人的体验》则似乎是那主人公鸟，将忧郁脆弱、刚分娩的妻子，和那造成他"吞食世界全部毁罪"的初生脑疝婴孩，丢弃在医院里；自己却像卡夫卡的主人公，在医院之外的夜暗城市里徘徊窜走，形成他和火见子那"户外的""开放的"精神病院意象。

隔了半世纪，回头再看《个人的体验》，其小说的艺术性、美感的痉挛和刺激仍是那么新，它充满了对于一个庞大的世界苦难的隐喻，以及与之对抗、被殴击仆倒，甚至比医疗体系、医学话题判定的"怪物婴孩"更恐怖的什么……

在台湾，或说在华文世界，已经有一本大江先生口述、尾崎真理子采访整理的《大江健三郎作家自语》这样一本书，大江说自己是"属于二十世纪的作家"，在提到格拉斯自传《剥洋葱》于德国受到的批判时，大江说了这样动人的一段话："即使身为发表社会性言论的知识分子，格拉斯也没必要对极为错综复杂的过去保持沉默并生活过来而感到耻辱。"并且表示"尤其在二十世纪后半期，作家遭到了各种各样的伤害，是作家带着这种伤害生活并工作的时代，因为我深切地感觉到，我也是这其中的一人。"这样的话让人落泪。萨义德《论晚期风格：反常合道的音乐与文学》的思考笔记中也受大江作品中的"悲叹"（grief）情感所触动。萨义德对《致令人怀念的岁月的信》里那位名叫义兄的人物产生了共鸣。在小说中，这"义兄"写的一封信里提到"上了年岁后便意识到，那种东西却变成了非常安静的悲叹……今后随着年岁的进一步增长，这种感情该不会益发深沉吧？"，像是博尔赫斯的一个短篇《另一次的死亡》。大江亦提及长子大江光出生的一九六三年："我试图透过创作这部小说（《个人的体验》）来确认一个事实——与智育发育缓慢并患有智障的孩子共同生活下去，就是自己今后的人生！在现实里，我和光的共同生活还在继续。光诞生之后的那一年，或许是自己这七十一年生涯中最特别的一年。"

我想对于大江的读者来说，有一个非常像略萨的《叙事者》那样，在秘鲁高山中像背着许多部落故事之包袱，行走，传递故事的"说故事的人"：大江仿佛从二十世纪那与萨义德、略萨、格拉斯、苏珊·桑塔格……这许多"背着二十世纪后半期伤害"的全景幻灯世界，走过时间边界而来的人；像《再见，我的书》中所谓"老人的愚行"，"悲叹"、神秘、艾略特的诗《小老头》（Gerontion）……随后并穿过了死荫之境，写出《被偷换的孩子》《忧容童子》《再见，我的书》的大江，这样从"那个神秘之境"，这样穿梭、偷渡了世界的梦境暗影，将那无比巨大、繁复、多维度宇宙的"大江的森林意象宇宙"，在《大江健三郎作家自语》这样一本书里面，给予一种"另一次的唤起"：浓度与重力比卡尔维诺在其诺顿讲座第五讲《繁》（Multiplicity）中所描述的，更蔓延、拉长的庞大图书馆意象的"时间简史"；或者如小说，大江一生以小说实践与这世界搏斗，"那些死去的同代人发给您的信"，且仍旧不被悲观、虚无、冰雕的假婴孩、粗暴的情感群体……所击倒。那对我们这些羞愧于竟也自诩"小说创作者"的后辈，是如此神秘而奢侈的赠礼。

又如《小说的方法》中，大江谈到堂吉诃德时，引述作者摘用于小说《项狄传》扉页的伊比德提斯的话："推动人类的不是行为，而是关于行为的意见。"大江提到，堂吉诃德不久人世时，似乎突然思绪清明了，他向桑丘道歉，桑丘却说："啊呀，我的主人，您别死呀！您听我的话……您别懒，快起床，照咱们商量好的那样，扮成牧羊人到田里去吧。堂娜杜儿西内娅大概已经摆脱魔缠，没那样儿漂亮；咱们经过一丛灌木，就和她劈面相逢了……"大江写道："桑丘认识到日常生活的自己与其他农民一样精神正常、碌碌无为，通过充满活力的自我解放，他看到了另一个世界。这是一个想象力活跃的世界。"

如果，我将这个场景，偷改成没有穿行过大江那一座座各自独立、又似乎以梦境的神秘音乐盒齿轮连接的那些"小说森林"，那奇异的双人组合，那穿行过纳博科夫，卡夫卡（或川端、三岛）他们的双眼不曾目睹的"后来的"这个世界（二十世纪后半，或二十一世纪这最初十年）的小说堂吉诃德冒险的发动；还有那被大江赋予了神话繁复秘径的四国森林……则我们这些后来的小说学徒，小说桑丘们，便根本不知那在已知小说之外，还有"另一个世界"。

从不断累聚的阴影朝下望

我努力回想几次和莫言先生相见，似乎皆在前辈们同时列桌的餐宴。一次是十年前在台北，同桌还有阿城先生、天文、天心、唐诺、大春老师、初安民先生。那于我确是恍惚如梦在一场"诸神的晚宴"。我简直是大汗淋漓，坐都坐不稳。记忆中阿城先生咬着烟斗，其余诸男大小说家们亦皆一根纸烟一根纸烟燃着吞云吐雾。几位百科全书派小说大脑袋，个个能侃，像虚空中即兴一架随搭即拆的妖魔牌楼。但印象极深是说到庄稼、骡马的知识，如何从牲口的白齿来分辨年纪，或说起北方的狼这些话题时，就剩下阿城先生与莫言先生，既专注又淡然，相说着自家屋院里再寻常不过的亲近琐碎之事，充满感情，哀矜勿喜，但确是他们在每一小细节皆布置、饱满了节气、物种、人的劳作、吃口好的喝口好的那种像炉窑烧过的，深知人情世事的，火光敛收钝浑低眉的脸，只有在说起这些时，眼睛才充满光彩地睁大。

　　另外几次，类似这样，同个世代的换另一批台湾作家的邀宴，似乎座间总有人拿诺贝尔奖开莫言的玩笑（那已是十年前了），像乡下人开城里某个彩券乐透的玩笑，莫言似乎也习惯这类调逗戏闹，也会顺着哏将那笑谑"巴洛克化"，编藤攀梯，让人笑不可抑。

　　而莫言先生确实是个温厚的前辈。我记得他来台北那阵，恰好我因为一本小说，引起一些关于"私小说"的争议（如果回想，那其实是一如果在一更美好的文学年代，可以更拉高、延展书写的哲学层次的论证——譬如我的好友黄锦树君提出时的高度。但可惜在台北的小文学圈子里，似乎变成八卦、影射的书写恩怨），当时我才三十多岁（如我每次说的"缺乏经验与教养"），完全不知临头这一切与书写之初完全无关的，淹漫至小说边界之外的"层层累聚的阴影"该如何辩解。只觉得忧疑惊怒，欲辩无言（无能力、无知识准备以辩说）。但其实这只是一个充满创造激情、叙事爆炸的华文小说实验河流里，非常小的一枚泡沫。年纪渐长我才懂得感激，且理解其实若能参与、被裹胁漩卷、反思、再提笔……这个小说书写得如大江《再见，我的书》那小说堂吉诃德大冒险、探勘回望那些大名字，重绘地貌，那是何其幸福之事。

　　但当时难免怀忧丧志。记得在那餐桌上，台湾这边的前辈当笑话说了此事，我觉得非常羞愧，自己还只是个拿不出啥作品的小辈，却好像给年轻时尊敬的大小说家们"这年轻人是个写八卦的小说创作者"之第一印象。但那餐桌汤锅冒着白烟，前辈们呵呵笑着的情景，又非常像北方农家里亲友围炉囤囤夹菜扒饭。根本不是件事儿嘛。

　　几天后，在台北艺术村，莫言先生的一场演讲，会后有听众问起"私小说的道德边界"（天啊，我真想死）。莫言先生当时的回答，许多年后我回想起来仍心头发暖。事实上他根本不清楚此事（也无须）的前因后果，但他不是四两拨千斤，反而诚挚地回答："小说的真实和所谓的真实是两回事"，他甚至说他也曾因为小说挪借的某真实人物的影子，而得罪过人……那当然只是莫言像烧燎烟花、魔幻迷丽的讲演故事夜晚，一段非常无足轻重、小小的插曲，但对我这远方的、完全在不同小说时钟、不同小说语境的后辈而言，真的是铭感其温暖厚道及"哀矜而勿喜"。

　　另一次与莫言先生近距离相处，是二〇〇六年香港书展，有一个晚上，马家辉大哥找几位港台作家（我记得还有黎紫书？）到湾仔一间都是老外的酒馆喝两杯。马大哥充满感情说这一带是他少年时晃荡的街区，越战时这一带全是美国水兵以及阻街应召的华人女孩或菲律宾女孩。甚至有非常多的人妖。后来我们走出酒馆，马大哥要我们自己去绕一圈看看，不要惊动那些暗影中像羽毛鲜艳之禽鸟的女孩。我记得同行女作家们不愿意。而我又好奇又胆怯。但一旁的莫言大哥说："怕什么，以军，走。"于是我们俩并行着，绕着那国境之南，华洋杂处——应该对莫言（我想象的啦，那个北方的、高密东北乡的，高粱地里英雄和悍妇的这位大小说家）颇陌生的南国迷丽之景——那个街区绕了一圈，作为观察者（或许那些流莺眼中是两个大叔嫖客？）、业余侦探、城市的漫游者。但印象中那晚好像没什么女孩儿出来站岗。于是我跟在这位尊敬的大小说家身旁，听到我和他皮鞋底刷唧刷唧的声响，他的脚步像一个执行侦察任务的士兵的行军。我们一路无话，我多想在这独处时刻，向他提出一些关于写小说的神秘核心的后辈的请益，但我什么也不敢说。印象中我们穿过那些拉下铁门的小店铺，防火巷里的馊水桶，路旁堆的纸箱压扁的黑影，这个繁华的资本主义镜廊之城，入夜后其实也一片荒凉。有一刻我觉得，其实莫言先生，他也很紧张呐。

他只跟我说了一句话："你看，什么也没有嘛。"

·

《蛙》这部小说里，小镇里的这群孩子皆以"身体部位和人体器官命名"：陈鼻、赵眼、吴大肠、孙肩，有一对双胞胎叫王肝和王胆……那在鲁迅"救救孩子"之后近一百年的中国农村，似乎小说家嘻哗谑笑的"孩子们的孩子"，更淹漫进一更阴郁荒诞的超现实梦魇：满地器官乱跑，鲁迅"周庄"的那麻木、愚骏、原始，一种数千年缚绑但又无道德价值无审美情操无悲悯羞恶之心的群体性，在"恶童说部"里，是一个更分崩离析，部落法则、人的个体性更荡然无存的世界。

莫言的小说那"从不断累聚的阴影朝下望"，一种让道德派读者困惑不安，找不到他们意图刻舟求剑之"批判"即在于他和他同代的这批中国最好的小说家们其实面对一幅比鲁迅所定锚、严厉批判、愤郁版画的"小镇群体之恶"更紊乱、难以下手、维度复杂的"伤痕的农村"。这里头有几股暴力的窜流、扭动——如同莫言在此书自序最后八个字:"他人有罪,我亦有罪"——一是如威廉·戈尔丁《蝇王》里那些反祖,褪去文明衣装而坠入野蛮生存法则的"被大人遗弃的孩子们"。所谓"恶童":譬如匈牙利小说家雅歌塔·克里斯多夫的《恶童日记》,那一对无感性、无同情心,以死灰冷澈之眼"练习作文"形式,最粗糙纪实记录他们目睹的二战时期的大人世界的疯狂、屠杀、人失去人之最基本存在尊严的地狱之景。或如格拉斯经典《铁皮鼓》,那个侏儒症小男孩奥斯卡口中描述的二战德国人集体"失去文明"的癫狂、痴傻,如一场竟然是"停止成孩童时间的催眠",一场哆嗦的梦魇。或如鲁西迪《摩尔人的最后叹息》中那个早衰症孩童直面印度阶级,暴富、扭曲,相反的印度现代国族史"调快时钟"的扭曲。认同混乱,将三四代人的生命史全挤塞进这个倒霉孩子记忆档的狂欢暴乱。莫言从最早的《红高粱家族》,到后来的《生死疲劳》《蛙》,这个佯疯痴傻的"恶童"叙事声音便一直挥之不去。但愈到晚期,这个说故事孩子便愈像被他愈深进入的这个世界,玷污、损坏、灌满核废料、愈桀桀怪笑,愈急着说出那如动物内脏脏污又华丽的"莫言之事"。《红高粱》里那个中国传统演义里的"英雄好汉王八蛋"的元气饱满、悲剧英雄在故事幅员上,透过土地、生产(红高粱酒出现的神话)、生殖(我爷爷在高粱地抢占我奶奶的爱情故事)、对抗异族侵略的游击诗篇(当然让我们想到马尔克斯的"邦迪亚上校")、与骡马牲口的眷爱,这一切天真、荡气回肠的"英雄史诗"气氛渐渐被偷换掉了。

这或许是莫言版本的《被偷换的孩子》，鲁迅"救救孩子"的那些孩子，接管了那个土地、农村，但几番"生死疲劳"的轮回后，我们眼前的"高密东北乡"，变成一片更冷酷、更灰色的荒原？是在哪个梦境的转场被动了手脚？被摘除掉最珍贵的东西？

　　第二股暴力正是这书作为主角的典型人物——"姑姑"。像布莱希特的《大胆妈妈》，她活过的年代一如走马灯，或快速换替舞台布景（时代背景眼花缭乱的更迭，无法如写实主义剧场的"第四个墙"的绝对拟真、细节一丝不苟，反而借京剧舞台的"观众与表演者之默契"，一种符号化的道具在虚空中想象其展列存在的景深，因此可以演绎一种较快转的时间篇幅），所谓"史诗剧场"。这位姑姑本身亦是"今夕何夕"几番运动、形塑国民性，群体、群众的单一意志的动员，她本身即是这种"大胆妈妈"的时光展廊。这位姑姑，像是《红高粱家族》里那位"我奶奶"，被放进了离心旋转机里，原本那英雄好汉胳膊上跑马的女中豪杰秉性，在"计划生育"之前，是个和高密东北乡这片受日本人侵踏蹂躏的土地一样，伤痕累累但不失尊严。她像是"大母神"那样地掌握了农村妇女生殖的技艺神话，从传统产婆到西医妇科医生，从一九五三年到二〇〇一年左右，号称接生过一万个小孩。然而这样一个将女人的产道、土地劳动对生殖愚昧又神圣的崇敬、重男轻女，乃至旧时代种种医巫不分的反智、落后，渡引到一个新的国民性铸造，姑姑似乎是站在"人类未来／大我"的理想性的这一边，接生婴孩的手成为那大搜捕、冷酷侵入民间号哭尖叫抵死搏斗的最私密、最脆弱的密室。这个神圣化、纯洁化的意志，成为《蛙》这本小说极恐怖的景观，那像是昆德拉在《玩笑》中处理的，"在一场噩梦般的众体疯狂，个人的被摧毁、伤害、羞辱、事实上是无法如希腊悲剧中的道德教训；血债血偿，而只能是个人执念的荒谬和暴乱"；一种"媚俗"（昆德拉说："忌屎"。将某种道德无限上纲，将杂驳不符合这种道德或意识形态的他者，悉数驱赶、灭杀、妖魔化）。如我们曾在阿城的短篇、王小波的《黄金时代》、阎连科的《四书》看到的。姑姑怎么从"大胆妈妈"变脸成了"恐怖母亲"，正就是这种"神圣话语"和"巴赫金式的民间杂语、农民亲属人情网络、反祖至最古老道德的直观善恶"在莫言的叙事旷野上的惨烈战争大追捕、大逃亡、光怪陆离的场面。

　　第三个暴力，当然是这"姑姑的恐怖狂欢喜剧"，如小说中半谑半哀地有一部似乎是莫言写给大江健三郎的私人信件和一出全书最初同名为《蛙》的剧本：回到《灰阑记》或布莱希特另一部经典《四川好女人》，这一切进入到莫言曾在《酒国》中幻造的夸富疯狂食婴宴，财富以天文数字累积于少数人于是进入到超现实场景，不可能不进入卡夫卡的城堡、童虐怪诞、变形与"自我存在感之消灭"而抵达的"人吃人"剧场。关于这一块，非常难讨论。因为在小说哲学上，他已进入波德里亚、罗兰·巴特、卡尔维诺或德勒兹的维度世界了。莫言在早年有一短篇《倒立》，其实已试图在他的"高密东北乡"的秘境地图，偷渡了这样一角现在夸富宴的众生相素描。然又不论是莫言、余华、刘震云、阎连科，他们在调度动员"城乡结合部"（一个乡土与城市的换日线边境），失去土地但挟带着农民的"生死-男女-经济"关系、情感、想象力的移民们、挨受暴力的反抗（或妥协）模式，常还是围绕着《中国农民调查》的荒诞古怪层级机构，各式各样倒卖、伪诈、卖身、僵直语言经过民间流氓机诈的变貌，像汩汩冒出鲜艳油汤的人体榨碎机，让人瞠目结舌的巨大愚人船场景。剥夺者和被剥夺者同样在一种人格倒错、语言失去其信任默契，常只是更多层次的诈术之心领神会，一种《六个寻找剧作家的角色》的茫然、流浪、狂欢与疯傻。这或正是眼下莫言们正在经验的，以我这样"在之外的"的读者，很难掌握其语言与观看方式，在小说实践上的奥秘或难度掌握。

　　然而，关于这个类似大江健三郎《被偷换的孩子》的哀恸反思：我们是在什么关键时刻，被偷动了手脚，原本可爱的孩子，被妖怪偷换成一具冰雕的赝品？这些吃煤、充满朝气、胡闹、历史伤害的娃儿们，其实是在什么秘密时刻，让那异化、冷酷、残忍的噩梦侵入所有人的脑额叶里？变成装神弄鬼的捏泥人的一具具陶胚？或是满地无感性无个体差异无古典同情哀悯羞恶之心的呱呱哗哗的一大群青蛙？莫言在他"晚期风格"这三部明显历史时空幅员扩大、人物进入一种集体恐怖、阴郁、层层累聚深渊的大长篇《檀香刑》《生死疲劳》《蛙》，有一个重要的小说机械钟的内腔（齿轮、机栝、弹槌）的表演主义展露，一个关键字，一个小说的抵达之谜：现代化的错误想象。奇观妄想、不可思议。

……于是师傅就发明了一种猫胡，有了猫胡之后，猫腔就站住了脚。

咱家的猫胡与其他的胡琴相比，第一是大，第二是四根弦子两道弓子，拉起来双声双调，格外地好听。他们的胡琴筒子都是用蛇皮蒙的，咱们的猫胡是用熟过了的小猫皮蒙的。他们的胡琴只能拉一般调子，咱家的猫胡能模仿出猫叫狗叫驴鸣马嘶小孩子啼哭大闺女嬉笑公鸡打鸣母鸡下蛋——天下没有咱家的猫胡学不出来的声音。猫胡一成，咱们的猫腔立即就声名远播，高密东北乡再也没有外来野戏的地盘了。

师傅继发明了猫胡后，又发明了猫鼓——用猫皮蒙面的小鼓，师傅还画出了十几种猫脸谱，有喜猫、怒猫、奸猫、忠猫、情猫、怨猫、恨猫、丑猫……是不是可以说：没有俺孙丙，就没有今天的猫腔？

——《檀香刑》第十六章《孙丙说戏》

某部分这似乎可作为《檀香刑》那阅读时繁花簇放的感官印象的索错路径：多声部叙事演义催眠进入一种如痴如狂，挤眉弄眼的故事狂欢；一个壮烈荒诞悲惨的“一九〇〇年——中国的现代性遭遇时刻”，莫言在此书后记提到“声音”：“第一种声音铿铿锵锵、充满力量、钢铁般重量与冰凉温度的火车声音”，“第二种声音就是流传在高密一带的地方小戏猫腔”（哭声千回百转，无论大小孩子，都可以说是通过遗传而不是通过学习让一辈辈的高密东北乡掌握的）这个如此饮满着文明与时光冲突的强大碾过、蹂躏、一种机械主义最极致的神物（怪物）：火车及铁道，在那不可逆的，本雅明悲伤回望那个万事万物犹充满情意与灵光的，没入手工、老店铺、老工匠艺人、充满臭味、巫术、流浪汉、对古老教养与无实用性耽美伤逝的那条"单向街"——这一切还是在莫言擅长的广阔叙事旷野遭遇、决战。可想而知是那些前现代的、巴赫金式的民间嘉年华狂欢的、义和团式的胡闹身体们、被碾碎、尸骸乱飞、表情诧异且怪诞滑稽、向各式塑胶小鸭玩具发出唧唧聒聒的怪声而被"现代"的巨大涡轮搅碎。"身体"作为一种现代性规训与惩罚、疯癫与文明、暴力化地由他者（当然是"现代"的发明者——西方文明）描制地图、嵌入时钟刻度、生产消费逻辑，布置二十世纪的现代史，通常是最浓缩隐喻、怪物化、变态化的极限剧场。无须再赘述鲁迅那行刑杀头众人围观的身体施虐。或我们想到譬如朱西甯的《铁浆》——同样的胶东抗铁道，最终以将那滚烫铁浆灌入自己腔肚的狂欢施虐；或是黄锦树《刻背》那不可思议在南洋华工悲惨背脊上刺青的"一个疯狂的中文《尤利西斯》的大小说书写计划"；当然我们无法不想到鲁西迪《魔鬼诗篇》首章，主人公那从几万英尺[1]高空飞机爆炸，睾丸被大天使加百列死抓而高歌的经典"坠落"——一则印度现代快转疯狂脑中的根植民族暗影在现代变形记后的怪物化，在这坠落的孤独演出时空，形成长篇小说的展卷；更别提拉美那群爆炸魔幻大名字作家让人眼花缭乱的双生子、父

---

1. 1英尺约合0.3米。

的鬼魂附身而重启的多重历史观、乱伦与杂交、梦幻超现实的大屠杀，记忆力惊人而进入感官爆炸的富内斯……

卡夫卡的《变形记》《流刑地》乃至《城堡》。身体如何被围观、展览、承受屈辱，驱赶出"正常"体系运转的群体之外，变成忽大忽小爱丽丝梦游仙境的惊吓的、错误的、"自我怪物化"。

站在这个"身体"（前文所引的莫言所说的"猫皮蒙面小鼓"的各式猫脸谱：喜猫、怒猫、奸猫、忠猫、情猫、怨猫、恨猫、丑猫……这些被砍头、被凌迟、被侮辱与损坏、变成碎片残骸却仍桀桀怪笑、各种鬼脸、阴惨欢闹的巴赫金式身体）对立面的，不，或说是站在其下俯视着的，是莫言曾说过的"鲁迅先生写过受刑者（革命者）和观刑者（看客），只没有剖析过'施刑者'。施刑者究竟是何种心态？那个割开张志新喉管的人，是一种什么心态？那个往林昭嘴巴里塞上膨胀球以防止她呼喊的人，那个把子弹射向她的身体还向她的母亲索取子弹费的人，是一种什么心态？假设当时让我去干这件事，并且告诉我这一切都是出于组织的信任、革命的需要、从此革命大家庭将对我永远敞开怀抱，否则我将永远被打入另册，我会不会去干？十有八九会的。每个人心里都隐藏着一个赵甲。他的残忍，是出于奴性，也是出于恐惧。他是专制社会的必然产物。"[1]

这里，说到"檀香刑"，这部小说的黑暗之心，同时又是

---

1. 李静《捕风记》，二〇一一，浙江大学出版社。页四三：《不驯的疆土》。

极限光焰的爆炸之核。是那么古怪、残虐、病态地将一根檀木橛子插进那猫腔班主（技艺、精神、自我神话的全部继承者）的屁眼，穿透腔体，并且整个这样对这个"体"的施虐、凌迟，公众展示的最重要关键，在于"绝不能让他太快死去"，这于是在小说展廊上让我们瞠目结舌看到了一种"中国的"，古老技艺的让人疯魔的讲究、神乎其技、华丽细节。这门技艺如旋梯而上，最高境界竟就在"延缓"：让死者慢速感受自己的死亡。莫言在此写到了一种行刑者、受刑者、围观者都被裹胁于一种琥珀般、求生不得求死不能、晕迷烂醉，既痛苦又甜蜜，既残虐又狂欢的奇幻催眠状态。这种"技艺的疯狂痴迷"，有另一部关于传统技艺本身之极限妄念，不惜以人类肉身为其浮屠宝塔阶梯、剥夺、抽离、异化、"去人类化"的魔鬼工匠技艺之典律，即聚斯金德《香水》。以剥取极品美少女之头皮、冷萃法或油布吸取气味之秘技，各种气味之繁华簇放、感官爆炸、微物之神的炫技特写，乱针刺绣了一幅中世纪巴黎的香水制造工匠史或拱廊街展廊。重点是这位不惜以"剥人皮萃取那让人疯狂之芬芳"的香水师傅葛奴乙的形象，在小说的换日线秘境，让我们同时进入那绝顶技艺逐级攀升的激爽、欣羡、赞叹；同时阴郁恐怖地惊觉那后面极抽象的、恶华的代价：曾有评论者论及《香水》一书是暗写二战德国的纳粹与屠犹，一种由笛卡尔、伽利略开启，乃至牛顿、达尔文、弗洛伊德，这些名字所引领进入的"现代"，世界成为一个可控制的客物，透过科层建制、分门别类的专家话语和技术革命，一种远超过古典时期人类想象力之外的超现实场面真实的发生。包括被屠杀的人数、执行并参与这规模惊人的运输、集体监禁、分类、管理，乃至杀戮，每一环节所参与之公务员人数，皆以百万计。当这场如同所有人从被神遗弃的噩梦中醒来的战争结束后，人们面对的是对整个文明之信仰皆坏毁、一片焦夷、瓦砾的荒原废墟，甚至是一个恐怖的黑窟窿。

"檀香刑"这根如梦似幻，透过这位"姥姥"——禁闭封印了这个古老帝国所有工匠技艺、美学讲究、仪典排场、对形而上象征秩序的崇敬与教养——刽子手赵甲，这位在莫言笔下栩栩如生、阴鸷深沉的大艺术家，似乎这个文明将它最高形式的创作力、想象力、本雅明所说的那"艺术的灵光一现"，全灌注在"刑"，如何将施虐罪犯的身体，将死亡变成一个华丽的景观展廊。当这个施虐，脱离了、陌生且疏离了那最直面的、"被杀、被暴力侵夺、被羞辱破坏"的人体的形貌，变成一种像官窑瓷器、京剧昆曲、像刺绣或烹饪的鬼斧神工、繁文缛节、层层讲究，作为读者的我们，一面为其繁花翻涌的骇丽细节所迷惑、目眩神摇；一面又从体腔内颤抖其残虐、恐怖、非人化。包括《杰作》这一章，莫言用那我想帕慕克、聚斯金德都甘拜下风的缓慢运镜，一个步骤一个步骤精准写着凌迟——"鱼鳞割"——的连续五百刀，这个"刑虐之技艺"如何在那疲惫、漫长的时光沼泽里，将一位革命志士的身体，变成碎片和孤立的器官。

而作为这部小说，这个"檀香刑"——浓缩隐喻了这古老帝国对工匠技艺的乖异内向的"美学极限之光焰"——所要截入、伤害、慢速凌迟以展示统治权力神圣性的，那个"受难者"孙丙，却又是"猫腔"：这一"师傅为了偷艺，曾混到十几个外地的戏班子里去跑过龙套。师傅为了学戏，下江南，出山西，过长江，进两广。天下的戏没有师傅不会唱的，天下的行当没有师傅不能扮的……"这像是赫拉巴尔《过于喧嚣的孤独》那城市地底的将所有书本、历史知识、文明、群体记忆，全打包成一肮脏压缩大块的梦境。那是赫拉巴尔的民间话语，里头的戏文和角色之附体及离散，尽是像说岳、西游、水浒这些民间戏曲的集体记忆。在"火车与猫腔"这两种声音遭遇的现代性时刻，后者自然被碾裂，如散扔遍野的尸骸和瓦砾。我读此书，感觉到说故事后面的那个莫言，是被这文明漫漫长夜，那绝望又执拗的一些磷火，惊吓且悲不能抑的。像本雅明提到克利的那幅"一脸悲伤的大天使"，眼前是一片破碎的尸块和文明的废墟，祂挥着翅膀，面对过去，想去将它们拾掇拼起，但时代的暴风将祂吹向未来，祂只能倒退着，眼睁睁看着那一片塌倒、无望的荒原。或如阿城曾感叹的，原本有两个民间自为的宇宙，或许松散、杂驳，但错综复杂、有其呼吸、世故、有其诡秘或空疏地错落着。那个充满民间狐神猫怪、男女欢乐疯闹于贪吃或生殖、摇曳生姿、焕然发光的"高密东北乡"，曾在《红高粱家族》或像《神嫖》《猫事荟萃》这样天才自成的短篇中丰饶地蹿长。然在《檀香刑》《生死疲劳》《蛙》这三部"晚期风格"的长篇里，从声腔与华丽技艺的多声部赋格；时间与阶级斗争的永劫回归；生殖与杀婴的"恐怖母亲"：我们看到莫言如何清醒、严肃，在"小说的真实"那疲惫的文字苦刑书写实践中，将那么充满生趣、鬼脸、表情丰富的、他爱眷同情的民间话语、英雄好汉又王八蛋，嘻哗胡闹却又悲壮真挚的人物们，带进那个"冷酷异境"，或二十世纪中国人，曾走过的"格尔尼卡""2666""抵达之谜"，那个噩梦般、看不到天际线的受创的旷野。

在时间的影子里玩耍闲坐，喝茶

杨泽老师带着我和名庆，从青田街走进潮州街，然后走到"昭和町文物市集"，那是一个赫拉巴尔，本雅明，或茨威格的世界：破烂的昔日之街，收纳、折缩了这城市太多繁花之瓣的时光重力；文明梦的辰光；一个古典时刻人们想望的美丽世界；他们曾经让自己的身躯和心灵，在这些或往更古年代（小玻璃橱柜里的辽或金或北宋的耀州窑、龙泉窑雕花青瓷瓶，佛头，或台湾工艺的佛像，矿彩木雕菩萨；老书桌老药柜老菜橱老官帽椅孔雀椅，漆金雕花老牌匾，字画），或某个向往现代时髦的憨稚殖民情怀（各种日文的饼干桶，灰旧的大型公仔，玻璃灯罩，深咖啡皮四脚沙发，可能五六十年历史的闽南语片电影海报，林青霞的海报，各种破烂杂志和老黑胶唱片），此地很像我青少年记忆的老光华商场，牯岭街，那些真伪难辨的古董店，以及杨凯麟那本《祖父的六抽小柜》里写的，收满台湾老灵魂老工艺的收老家具的老人的仓库，像这一切混在一起的多头麒麟。

这不正是我超喜欢的波兰小说家布鲁诺·舒尔茨那篇神奇之作《肉桂色铺子》里的场景？其实和我这些年，在台大那段的温州街，青田街，永康街，金华街，和老师不期而遇，或随意在某间二手书店（青康藏书房、明目书社）门口，或哪间咖啡屋（兔子听音乐、路猫、YABOO、鲁米耶）周边是青春"美眉"，文青"底迪"，我这辈较习惯的时光旋转门如此迥异。我们二十多岁时在阳明山，山中宿舍不知道什么系的仙女学姐，神秘如武功秘籍的手抄整本杨泽的《蔷薇学派的诞生》，罗智成的《光之书》，当时他刚从美国回来，和那些诗的青春阴柔，我们想象的波德莱尔、兰波，那种透明光焰，浪漫激进不同，反而有一种射手座的刚性、霸气。我记得念北艺大戏剧所时，有一次老师在系馆中庭的草坪遇到我（当时我其实颇怕他，见到他都溜），跟我说了很长一段训勉，大意是（那时我才二十七八）对我当时的小说的"另一种可能的打开"，他跟我说了鲁迅的疯狂，张爱玲的疯狂，我当时当然像筛子听懂两成漏了八成，但那个"像巨大涡轮机暗影的现代性疯狂"，很像他在我后来的创作，下了一道（就算年轻的我不服气）生死符。

二十多年过去，很奇妙的，又和老师在青田街这一带撞见了，当年的其实还极年轻的射手和牡羊，这张力卸去了，变成老射手和老牡羊。我从阳明山宅男宿舍的"地下室手记"变成一个"现代主义"小说的老信徒，其实我这一辈一路在不同时期小说的肉搏，到这年纪，好像终于知道不是筋肉人，体内没有九尾妖狐，和一个想象的现代性巨兽借贷的疯狂，终于反噬成一种百病丛生，肉身崩坏的状况。同代的邱妙津、哲生、国峻，像航海者的魔鬼角，同辈幸存者，可能书写是一种挡住疯浪和暴风的方式。之后相遇，全如折桅破舱之船。再遇到老师，老师竟好像我记忆想象的波德莱尔，穿过他自己的《陶庵梦忆》，变成曹雪芹或《金瓶梅》的著者，像老和尚对练七伤拳的武痴，分说逆行经脉之恶果。他劝我戒去喝咖啡，或滥用成药之恶习，劝我喝台湾老茶，跟我分享丹田内小周天上升至喉头的呼吸方式，教我每天冲冷水，并泡热水，或下蹲一百次，"和身体对话"。我当然还是像筛子，听进两分，漏了八分。但这样的对话，其实张开一个对古典，或说，对远望的时光走廊的谦畏。很怪，那些在这个时刻的路边，他说起某某，会说"他是台南人"，某某，"他是嘉义人"，我和名庆，"安徽人"，某某，"老江苏人"，很像我们所在的这城，是一个各色人等流浪停泊或落脚的繁华码头，像笔记小说似的各种人的颜色气味腔调，像不同茶罐里不同的烘干茶叶茶梗，那泡进滚水里会旋浮晕散出他们的流浪者之歌。他是带着温暖在说这些人的形容，譬如说起安徽人，便说吴敬梓得罪了袁枚那段，那其实是一种对文明、繁华的欣羡，太穷太苦了，但又爱重儒生传统，那就是搞不懂南京袁枚他们狎妓甚至男色这种风雅。他说起哪个美女，会说她是大稻埕那种士绅家的女儿，家里有七仙女，那个懂事得体……他会讲出哪些人，外省的教养，上海人的教养，日本教育家庭的教养，南部人的爽气，台南人的尊贵，那真像雨后森林茂盛蹿长的各色菇蕈，生鲜活色，一个个人的故事像上了各式戏台，那么光彩迷离，翻滚跳跃。

　　那天，在这昭和町市集，老师拉我们到一位简先生的小店，那些老木柜里放着钧窑、佛头、整叠台湾老盘子，但主要是简先生收了台湾老茶二三十年了。简先生长得就像庙里的寿星南极仙翁的模样，煮水泡老茶招待我们。那个店面实在太小了，我坐在一张好像古早辰光的牙医椅上，几杯老茶入喉，好像齿颊生津，一种温润的老木芳香沁入脏腑。后来又来了一个王小姐，也是附近的住户，看得出年轻时是个美女。大家挤在这两坪¹左右的小店里，握着手中的杯，品尝那老茶如君子之交，朴拙淡泊的气味，每个人都有他生命的创痛故事，但人们在此偎坐着，冲茶热烟后头模糊的笑意，好像在凭嗅觉，找到一种古早年代的人情义理。那个空间（或是充满其间的老茶香气）和我这辈和城市人们建立出"坐在默片中"的咖啡屋空间，如此不同，这些隐于市的高人、怪人，一个框格一个框格，想把那么难以言喻，漫长的文明秘戏，藏纳在自己的小宇宙的恋眷灵光袅袅手工旧昔的台北本雅明们，老师和他们的友谊，老交情，是花了无数个下午，这样散坐着闲聊，摩挲手中的老佛像、小瓷杯，交换着这些不同时光化石层旧物的知识与故事。这里既不是北野天满宫的古物市集，也不是《陶庵梦忆》里秦淮河畔的书画扇纸铺，也不是阿城记忆里的北京琉璃厂，甚至和再往青田街走过去一些的古物店都不一样；那可能在年轻人眼中，说不出的翳影，昏旧的结界里，其实，曾经

---

1. 1 坪约合 3.31 平方米。

的《蔷薇学派的诞生》《人生不值得活的》，或我这辈也跟着懵懂走过的烟花迷离，冲撞与愤怒的九〇年代，或他曾在不同的街景、咖啡屋、校园、爱尔兰酒吧，跟不同年纪的我和身边的美丽女孩儿，说鲁迅、张爱玲的疯狂，说《红楼梦》，说晚明，说《金瓶梅》，说他上一辈的诗人，小说家，那些人都像他的亲人、挚友、恋人。他热爱青春、美的事物，但又看穿文明走廊必须拉开他的遮雨棚，让行过的各路行人，抱着他们的故事之钵，缩起翅翼暂避雨。这像老和尚一样无所嗔念执着，却又像少年郎一样好奇烂漫，像我年轻时从他身上想象的波德莱尔，你以为他在那些雷乃电影般的光街影巷里疾疾行走，其实他可能坐在这老茶小铺，和老板泡茶、闲聊，那同时是，"过度盛大，耽美，无从装瓶的青春"，"像巨大齿轮转动现代于是直视疯狂的成人时光"，"宝爱，理解眼前一切时间街景的老年"。同时坐在这个诗人随手抓来的椅子上。

借引杨泽老师新作《新诗十九首》中的其中一首，以记那个下午的"昭和町市集"之缘。

《现在》
现在
我回想起来
一切并非
一无征兆
打从一开始
我便是

在你的影子里出生
在你覆盖一切的
影子里玩耍
逐年长大，茁壮
及变老
有朝一日
也终将在
你那无所而
不在的影子里
告别，离开

现在
我回想
没有多余的感伤
多余的怀旧
或纠葛

每一个
在黑夜中诞生
用青铜打造
拿蝉翼锤薄
又以琴弦锻之，炼之

每一个
固定，准时
被太阳的早餐推车
送到众人面前的
不平凡日子

现在
此刻
我坐在这里
太阳阿爸
时间老爹：
我乃是你们
最最虚无
不真实的影子
我坐在这里
长歌当哭

哭你们
曾一度
慷慨馈赠给我的
每一个，大江东去
逝水呀悠悠的日子……

二〇一六年五月号《印刻文学生活志》

一种少年同伴的时光冒险邀请

——那是一趟从巴黎飞回香港的十几小时航程，当时是半夜两三点，那天恰是中秋吧。整架飞机四五百人全在一个一万英尺高空被包裹起来的静止之梦里匀静地熟睡着。从他身旁的舷窗下眺，恰可看到这架飞机左翼延展出去，两只巨大喷射涡轮的金属翅膀。虽然透过隔音舱隐约仍可听见引擎的背景声。但那像是森林之夜里，风吹奏着群树。一切如此安静。

从某一个梦中醒来，他被舷窗外的光辉场景所惊吓：飞机机翼，像浸在某种薄荷调酒中的薄冰，一整片晕染着一种如梦似幻的青色，边沿则镶着一条非常耀眼的银色。在他们下方，是一整片云海，并没有平日自飞机上所见云层上的世界那些城堡状，或鱼鳞状的参差，而像宁静的大海，整片延伸到没有尽头的远方，重点是那一整片无边无际的云之海，也全笼罩在一种青色的冷光里。时间像静止了。他们的飞机，似乎不动地悬浮在这一片非人间景象的积云层上方一点点。

他那时想到宫崎骏的《红猪》。

"我是不是死了？这是不是死后的世界？"

那时他们的飞机应是在莫斯科以东几百公里的高空上。在云层下面的小镇、人家、农村，所有的人正都在熟睡中吧？

他把脸颊贴在冰冷的窗玻璃上，想找出这一片梦境般的光世界的光源。然后他看到从飞机的后侧，妈啊好大一枚月亮，不，该说是月球，大得像科幻电影中从土星地表仰望它巨大的泰坦卫星。或者是，真的像村上写的，此刻有两枚月亮也不足为奇了。你觉得月球那么贴近要挨上（奇怪他脑海浮现是像磁浮列车靠站那样微晃的"轻触"两个字）地球了。这么大，这么近，应该可以看见月表的火山丘、峡谷、陨石或沙漠，但那只是一轮大到不可思议，辉煌的银烙饼。

真美，我说。

不，更美的在后面。

他说，后来不知过了多久，飞机飞离那片影青瓷颜色的云海。但月光仍何其皎洁，你可以看见下方地表上蓊蓊郁郁，像苔藓或浮潜时看见的款款涌动海葵。奇怪望去是一片黑影，却被那月光映照得像中国山水画墨色分明，充满着视觉细节的变化。某一刻，他突然感到眼皮下，闪过一瞬光爆。嚓。几乎百分之一秒，非常亮但非常短的一道闪电。

他原想是否是下方的城市在放烟火？但这个时间（深夜两三点）不可能。或是公路弯道恰好朝上方照射的车子远光灯。但也不可能。这样的高度，一万多英尺的远距，不可能还有那样的亮度。过了十几秒，那个一瞬闪光又一亮即灭。那到底是什么？他把额头贴紧舷窗，非常认真往下界看。（也许是幽浮？）

你猜我看到什么？

他说，原来是一条蜿蜒的河流，穿过森林时被树影遮蔽了，偶尔一个小弯恰和飞机的航向平行时，辉煌银白的月光被十分之一秒的河面反射上来，像美女的晚礼服肩带在无人知晓的神秘一瞬，滑落又被抓回，那闪爆即黯灭的（一截粉臂？或一抹酥胸？）的光华偏偏被你瞄见了。

之后，那梦的时刻出现了。下方的地表突然出现一片森林植被光秃的空旷地，而河道在此散成一小股一小股网状渠道，像搓开的麻花，这时天啊，那月光的银辉在下面，像积体电路板上的电流传导，数十条银蛇在迷宫窜走，又像颠倒过来的世界，仿佛地面是夜空，骤然一阵树枝状的骇丽闪电。

还来不及反应过来，他便看到那团网状渠道汇聚成的一个湖泊，一枚银色的月亮亦妖亦仙地浸在里头。不可能！隔得那么远。他发现自己脸颊流下冰凉的一道泪。

我看到了神的视觉才能看到的美丽景观。

其实，那时飞机内一些人陆续醒来，各自头上的小阅读灯一盏盏间错点亮，像溪畔草丛里的萤火虫。开始有人跟空姐要泡面。你知道在那密封空间里，泡面熟腾腾的烟气最带有一种暴力的感染。马上四面八方都是那窸窸窣窣吸食软面条的声音，那肉燥包油渣在滚水中泡开的浓郁香味。许多人排队在那小折叠铝门厕所外的暗影，里面人打开门时还听见真空抽吸马桶咽喉那呼喇一声巨响，将粪便或卫生纸攫吞而去。他说，我真是不敢相信：在我们的下方，周遭，是一片美如梦境的月光海；但在这个一万英尺高空的飘浮金属舱内，却像是一个泄殖腔充满了人类吞咽咀嚼和排泄的声音和气味。

以上这段文字（或画面，或一难以言喻在里在外在上在下的妖仙幻境），是某一次我在凯麟那堆满古代之物的时间之屋里，像被魔法师用它那万花筒写轮眼盯住的凡庸之人，听他描述那极限光焰一闪即灭的绝美。事实上，我回家之后，只要努力回想，尽量一字不漏记录下他说的每一细节，出来后就是一段我小说里最乖异、凄清、艳绝的段落。他家族祖父辈的故事；他曾撞见一大自然的异景；年轻时某一个美丽女孩那光雾模糊的宿舍；忧郁症时光那像深水下闭气泅泳的经验……

凯麟是个不断把"观看"这件事，在虚空抽象界翻剥再翻剥，"所有的"现象与物自身的另一维度飘浮、释放、缠舞，这样一个说故事者。某些时刻，我觉得他在透过描述一个逝去之物（或景、或人），传授我"如何看"的技艺。

　　多格柜是祖父的，小时候我常在他房间里轮番打开每格抽屉，希望能有惊喜。当然，抽屉里的东西从不曾改变，是老人弃置遗忘的陈年药包，年代久远不知为什么被收起来的各式纸条，早已停摆废弃却舍不得丢掉的旅行用闹钟，一大把不知年代的日本镍币，放大镜与老花眼镜等等被世界遗忘的杂什。

凯麟的这些收藏物的照片和充满灵光的文字，很难不让人想起张岱的《陶庵梦忆》；本雅明的《拱廊街计划》；埃科的《罗安娜女王的神秘火焰》。一种失落之物的搜寻掏回，推叠成另一个神灵的、鬼魂的世界。

本雅明讲到卡夫卡的世界，"音乐和歌声是逃遁的一种表达，或至少是一种'抵押'。希望的这种抵押，我们得之于那个既未成形又琐碎，既给人慰藉又幼稚可笑的中间世界，而助手们在这个世界里如鱼得水"。当然此处我难免附会凯麟这本书中，那作为"抵押"的昔时之物，或透过不在场的这些"物在人亡"的某种古老灵魂（或台湾老一辈人噤语的无意义凋萎审美教养之花瓣）的表达，一些卡夫卡式从"中间世界"穿透过来作为信使的"助手"们，是这些他笔下深情款款的收古董贩仔老人：兴仔、春仔、徐仔、小马、谢桑、阿海……

恰好本雅明在论及卡夫卡的这一段落后，提到"有一张卡夫卡小时候的照片"：

"那双无比忧伤的眼睛看着眼前摆好的风景，一只支棱着的大耳朵聆听着这风景。"

他提到卡夫卡"托付别人销毁自己的遗作"，"卡夫卡活着的天天都得面对难解的行为方式和含混不清的宣告，他可能想在临终时，以牙还牙地至少报复他的同时代人"。

这还是让我想到凯麟那一屋子堆满遮蔽通道，鬼影的古代之物：古代屠户之吊钩、几十尊睁眼或闭目之石佛头、扛庙基座的"憨番"、剑狮、在深夜让我这样访客起鸡皮疙瘩的机械钟从死荫之境传来当当自响、厕所里漂着浮萍的磨石猪槽……

我好几个夜晚在他的这个各自禁锢了不只是消逝之古代工

艺，且消逝了那紊乱时钟的孤立之物，它们原本栩栩如生展开的一幅"东京梦华录""陶庵梦忆""清明上河图"，但那是一个被卡夫卡式的助手们变装的贩仔们，从台湾各近乎超现实的"恶土"、荒原砾地颓毁老屋被掏挖出来的"消失的、又不存在的场所"。

祖父六抽小柜的那只早已停掉的古怪自走钟，他将那钟交给一位专调古董表的老钟表师傅，修好了它。

　　回家后我旋紧闹钟发条，仔细地将钟面外围包覆的铜圈擦上油，放在桌上时便能听到钟壳里传来强劲响亮的机械滴答声，好不吵人。几个小时后，我接到妈妈的电话，祖父去世了，享年九十七岁。

那原本停掉了几十年的一只祖父（不在场的活着时光）的闹钟，在他手中（经过那老钟表师傅）又像一颗心脏，"好不吵人"地强劲响亮地扑扑跳动。但同一时刻，祖父去世了。

很难想象凯麟如何"不展开"地、孤自静谧地进行这些"无法拥有其过往时光再现"但搜寻它们，而后观看它们，在描述中让它们浮现其乍看淡定不扰换日线两端之"词与物"，看一段凯麟在论福柯之"越界"（书写几乎就等同犯禁）、一种"文学的布置"之文字：

　　……然而另一方面，书写却吊诡地等同于一种内在性褶曲，文学在此较不是字词或句法的暴力逾越，较不是语言平面上制造的噪音或喧嚣，而是对文本狡狯无比的层叠操弄，一再致使既有作品翻覆、转向与增生质变。其中，福楼拜与博尔赫斯是这种褶曲书写的佼佼者，而十七世纪的赛万提斯则为其先驱。这些被福柯所一再援引并分析的作者并不只是透过书写来表达某种博学或见识……因为他们所曾从事的事业进一步展现了一种仅诞生于知识空间的致命诱惑，且究极而言，"书便是诱惑的场所"……

事实上，我几年前与凯麟相识，有缘结为少数同龄人能将内心极幽微隐蔽之"褶曲""暗影""难以被定型的'前于书写'的尚未受精着床之故事糊团"，可以长夜漫谈之知交，进而内心视他为师（另一位我视为师之良友为黄锦树），如此说或令凯麟尴尬，显得作态，事实上十多年来，我一直视他们为师（不论是严肃的知识地貌或某种戏剧化如"福尔摩斯和华生"；《玫瑰的名字》里那博学的怀疑论导师和那年轻修士；甚至《雅各和他的主人》一种嬉耍、漫聊，但同时启蒙的冒险途中），然而我始终没做好知识与教养的准备。但我回想：那许多个夜晚，其实他是在展开一个"诱惑的场所"——多年前一个密室里光影朦暖的一个女孩所有牵动无限光影缭乱的印象派表情；一个黄昏他独自坐在比萨斜塔上（管理员已在赶游客）突然哀恸怀念他九十岁的哲学启蒙老师，与自己悒闷地掉入"第二义"的人生；某一场家族葬礼后的合照，其中一位表姐夫那完全和这张照片飘离开来不在其中的脸；高铁上某一个邻座熟睡女孩那像川端《睡美人》不可思议如妖幻蕈菇暴涨而出的翻涌多层次芬芳将他整个包裹、痛击；少年时长期困于忧郁症，某次被叔叔骑机车载于后座，经过夜间城隍庙那投影灯烛下门神凶恶之脸，他觉得自己在一个恍惚之梦中死去，后来的这个是另一个他……

　　我总在他那些膨胀着时光幽灵之"繁"与"重"、长期狰狞、但一眨眼只是木头暗色，矿彩、金漆的层层堆叠的古董橱柜、佛像，灶椅的"物之阵"中，被他那些故事迷惑得不知如何是好，慢慢才理解那或如他说福柯的"即使文学（语言）已因越界练习而彻底空无……重点是被褶曲之物则是其经过的痕迹。"那些故事、触觉、味觉、光影、丑怪而难堪的暴力密室所有人愕然被琥珀凝固的姿态样貌，美好的感伤的一个之后即使 google 也搜寻不到另一她的名字，自人间蒸发的女孩……关于性的一条记忆走廊，那些老人无言的谈判交易着那些随他们一些进入"死时光"的旧坏之物，那些诊所长椅、柑仔店玻璃橱……对我这样一个外省孩子，一个胡人（蛮族）而言，那样的中年哀乐嘘唏说听故事，其实是一个被他的"褶曲"无限地打开、暂时又不那么空无（因为有那些古董"物自身"的时光尊严）的语言折返，形成一种赠予我的"台湾"（或不应用这个杂驳考古地层的地志名词，而应说，他那神隐的祖父）的启蒙。一种少年同伴的时光冒险邀请。他像个孤儿，打开他自己亦弄乱了整叠迷宫地图的他的"单向街""拱廊街"，无法将那些残骸、碎块拼缀回一幅文明街景的"千重台""根茎""多重镜像"与"异托邦"。

　　凯麟的这一系列文字，特别让我想起我爱的波兰小说家布鲁诺·舒尔茨的一个短篇（可能是他的小说中我最喜欢的一篇）《肉桂色铺子》：故事大约是在一个冬夜，这个少年跟着他的父亲（无精打采、神情恍惚、心不在焉）去一座剧院，原本该是展开一场巨幅幕布虚幻辉煌的演出，这时这个父亲却发现自己把装着钱和极端重要文件的提包落在家里了。

于是非常奇怪的，父亲派这小男孩独自跑回家拿那只提包。问题是，舒尔茨这样写着：

> 在这样的夜晚打发一个小男孩执行一件紧迫而重要的差事真是太欠考虑了，因为在这种若明若暗的光亮中，街道似乎在成倍地繁殖，纵横交错，很容易让人迷失。

小男孩穿过一片城里边缘的"肉桂色铺子"：

> 这些其实挺气派的铺子晚上都开得很迟，从来都是我最心仪的目标。光线很晦暗，阴沉而肃穆的店堂里弥漫着油漆和香火的气息……你可以见识到孟加拉灯、魔盒、早被遗忘的那些国家的邮票、中国剪纸、靛青颜料、来自马拉巴尔的假珠宝、异国的昆虫、鹦鹉、石嘴鸟的蛋、活的蝾螈和蜥蜴、曼德拉草根、从纽伦堡过来的机械玩具、双筒望远镜……特别是，还有各种奇奇怪怪稀罕少见的书籍，以及有着让人惊讶的版画和奇妙故事的对开本老册子。

　　小男孩且以他的视角，回忆"那些态度矜持、老态龙钟的老板在服侍顾客的样子。他们眼睛低垂、态度肃默。"这篇小说最奇怪之处，在于这小男孩穿过那"肉桂色铺子"后，似乎迷路（但欢欣好奇）在一片夜间的梦游世界，"天空上布满了银色的鳞片"，他穿过小学校园"有种难以言传魅力的夜间绘画课"，他骑上了一匹受伤的马，穿过包括父亲、老人们皆不在场的"同一个名字但另一次元的那座城市"，最后那匹马变得愈来愈小，变成一个木制的玩具。

　　小说的结尾，这小男孩竟说："我完全不把父亲的提包放在心上。父亲经常沉迷在自己的各种怪癖中，此刻大概已经忘掉了那个丢失的提包，至于母亲，我不必太在乎。"

　　本雅明在描述到杜米埃的石版画中那一长串的艺术爱好者、商人、绘画欣赏者及雕塑鉴赏者，提到"这些人物，都是高高的、瘦瘦的、目光像火舌一般灼人……这些人就是古代大师作品里的淘金者、巫师和吝啬鬼的后代……正如炼金师将他的'低级'愿望——炼出金子——与对化学药物的钻研结合在一起……在这些药物中，星星和元素相融会，表现为精神性的人的画面，收藏家在满足'占有'这一'低级'愿望的同时，从事着对一种艺术的钻研……在这种艺术的创造中，生产力和大众相融会，表现了历史性的人的画面。"

　　我想这是凯麟这本书里，那些桧木多格柜、医生椅、机械钟、烟酒橱、红眼床、镜台，那私密、疯魔却又抑敛的收藏者的"天使爱美丽"，他穿梭、重建、以小男孩的形貌，迷路在那一条"昨日之街""单向街"的时光布置道具，可以建构成一格一格不存在的柑仔店、老医生的诊所、古厝、庙宇，那些光阴的层层叠影和细缝。

他在细细描述那些菜橱、烟酒橱、柑仔店橱的抓耳挠腮、喜不自胜。真是让我这外行人亦被那如普鲁斯特写马德莲糕而召唤之时光仿佛可抚触之细粉、历历如绘之流动运镜观看所魅惑。那种不断累聚，不断在那些橱柜的漆色、抽屉、凸檐、骨架嵌之以几何纹路，一种词与物的"繁"，而至审美或灵视的脑中突触被不断电击、颠倒梦幻，乃至明明看去仿佛冲淡节制的文字，各篇读完却有一种过度（美感或物件史对照记的繁复心灵活动）激爽之虚疲与怅惘。

一种物之哀。"橱犹如此，人亦何堪？"一种群鬼憩息、挨挤在我们身边听漫漫长夜之聊。那像是那个小男孩，原来要去寻回父亲遗忘的"身份"（或懵懂可以证明其无法言说其面孔模糊所经历的时代）之文件，但却在"肉桂色铺子"那暗影、神秘、暗金细致、沉积了时光的醇度的审美的"细节的细节"之晕眩中迷路，那种时光孤儿的悲哀后面，另有一种难以言喻的自由和欢乐的反差。

那么大的离散；那么小的团圆

可就连这些事，却过去三十年了。三十年真长。

——《小团圆》

这样的句子，若是出现在张爱玲的《小团圆》里，你恐怕觉得惊心动魄，被那时光残酷、水磨砂纸将所有怨恨、怀念、感伤、对人事里啼笑皆非、交代不清其纠缠债务，而远镜头再跳远镜头的这样一句唏嘘给重击。但出现在年纪尚不满三十岁的，张怡微的《小团圆》里，你可能要在阅读时，抓着那些小说中人物的线索，捋出其缠绕在一块儿的，"故事"的针法；是的，小说作为一回忆的艺术，这样一个年轻小说家，为何选择这样一组组人，这样展开的时间括弧，像剪纸窗花，影影绰绰、疏眉淡影，像是回到甚至张爱玲之前的《海上花》，那样似乎"蚂蚁爬小腿肚、丝袜裂了一条缝"，在这些人物群在流年如一座挑高大厅里捉对成双、两两旋转，跳着寻常百姓生活琐事，各自掩映、花影扶疏的华尔兹。一个将人物剧场调焦、调整转速，在那"欲言又止"、因为对人情世故的承袭，而像围棋棋盘，眼中做眼，留好几手空出的"对方可能怎么吃掉我的子"，耗费极大的精力（这种隐秘庞大的运算、"察言观色"，曾让少女张爱玲因无法做出瞬间正确的判断而崩溃）。

在画外音、舞台后的戏外戏、对一种发展极成熟的人情义理网眼的挣扎、轻颤、叛逆……成为一个即使看似"没事儿发生"，也千百劫发生过了的，像高速飞行穿越一座密密丛林的蜻蜓——那个穿梭、不断创造繁复、眼花缭乱的缝隙出入、话中有话、虚虚实实、残忍后面有哀悯、嘲弄同时感激或侥幸——这种上下四方里外的神经质，便成为这种小说的剧场意识。

每一种对话都多一层意思要琢磨，每一张表情都像皮影戏的烛光多了一层摇晃的翳影。

天才少女张爱玲跨过半世纪，成为异国孤独老妇，之后被出土的《小团圆》，让我们感伤：原本那尖诮、X光眼穿透一厅一屋里人物错繁洗牌打牌的男女死生经济关系，那个对人情世故的撬开无限着迷，对任何金粉迷离后面必然的寒伧庸俗，原来并不是因为她"深谙世情"，而相反的，因为那过于敏感的神经，即使到老，那小孩不断复返、回忆、重建场景，竟是每一次困在"世情之选择"万千路径前的瘫痪，无从选择、举步维艰。

那些大量繁殖于主人公背后的、"不断累聚的阴影向下望"，不断涌出的煤渣般暗影、爱的残骸碎屑空洞的、这个文明对各种关系的失义、悖情、尴尬、负欠、一言难尽、羞耻、踩空……种种可能的危机、张力，都已发展出各种可以兜转、润滑、反讽或自嘲的庞大话语库。话语的过剩——像年节铺天盖地地叠在春联摊上的各种洒金红纸上的黑墨字——这些"话语"使得单一的个人，在其中连挪个身都携家带眷、珠佩璎珞哗啦啦交响，或像蛛网上挣扎翅翼的蝴蝶。仔细想：张爱玲那些我们熟悉名字的女人们，白流苏、曹七巧、曼桢、敦凤、薇龙……最后你记得她们的个人意志与命运的发动，所成戏剧性与存在处境的展示，所谓"传奇"的（张爱玲）视窗发明，最后印象，皆是在那远大于个体动能、无限延伸的蛛网，在那挣搏中愈转愈密。

张怡微的《小团圆》中，有一段，在继母芬芳姆妈在生命尽头做戏，说些讨巧占便宜的贤良话时，心萍的内心 OS 是："真惨。她真作孽。"这个同书名短篇，展演的层层环扣之技，就是硬把本来不该凑在一家的各路人马，用各种怪异的人世荒唐执念，硬兜拴在一块。那怪异处就从上一代、父亲、继母、继母的弟弟，埋在一起——

原来不是一家人最后在墓冢中"小团圆"——这老太女主角心萍内心不以为然，又像被催眠般的"家族游戏"意志开始。这是张怡微从张爱玲那，或她喜欢的蒋晓云（但是"后来"又出现的那个蒋晓云）那嫡传承继的刻薄和喜剧性。后面是张爱玲在《易经》自述说："殷商的祖先，教导他们的后代，在别人的国度，一生如履薄冰、贴背而行。"那种永远像舞台上的鬼魂，让自己不引人注意的不在场、不属于，但更艰难是剧情再烂再庸俗，也得淡眉淡眼配合着，让那些粗豪或烂眼心计的戏，像光碟录像跑完。环绕着《雷峰塔》《易经》那少女张爱玲周围的，是父不父、母不母、夫不夫、妻不妻、上辈老人旧屋里讲着礼教排序其实交换情报八卦几老爷纳小妾或侄儿和姑母跨代乱伦；充满荷尔蒙的母亲心不在焉教女儿如何在男人前做戏以让自己在生殖市场更有筹码；谨言慎行的仆佣世界另有一方他们的运行小宇宙；吸鸦片烟和继母成日上演着猥腻颓废，被他的家族身世压在前朝梦魇的旧时代废物父亲，同时却又是加诸这女儿身体暴力与禁锢的普洛斯彼罗。

所以这样的少女叙述者始终带着一种受创版"爱丽丝梦游记"的诧异、不由自主、既承受着那将她挟持的怪异扑克牌皇后跳棋皇后们的疯狂，凌虐，同时也形成一持续的镜头引导者，透过她受惊的眼睛，将这只有在梦中才可能出现的怪诞、变形、愚人宴狂欢，转播给读者。

张怡微深得其中三昧，将这种"受创少女爱丽丝"的漫游运镜，带进了栉比鳞次、小户人家叠床搭座的"后《长恨歌》上海"；哦不，那运镜更进入到这些拼装组合、违建凑合的"家族游戏"的内里，一种显微镜里奇形怪状的蜉蝣生物，他们漂流着、在市井艰难的现实考量下，即兴地混搭、敷衍，但求最微弱悲凉的相濡偎靠，一种全新品种的父不父母不母夫不夫妻不妻。支撑着这样脆弱如纸牌屋的，贫穷、难堪、暗淡、却又不忘时来一下上海人嘴上计较的"扮家家酒"上下两代或三代间的，既憎恶却又不得不挨挤在一块儿的，已不是人情义理的崩毁或逆伦，而是一种极廉价，近乎摊贩讨价还价的经济考量，和隐而不说的契约关系。

张怡微笔下的人们，或更近"贫穷的城市小市民"，但他们是那么远近调焦皆栩栩如生的"上海人"。城市在共和国终于拉长的时光展幅里，第二次重生，他们是蕈菇般重新冒出，收集足够个人史（虽然也皆只是偌大上海梦境中的一瞬碎屑）的一批。像是张爱玲戏台女主角旁边的那些群众演员们的故事。没有张腔，但带着与生俱来的、密密缝错的人际网络意识。所以他们似乎都挤眉弄眼的、话少但内心独自多、买死去邻居的烂房、应付想谋产的亲人，或莫名其妙、派女儿去前夫葬礼刺探情报，作为穷鬼还要把打工钱借给那些好命已婚的公主病友人……这些小说里的人物常让人深感一种哀鸣："我已一无所有，侬怎还能想出方式再剥夺、榨挤、侮辱那个一无所有？"轰轰烈烈不见了，它成为一种紧傍挨挤，无法大动干戈的俗常琐事，邻里间的陈年芝麻烂账，连立足之地都没有（似乎没有个化妆间让这些深谙笑吟吟、藏刀的女人们，喘口气换张脸谱），不仅在张爱玲世界里"婚姻"成为女人穷尽精力、机谋、最大战场的大乐透诱因都不见了；因张怡微的前辈们，第一批的"张派"作家（譬如苏伟贞、袁琼琼、锺晓阳、蒋晓云，或极年轻时的朱天文、黄碧云），那稍余裕一些的情爱巷战，类乎本格小说的女性"失乐园"：不同阶级的禁忌、爱的疯魔、挡拆、咬牙切齿、谎言、悖德偷情，那些箱里造景的咏春拳近距膝踢肘击的戏剧性空间都被取消。但她们又不像台湾的譬如胡淑雯《哀艳是童年》，或陈雪《附魔者》，一种底层人家女儿在无紊错传奇身世可循迹，瓦砾荒原之上的自我性启蒙或伤害如玻璃屑早埋藏的女性身体尤利西斯。（换句话说，与张爱玲这一支完全无文学血缘关系。）

　　这种被负欠、被骗、记恨，到最后累积成一层灰蒙翳影的"不信"表情，不再有张爱玲《留情》里杨太太和敦凤、米先生灯光寒碜下一桌静坐的过手戏；更没有曹七巧笑吟吟突然变脸把酸梅汤瓷杯摔向三爷的激烈狰狞；但那个精刮计算，困苦于物资的情感兑价换算的脸，是"上海人的脸"。连"不信"、比别城之人更笃信"当不得真"的小心翼翼，而又再失足；或妯娌街坊的说嘴八卦，都成为第二代第三代第四代的经验累挤地质学岩脉了；成为张怡微笔下那背景的市声，计算流年的机械钟滴答声；每个人物要展开他的故事，必然浸泡其中，饱吸的培养皿悬浮液……

　　他们似乎都是孤独的个体，被弃置、搁浅在上海这样一座大城市如电影片场拆掉再换片重搭的时光运转之外。从《春申旧闻》的民初各路政客黑帮商场闻人名媛戏子到红牌妓女；到张爱玲的上海传奇；到王安忆的《长恨歌》；再有木心的《上海赋》——所有我们阅读的上海，总像巨大游乐场（对任何年代的中国，她都是未来的橱窗；但在小说的追忆似水年华里，她却永远有一种梦华录的怀旧咒术，人物总像从剧场戏台的"曾经"衣香鬓影、纸醉金迷中飘浮走出的幽魂，画报广告、洋片、留声机、租界的公共游乐空间、制片场的剪影）——但张怡微的上海人，不论是栖栖惶惶已在上海落户几代，奇异地拼凑无血缘者们家族游戏的老太（《小团圆》）；或是上上辈一位返乡养老的"假爷爷"而启动疲乏、厌烦的家族树，甚且因之懵懂迷糊跑来台湾地区留学的八〇后年轻人（《而吃菠菜是无用的了》）；或初老而离婚、再婚、被女儿疏远、老姆妈说她"苦酒你已经喝过一次，现在你又要喝，你啊是贱"的胖妇人（《春丽的夏》），都像蛇蜕皮般无有惊怪的，离婚（或父母离婚而换上新的填空角色）、亲人死去、认旁枝的长辈为父母、找到新的丈夫、新的家人，在一种像卷纸走分岔出不同命运的童拙游戏中，昏困敷衍地实现着，这大城市角落小格小户里，最末端底层的单元关系。好像整个二十世纪初期，那些张爱玲笔下因"雷峰塔塌了"而出亡、沸跳、失去儒教传统框架而进入一种情欲扮戏、干煎闷蒸的错乱白玫瑰红玫瑰们；或王安忆《富萍》那共和国屋顶的"奶奶"，作为一生寄附在上海人家的老女佣（异乡人、同时侧录了弄堂时光史，同时抽空了她个人的女性身体情欲与不在场的故乡，失落的家族故事），这终于疲倦了，挨家认户了，个体不再作为大历史巨浪冲碎的祭品、隐喻，成为礁岩凹洼积水生存的蜉蝣聚落了。

　　城市的知识考古学还是细细索索在他们身上显现。譬如《哀眠》那无法进入婚姻市场（已不再有白流苏那样的传奇片厂了）的丑女孩，回忆的网路、QQ、MSN、微信沧桑史；譬如《春丽的夏》那花了整段篇幅讲述这初老妇人"不再买水晶丝袜，改穿年轻人喜欢的短口袜"；或"五十五岁以后，春丽不再相信油腻腻的防晒霜，也不再愿意为减肥茶花上一毛钱。她四十五岁时还买过高端时家什蒸脸，四十岁时跟小姐妹一起去缝过青黑色据说一劳永逸，一生都去不掉的眼线，三十五岁的被新村车棚里笑盈盈织绒线的笑梅阿姨叫去学'沈昌功'辟谷，三十岁时把外国带回来的有氧健身操录像带天天推进松下录像机里播送跳操……"《小团圆》里，留给子女的戒指上红宝石，早被亡父拿到银楼挖出卖了，换成红玻璃；一个"组合之家"成员搬走、留下的旧沙发；当然还有她最爱写的，"小照相馆"，那些和死去老客人夹缠不清的旧账……

　　这出现一个非常奇异的，不同演化路径的相遇。张怡微是王安忆小说课的学生（她的基本功之扎实可见王所持的写实主义小说信念）；而对台湾小说家前辈却又独钟蒋晓云。但当这批短篇如"漫天纷飞的银杏叶"铺展，其着迷于翳影、难堪、琐碎的"人情之钝"，让人想到苏伟贞；而其越写越"物在人亡"，竟让人想到当时写《世纪末的华丽》也就张怡微这年纪大不了几岁的朱天文。

　　这种家族内成员的可随意替代、假借、化装舞会般，进去那些"办家家酒"的角色约定，不止在写实主义小说语境上，素描着这些人物在"演好这个角色"当下的不稳定慌张（惘惘的威胁？）；以形式上，整本书中其中几篇的人物，也像穿梭即兴戏舞台上的不同故事框格，同一个人名在另一篇小说又再出现，原本是旁枝角色的，在另一篇里以主角的叙事观点运镜。譬如在《小团圆》里，那环绕着"心萍"形成的组合屋之家，那场怪诞年夜饭中完全没有血亲的一家。"雪雁"是"心萍"的干女儿，她的二婚丈夫叫"何明"（小她五岁），有个女儿"星星"（已二十七岁）是这群暮色中困在一屋、各自身世翳影、谨言慎行老人们里唯一的无忧年轻人。但在《你心里有花开》，"雪雁"作为一底层失婚后二婚妇人，在医院照顾、陪伴那似乎有较高社经地位、教养，忘年之交且当年有恩于她（在她当年独自生下女儿时，帮她洗秽衣），那个癌末临终的忘年交老妇，名字变成了"尤蘿"，而原本在上一篇小说"心萍"的儿子"齐齐"，在这里变成"尤蘿"的儿子"峻峰"。如果《你心里有花开》是一篇写上海不同代、不同阶级女人之间、共感各自不同苦难相濡以沫的女性情谊。那这个在《小团圆》中眉眼模糊、一晃而逝，"雪雁"的二婚丈夫"何明"，到了《奥客》这篇里，却又成了《春丽的夏》那个"春丽"的二道丈夫，一间快倒小照相馆的老板，因为传统相馆被数位相机淘汰，变成帮一些老客人冲洗遗照。这篇反在写荒蛮尘世中，这沉默男人"何明"和一位老客人老头，男人和男人的忘年交时光情谊。小说结尾，老头（他老婆春丽口中的奥客）死后，留下一本相册，他这一生不同时光，所有不同时期彼此或错开、不识的亲人全在这本相册中凑聚团圆了，遗照照相本成为"家外之家"。而这个故事中的"春丽"，在《春丽的夏》里，身旁同样是"二道丈夫"，同样开着快倒的小照相馆的，名字变成"金叶"。这篇由"相片"的二次元扁平性（却似乎一种存有或记忆的确定），对"家"这个张怡微全部的小说幻术，全在碎裂、瓦解、证其为梦幻泡影、如戏中戏的"放映机之外的憧憬"，则是二楼死去、那老有纷争、刻薄碎嘴的邻居老妇，让人诧笑却又不寒而栗的象征，则是春丽想买下那死者留下的空屋（虽然破烂、漏水）。

　　这些出现在不同篇小说中，名字相同、情境恍惚近似，身边人却是另一个名字的伴侣，而且敷衍着不同的小说切割术露出的那截人生处境。那是"同一个故事材料换一个叙事方式的复写"吗？我不知道。但因之更加强了张怡微对"家"是变动、随兴凑合的、"家族游戏"的荒诞戏自觉。我们想在那波影牵动后就消失的故事找人物关系图，却发觉它们只是这场戏的情意或心机像熄灭前闪跳一下的烛焰。而那烛焰的投影，是被乳酪般巢洞给阻断，他们隐秘地可以相通，瞥见另一个故事里的自己。即使那一跳闪，也让这作者铺陈的贫乏、荒凉人世，有一种无比珍惜的暖意。

《嗜痂记》这篇可能年代较早，但已可看出这位年轻小说家对这条路"玩真的"的可怕意志，几乎看不出这年纪女孩的"照花前后镜"，忍不住才气翩翩露两手锋芒。像习剑的人使钝重之兵，处处可见布局、隐线埋针，侧让出"不言而喻"的纵深，全然的写实主义基本功的埋桩架马。因为是在小镇（所以空间尚未如后来这些"写进城"的短篇之逼仄和灵蛇写意乱吐），难免让人想到王安忆最早的《小鲍庄》或格非、余华、苏童，甚至阿乙，这些南方小村（马康多？）：远景、简单的十字小街、沿河烂砖房、各种较原始朴素的男女（黄梅湿泞的情欲、母亲或阿姨不同的悖德情节、小村庄空间的强奸）、经济（包括对女孩形成恐惧噩梦的鹅群；到城里卖身的阿姨；或恋慕对象的斩鹅）、死生关系，承袭鲁迅"未庄"的流长蜚短投影幻灯片感，各组人物可以形成的波澜浪圈；当然最重要的检测——"世情"——门罗、雷蒙德·卡佛，到金宇澄、儒林外史，一花一宇宙，针尖上排天使，我觉得都是难中之难，小说创作者一生摩挲、刺绣挑花的时光活儿，这一个故事空间的布阵，用一种工具理性的态度，逐条逐项、节制且敬畏地面对一幅（像藏僧的大佛唐卡画毯）她要抖洒开的"小说"。像我这样一个读者读来，忍不住如冬奥花式滑冰的评审，在分割不同层次、不同项目难度的门槛，当当当惊异地全举起最高分牌。但因此你会出现一种模糊而颠倒的困惑：小说确实是一要调度动员人类心智如此繁复浩大，因此成熟期远比诗后延的极限运动；但一如评者所言："她并没超越。"（隐藏的大名字：王安忆。）

我倒是从这本书其他篇，看到张怡微从《嗜痂记》的"故事之痂"，怎么移形换渡，将小说之意识在"梦里不知身是什么""世界并不如小时候以为的那样""自己还没那么屌丝时的样子"而到现今（屌丝样？），粒子态在"所有人看起来差不多"但剥除去足以产生故事之街、之小城、之马康多的准稳框格，如何像显影剂追踪那城市微血管里的、细微难言的"所不是，或所不在其本来仿佛该在"，一段"进城"——超过个体所能承受的现代性感觉：碎裂、离散、傀儡化、送入实验室玻璃管般异化、找寻残存的道德或情感残骸作为依托、失去时空确定坐标——大寓言即是卡夫卡的《变形记》，这样的小说探索之途。

上个世纪末，台湾小说读者在阅读王安忆时，似乎是将她笔下的上海，和朱天文、朱天心笔下的台北，和黄碧云笔下的香港，做一番城市身世在祖师奶奶张爱玲（王德威语）不在场的"其后"，各自簇放出怎样的植株。后来当然发现在小说演化论的复杂脉络和她们各自的影响，这样的"城市–大小说家"

的寓言暗示过简了，包括王安忆小说信仰的写实主义，乃至她的"富萍"离开十里洋场，往苏州河的蟹民、最边缘的边缘而去（甚至出了城）；和朱天文、朱天心各自的现代主义走到极限，记忆的燎烧成烟，而废墟后如何可能的语言再现，小说的启动不再是一幅或一万幅的"说故事人"甚至人类学式的遗迹大工程，那成为"巫言"，收纳隐喻全幅梦景的启动原始码（很奇妙的，想想她们的小说血液里，有"共和国"小说地表并未着床的博尔赫斯、卡尔维诺）。那之间的小说星系时空远距已完全是不同的物理学；非展开"共和国与国民党迁台"小说演化史全景，所有曾经的小说实验计划细说从头，无从比对讨论了。

二十年后，张怡微的出现，更魔幻的是她是在台湾念博生，且横扫近几年台湾各大小说奖。她对台湾文学生态的第一手了解，可能远超过她的任何前辈；作为王安忆的学生（包括她的观看视野、对细节的写实主义功夫、起手式的广角镜头俯瞰、对个人风格文字的压抑），她明确地让我们嗅到那好久不见的海派味儿。那种心情百感交集，像是你以为早已消失的物种，啊怎么又那么齐整在他处遇见。与她同代的台湾小说家，已是黄崇凯、杨富闵、陈柏青、林佑轩、叶佳怡、连明伟、更年轻的陈又津这样的"后童伟格""后甘耀明"的三十上下作者了。此际阅读张怡微，那真像拿到一枚繁复线路的记忆体晶片，上头蚀刻着太多小说演化史的讯息和线索，或对未来的小说形貌之想象。他们的移动、历史意识、知识来源、个体与想象群体的联结、拆解，乃至小说语言的胃纳或"已活在网络世界"的生灭时间意识，更艰难的发表空间，或各自青年世代面对政治社会的愤怒与忧郁，或这二十年来台湾与大陆文学出版关系的剧烈变化；青年世代在各地小说创作者的现实身份更像打零工的穷人——这样的动态、伏流，似乎不再是现有两造文学史整捆包裹，足以描绘——那挑战竟像张怡微小说中，那些被扔弃活着，但得拼凑维生的舅舅不疼、姥姥换陌生人，多元成家境遇。包括我作为读者，也置身在这不辨前后、紊乱迷途，来不及翻读张怡微们他们的"小说林中路"之迷惘。我很好奇，二十年后的读者，用怎样的维度解析，来讨论这样难以描述之时光琥珀里，碎裂、重组、像在更小的玻璃瓶里用小镊子作极繁复大帆船模型的，"另一种活着的人们"，"另一座上海"，"另一种后设的所谓世情"的，张怡微。

伫立地狱入口的文字神灵

这些年来，在不同文学奖复审难免会暗自有属意为拔尖发光之作，却在数月后揭晓的名单不见其踪。因我始终相信这条路（尤其在现今的文学环境），其所要对自己誓诺、认清，近乎唐僧取经漫漫长征，所要挨忍之寂寞、不遇之忧郁，完全不对等之时间心力投资与回馈，那锻炼故事、文字之野心，感受人心黑暗，造成妖魔侵蚀、神灵裂溃之苦，一纸文学奖之加持护庇，几乎送出京城一里路程皆不到，所以总也如看Discovery那些美丽神物（北极熊、狮子、搁浅海岸岩礁之鲸、国王企鹅、非洲象）在超出它们所能理解之环境恶化下，眼神茫然找不到出路的灭绝哀歌。

总有这些、那些，不同风格，其编织针法、祭起幻术之手印，或灵魂水瓶里巧夺天工的微型多桅帆船，或古怪的迷宫路径……让我阅读时心生欢喜艳羡叹息，却不知名的美丽作品，最终无缘地漂流错身而过。

（某部分来说，那么有才情的人，最终没走上这条酷瘠之路，或也是福不是祸吧？）

真像几米的《向左走·向右走》这类的"错过-时光印咒-惘然记"之故事，这样的叙事开头："有一天……"有一天，我手上拿到这份徐誉诚的短篇结集稿，一种如梦境浓缩隐喻，如不同时刻惦记遗落在不同街角的宝石骤然串起，一种繁华影片快转强迫烙印的刺目强光，轰然巨集如雷电劈下。"啊，这篇，还有这篇，另外这篇……不是那时……"风雨故人来，同时来了不同时光不同扮相的鲜衣怒冠美人儿，（《六个寻找剧作家的角色》？）原来是同一个捏陶匠、傀儡师傅，同一个魔术师的作品。

> 于是回到静默。世界已沉睡，再不适合惊扰。将钥匙握在手心，你回过身，眼前成片更衣镜，映照深深海洋之底：整座沉落的老旧橱柜，在混沌暗影泥沙中，囚困方格里原先属于你的时光。你凝视海底遗迹前的自己，犹如因误闯边界而困惑不已的精瘦鱼只，一双微光目珠，惊恐神情盯视外来访客。
>
> ——《游泳池》

这样的文字，真让不觉已在书写池沼打滚二十年的我险险惊叫出声。混沌如梦的裹胁所置身当代一切影像、话语、符号、流行语、媒体腔、城市印象……种种吞食进书写的垃圾杂物，叙事身躯一如宫崎骏《千与千寻》那个胖大蹒跚的腐烂神，突然眼前光华照眼，文字神灵降临；一整代遗失的文字之清丽飒爽，钻石切面之光辉与冰冷，直如当年在阳明山初次展读朱天文之《荒人手记》的"颜色周期表"。如伊斯兰细致画中的喷泉花园诸神欢宴，每一茎植物、每一位神灵的脸部细节衣带皱褶，每一枚字本身皆清晰、晶莹，如水族长廊里每一只鳞光照眼的游鱼。像《佛说阿弥陀经》中以字搏极域之梦的遍地琉璃、珠玉、玛瑙、放光莲花、诸宝行树、妙音仙鸟……

那样的字神降临，几乎使六宫粉黛无颜色的华丽文字仪仗，真真让我忍不住又嫉又羡想追问，这位作者的文字修炼养成是走过怎样的一条路径？那条与神灵沟通的发光梯阶不是早已倾圮坏毁？

那种失聪者眼见的光照尖锐之廊，失明者听见的繁花簇放世界，一种在奇异的妖静中将知觉的照片打开再打开（即不断更新更高像素的软体，或禽鸟在高速俯冲时快速调焦的虹膜）。

灵魂已被虫蛆蛀蚀刨空，身躯每一骨关节皆因过度荒淫操作而早衰泄油松脱，画面中的人儿脸庞皆俊美如视觉系，心却冰冷或如核反应废料之滤渣，"用药"确是一极限经验（无论耽美、神秘、强光、宁静）的加速器，所以借药物为叙事魅影（或可称"药物系忍术"？）的"恶"，本身即是一"加速"后的基耶斯洛夫斯基版《十诫》；一种关于贪欢激爽，掏空欲望，亵渎人类文明"延缓"之秘密以交换巨大神启的惩罚：枯灰死败的废墟如海礁上藤壶蔓延繁殖于你的眼睛耳朵感性与群体相处的伪扮时刻……那或是面对一整座繁华之城的现代天人五衰。

家暴、街头暴力、肉身被抛掷殴击时的物理性折弯裂溃，对黯黑却艳丽（柏油路面的猫尸、女人腥臭的下体、呕吐物、粪便）腐臭翻转芬芳的《恶之华》之迷恋，这是波德莱尔系的都会吸血鬼现代招魂，城市的脸孔惨白、骷髅游魂（那是《恶魔的新娘》、村上龙、《美丽失败者》、《伟大的猩猩》的世界）。

《极地》是这其中最暴力内噬的一篇。燠热的夜，纳西瑟斯那样的水仙美男，却像宫崎骏《魔法公主》里那遭愤怒猪神魔咒附身的少年战士，欲望如饕餮纹，如葡萄藤须，在大腿内侧扩蔓；站在痨病鬼般人渣形体伫立的地狱入口（似乎是万年大楼沿破败电扶梯而上，塞满俗丽廉价玩具的典型第三世界造梦失败的倒塌物神峡谷）。自怜自伤，既憎恶自己又蔑视那些在性仪式中无从选择，自己的同族之人。

这样的"孽子""荒人""鼠人"，从曼妙天人在腥臭湿热城市天井般肉体结界中，变貌，腔体内骨骼遭天谴抽换、哆嗦并疼痛地踟蹰、漫步，走进香草、毒品与男胴的朝圣之境，自九〇年代以降，其实累积了相当质与量的小说地景：林俊颖、纪大伟、陈建志，或早些年一闪即逝，某一时期的林燿德、陈裕盛之日本暴力漫画照相写实风。

但《极地》显然另辟蹊径。在新一代"银翼杀手复制人"的自我进化过程，这个作者似乎从更大量电影、翻译小说找到一挪借自类似犯罪类型（CSI？）的悬疑、冷调、窥秘运镜，城市业余侦探翻拣垃圾箱以拼凑"不在场之人"（在犯罪电影里是死者，此处是这欲火煎烧主角躲在暗处意淫的对象）。那当然让我们想起基耶斯洛夫斯基的《爱情短片》；或这位作者幽默地嘲讽许多年前一位女作家潜伏张爱玲赁租公寓翻拣垃圾的"渎神"公案……

那使我相信这位作者是个披了波德莱尔华丽戏袍的契诃夫：所有的妖娆、靡丽、颓美、汁液、节庆的繁华与凄凉，若如金箔剥落，在祭出这近乎强迫症患者在"自己的房间"里的胡搞乱弄：像《低俗小说》那间枪支店的各式武器展示，假阳具、冰箱里的根茎类植物、隔壁的交欢淫叫、网路链接的色情图片，以及孤独主角如拾荒人收集一整抽屉的，那偷窥意淫对象的各式贴身之物（蛇蜕之物；其实是垃圾秽物），既孤寂又滑稽，既眼花缭乱又虚无疲惫。但在这一切孤独马戏团的"密室个人秀"之后，在这个怅然的耶诞夜尾声，这位一路追求极限秘境的色情达人，业余侦探，城市猎人，却捧着一盒盛装在蝴蝶结蛋糕盒里的，那位不知情恋人最贴身信物（一坨大便）作为耶诞礼物。这样的骤转突梯，欲哭无泪的狼狈苦笑，诙谐又悲伤，读毕我心中忍不住大喊："这是天才！这是个天才吧？"

且看《极地》结尾，这位被自己窥淫仪式、无限圣物化色欲对象无意间留下的"天启"（天上掉下来的礼物？）雷电击中的主角，神魂甫定之余所说的：

> 所以，该怎么做？全身赤裸的你，凝视眼前未拆封礼盒，动也不动，姿势像尊废弃公园乏人问津苍白石雕。时间一分一秒过去……你很清楚明白，这整件事和他一点关系都没有；有天若他死了，你也不会流下任何眼泪。这一

切，都只与你一人相关。

这本短篇集或因种种此间年轻文学创作者之艰难出版环境，使得书中诸篇之面貌呈现出一种不同时期小说家本人的化石地层之差异感。譬如《我们》《黑暗风景》《回忆工程》《视差》即犹如同一世代集团，将叙事重兵集结于一家庭游戏的、时光冻结的伤害剧场（其中当然《视差》一篇特别展示出这作者对品特式《重回故里》，控制与被控制者之意志对峙的暴力诗意与高度控制力）：远距的家族相片时光走廊。或另一组如《午茶时光》《极地》，在身份重组时撒豆成兵或偃旗息鼓复跌回尘埃阴影的零碎物件；恋物，或以微物之神为时光招魂术之布阵机关。

这一点，残酷一点说，筋斗云十万八千里，前者翻不出王文兴《家变》；后者难免撞上朱天文《世纪末的华丽》《肉身菩萨》，朱天心《匈牙利之水》《去年在马伦巴》，城市拱廊街的幻影边墙。但徐誉诚另有一"再进入"的（而非人类学式）城市"场所"结构，建构即兴剧场能力，将困在已被前行代小说家探勘踏查之秘境里的漏油机器人，梦境已被榨干沥干之角色，或《蝇王》的失真孩子们，重新结构、修补、招魂镀上只属于他的黑暗冷调之烤漆。

在一团被宣告难以创造传奇的城市垃圾废弃场里，硬生生地让叙事重现。我读他的小说，总有一种《侏罗纪公园》的疯狂科学家，在感热式监视摄影机荧幕，看到应已灭绝的迅猛龙灰影在无人的废墟颓垣晃闪现身时，那种热泪盈眶的心情。

　　《紫花》一篇，似向朱天文之《荒人手记》致敬，然阅读时被其骇丽感官风暴扑袭的震撼感，真的是大汗淋漓内心暗叹："字神再现！"舞人，药人，魔音中大脑被打开如MTV台片头广告一幅一幅鲜艳彩色动画以透视法则固执朝一剥开层层花瓣之蕊心进去进去再进去……仿佛字之神灵不再为了描述写实主义运镜下眼前正常运动的生死、男女、经济行为、人际关系、街道场景；字成为其自身障蔽欺瞒其后如夏娃之果禁闭的神秘经验。字被一层一层咒术打开其黄金封印，被一道一道巫术解密，世故多疑的我们（德里达、拉康之后？）恍惚明知那华丽幻术翻涌其后是一整片空无与死灰，却仍泪如泉涌，被这文字巫人的喃喃意志启蒙原来控制眼球之肌肉如此繁多，可以如此翻转、弧弯、罪折、撑鼓或塌陷，那样一个"非毒物即养生商品"的后现代仙佛世界，那一个光名称和"使用效果报告"即让人眼花缭乱的毒品百科迷幻药之流动长廊，真的像那个本应绝后，在"航向色情乌托邦"码头踟蹰于福柯、人类学黄金律的荒人，竟分裂出一个铜币反面的自我（或字的DNA印制中意外歧岔而出的后代），没入那沥青黏稠、城市肉身骷髅之海游历一趟回来的所证所见。

　　（"这场景曾经在梦中出现过！"）

　　我以为《紫花》一篇，宣告着徐誉诚已从同辈兵强马壮、旌旗蔽日的文学奖顶尖群中突围而出，预言着他下一部作品已徽印其自我书写之风格（如同童伟格、伊格言、甘耀明，对我而言，已不是NBA选秀会上指三说四的战力分析，而是，这样的作者，已是进入创作成熟期的可敬对手了）。

真空管里的独角兽

我年轻时迷恋的《微物之神》，后来也在某些小说书写实践，似乎在对某幅流动的街景；某个遗憾的神秘时刻；某个记忆里像用火柴棒点燃，那短暂照亮屋内摆设的幢影，很快便熄灭的火焰；某张脸在说某些话的，那个细微变化的表情，在对这些较难标定、图绘、打捞的，曾经像细微电流窜过眼球下方，从另一个玻璃球弧形映照的蜉蝣光点。我发觉那样的"微勘""显微"，是进入到另一个关于时间、空间的重塑，另外一个重力的世界。连观测时原本不当回事的"光子"，在量子等级的微观宇宙，都是造成被观测对象被碰撞、移位的重大因子，乃造成海森堡的"不确定性原理"。

事实上，在那样"微物探勘之显微镜"下，一点点的光源，一些些的移位，皆造成无比剧烈的海底火山式的晃摇、景观灭了再重生，或是像水母运动那么美（却不在正常世界出现）的痉挛、幽灵般的在此消失在彼出现，或电流的窜闪。

在俊杰的文字中，我惊叹地发现这样的"微物之神"，非技艺的（眼球或光学仪器的透析度无限放大），而是他脑海，或灵魂性的特质，那是一幅一幅其实应该被宣告为"静物"——时间在其中被取消了——乍看是静止不动的画面，可是在他的叙述中，那是一个流变，剧烈到像宇宙飞船穿过小行星带，熠熠生辉而雷电闪闪的，弦在那么小的微分世界里，跃迁、曲扭、弹跳的，也就是说，构成时间、空间、光、粒子，在一个放大无数倍的观看镜筒下，全部是流动、不稳定、变幻万千的。

> ……不知道怎样绕路，只是自始至终都回到了原点。窗外雨势渐大，自虚空落下的雨遍布在各式场域，汽机车疾驶的柏油马路、高矮行道树的稀疏枝叶、灰裸裸的水泥屋顶、违建的高楼铁皮屋，不断间错移动着的各样图彩的伞花，或是被车辆急速冲刮拦截的雨水飞进溅上路旁的行人小腿。不同的接受体有不同的哀鸣。但大部分的时候那些藏于世界表层以下的嚎叫都是不被听见的。

这些文字中的，那个鬼魂般的"他"，好像总迷路：骑着机车，被困于千百辆同样在黄昏翳影，亮着车前灯的机车阵。那是典型中和的景观，高矗半空遮蔽天空的高速公路水泥桥架；一钻进去便迷失的十二指肠般的巷弄，压低的杂乱电线和槟榔摊、修车行、混乱的骑楼；那像是贾樟柯的电影，或一点点的蔡明亮。但他不是放慢或空镜头，那些杂沓、疲惫、空气中似乎有一层煤渣因此吸光画面变脏糊些……那骤转进去的死巷弄；旧公寓楼梯间；楼梯间经过的一只死去斑鸠的尸体，颜色气味在那视觉避开的角落变化；或是隔壁的敲墙声；书房里的"鼠道"，那便是他的魔术时刻，"一花一宇宙"，那些所谓的"微观宇宙里的弦"被打开了，撬开了，你会想到昆德拉说的："从卡夫卡之后，我们所有的小说主人公，都只能是土地测量员 K 了。"但你发觉"他"是一个不去探问"城堡的核心运作，或官员的人际关系"的土地测量员，他是沉默无声，画框外之人，而又会因一个转角将世界带进他的那个"不为人知的秘密"——那个时间暂停，因此多出来的"停憩"。每一种情绪或情感，都像水壶里的水，一次啜饮一小口，节制的怀念、淡泊的感伤、将戏剧性尽量屏蔽掉的，如此骑机车在这样混杂、荒芜、叠堆、丑陋的街景中穿梭，连"修补者""漫游者"都不是的，像卡尔维诺的《帕洛玛先生》，在书写中才能逐渐浮现、逐渐拼缀的存在之景。

后来想起来，当时的我像一只独站在河边石头上的鸟，张望着河里的虾蟹，闹哄着引擎声的船，岸边的灯火起伏变幻，那么多事情在周边发生着，不愿轻举乱动，怕错失了什么，两眼直瞪瞪地瞅着随机的变动，越专注越入迷，越入迷就越远离其他，然后突然被另一样事物惊动，转头，眨眼，来不及顾虑刚刚就马上跌入现在。

这种飘蓬、淡淡的惶然，性格上的缺乏掠夺性，但观测或描绘某个回忆、情感、意义时，动用的参数又庞大无比——
因此造成表达上的慢半拍，或干脆静默；一种对所观看之景，
瞬间涌出情感的自我怀疑，必须再一步确认——一种永远处在
"时间差"的现在、此刻，这个感受中的"我"总是因这样的
"慢半拍"，几秒，几分钟，几天，乃至于几年后，那个"啊，
当时的我该如何反应"或"我知道了，当时的我是这样想的"，
这样的延后，再追补上来的遗憾、怀念、内心独白的对时光
的解释，形成这个作者每篇文字，那充满翳影，因为时空在极
小、极私密的尺度内弯曲弧凹了，于是总是像波光幻影，正聚
集成像的当下，就破碎，不，一个将破碎的预感。这种因为
"更多出来的感性能力"而像数十张极薄透光的描图纸、层层
覆盖、叠成一个极细微震颤的"此在"，一种连拍式摄影（譬
如蜂鸟的翅翼，或簇放中的花朵）造成的连续性或倒反过来的
"这是被剪接过的"幻觉，或正是他的每天作品，那说不出来
的诗意与美感之谜。

　　对这城市要求也不能太多就是了，至少每天早上躺在
床上可以看见窗外没有被对面公寓挡住的一半天空，清晨
阳光照进来房里墙上挟着一道窗栏的影子，夜里浮走在窗
口边沿的圆缺月体，有风流过，窗台上的几株盆栽会被较
大的雨势波及，甚至一两次出门忘了关窗，逢风挟雨势溅
了窗边的桌上的一摊摊湿汙。他喜欢这种被模糊的界线，
就好像不曾被阻隔、不曾分别过内外，因此可以期待更多
向外扩张延伸的可能。尽管这样想，但实际上，也许更大

的缘由是这房间的确太小，或者说，打从一开始对于一个人来说就是太刚好的空间，却没估量到那随之而来日积月累的必然，东西杂物越来越多，清了又清，想尽办法要在这空间里放进更多东西。

我想这或是很难言明、辨析他这些文字幽微、影绰的一部分密码：他是属于田野，或说风景颜色在完全曝光的南方的孩子，但终究进了城；但他又将"后来的这个自己"像匿踪术，化成背景，成为城市里那些下班时刻灰影重叠、挨挤的车流中的一辆摩托车，成为无数色块像素马赛克拼叠后却是一片灰影里的安静巡游者。他住进了"太刚好"，其实是太小的这些异乡年轻人都如是的出租小房。他既未像童伟格在同龄时，将之全景梦中"昔日田园"化，成为无限透析，透明，找寻无中之我的小说形上旅程；也不如房慧真那如黄锦树所说的"勤奋的脚，摄像机般的眼"，给予这穿梭的被遗忘城市边隅，追忆的化石岩层影魅与时间感；他也不像我的"无故事可说却蹲点咖啡屋的保罗·奥斯特化城市幻术"。《恋恋风尘》那样的旧月台或铁轨布置，或我想许多他这样的"北漂"年轻人脑额叶里着迷的《不能没有你》式的公路电影，都成切断抒情电阻的不可言说之物，遗忘的梦境。但要如何启动书写？他自觉地从这压到最小的暂存之我里，"日积月累的必然，东西杂物越来越多，清了又清，想尽办法要在这空间里放进更多东西"，抽丝与剥茧，故乡，或就是那只死去的斑鸠，"从来都没注意到原来斑鸠的平常灰褐羽毛下隐藏着那么美丽的颜色，大部分是如同蓊郁森林的墨绿色，夹杂一丝一丝的黄昏落日将尽仿佛要烧尽最后一片云的红色"；却"避免探视那个角落，那个角落的黑暗就越是放大，每每出门下楼或是上楼转角经过都会被那一直扩张的灰暗沾染、拉住。想着是否要把它移开另作处置，却一直觉得这样做仿佛是侵犯了什么，或是擅动了不属于自己的某样东西"。这确实是一很难的，闪瞬消灭的，奇怪的怕冒犯的，却又藏在眼皮下那死亡、背后、异乡。如雨中鬼魂般的叙事发动。

　　有某几个夜晚，我如常挂在脸书上，那像雨林中朝生暮死的菌种，小虫，短短的闪灭众人浮生的存在之屏，突然会浮现俊杰脸书上的一长段文字。如果那一短暂时刻错过，它当即被淹没在庞大的动态海洋里。他这一篇一篇的文字出现在那短为王道的脸书雨丝之窗玻璃上，其实总显得过长。但我每每读了后，浮躁陀螺的心便沉静下来。好像只有在文字的转角再转角，那些废弃生锈的大型游乐场机具后面，文学的诸神早已离开，剩下一片废墟给他们；然这个年轻人思索感受他的时代的专注，仍从那极窄的透视、遮蔽、散焦、流离，以安静的书写抓到那一瞬灵光，那些温暖而明净的什么。现在这些文字结集成书了，各篇篇幅其实显得不长，但我读来却又不觉得轻灵短小，像是一个真空管里，精巧繁复的某种未来物种的设计图，世界被微缩隐喻。它的每一鳞，每一爪趾，每一眼珠，每一脊骨，都是从这个繁华但虚无，喧嚣其实寂寞的，"也许这个世界已被偷换掉了"，梦中之悲，孵长的独角兽吧？但当你整本读完，它又涌现一种难以言喻的温暖。

别人的梦

　　年轻小说家寄来了一叠她的作品（未结集出书的，一叠A4白纸上横排打字的小说），其中有一篇《梦的练习——陷在流砂里的城市》，我抄录如下："梦见自己置身在一部看过的电影（梦中的我以为看过了）。一部科幻电影，情节的起点在一座东正教繁复华丽的礼拜堂里，一群围成圆圈的俄罗斯特技演员（不知怎的，我知道那只是他们表面的身份）吩咐把大门关了，不放一个人进来。然后他们便开始浮升。他们凌空浮起至教堂巨大、镶嵌七彩玻璃的圆形穹顶下，回旋翻腾如在滑软的水中流动。有人教我抗拒自体的重量，像别人一样划开充满阳光、透明的空气上升；我照做了但做得并不好，始终无法接近穹顶下优雅地悬空翻转的人们。我发现了这一点后便失去了漂浮的能力笔直往下掉，仓皇中够住剧院包厢一般的雕花看台。我翻身进包厢后，悬在半空中的特技演员们全停下盯住我；这才想起原来在电影里我是被追杀的那个倒霉角色……"

这个梦境（或小说）令我惊疑不已。梦里的场景、光线、氛围我确曾亲历其境。那将近十五年前的记忆，像在水中搓洗某种藻类植物，一遍一遍地搓洗，柔软的条状叶片便一缕缕晕开淡褐色的滑腻稠状物……

（想起了什么……）

那时我犹在读阳明山上的那所私立大学，有一幢老旧的建筑叫"大义馆"，既作为理工学院的教室、实验室或各系办之所在；同时也是区隔了那窄小的校园空间"前院"（包括操场、篮球场、行政大楼、文学院馆，和一个上坡斜道）和"后院"（包括图书馆、男女生宿舍、综合教学大楼、农学院馆、创办人墓园）的避风雨走道。奇怪的是在那熙来人往、挑高建筑屋顶的走道，总会经过一间——不知为何被置放在此的——体操教室。

那个体操教室——毋宁更像一间堆放大型运动器材或其他杂物的储藏室——从屋顶上方垂下一对吊环，垂悬的粗麻绳多处拧绞部位撕裂松绽，沾满粉红粉蓝的粉笔灰；下方放着两张（应该是撑竿跳用的）大型垫子；还有一巨大的圆形弹簧床，墙沿则乱堆着覆满粉尘的蓝漆跳马木箱，还有一些地板韵律操的呼啦圈和彩纹木枪……

大部分时间那间教室总阴暗地锁着。有时有一些肌肉发达的男孩女孩在那里面劈腿拉筋，拗折他们年轻的躯体。像寂静之夜沙沙沙翻过的书页，无意识地，习惯而心思飘远地反复摆弄，细部看怎么都机械性相似的臂膀、臀部、隆起的背肌或胸肌。经过时我会混在人群里，张着嘴蹭挤在那被白蚁蛀空的木头门外，看着他们在一种休憩放松但又忍不住自负（他们全都知道人们在看他们）的神情下，吊儿郎当地玩自己的身体。偶尔有一两个里头最才华耀眼的，会突然卖弄两三个让人群"哗"地出声的高难度动作（譬如吊环上的突然噼啪大车翻转，或弹簧床上的突然弹高一个引体侧空翻旋转）。像贵族对贱民慷慨的馈赠。

有时山上雨倾如瀑，我选修体育的轮鞋溜冰课无法到前山公园的磨石地溜冰场野放，那位大胡子溜冰教练（这个奇怪的家伙其实是学校后门一家叫"补给站"卖广东粥四神汤麻油鸡的小吃店老板，但听说他年轻时是传奇的"白雪溜冰团"之教练）会找人借钥匙开了那间体操教室，于是三四十个年轻男女，便在那灰扑扑的大空间里，歪歪斜斜踩着红色、黑色、白色的轮靴，一群人逆时钟绕圈子。

这是我对那个年轻女孩梦境中场景的破碎记忆，至于我为何曾在许多年前闯进一位陌生人的梦境里？我记得马尔克斯曾在他一本短篇小说集的前言这样写着："……一九七〇年代初期我住在巴塞罗那五年后，有一天做了个发人深省的梦……我梦见我正在参加自己的葬礼，跟一群身穿丧服心情却像过节的朋友一起步行。我们大家在一起似乎很快乐。尤其是我，因为这些拉丁美洲来的朋友是我最老最亲密的友伴，已经好久没见面了，我的丧亡使我有机会跟他们在一起。仪式结束后，他们开始散去，我也想走，可是其中一位朋友断然告诉我，我的好时光已过去了。'唯有你不能走。'他说。这时我才明白，死亡的意思就是不能跟朋友们为伍。"他甚至在一个短篇里讲述一次他目击了一位神秘的卖梦老妇和聂鲁达轻描淡写地说："我昨晚梦见那个女人。"稍晚在同一个餐厅，卖梦老妇问马尔克斯刚刚和他同桌的老人是谁？他说是伟大的聂鲁达啊。老妇说："我梦见他梦到了我。"

　　事情是这样的：十多年前某一个难得干冷未雨的冬天下午，我独自走在大学附近美军眷区的朝鲜蓟小径，突然一个家伙迎面捶了我胸膛一拳。"不认识我啦？"记忆的复眼开始把面前这个身形瘦小面容斯文男子有关之细节召回，"啊，阿猴。"那是我少年短暂鬼混时光里唯一曾结识的一个"真正在混的"。事实上他根本就像法拉利跑车不轧进脚踏车车道一样不理会我和我身边那一票幼稚家伙。当我们自以为臭屁地叼根烟在桌布破洞的撞球店大声嚷嚷和偷给我们计时灌水的老阿婆争吵，或是着深蓝短裤把制服衬衫拉出来三贴骑在其中某某的五十CC小绵羊飙过我们初中校门前自以为嚣张时；他偶尔闷不吭声地请两天假，回来后低调地告诉我，"只是"回故乡北港带几个兄弟背着吉他袋（里头藏着长武士刀）去别人的地盘砍一个欺负他小舅子的竖仔……在我的印象里，他是那么地像格林小说《布赖顿棒糖》里那个少年品基：聪明（后来他考上建中，一年后被退学）、残忍、具领袖魅力，少年时代便以早熟心智深谙那个暴力化但讲究某些人情义理、气魄、造作腔势的成人世界游戏规则，而让一群汉操[1]比他强大脸貌比他狰狞的大个儿乖乖地听命于他。

　　我在阳明山重遇他之时，已是个自闭在学生宿舍苦读小说

---

1. "汉操"，即体格之意。闽南语。

或一些乱七八糟哲学书的谵妄之徒了。像习惯暗室的眼球骤然不能适应年轻时的生猛光亮的同伴。他问我现在在干吗？我讷讷说不出所以然。他说他"经历了很多事"，后来考上这个烂学校的哲学系（我那时忍不住扑哧笑了出来）。少年时代的某些义气氛围，像电影里那些几十年后的企业老板仍得向卖彩券的轮椅小贩立正行军礼："报告上尉，我是当年第九排下士班长军籍编号〇五四三……"

"遇到你真好，"他说，"我刚好要去堵一个家伙，你陪我一道去。"

我便那样内心志忑想不出脱逃之辞地跟着他一路走到大义馆的那间体操教室门口。在那个空阔的房间中央，一个穿着紧身韵律服的少女，腰际一条护带，两侧用金属扣把自己系在两根"V"字形的高空弹跳索（那弹力绳索用支架从两边屋顶拉下来），如此她便在那张大弹簧床上炫耀表演各种正常重力下人体不可能实现的动作：她借力使力，一次弹跳得比一次高，然后后转翻两圈、三圈；侧转蝴蝶交叉、屈膝引体旋转……原本灰暗的旧建筑里的死空间，在记忆里竟似教堂拱顶的七彩玻璃垂洒下灿烂的光照。那女孩亦像用魔术抗拒肢体重量地凌空浮起，划开充满阳光、透明的空气上升……我那时心底浮现两个声音：一是这女孩好美——她的五官就像电视转播上的那些东欧白俄罗斯的体操美少女一般，白皙的脸庞上细细覆着一层金色的汗毛，湖泊绿的眼珠仿佛可以滤出多层的瞳彩，睫毛的阴影倒映在尖翘可爱的鼻尖——但第二个念头让我焦虑不祥："这是大哥（看上）的女人吧？"

　　果不其然，我身旁的阿猴，耸了耸他瘦削的背脊，说：
"把门关上。"那时我才发现，在这个房间原先环臂站在一旁
观看的人们——我以为是体操队的，原来全是我们的人——他
们把门关上，朝女孩走去，完全像许多年后我读到的一位陌生
小说家的梦境中的情节一样——这是半年多前，我读了黄宜君
的部分小说稿（包括收录在本书中的《梦的练习》之一、二、
三；或像《流离》《日常生活》《续集》这几篇）时，为那纯
质的、像某些过于耽美而违反支撑力量的细颈玻璃瓶，像女高
音、蝶翅或张爱玲的"生命是一袭华美的袍子，上面爬满了虱
子"这一类我这年纪早已趋吉避凶而陌生了的，一种歇斯底里
（因而不祥）的持续高烧——一时动念而赋写的一个故事。

　　跑进别人的梦境。梦里寻梦。事实上，半年多后，我重读
黄宜君的这本（怎么说呢？既像杜拉斯的《情人》，又像罗智
成的《梦的塔湖书简》，这样一个体例难以界定的故事书）新
作，许多篇章仍蛊惑着我覆写它，阖上书的混淆地跑进自己的
梦境里，一种像王家卫电影，橱窗外流光幻景如此快转而搁浅
在某一旅馆房间某一时刻的蜡像人们的静止检视（像私密的絮
语：我，和你），像《去年在马里昂巴德》，如此熟悉，似曾相
识说不定是我（或读者）遗落的一段记忆？

　　　　"现在我可以对你叙述我的生活了。"
　　　　"现在我离你很远了。"

　　　　　　　　　　　　　　　　　　　　——《日常生活》

以后我仅仅在另一个社交场合见过你。一个行礼如仪的场面，铺排得差强人意，人们没有多说什么，亦没有多做停留。典礼结束后我们在会场入口摘下胸花，那些廉价兰花早在镁光灯闪烁的时候迅速凋萎。

你说："我们离开这里。"

我回答你："我们能去哪里？我不认识这座城市。何况，我的飞机两个小时以后起飞。"

你说："两个小时以后，这个下午就结束了。"

我说："很久以前就结束了。"

——《密史》

偷情的，背着众人注目，涉了倒影之地的生活；被遗弃、经暴力搁置，遗忘而独自进行的"日常生活"。

黄宜君在另一篇文章《莒哈丝式奢侈》中提到杜拉斯"不止一次地在书里提到童年的贫困，对物质的恋念，金钱短缺造成的倔强心态。然而她每年夏季在诺曼底海滨付四个月的房租在临海的旅馆赁下一个房间，每天坐在窗边面对无止境的海浪、沙滩、旅行的观光客，铿锵敲击她的打字机，天黑以前喝掉一瓶威士忌。在海边的黑岩旅馆里，经历越南与巴黎、情人与婚姻波涛的莒哈丝才真正拥有完全属于她的房间，真正完全的书写的自由。"

于是她问："我能够有这种完全的，书写的自由吗？"

她说："这不是生活的任何一种形式；这甚至不是生活，不是旅行，也不是假期，这是无法言喻的奢侈。奢侈的书写的自由。这是花钱买来的绝对寂静，责任义务律法一概失效。我通过莒哈丝在夜晚，在海涛声里，在酒精中颠三倒四的琐琐诉说明白了这一点。她晚年的情人骂她：'诺曼底海滨的妓女'，她笑笑写进书里。这是连男人都嫉羡的自由。"

说实话，这样的文字，连我读了亦神往欣羡。

读着黄宜君这些文字时，我正在另一座城市里。我赁住的旅店，旁边是一座用铁丝钢圈圈的解放军军营，绿草如茵的草坪和一幢幢无有戒严威胁感的水泥宿舍，但奇怪的是近十天下来，我从未看见一个穿着军装或草绿迷彩短裤的年轻男孩出现在那空荡荡的禁区里。从我房间窗口下眺，另一边是一大片洁净如那些百货公司卖场里解析度极细致的大荧幕电浆电视里播出的足球场。一些穿着纯白或纯红的高中生在那来来去去追逐跑着踢球。我的旅店禁烟，且装了感应极灵敏的烟雾警报器，我总开了窗把头伸出去，在七楼高空抽烟，有一天晚上，警铃大作，且有四五辆消防车包围在旅馆门口，我忍不住好奇下楼去看，在大堂遇见几位胶盔防火队员用广东话告诉我："没事"，原来是二楼有个大陆人躲在房间抽烟，触动了警铃。有天夜里，我梦见自己在一条异国街道岔进小巷的市集摊贩间，遇见一个多年前同为创作伙伴的女孩。后来，我们因一些奇怪的人世遭遇竟形同仇雠。有几次我想过：我若在路上遇见她，一定会当街痛殴她。但在那个梦里，我们互相拥抱。像对老朋友在这样的身体接触中彼此交换时光在我们各自身上留下的苦难和伤害。我在梦里说："我已经原谅你了。"

这是我读黄宜君的这些文字时，像沙漠中在沙丘流动变换棱貌时被埋住的脸容，有一些昔日时光的自己，一些那时那么年轻乃至于不知道，那个美好的自己并不会永远留在自己身上，而今才意识到惊痛和哀绝，有时我读到她那些让人瞳孔色素沉淀不足的，恋人絮语的篇章，竟会自喉头涌现一种哽咽的欲望。

那是怎么回事？这些恍惚有大量梦境，或一些繁复叙事被吞食，以至于看起来懵懂像静蛰在水族箱底的，形式极简的海星，那些坏毁的脸、残章断简、失去线索的街道废墟，形容难辨却召唤着我这样一个读者对一个辉煌的、年轻艺术家们恣意任性，所有人仿佛活在那些法国、东欧、意大利电影中的，一个明亮且波光异彩年代的唏嘘感怀。我总可以在她每一篇的梦境速写中，"略歪斜一点"，焦距重新调校地拼缀起我自己的另一个梦境。一些失落的，随手挥洒的少年品质——那些敏感、自弃、执念，发狂地对屈辱的扩大，羞于说出自己被侵犯——像地板上的玻璃珠或造型发夹刺痛地踩进自己的脚掌底。

我个人非常喜欢"梦的练习"这个名称：重点在"练习"，而不在"梦"。在这个充满了光线薄洒在长条木条木地板，穿着白色丝袜和舞蹈鞋的少女手扶着墙壁边铁管，对着镜廊里的自己重复一些细微姿势的定格与掌握的体会的意象之词。练习。那使得这位作者屡屡像剃刀边缘试探的易碎感性，"我坐在你身边彻夜无法入眠，体内某个部分因为承受不了长年喋声的疑惑，当下便疯了。"转而充满了一种维持住拘谨（优雅）姿态，不使画面崩塌的机械性张力。挂着笑容《蓝色鸢尾花》复制画的墙，烟灰落在瓷碟里不再崩散，"我在屋子的另一端，双手倚住长方木桌，小腿交叠，薄呢披肩正要自臂弯滑落"……一切像被看不见的细线悬挂缚绑着。因为"练习"，所以所有正发生的事情，都失去了时间的纵深。她在回忆的时候同时让读者意会到有一只手拿着炭笔在这张素描纸上擦抹修改。删去那些过于戏剧性的、狂淡激情的、过于连续性的。于是在阅读这些故事时，你总似乎看见一些线条极简的，分隔动作画面。你似乎出现幻听，在没写出的纸张空白部分，人物间该出现一些更激烈相向的对话，一些当令女性书写习于炫耀的，衣装或身体。一些暗示中身体的对抗或身世的如阴影不断累聚。但是都没有。在戏剧性将要出现的前一刻，便节制且拘谨地剪掉了。

然后作者说："一天过去了。"

那样的压抑与低敛确实令人想到杜拉斯。如歌的中板。没有来到克洛岱尔、西蒙或罗伯-格里耶那么极端的"存而不论"，抹消主体将一切欲望、恐惧、嫉妒、伤害全描光涂影隐藏于现场的客物之中——这倒比较接近黄国峻的《度外》——她反而是常用一种静置剧场的画外音打破那种"一二三木头人"时光冻结的咒禁或催眠。

我不会再见到这样的你我。

——《来日》

这么多年过去以后。

——《续集》

现在我可以对你叙述我的生活了。

——《日常生活》

　　一个奇怪的时间流河的漩涡。像不祥的，哀愁的预感。又像长日将尽的"搁浅于某一时期"。又像是一切俱成往事的哀歌与咏叹。这样将过去、现在、未来全并置在一类似"棒球挥击动作的连续分解动作图"的慢速伤害全景：一张坏毁的脸；一种必须面对的，"吃力缓慢弥补疾病毁去的事物"的日常生活；无声无息枯萎凋谢的鸢尾花……那后面精准的控制力全来自"练习"。梦境的练习。譬如"陷在流沙里的城市"（我将之赋写进我的梦境中的那篇），"我的孩子""火把""楼梯"（一座楼梯竟在梦中信了回教而蜿蜒变形）、"行星边缘"……这几篇，都是好得让人目瞪口呆的发光之作。我说的"练习"并不是指"未完成""草图"或"排练"，而是指一种类似博尔赫斯《博闻强记的富内斯》："他记得一八八二年四月三十日黎明时南面朝霞的形状，并且在记忆中同他只见过一次的一本皮面精装书的纹理做比较，同凯布拉卓索乱前夕船桨在内格罗河激起的涟漪比较。那些并不是单纯的记忆；每一个视觉形象都和肌肉、寒暖等的感觉有联系。"简而书之，小说的时间幻术。

　　譬如说，在《她者》这篇小说里，一个有点像"鹤妻"的女人闯进一个男人的"日常生活"。但这男的有个在编辑部上班以至于每晚至深夜才回家的妻子。这个女人以"她者"的身份潜入他们的房子。她总在他妻子回来前离去。绝不留下痕迹。"餐厅像是没人用过，玻璃杯洗净了回到柜里，顺手把垃圾打包带走……床铺枕面干净而无辜，她连遗落的头发都捡得一根不剩。"

这个男人一开始可是迷惑而超现实地享受齐人之福，她"傍晚来，深夜走"，他们像一切夫妻那样上超市，她做晚餐，餐后清理流理台和餐桌。他在书房喝啤酒看球赛，而她在他妻子的房里游走。"她从不搞错柜里任何一件物品的顺序，从不在浴室留下多余的水渍，离开的时候带走她所有的痕迹……他甚至觉得连她的话语、她的脚步声、她在墙面投下的影子都是浮游不定的，随着她的离开而一起消失在屋子的空间里……多了她或少了她都一样的安静。"

然后，光影挪移，偷天换日，女人淡淡地，很日常生活地提醒男人该换一套新的沙发，"放在窗边都晒白了"；然后是室内灯光、窗帘、地毯、订了新的橱柜、白瓷餐具。连卫浴用品都换成她喜欢的香味。

现在她变成这栋建筑的女主人了。他的妻子变成"她者"，男人恍然大悟："她就像化学实验般缓慢而耐心地改变了他家中的一切。一切气味，一切光线，一切配色，一切情感的方式。"

这多么恐怖却又幽默！我觉得这种细微窸窣地隐没在"看不见的时光中"的耐心和意志正是黄宜君书写诗学的宣示：练习。抑敛节制。以及一种能缓缓蹑足潜近一种"明亮而幸福"的，日常生活的渴望。她知道那极奢侈，但她以时间术，以细微耐性地修改光影，以爬虫类般的自我修复，静静缩坐在正常生活里人们来来去去的楼梯下死角，以梦境练习的停格、走位、刷淡或刮画的技巧，将它们偷渡至她的"杜拉斯式房间"。

让人眼瞎目盲的爱之太虚幻境

二〇一一年四月上旬，客寓香港，某日应《亚洲周刊》江迅大哥之约，搭地铁至荃湾一叙。假日下午人潮汹涌，与香港大多数地铁站周边印象无异，主要是我抽烟，这在香港要找到一处可悠闲坐着抽烟聊两句之处，则难矣。而江迅大哥电话中笑说他知道一处好地方，可谓吸烟者的天堂。碰面时发现另有一位先生，个头极高（江也是个高个子，我身高一米七七，在平常与人聚会中算高大的，然而我们三人一起过马路时，我发现我是其中最矮小者），江迅替我们互相介绍，乃知此人是鲍朴先生。

鲍先生寡言，江迅大哥素来话不多，我们三人走进一静巷里茶餐厅旁的桌位（这就是他所谓的"吸烟者的天堂"？）。顶上一棵老榕浓荫覆蔽，确实无比幽静，江说他平日得空便是在此看书写稿。我们各自掏烟出来惬意地抽着。这时鲍先生从他的背包里拿出两本用胶膜封住的新书，一本给江，一本给我，说是他最近出的一本回忆录:《太后与我》。作者是埃蒙德·特拉内·巴恪思爵士,他祖上是英国显赫的奎克家族。这个人是个怪人,他是个同性恋,也是个语言天才,会法语、拉丁语、俄语、希腊语、日语,他一八九八年来到北京,不到一年便熟练北京的中文。这个人曾和另一位《泰晤士报》的记者布兰德,合作写了一本《太后统治下的中国》,此书在当时非常轰动。据说他在"义和团暴动"的混乱中,发现了一份"景善日记"。之后,他们又合著了《北京宫廷回忆录》,很长一段时间西方学术界欲研究、理解晚清太后统治的历史现场还原,几乎是必要引用的资料。但是在一九七六年,有个叫特雷费-罗珀的家伙,出了一本《北京的隐士》,整个把已过世几十年的巴恪思的人格、著作,他所有作品的真实性,全打入地狱。包括那本神秘的"景善日记",也是伪造的。而特雷费-罗珀在书中,更提到巴恪思在临终前一年完成的自传体著作《往日已逝》与《太后与我》(就是我们手中那刚出炉的中译本),简直是伤风败俗之淫书,作为一个欧洲男同性恋,整本书巨细靡遗写他到了中国,在北京男妓馆和诸多中国男妓淫荡性爱的故事。更惊人的是,这本《太后与我》揭秘了巴恪思在三十多岁时,被秘宣进宫,成为慈禧太后的性宠物的往事,大量栩栩如生的细节。特雷费-罗珀以他在史学界的权威,将巴恪思和他的作品定调:"这轰动一时的自传,不过是一部色情小说而已。""无论文笔如何有才情,也无法掩盖这种病态的淫荡,它们不过是一个自闭的同性恋的淫秽想象,是他压抑扭曲的性欲的最后发泄"……

　　在四月香港黄梅天却不降雨的湿闷空气里，在那树影翻飞的茶餐厅外座，我们听着鲍朴先生剀切激愤地说着《北京的隐士》这本书，及巴恪思对中国学术所有的贡献，全被打成了疯子、同性恋、伪造的骗子，说实话当时我深感鲍朴先生以一种超过了出版者，而是着迷于历史研究或考据痴的激情，在向我们描述一个（像深海打捞的一艘封印了太多谜团之沉船）极复杂、裹胁了史料学术界的暗黑走廊、性别或政治正确主义、自传内容揭开一个太过巨大却鲜少同等级视镜证据以检验对照的幽秘世界（太后的性！），一个欧洲同性恋贵族对十九世纪末满洲人同性恋文明的自由之倾慕和考察；书中许多内容，如果为真，等于是清末几个重大悬案的翻案（包括光绪之死、慈禧之死），这种复杂的"描述、重新定位这本书"之激情，对我这样的门外汉来说，就像看着混天星斗听天文学家讲解各星团之生成、形态、结构、与我们之距离；或听高段棋士讲解一盘奇之又奇的棋局形势……我的解析程度只见一团紊乱。

　　我相信这是一本奇书。这些搞历史考据者的梦幻逸品。后来鲍朴先生起身向我们道歉，说另外和朋友有约，得先告辞，也许那边结束了，再过来和我们一起用餐。

　　接下来那两三小时吧，剩下我和江迅大哥，坐在那静巷茶餐应旁，各自翻看手上那本中文版《太后与我》。怎么说呢？我想我已有好多年不曾有类似经验：读了某一篇文章，进入那像藏密坛城一圈一圈幻梦中筑栈道将你渡引至另一个物理学、另一个时空重力、另一个繁花簇放完全不同瞳距或逻辑的奇异宇宙。等你的意识从书中拉回你置身的真实世界，你觉得"世界的光调被调暗了"，你脑核中的什么被这本书轰炸过了，类似某些吸毒者描述那难以言喻的，"像宇宙生成、演化论般的快转影片"，那种至福，目睹过天国景象，灵魂被灼伤的眼睛。几个小时后，鲍朴先生又回来和我们会面。我记得我（以一个初识者而言显得冒昧）眼神发直喉咙干涩地对他说：

"我没有资格和能力胡说此书是真是伪。但如果以博尔赫斯的维度，我觉得这本书是真的。对我而言，它作为史料的辩诬与可信度并不那么重要了。这是一本伟大的小说。如果全书是他瞎掰的，那这是一个伟大的小说家。"

巴恪思的文体，常有一种和我们想象中的清廷、慈禧、王公贵胄、群宦、戏子，这些金碧辉煌、东方主义，权威神秘却又淫秽的"全景幻灯"不一样的置入感：首先是他那像夏多布里昂《墓畔回忆录》般的浪漫主义回忆录风格，极度重视光和影对各篇故事的魔术效果。譬如有一章写他与太后游湖后正进行性爱密会时，另一对侍女与戏子在交欢中活活被雷电劈死，其风云变色、球形闪电的空阔与恐怖；或是太后诸人在宫中听术士以水晶球预卜未来的事件——就像丢勒（Durer）乐于描绘的画面：昏暗而神秘的灯光映出太后的轮廓。或如太后亲手镇压了一次宫廷内的流产政变……

你很难不被他强大的气氛烘染力、戏剧性的掌握，近乎电影的流畅、强烈风格运镜给颠倒迷惑。而他又不时加入一种离题的引语（掉书袋）或典故。然大部分是安提诺乌斯这样的罗马皇帝的漂亮情人、希腊神话、尼采、西塞罗、大仲马、莎士比亚，诸多欧洲经典之名句或人物名。那形成一种被视画面与回忆凝视者旁白的奇幻离异。他追忆的那些光怪陆离的幻灯画片，于是既宛如现场，却又有一种"想象性限制的漂离"。这时我们总被他的碎念唠叨提醒：这是一个七十多岁将死老人，不，孤独匿迹在大清覆灭后又过了三十年的北京城的，当年得太后临幸的"洋侯（猴）"，一个同性恋面对时光的唏嘘自语，甚至他在像昆虫学者般巨细靡遗精密记录那些十九世纪末北京的公侯贝子们和男妓们之间的各式"感官世界""索多玛一百二十天"之余，突然冒出一段感伤、典雅、充满哲思的诗句或摘句，会让读者觉得滑稽。

在这书中的慈禧就是称赞这"洋猴""机惊巧辩"，擅于阿谀、华丽辞藻、幽默风趣……那也同时形成这回忆录忏情体糅合的耽溺回望过去，但常又露出在华丽高蹈话语下的嘲谑鬼脸。

这种奇异的、形成一种阅读的貌似装腔作势，一本正经；却一转瞬变成嬉弄涎脸，"文学的打嗝"，一种西方爱掉书袋的"洋鬼子"同时是同性恋，却混进了习以为常，满洲贵族将蓄娈童、狎男娼仅视为一种特殊阶层层瓣复杂的昂贵娱乐，像耽于票戏、玩古董、养鸟养金鱼牡丹，这些极精致知识，品器，系统化了的游乐场域。

那种萨德侯爵[1]、波德莱尔式的"恶之华"，意识自己正渎神的激求与极限之疯魔追求，常常不见了。变成一种有奴仆，

---

1. 萨德侯爵（Marquis de Sade，1740—1814），十八世纪法国情欲文豪，长年遭监禁，作品均列禁书。著有《索多玛一百二十天》《美德的不幸》等。

有同好哥们，有实境空间摆设和魔术契约的游乐场（只要付钱，每一种色情都切割成可议价的定例消费），追求的极限光爆不见了，变成一种《海上花》式的嫖客（通常是王公贵族）间的社交；嫖客与男娼在床笫间听他们传递的皇亲八卦，主仆之间、仆佣之间的关系暗影、奉承、轻蔑、所属阶级的套式应酬语言，不会有踰矩或"超出的情感"。那形成一"命运交叉的城堡"——某一时代小说语言的语境搓牌洗牌与牌阵：只是它的场景是晚清北京的男妓馆、夜宴图、狂野之夜，成了无限交织的话语网络：西方式视觉的性、中国春宫画的阴暗狎昵、嫖客间的权力交涉与人际攀揉、传统艳词或戏曲爱情传承的陈腔滥调。譬如在《荣禄大人》这章，他一路从荣府大门往内走，像电影运镜穿过迷宫般的庭院，摆着嘴脸收"门赏"掂来客"知礼否"的门房仆役，穿廊入园，"微物之神"般的摄像之眼：

> 荣禄的书房里挂着太后手书的卷轴："国朝护卫"和皇上的"国家干城"。稍后他庆祝六十七岁生日之时，老佛爷赏赐了全盘玉笏。房子还有一座玉制"须弥山"，两个华丽的黄色雍正碗，一个郎窑瓶，许多商代青铜器。藏书主要是史部书籍，一套精美的明版《左传》上留有荣禄的评注……家具与房内装饰相谐，多为明紫檀；西墙是乾隆年间的挂毯"帝王狩猎图"，像由耶稣会士指导下织造的仿哥白林样式……我很喜欢另外一件出自皇室的礼物，按下一个按钮，钟内会出现一个穿凡尔赛宫廷服装戴假发

的玩偶，手持毛笔，在纸板上写出字形优美笔画准确的
"颂文华殿大学士寿若不老松"……我还注意到一件精致
的喀什地毯。京师的伊斯兰教团体将其送给荣禄，以感
谢他在拳民暴动中提供保护……侍者告诉我，那个刻工
精湛的黑檀木架全身衣镜也是老佛爷赏赐，是一七九三
年马戛尔尼爵士带到京师的"贡品"之一。此镜并未出
现在乔治三世送给中国皇帝的官方礼品清单之上，我猜
想，它是马戛尔尼爵士或其同行者乔治·斯当东爵士在广
州所得……

　　我大胆地说，如果是一位对清代宫廷或王府建筑摆设讲
究；或这些家具器皿背后的清代贵族审美趣味、藏在物件后
的宇宙观、华洋夹混的夸耀"世界"之交接证物，着迷、研
究、收藏者，读到这类段落，会像用鼻子品鉴葡萄酒真伪年份
的专家，略去那些重大悬案之版本争议，仅从这些本雅明式的
"物"的，层次翻涌的描述"灵光一现"，会叹气道："他写的
是真的。"

　　会面之后，荣禄对北京拳乱时期，清廷中枢的模糊两手策
略，对洋人的既愤怒又屈辱（后来又欢庆洋人承认慈禧在中国
境内不可替代的统治力），对太后的难以言喻之几十年前旧情
怅惘，与对当今太后内化之忠贞不贰的信臣之观看角度（包括
他数度提到李莲英，都是将之暗中插刀，似乎拳乱之形成，毓
贤在山西诛杀洋人，都与李有关）；他似乎在对巴恪思（这个
想象中会回去向他的同胞宣传的英国贵族）进行一场非正式的

外交演说，交代之前噩梦般的反文明，或成为国际蠢笑话的太后形象细微修正。但又是中国人所谓的权力密室层层心机、权力交涉的"交朋友"！如果只是一本情色追忆录的小说，其实过场无须进入这复杂的回路。这种能将回忆画面全景流动的光、晨曦、空气、草木翻涌的能力；能将夜暗鸾殿内的古董摆设，各有来历的字画、屏风、瓷花瓶、如意、灯盏全立体参差显影的复现视觉；男妓院间那些眼花缭乱的索多玛淫交的乱针刺绣的美丽少年；满清亲王贵族之间的同性恋性交，宫廷淑女和宠物狐狸之人兽恋……如福柯所说"以不同角度与更澄明光线瞥见所曾做之事"——譬如福柯引十七世纪委拉斯凯兹的油画《宫娥图》那介入光线、视觉从不可能中的交错建立，那总让人迷惑的光源或观看的发动点——巴恪思在这本《太后与我》（无论当它是回忆录或是一本不可能的"小说"），他展示了一种观看方式的无限丰饶，像夏多布里昂那样自然光照穿过了一个奇淫异想的褶曲时空黑洞——譬如李亦园曾提出所谓"文化中国"在日常生活上的"小宇宙"：一、某种程度的中国饮食习惯；二、中国式家庭伦理以及其延伸的人际行为准则；三、以命相与风水为主体的宇宙观——巴恪思展览的不仅是一个我们奇淫异想最极致的春宫镜箱："一个洋男同性恋者肏了老太后"，整幅视觉剧场我们意识到那正是整个大清朝（或传统中国封闭的文明秩序），正受到西方文化冲击摧毁，崩塌前最后的跳闪残余光焰。他和这个戏箱里的人偶们说着那些骈俪合宜、阳奉阴违、鞠躬作揖的世故话语。后台时或传来宫廷喋血（譬如最后的杀光绪）、革命党或拳党余众借虎神或蛇精要杀太后；或是道士神乩预卜着惘惘的威胁。隐喻中有隐喻，欢笑淫猥后面有哀愁的预感，或是依傍的这谈笑风生的孤寂女独裁者背后"一长串的死者名单"——那是一套何其繁复而高难度的观看方式。

这令我想起卡尔维诺在《如果在冬夜，一个旅人》中《月光映照的银杏叶地毯》，借着对如细雨纷飞的银杏叶片，一片、两片、三片、四片……"回旋的树叶随着数目的增加，与各片叶子呼应的感觉汇聚起来，产生一种类似一阵宁静雨一般的整体感觉。"这样地专注于捕捉叶子轮廓最细微的感觉，不与其他叶子的意象混淆的"将感觉孤立起来的能力"，在这篇小说中用来训练观察男主角和一对母女不同的性的遭遇，性的"极限激爽"背后牵涉的遗憾、嫉妒、斗争，以及一重重圈扩出去的人际阴谋和关系张力。但似乎在观看的特写上，我们跟随着小说家专注于"女儿颈子上的软毛"，"母亲那圈明显的乳晕，浓稠或细微颗粒，分布在中心向四周延展"，一种川端康成式的，新感觉派小说那近乎神经质的感性纤维和官能经验的显微放大。

小说的最后，卡尔维诺这样写道：

漫天纷飞的银杏叶片的秘密在于：在每一刻，每一片正在飘落的叶子，出现在不同的高度，视觉坐落的空洞无感空间便可以区分为一系列连续的平面，在每一平面，我们发现有一片叶子在旋转，且只有单独的一片。

　　事实是，我们在近一百年后翻读巴恪思笔下那个灭亡在即的紫禁城内，那个除了嗜权如命、残忍机警、变脸让大臣魄飞魂散的老太后慈禧，她的"另一个面相"——征逐声色、性欲高涨，在和这位小她三十多岁洋侯爵的性游戏中，展现了让现代的我们犹瞠目结舌、自惭无知的在性这个幽秘领域之丰饶、冒险和自由。我们无须重引萨德侯爵或普希金日记，来为"败德"或借色情逼视那"极限的光焰"重启一次无聊辩论。而是即使经过了整个二十世纪多少第一流小说家笔下的性（包括莫拉维亚的《色情故事》)，如今重看巴恪思笔下那个如林木翻涌、如漫天纷飞银杏叶的性的奇观布置和层层剥开的陌生经验，我觉得即使如特雷费-罗珀所言，这本《太后与我》中的色情回忆，仅是"一个疯子的淫思妄想"，但那就如同翁贝托·埃科在《波多里诺》中，借一个伟大的骗子创造了一个"不存在的东方贤士"："存在于尘世的物质和物质之间，或者超越我们所见的宇宙，被封闭在天体的巨大领域里，在这个真空当中可能还存在着其他的世界。"他创造了一个光华万丈、性感、粗鄙却又易感，天火雷电击下却面不改色的活生生的立体的慈禧。

　　她在他第一次以"性玩物"身份秘宣进宫，从原本的太后威仪与外国非正式使臣的对话，换挡成（即使李莲英让他服了媚药，并且繁复工序让他沐浴、擦香膏，但他还是忐忑畏惧）情侣裸裎的尴尬时刻，太后说的第一句话，竟是："霜重衾冷，盼一解寂寞。"她在《颐和园夜曲：麦瑟琳娜的游憩时光》这章，当着随侍的皇后和太监宫女，像私下比较的妇人探询巴恪思，维多利亚女王的私密恋史或和亲王的宫廷张力（如同她与光绪），在听了英女王虐待"现在的王后"之八卦时，转头对身旁光绪的皇后说：

"你听到了吗？皇后（有趣的是，老佛爷以皇后的头衔而非其名称呼她的儿媳妇）。我是否虐待过你？"

"从来没有，老佛爷，你对我比我亲娘还好。"

她对她未知的世界其实充满童稚的好奇，有一次，太后竟认真问巴恪思："请告诉我，如果火星人的飞船进攻中国，国际公法将如何应对？"

在《处置匿名信》这一章（我必须说，如果这是虚构，这简直是一篇让人折服的顶级短篇小说），巴恪思描述了一场流产宫廷政变的整个过程：之前山雨欲来、侦骑四出，以岑春煊为首的叛变集团（当然规模远无法和戊戌康梁政变相比）谋划将"毫无体统的太后与一名欧洲人私通，厚颜无耻地召上凤床，两人最暧昧之时当场捉拿"，顺势扶植光绪重掌政权。叛党方面有三十名刺客、有内线太监、有皇上已预备发布将太后赐帛自尽的檄文。而太后在这样的宫廷内部风暴中，展现的形貌是这样：她先下懿旨召这位洋情郎是夜入宫（按对手预谋的剧本走），遣词用句与从前不同："钦奉懿旨，着忠毅侯巴恪思立时入谒，有所垂问，并着携带关于宪政书籍数种。钦此。"于是这个夜晚成了太后（呈现了一种要诛杀对手前的亢奋和冷静）和这吓坏了而心神不宁的侯爵装模作样的宪法课。（这个夜晚的气氛光影、慌乱漫溢心绪，巴恪思真是写得太精彩了，此处无法摘引。）等那一刻来临，刺客们摸黑冲入鸾殿（"拿那两个色鬼；杀这个淫乱太后，揪走这个强奸的鬼子；大概他正在肏她！"）却中伏受逮，太后像舞台中央辉煌发光对着无数观众念出她那等了一晚的台词："我从不接见乌合之众，但是（此时所有灯大亮，卫兵冲了进来），我现命你们速速就捕，判你们在这皇宫院内，立毙杖下。"

此刻，当叛党首谋岑春煊犹不知败事而兴奋冲进来时，巴恪思这样描写慈禧：

> 我依礼下跪。太后望着他，面部神情我非常陌生，对于她精致的面容，我十分熟悉其变化，喜怒杂糅，恰似约书亚·雷诺兹爵士所画的大卫·加里克，描绘了这位伟大演员对矛盾冲突的展现。但我见过与此一模一样的表情……我去了内米湖，一名潜水者从其中一艘船上捞上来一尊小雕像，大概来自塔伦图姆或者南部意大利"伟大的希腊"时期的锡巴里斯（Sybaris），刻着"美杜莎"。我看见一名农妇虔诚地在这异教的石像前划着十字，"圣美杜莎"，她说道，将她归于天主教派！此刻老佛爷便是这样的形象，一向灵动热切的目光，此时变得冷漠严酷，执掌生杀予夺。

在这个绝对的男同性恋眼中，太后的身体在此处，不再是一个七十多岁老太太的身体，而是满室熠熠生辉，折藏了整个颓废却又文明帝国之浓缩隐喻，权力中枢的"极限的光"。那何其颠倒错乱，却又扯碎我们惯习的对于"性"的简单维度薄壳。

"年轻的洋人同性恋与老佛爷"，这原该是最变态三级片的梗，但在我们眼前展开的，却是一幅绝美、感官爆炸、所有物件皆飘浮松脱的诗意盎然的爱之太虚幻境。而这似乎是纳博科夫《洛丽塔》，或聚斯金德的《香水》，或博尔赫斯的《阿莱夫》，以让人眼瞎目盲的爆炸感官达到的——它们早已远远超过"精神病学的案例""艺术作品中赎罪的观点"，或"感官与美感之间的精确划分"，如"地下室的某处燃亮……在可企及远处的炽热，安静引爆"（纳博科夫语）——这个不可思议的慈禧，到了书的最末章《被玷污的陵墓》，竟让我们惊骇震撼地以这样的一段文字，同感于作者恐怖、哀悯，时光将一切吞噬的空无，但那后面又像烈焰中的金阁矗立无比辉煌的，他曾目睹经历的，如梦幻泡影，瞬间暴胀瞬即坍缩的宇宙，所有亭台楼阁、湖山画舫、女王的眷爱与威严……成为他自己一个人的，不为人知的秘密。

我们匆忙向前，不敢相信自己的眼睛。躺在我们眼前的，是统治中国近五十年的伟大的女君主，我的高雅的女主人……她乌黑闪亮的头发骇人地散乱着，面孔扭曲惨白，但是仍可辨认出熟悉的特征，和我二十年之前最后一次见到她一样；当时她穿着寿袍，她的嘴大张着，形成恐怖的笑容；眼睛半睁，蒙着浅黄的翳；胸口是无数可怕的黑点；身体扭曲；皮肤成了皮革或羊皮纸的颜色……她曾经美丽的私处如此神圣，此刻却蒙受大不敬，完全赤裸地暴露在我们面前。

　　在《魔鬼伏身的太监》这章前头，巴恪思放了一段"引子"，起首便引福楼拜的话：

　　　　当我写小说时，我想要描绘一种色彩，一种笔调。比如，在我的迦太基小说《萨朗波》中，我想写成紫色。在《包法利夫人》中，我唯一的念头就是情调，是一种像潮虫一样的陈旧色彩。历史，还有情节，我不在乎。

　　他夫子自道，简直就像这整本《太后与我》的钥匙与密码："我之所著并非韵文，亦非小说……但在接下来的章节（如同本书的所有章节），我始终想描述一种陈旧的笔调，潮虫在其间繁衍生殖。"

　　他引龚古尔兄弟之言："没有比自然天性更缺乏诗意的。正是人类将这所有的悲惨、功利和愤世嫉俗，披上一层面纱，使之显得崇高。"他引波德莱尔转而研究现实以外的反差；引福楼拜之言："似乎我们生前身后所遭的腐朽溃烂根本不够。生命本身就是腐朽，不停被侵蚀、次第交替……还有胼胝、自然界难闻的气息，各种分泌物各种滋味，都令人类呈现出如此兴奋的模样。但是，我们承认我们热爱这一切！我们热爱自己！"他引伏尔泰的《憨第德》，那荷马式的戏谑，但却给自己这书下一注脚："本书深受福楼拜而非伏尔泰之影响，尽是关于堕落人性，于常人难容，但绝非杜撰，皆为事实。"

　　这样看似前后颠倒，在一番"潮虫一样的陈旧色彩"的"艺术家写作的目的就是为了让后人质疑自己的存在"（近乎曹雪芹的"满纸荒唐言"的虚虚实实映照布置），但层层玻璃盏复叶之下，巴恪思仍像他在和太后对话时，看似平庸堆砌之华丽高蹈虚词后面，常是最世故狡黠的浮浪子的谑笑与胆小。一种烟熏灯罩后面的摇晃烛光，那个烛光，巴恪思颠三倒四在前言、文中、结尾不断信誓旦旦坚持，"所写全是真实"（使之成为忏情录而非"小说"），那个"照见潮虫陈旧色彩"的光，库切在《耻》中，有一段写华茨华斯的"感官的有限"："当感官达到其能力的极限，光就开始熄灭。但在熄灭的那一刹那，又像烛光一样，发出最后的闪亮，让我们瞥见那不可见的事物……能够激醒或活化深埋在记忆之土中的意念的，不是那隐藏在云中的纯粹意念，也不是咄咄逼人而后令人失望的、如实陈裸的视觉意象，而是那尽量任其流变的感官意象。"

　　这或即是本书中译本所书"黍离之悲"。悲在哪？一如读《红楼梦》或《海上花》终卷而难有不悲不能抑者，非为那烛光的黯灭，而是黯灭前那"潮虫般"，历历如绘、欢笑宴语、繁华美景，或淫荡妖冶的一幕幕叠影刹那重现。

时光踟蹰

　　一个试图构造自我的人是在扮演造物者，这是一个观点：他违反自然，是个渎神者，令人厌恶到极点的人。从另外一个角度，你可以看出他的悲情，他奋斗过程、冒险意愿中的英雄精神：不是所有的突变者都能够存活。或者从社会政治的角度来看：大部分移民都学会、也能够变化成伪装。我们自身以虚假的陈述来反制外人为我们捏造的假象，为了安全理由而隐藏我们秘密的自我。

　　　　　　　　　　　　　　——鲁西迪《魔鬼诗篇》

　　当我再看一眼他房里的情形时，我的眼珠就好似玻璃珠球做成的假眼一般失去了动的能力，我呆呆地站在那儿，眼看着一道黑光像疾风扫过般横过我面前，我想我又做错了。我可以感觉这一道黑光穿过了我的未来，在这一瞬间笼罩着我面前的生涯，我禁不住开始发抖。

——夏目漱石《心镜》[1]

邱妙津于一九九五年于巴黎的留学生宿舍自杀，使用非常激烈的方式，到了一九九六年，她的遗书《蒙马特遗书》出版。那像是深海下面一座火山的爆发且瞬间将自己吞噬进一个既坍缩（因为死亡将绝对时间吞噬而去），却又暴胀的宇宙（透过这本应在决定自死之前一段时间，以一封一封体例严谨分章节的"遗书体"，像巴洛克音乐赋格展示一个青年艺术家关于爱、艺术、伤害、纯粹或是对创作的意志之星空描图……）。那出自一个二十六岁，挟带了九〇年代台湾文学精英（她且较同辈早慧）的"现代艺术文学之创作（而非改良）刍议"。

一本始终在"遗书/小说"之暧昧边界被阅读，然其实其想象、描绘这个带给"我"至福、玷辱、美感、憧憬或暴力的世界缩图或常借喻小说：尽可能地西方二十世纪现代主义小说经典或日本战后小说；存在主义；两次欧战造成的文明崩坏、恐怖地狱场景；一种时间的压缩、爆炸；乃至文体的高蹈、激烈扭曲、追求极限光焰……背后却难以回到古典时光的和谐、秩序、教养。有一些或当时台北这些年轻创作者知其然不知其所以然的共享书单与关键字：卡夫卡的《城堡》、加缪的《异乡人》与《西西弗斯的神话》、福克纳的《喧哗与骚动》、杜拉斯、尼采、克尔凯郭尔、海德格尔、弗洛伊德……昆德拉的

1.《こころ》，亦译为《心》。

《生命中不能承受之轻》、拉丁美洲魔幻小说家群（略萨、马尔克斯、鲁尔福、卡洛斯·富恩特斯）；日本小说家则是似乎大家熟悉的川端、三岛（尤其是"焚烧的金阁"）、太宰治、安部公房，某些内向世代小说，乃至其时刚译介到台湾的村上春树《挪威的森林》……电影则如她书上激昂提出的：法国新浪潮电影如杜尔福、戈达尔、雷乃这些名字；伯格曼、小津安二郎、布雷松、塔可夫斯基、基耶斯洛夫斯基，或她钟爱的希腊导演安哲罗普洛斯……

　　另一个意义，因为她女同志（拉子，Lesbian）的身份，在台湾九〇年代刚"解严"身份认同从潘多拉盒子般禁锢、压抑的白色恐怖（同时形构一个"安全、去异存同的想象群体"）释放出来，同志运动、论述与社群方兴未艾，她等于是第一本宣示其拉子身份但以如此决绝激烈的形式，毁坏自我的生命，却喷吐出那样曝光爆闪后停格的一张二十六岁画像。一部像金阁那样繁华瑰丽妖幻如梦的建筑，却"必须"放把大火烧掉它。

　　《蒙马特遗书》在台湾，几乎已是女同志人人必读的经典，甚至可能几个世代（至今二十年了）拉子圈的"圣经"。也许可以说，它是像一辆被现代性高速车祸压挤、扭曲、金属车壳焊烈、玻璃碎洒、龙骨在烈焰焚烧后仍显现强韧结构的，女同志版的《少年维特的烦恼》，但我们这样比拟之时，其实是目睹一"将现代性精神之景致嵌进车子里"（纳博科夫语）的现代跑车——仪表板刻度和车顶钣金倒映着二十世纪人类文明已将人类自己惊吓战栗的集中营、大屠杀、荒原、废墟、自我怪物化、荒谬、梦的解析甚至媚俗——那样在我们眼前撞进一"黄金誓盟""爱的高贵与纯粹""一个美好的成人生活"，剧烈爆炸，车毁人亡。

如今我已四十五岁（二○一二），距我和邱妙津相识，或我们那么年轻（而两眼发光、头顶长角），几次争辩但又同侪友好，脚朝上踮想象可以、"应该"写出怎样怎样的小说，已经二十年了。我仍在不同时期，遇见那些小我五岁、十岁、十五岁、二十岁的拉子（通常是一些像她，有着黄金灵魂，却为自己的爱欲认同而痛苦的 T 们），仍和我虔诚地谈论邱妙津，谈论《蒙马特遗书》，我感觉她已成为台湾女同志"拉子共和国"、某张隐秘时光货币上的一幅肖像。《蒙马特遗书》已不只是邱妙津自己的创作资产，它像《红楼梦》、莎翁的戏剧，成为台湾拉子世界那极域之梦，浓缩隐喻——像赫拉巴尔的《过于喧嚣的孤独》将一整座城市的文明、辉煌、羞辱、记忆、错乱的认同，全打压挤成地底一位"打包废书工"的呓语之中——她们在主流异性恋社会中的"他人眼神建构之怪物化"；在爱情关系的另一星球重力里孤独承受的被背叛、遗弃、玷辱；她们如何重绘自己的"黄金之爱"、疯狂，常比一般人更艰难去实践的"天使热爱的生活"……

这部分我无资格多说，事实上我在二○○一年以邱妙津自杀为对象，意图展开"小说之于自杀之黑洞的辩证"的作品《遗悲怀》，在当时激怒台湾许多女同志社群。即因我作为现实里"正常世界"的男异性恋者，我想撬开那遗书裹胁，将所有生之意义吞噬而去的死亡锁柜。

有一次和梁文道先生聊到"中国小说中的'青年性'"，我如同梦游般地在脑中穿过那些鲁迅酒楼上、张爱玲黯黑大宅里（充满老妈妈们耳语的，影影幢幢，家族如今猥亵破败的昔日荣光，鸦片膏或堂子继母身上的腻香）、沈从文的河流运镜，或郁达夫的性的南方郁疾……我说：我感觉中国小说里没有"青年的形象"，只有老人和小孩；特别是小孩，全是一些把头埋在自己怀里，蜷缩成一团的，卵壳里的"少年"（或"孩童"）形象，还来不及孵化便孱弱地死了。

梁文道君指出我这印象派式的谬误，他举证了许多共和国经典小说的"青年形象"。譬如伤痕文学及寻根派里那些青年。

小孩。侏儒。恶童或痴儿。（譬如莫言的《蛙》或《生死疲劳》这样的时空巨幅展演"流浪汉传奇"，如格拉斯的《铁皮鼓》与《痴儿西木传》、鲁西迪的《摩尔人的最后叹息》、哈谢克的《好兵帅克历险记》、匈牙利女作家雅哥塔·克里斯多夫的《恶童三部曲》。）一种灵魂尚未完全坐落进整幅"某个时代全景疯狂"的成人群体中的孩童观看之眼。

其实我想到的是，在台湾，非常迷惑的，回首才发现的，九〇年代，我同辈一整批的创作伙伴。譬如邱妙津（她的第一本小说是近乎习作的《鬼的狂欢》），或是几年后走上自死之路的袁哲生与黄国峻。

袁哲生的成名作包括《送行》（在火车到达月台时车厢内几组人物的并不形成"故事"必然性的近乎炭笔素描）、《秀才的手表》。黄国峻，则是像法国新小说，一个房间密室里空镜头的堆叠书柜、窗帘或玻璃的光彩稀薄的人物的回忆碎片。一种粘着在客物上的忧悒、尖叫前的寂静而非任何叙事者的心理分析式陈述。

或是香港董启章的《安卓珍尼》（他是在台湾的文学奖夺奖而引起注视），叙事声音的阴性性别乃至人格分裂，背景延展一种人类历史已远离的"物种起源"的异质、淡漠"女孩脱离父系秩序（社会伦理的性别暴力）飘浮成独立的阴性文明史"。赖香吟的《雾中风景》，受创的画面，安哲罗普洛斯式的，人在其中何其渺小的孤寂荒原。最后一个说话者，或是马华小说代表人物黄锦树的《鱼骸》（其实他要到几年后的《刻背》这部骇人的小说才真正处理，"一部离散的南方华人流浪者之歌：文体即魂体"，一如犹太人上千年的意第绪秘传怪诞，要求后辈记得的"时间意义上已灭族"，无文学史可框格摆放的，背了太多代故事的少年）。

或是我在二十五六岁间的处女作《手枪王》里的一些被贴上"后设小说"的，面目模糊、流离失所、断肢残骸的变态少年。

还有成英姝的《公主彻夜未眠》，里头那些在不同短篇章节，如在一个共同梦境迷宫不同房间各自游晃，偶遇时不知前头什么事已发生过的贝克特式人物。或是颜忠贤的《老天使俱乐部》，不是《哈扎尔辞典》体，不是昆德拉的《误解小辞典》，而是像编纂一本虚空中不存在的"老天使学"（在还没有日本动漫《火影忍者》的年代之前），他使用这样像一本一人杂志不同作者（建筑师、伪电影导演、伪诗人、伪记者……）以唐卡形式层层编织这样一本"老天使们的前传"。

　　那于我是一个，同伴们（大约都二十六、二十七、二十八岁）如整群白鸟在一种对小说冒险充满远眺激情的于蓝天飞翔的整幅记忆画面。我们后来被称为"内向世代"。似乎这批台湾六〇后的年轻小说家群，在政治"解严"、文化的现实位标因媒体开放，因汹涌窜出的专家语言而立体纵深。年轻的小说家们已到了台湾现代小说语言实验的第三代了（在我们前代的张大春、朱天文、朱天心、李永平、张贵兴、李渝、舞鹤……），他们的作品，似乎已将中文现代主义的语言实验，推到一个成熟且贪婪连接上卡尔维诺、博尔赫斯、埃科……这些如万花筒如迷宫，小说如连接世界不同语境之观看方法论的"大航海时代"，你可以透过小说的虚构、赋格、飞行设计图或类似一座大教堂的繁丽建筑，出航到人类心灵海洋的任何百慕大，捕捞任何一迷踪、裹胁了神秘、失落存在意义的白鲸。

　　问题是，回头观看当时的我们，这批处于九〇年代台湾六〇后的年轻小说家群，你会发现，他们动员了更精微的显影术，更微物之神的静室里的时光踟蹰，更敏感的纤毛和触须……却都像是如此专注却又无能为力地想探勘"我是谁"——那个大历史图卷已无法激起说故事热情；"我"，像被摘掉耳朵半规管的医学院实验课的鸽子。那样的自画像，通常已是一张残缺的脸。

　　这是我在时移事往，二十年后，邱妙津的《蒙马特遗书》在北京出版，我想提醒此间读者的。它并非一本孤立之书，或仅仅再复制一次，"女同志的少年维特的烦恼"。

　　我非常恐惧那样如极限光焰将一切黯灭的黑暗般，全吞噬进一"遗书"（遗体）的诗语言的辉煌和表面上的惊骇与肃穆。事实上，从邱妙津开始，到黄国峻、到袁哲生……像一只一只同伴白鸟的陨灭，他们以自杀裹胁而去的巨大冰冷、空无之感，在事件刚发生如此贴近的我那一辈刚要跨过三十岁，将小说作为辩证世界、其命运交织、杂驳无限本质的"方法论"（卡尔维诺所言），他们确实强迫我们将正活着（且其实才刚要进入创作上稍微能理解、掌握的时期）的时光，全歪斜、死灰成"余生"。那似乎取消了你必须像赤足踩入黑夜水池哆嗦感受其寒冷的，卑微地活着，继续在时光的长河中观察其实黄金誓盟之爱如何腐蚀；持续地衰老，进入一种社会网络的男女关系、经济关系，或慢速一如卡夫卡城堡的医疗体系的死生关系。那似乎取消了（作为一个小说家）你必须有足够时间展幅以理解、观看，才得以百感交集体会的"全景幻灯"：文明如何堕坏、人类存在处境有时可以流放在怎样野蛮不幸之境；或如库切的《耻》或纳博科夫，那极限光焰，光黯灭前必须去交换的，时光烂叶堆中，你屈辱活着的时光。

　　也许，这样的一本遗书，它或如顾城（《英儿》），或是三岛，是某个辉煌心智激情，如一座以将之存有消灭为交换，使之强光爆闪（我们脑额叶中永远的印记？）的"宇宙精神之预言"（譬如火烧金阁）那样永远放逐时光之外的坛城？

　　时隔近二十年，我重读《蒙马特遗书》，还是每一小章皆无法卒读，巨大悲伤充满胸臆。我还是不断为她那私密（但其实是作为一"预知死亡纪事"的，如太宰治《人间失格》，如克尔凯郭尔《诱惑者日记》，有一想象性"小说读者"如你我的"遗书"——它不是一严格要求烧毁，而是在一死之换日线的默许下将被出版的创作）的冥想、"命运之奥秘"、关于"灵魂"、关于"被爱欲"、关于"玷污"、关于"背叛"……我仍旧在掩卷之余，心绪翻涌，脑海和虚空中的，似乎永恒停在二十六岁的这位作者，进行一种死神笔记本式、误解小辞典式、赫拉克利特河床式的喃喃自语辩证……

《蒙马特遗书》确实像一枚被这位有着灵魂核子当量的女同作家封印如《盗梦空间》或《源代码》这两部借用量子宇宙（或博尔赫斯擅长的《环形废墟》或《小径分岔的花园》）那样一颗"微型黑洞炸弹"（刘慈欣科幻小说中的发明）：你一开启它，无论你处在怎样的真实语境里（一九九六年的台北，或二〇一二年的北京，或你是不是拉子？或你置身在跟书中世界何其遥远的微博话语），它都能逼使你原本立身其中的这无比真实的世界，被她的黄金纯粹的这样"爱"的高贵绝望铭刻字句（或朝向这种高贵天空之城、踮起脚尖、扑打翅翼、渴欲升空的姿势），将你的真实时间液化、整片萎白死灰，成为丑瘪皮囊，成为飓风中整条街皆粉碎的马康多镇。那似乎像一不断重返"死亡之前最后时刻"的回路。你不断重新鉴视、查看那死亡密室的"箱里的造景"，"到底怎么回事？"坏毁的脸是在怎样的"爱的强大描述之光照"下，一笔一笔刷上阴影？那将使我们合上书后，恐惧、哆嗦，心脏宛如宇宙瞬爆，哀悯、净化，甚至羞愧。不是为多年前她早已发生

的这个"自杀-遗书"的陨灭与存有的白银坛城，而是为我们
没有对抗虚无、对抗媚俗，不愿意在屈辱和剥夺后相信自己
是不该被羞辱和剥夺的，在浑浑噩噩的时光泥河中这样继续
活着。

二〇一二年简体版《蒙马特遗书》出版纪念专文

Un Momento

陈绮贞的笔触，充满一种"颜色在它们本然的视觉，尚未晕染淹开"的状态。

很怪，很像在讲《周易》乾卦的卦辞：

"元者善之长也，亨者嘉之会也，

利者义之和也，贞者事之干也。"

万事万物都在一初始萌芽状态，仿佛梦中将醒未醒之际。譬如她在哈瓦那给那些老人，用拍立得拍照。当他们拿着尚未显影浮出的底片，焦虑疑惑时，她用西班牙话安抚说：

"Un Momento"（等一下）。

这个"等一下"，那个"生命的影像会在细索无声的流动后，浮现出来"的时间差，好像是陈绮贞的文字，乃至她创作的歌词，那在画面本身轻轻摇晃一下，给人拖曳出来，多出来的晕影，叹息之感。

那是什么？乍看（乍听）是用色简单的：爱情，祝福，怀念，遗憾，让开来在主旋律外的小步舞曲，触摸着贴满墙的人像照片每一张脸都隐藏一段难以言喻悲不能抑的故事，但其实生命是这么流瞬变易，命运交织，百感交集。

　　如果，这观看的眼睛，像那张"Un Momento"的拍立得底片，将我们这个，后来像颜料桶全打翻、混淆、漩涡快转、尖叫激切的世界，收摄停顿在初始未发，"感情的种子状态"，将要萌发前（或初初萌发之瞬），那种透明状态，"哀矜而勿喜"，很奇妙的，它们便成为这个老昆德拉说的，沉重的、下坠的、黑暗、粗俗、寒冷……将我们压到崩塌、沉没的，不能承受之重的"受创的世界"，或永劫回归的历史的暴行和恶，那之上轻盈、飞翔的疗愈和修补精灵。这样的持续创作，并非只是如我们印象派式的"上帝离心旋转机器"：美好的光和天使飘浮到上方；丑怪的、重金属机械，或魔鬼则如锅渣沉淀于下方。它反而成为一种"生活在他方"的，每一次出发：没有一种经验、没有一种情感，是该被这个已纠结扭曲如发电缆团的世界，所挟持裹胁，它该展开的旅程。

　　流浪。流浪的途中谈别人创作的歌。那像是波拉尼奥在《2666》中，写一个离家出走的妻子，"不在场"，但她在哪些地方做些什么呢？她眼睛看见了什么？她遇到了哪些人？和他们做些什么？那个丈夫这样想象着：

　　　　……劳拉这个形象陪伴了他好几年的时间，仿佛从冰冷的海水里轰然冒出的记忆，尽管他并没有真的看见什么，因此也不可能记得什么，只记得她在街上的身影，那是路灯在邻居家墙壁上照射的结果；再有就是做梦，他梦见劳拉沿着坚古卡特出来的公路逐渐走远，她走在铺路上，只有为了节省时间、躲避收费高速公路的车辆才走的道路，由于肩扛行李箱，她有些驼背、无畏地走在马路边缘。

回到那个"变易"初始的，一切旅行、一切流浪、一切离散还未启动的初萌时光。

> 撑住我　落叶离开后频频回头
> 撑住我　止不住的坠落
> 撑住我　让我真正停留
>
> ——陈绮贞《流浪者之歌》

它像是村上《世界尽头与冷酷仙境》，那图书馆地下室，一枚一枚吃了人类全体颠倒妄想梦境之兽，死后的头骨，而那眼瞳被割开的主人公（职业叫"梦读"）所做的，不过就是抚摸那些头骨，将那些曾被吞食、混淆在一起的梦之颜料，释放出来，成为飘浮空中的小荧光点。

我们觉得她（陈绮贞，或她的歌）好像在不断离开到远方，但又说不出的那些像是她从那些流浪途中传回的模糊影像（我们想象的）、她的干净的歌，那像是我们这个时代的安魂曲：诸般不辨来时路、纠缠挤压、原来如青叶瀑布初心良善的，后来不知为何过去未来缚绑在一起，成为怨憎对、求不得、爱别离、宝变为石、一只一只流着污浊泪水的伤口……陈绮贞的歌便像那旋转颠倒梦境之释放栓钮的温柔的手指，"撑住"或"初萌"，一条延展到"即使只要出发的梦想"，夜间发着光的异国公路的颠晃吉普赛。

　　我们会想：那是怎样的一种"灵魂滤筛处理器"呢？那是怎样一座无人知晓自动洒水的秘密花园呢？她如何能像蜂鸟翅翼，将这一整代人梦中的冷酷仙境，不能承受之疲惫和沉重，过渡到一个无比轻盈的、两脚踮起的飞行时光呢？

　　其实"轻盈"和"流浪在他方"，似乎是陈绮贞的歌（她的空灵疗愈为美声、她自己创作的歌词、那些她拨着吉他和弦的曲、或形成故事暗示的这些歌的 MV）模模糊糊给人的印象。但这本书里的陈绮贞，你发现在歌声之外的意念，像《巫士唐望的世界》那书里曾说，某些印第安女猎人，可以穿越时间的间隔，"她们捧起一握水，用手指弹射出去，那些次第消失的水花在她们的意念中，被冻结成一根根延伸细长、丝绸般的银线。然后她们抓着这些银线攀爬山岩。"疗愈的力量在这些地方秘密发动着、编织着、延伸着：譬如她写到《下雨天愉快》，写着："这些软弱的雨也是有始有终的，在天空一定有一个起始点，从那里开始，大家决定好要一起坠落，不管最后谁会先停止……如果这种雨是一种哭泣，铁定会让爱人完全丧失耐心，彻底的阴霾封锁天空……这眼泪多到让我的快乐显得无情残忍。"

　　这写得多么的好。一种泡水后"可以膨胀到它本来的好几倍"的湿雨中所有微细之物的膨胀晕湿感，却能在这些

"字的雨丝之银线"延展中，成为"收藏且带着旅行的记忆"和"旅行中经历的雨不是这样的"，那些雨"好像游行队伍，突然在你家门口敲锣打鼓，你才从衣衫不整中意识过来，想探头看看，结果只看到他们越走越远的背影"（这真是写得惊人的好）……

旅次中曾经一瞥而逝的印象，或旅途的放空颠荡中怀念起自己其实微细隐藏，有时间、身世的那个城，那个"日常"它们互相成为悬念、怀念、残念，也同时在那样移形换场景的，充满蒙太奇的镜头对调，让阅读者感受到一种灵动的、柔软的、充满同理心的"让眼球转动的小肌肉"。即：她观看世界的方式。"你是宇宙里的一个偶然，这个偶然如此珍贵，因为你能感觉。"

她小时候曾经暗下心愿，"以后一定要坐遍所有公车，环游所有世界"，而"高一的我每天花四个多小时搭公车，从北边的芦洲一直到南边的木栅，漫长地耗尽了我一整年的青春。在公车上整日幻想坐飞机四处旅行一定好过困在台北的车阵里"；她在租屋里想象着屋子的主人，在她的时光之屋里，怎样的生活，感受那些气味她像我们的张爱玲和赫拉巴尔，着迷于市声、空气中的油烟气、早餐店的犹在梦中的人影；她对被拔掉的智齿、旧照片、武侠小说、陪爱打麻将的外婆，上小学夜间部唱《往事只能回味》、马克·吐温的《哈克流浪记》那河流冒险之梦……

对了，我不止一次，和不同年龄层的哥们——有像我这样的中年大叔；有咖啡屋的气质女吧台；有二十出头的小文青——偶然一听他们说起陈绮贞，他们总说："我的陈绮贞"，好像哥伦比亚人昵称马尔克斯："我们的 Gabo"；或意大利人昵称当年他们的小马尾足球先生巴乔："我们的 Roby"。似乎她的歌替许多人守护着一个纯净、款款摇晃的透明薄光所在；似乎许多人都曾在某个时光，欠过她一个像整幅星空忍住眼泪、直到一颗流星划过，那样的疗愈。打开这本书你发觉她的魔术或就在，那让世界"等一下"，Un Momento，疑惑中相信，悲伤中微笑，看似柔弱却从不犹豫伸出坚定的手，朝远方出发的同时却无比珍惜沙钟里每粒昔时时光的沙粒——于是，那个"世界本然，比较美丽，比较透明一点点的形貌"，就从我们眼前显影浮现。

永劫回归

　　如众所熟知，卡尔维诺在《如果在冬夜，一个旅人》里，那些仿谲兼致敬的残断章节，华丽炫耀又虚无地张展着二十世纪一些与"小说"连接的伟大名字与他们被称颂的小说技法（美学？）所必然面对的叙事困境（如乔伊斯那无止境的支离破碎和庞大细节，博尔赫斯式的无限在镜面内繁衍复制的迷宫森林；或鲁尔福、马尔克斯式的可虚拟现实鬼魂与仇家身世而纠缠不清的家族恩仇录；甚至川端神经质的印象派点描时间门或旧时的传统推理剧之疑点造境）。在这些把"当代小说作为百科全书，作为一知识方法、最重要的，当作一网路，连接世界的人、事、物"的"小说技术之熵秀"的综艺百科里，唯独一章他另做处理（或无能力以此残断章节之剖切面仿拟）。即这位植物学家之子在他的《我们的祖先》三部曲一书序中开头即与小说（novel）为之区隔的罗曼史（romance）。

　　如果当代小说所繁衍而出的诸多技法，只为了逐步揭露小说这文类密藏其最内房间的最后一组等候被启动的自毁程序（如《如果在冬夜，一个旅人》这书里干的好事），那么我以为《命运交织的城堡》[1]则是更早一步，将中古传奇（骑士传奇或宫廷传奇）里之文字的、寓言的、意象的和神秘的关键功能，试刀那样地将之繁衍，在随机重组中列举其类型，而在这牌谜似的自动回馈的"罗曼史"机械性生产的庞大荒谬里，将说故事这件事后面的——动机，或神话学框架，给这一文类在其臻于完美时宣告灭绝之线性函数。

（一）"进入"的幻术：或许我们该自皮兰德娄的《六个寻找剧作家的角色》讲起。也许我们老生常谈又提起老布莱希特热情洋溢描述的那个在表演当下，即自由进入并离异，中国剧场。在进入之前，演员只是一些彩脸戏服却俚语抽烟的后台粗野之人；角色只是一堆控绳散落的傀儡。也许多同巴特说："摔角不是运动而是表演"；"在剧场里，每个实体都尽情地表现出已指定给参赛者的角色。"二十二张大阿尔卡那加上五十六张小阿尔卡那，在牌的启动之前，所有关于命运的演义式训谕皆平摘静蛰不动，似乎是叠可任意搓洗的中性之牌。一旦启动，它成上座城堡里萍水相逢的旅伴们交换经历的一则则忏情录或冒险传奇；或是一家酒馆里失语症的一群人借以表述自己身世的道具。

（二）如前所述，我们或可如此猜想"命"书其实又不是一本小说。它或者是一"罗曼史叙说故事功能的宿命性本质"

---

1. 大陆版本译名为《命运交叉的城堡》。

的表演。一组被指定了象征角（常分裂为正反不同喻义的大阿尔卡那）的表述符号系统（如博尔赫斯的小说《博闻强记的富内斯》里，设计出一套独创的计数系统：用"铁路"代表七千零十三，用"玛西墨·斐雯斯"代替七千零十四，用"硫黄""绳""鲸""瓦斯""奥古斯汀"代表各自不同的数字），或是这套计数系统套入有限记忆里的几组神话原典。（老卡在后记说的："我惦记对莎士比亚的哈姆雷特、麦克白和李尔王的仿作；我不想失去浮士德、珀瑟瓦、伊底帕斯，和许多其他眼见在塔罗牌中浮现与消失的著名故事……"的大代数运算。）我们的欢悦不在森林中被强奸的王后的内心景观，或死神突然出现一切曝白的那个中世纪午后街景，我们总在前瞻后顾一路迷失犹努力记住两组符号系统在交涉而相互淹没之前，原先的设定。后来你发现这卡尔维诺根本是个骗子（或是个疯子）！

你发现同一张"恶魔"牌在"出卖灵魂的炼金术士"里是与浮士德对峙的那个恶魔，在"被诅咒的新娘"里则是森林中的蝇王；你发现"杯王牌"竟可用为描绘一座有许多高塔、花圃、大树枝丫的城市方可象徵一场贪婪与纵欲的酒宴；"世界"在这个故事的关键出处代表着在逃亡者面前开展出的道路，到了下一个故事却定格着一出一个女孩将她丰腴的胴体在一场欢爱之舞里献出的画面，而"恶魔"牌与"世界"牌在另一个故事相遇，则变成一场邪恶仪式的两个版本，或是"一位暗夜密教的地下老手，以粗糙线条描绘恶灵，嘲弄对驱魔师和审判者的视而不见"……

巴特式的延伸义的符征堆盛之舞，作为"标的物"（袁琼琼序）的任意变形，随波逐流，使愿意相信那每一序列的故事为真的读者，在入戏的恍惚之际不情愿地惊醒，使你想起这只是一座按着梦幻中的游乐园草图盖成的百科全书、一座图书馆……

（三）在前半部的"城堡"部分，平摊在桌上的塔罗牌（不知是真是假？卡尔维诺说恰好这一版的版面画作遗失了"恶魔"与"塔"这两张），环绕其牌形上下左右的十二张牌恰可成为交织在这城堡中的十二个故事的入口，恰也是十个说故事人捡来代表"我"的言说起点。它们水平垂直地相互穿梭。在卡尔维诺丰沛似真的中世纪传奇的叙事景框和某些衔接处的"硬掰天才"的表演下，每个说故事者的瑰魅身世全相濡以沫地依傍交织在一个定死的牌里。到了"酒馆"中线性延伸的线索则按着不规则的轮廓爬走，在牌形的中心地带重叠。卡尔维诺亦指出"城堡"到"酒馆"的牌形设计，暗示了中世纪与文艺复兴两种不同时期的罗曼史之内在叙事结构的繁简差异。按此顺推，卡尔维诺的塔罗牌可否顺文学史之序，将十九世纪以降乃至二十世纪的"说故事"剖面图纳入牌形？他的后文提到没完成的"命运交织的汽车旅馆"，并提到："于是我耗费终日，分割与重整我的拼图；我为游戏发明新规则，画出数以百计的牌形，方形、偏菱形、星形……（甚至它们登上三度空间，变成了立方体、多面体），连我自己都迷失了。"于是又有了《如果在冬夜，一个旅人》，卡尔维诺总让我们这些有幸与他同时代（或稍稍晚来几年）的一代人，有着一种（如同对乔登般）感恩、侥幸又迷惘的情感。

死亡百科全书

　　我将《百年孤寂》[1]比拟为一本死亡百科全书，因为书中角色以各种如梦似幻的方式接连死去，譬如老邦迪亚的死亡——他老年患有阿尔茨海默失忆症，每到晚上就梦见自己打开一个个陈设尽皆相同的房间，摆设、圣母画像、床架全部一模一样。然后他会在最后某个房间碰到以前不小心用长矛杀死的朋友，当鬼魂拍拍他的肩头说："该回来了。"他就会如同退回一节节车厢般，回到现实的意识当中。有一天这个朋友的鬼魂却反常在中间的房间就现身叫住他，隔天大家便发现老邦迪亚在树下过世。

　　对照来看邦迪亚在十三章的死亡，或许是所有角色中最令人黯然神伤的。在前几个章节那飞扬跋扈的邦迪亚上校，发

1.《百年孤寂》，大陆通译《百年孤独》。本书使用之《百年孤独》人名、地名均为台湾志文版译名。

动了三十二场战争、有十七个私生子，但他永远孤独，并被政权军队哄骗，晚年躲在他爸爸老朋友梅尔魁德斯的实验室里面制作小金鱼饰品。就像是《没有人给他写信的上校》一样，老将军面对衰败的结尾，仅剩虚无、沮丧，连怀念的感觉都没有了。死去之前，他跟大家一起看马康多大街上热闹的马戏团游行，当队伍走完，街道只剩下漫天沙尘荒芜，这群人好像被虚无的漩涡卷入于荒漠。邦迪亚突然想小便，便走回平常待的那棵大树，但却忘了自己要干什么，隔天大家才发现秃鹰在他的尸体上盘旋。而他死去后，这部小说的核心时钟也开始朝向死亡的方向收尾。

终身被忌妒焚烧的阿玛兰姐，在十四章的死亡场景也是一场魔幻、抒情又美丽的死亡描写——某日长发飘逸的美丽死神身着蓝色洋装降临，要求阿玛兰姐即刻开始替自己缝制寿衣，完成的那日她便将平静死去。阿玛兰姐想尽办法拖延，却在过程中渐渐跟生命中过往那些伤害达成和解。于是她向全村诏告自己的死亡之日，允诺帮大家带信件去给已故的亲人。

本书中当然有孤寂的元素，但最幽微复杂的议题则是关于"种的乱伦"的焦虑。这种焦虑来自拉丁美洲四百年来的被殖民历史与文化认同问题，台湾的历史在这方面亦有所呼应。其中书中有个角色菲南姐，马尔克斯写得非常美，他写她"是一个在世间迷失方向的人"，她来自一座阴森森的城市，在鬼影幢幢的夜晚中，马车仍会轰隆轰隆经过铺着鹅卵石的道路，在墓碑形状的石板庭院里面，菲南姐永远看不到外面的阳光，却总是听见邻居家传来有条不紊的钢琴声。菲南姐从小被关在这样的屋子中，用印着家徽的夜壶上厕所，学习拉丁诗、跟教皇谈上帝的事，与贵族谈论世界局势，她接受女王的教育，但其实每天都在家中编织葬礼花圈，过着坏毁的生活。当菲南妲嫁入邦迪亚家，是一个相对于邦迪亚家自由废柴气氛的一个反向角色，她带来古老的教养，所代表的正是二十世纪潜藏在拉丁美洲最内在的殖民的伤口，这种褪不去的殖民地母国想望，正是一种被扭曲混种过的高度文明想象。

十二章菲南妲来到邦迪亚家，十三章邦迪亚上校死去，十四章阿玛兰妲替村民带着信件死去，十五章上半段有着良善特质的美美生命枯萎，下半段则是香蕉工人大屠杀，接着来到十六章这场大雨，所以说这场雨是《百年孤寂》这部死亡百科全书中很重要的一幕。陆续到来的事件犹如音乐赋格的曲式变化，又像弦乐曲的回奏，马尔克斯用华丽的方式处理死亡，从老邦迪亚开始，到一个个的儿孙，最后是在雨季结束后死去的老伴易家兰。马尔克斯将马康多写成一个拉丁美洲民族缩影，城镇在十五章的激烈大屠杀中塌毁，十六章他又用慢镜头笔触带出雨季后动物骷髅中长出红百合、泥泞街道上放着大型家具的残骸，在街道上晒太阳的老人皮肤被霪雨染成藻青色，空气充满一股腐败的气味。

十五章当菲南妲发现了女儿美美与修车工人偷情，便残忍地将美美带回到自己故乡那座鬼影幢幢的城市，马尔克斯描述："列车经过外头，美美什么风景都没有看到，她没有看到无边无际的香蕉园、没有美国人的白房子，也没有看到那些穿着短裤，还有蓝条纹衬衫胖大的妇人在露台上打牌。"最后经过全是罂粟花的原野，也没有看到，但却突然看到太曾祖父老邦迪亚，率领一群人在梦幻的旷野中发现阳光下闪闪发光的西班牙船骸。最后，美美终究死于母亲鬼气森森的故乡城中。从民族志痛史的角度来看，这其实便是暗喻着不被祝福的第三世界殖民地。我们可能在某段时期以为自己可以向世界张开翅膀飞行，可是在历史轨迹中，会发现自己毕竟只能缩回到悲伤绝望的子宫里面。这些悲伤的景象我们从来不曾在旅游节目中看到，但却是在二十世纪世界上的每一个区域，都可看到的典型景观。

当然，当这一切如星辰坠落；群鸦着火翻滚进麦田，烧成一片血色黄昏；或如那最后的最后，"此时马康多已被圣经的飓风化为一涡一涡可怕的尘泥和沙砾……可是他还没看到最后一行，就明白自己永远踏不出这个房间了——书上预言他读完遗稿时，此一幻术城将会被风扫灭，由人类的记忆中消失，而书上写的一切从远古到将来……永远不会重演，因为被判定孤寂百年的部族在地球上是没有第二次机会的。"我们难免会怀念那界面的错置——譬如卡洛斯·富恩特斯的《奥拉》、索因卡的《死亡与国王的侍从》、安吉拉·卡特《紫女士之恋》，或卡尔维诺《在马尔泊克镇外》那一对扑倒扭打在一块的男孩，在那身体暴力化的剧烈接触中，彼此互换了自己和对方的身世、暗恋的女孩、家族印痕的仇恨，甚至形成这个"我"的空间（或只是照片？）的细节布置。祖灵和子裔的错置、双生子之间的错置（雅歌塔·克里斯多夫的《恶童日记》）、创造者和他亲手雕塑出来的惟妙惟肖的傀儡之间的错置、较年轻较短的时间载体与他那耆老怪物的家族传奇老人之间的"穿花拨雾"……比较简单一些，是这老马尔克斯的一个短篇《流光似水》——一群小学生被一间公寓里那顽皮打破的所有灯泡，流泻出的光，给淹死了。将物理现象扭曲，譬如二十世纪地表另一小说巨人卡夫卡的《变形记》——仅是变貌好像不难：咱们上至《山海经》《西游记》；下至变形金刚、X超人，变大变小变鸟变兽，或在变形中即可展开如《爱丽丝梦游仙境》的眼花缭乱梦幻巨展廊——然那界面错置之门被关上的咔嚓声响，某些小说家固执地赠予一个物理定律全新扭曲的新世界：例如时间，博尔赫斯的《另一次死亡》《秘密的奇迹》、鲁尔福的《佩德罗·巴拉莫》，或鲁西迪《魔鬼诗篇》首章那三万英尺高空空难无比延长华丽的摔落……一秒的时间的括弧可以被撬开，塞进一生（难以言喻、百感交集的庞大时间丛集），或是像荧光水母的腔体可以灌进"另一种活着的全幅时间画布"……因为虚构，那门关上的"另一个世界"，他们铺天盖地给予我们一座，或许是资本主义大峡谷的镜中之城，或国族伤害满目疮痍被侮辱和损害的哀伤的影子般的人群、世界的重力被改变了，在这些故事里，观看的我们变形成侏儒（《铁皮鼓》）、衰老症患者（《摩尔人的最后叹息》）、恋童癖（纳博科夫《洛丽塔》）、收集人皮或芬芳癖（聚斯金德《香水》）、土地测量员K、将整座监狱平面图、结构图、管线图刺青在自己身体上的越狱者。

　　这个旋转门，华丽的雄辩、强大的叙事过渡、偷天换日目眩神迷的修辞羽鳞，或应在另一小说老人的葬礼被追悼、想起：

博尔赫斯的《环形废墟》，他说：比编沙为绳、铸风成形，还难，难上千百倍的，唯梦中造人。文明、哲学、战争史、巫术、天文学、图书馆……如何引渡到这梦中越界的幻景之自觉里。

这时我们重读《百年孤寂》第十六章那场"一连下了四年十一个月零两天"的雨，那场疲惫的、不可思议漫长的雨，在整天繁华簇放、走马灯幻灯片快转那所有人兴兴轰轰、痴傻激情，却又无一处不魔幻到让你后来又读过博尔赫斯、鲁西迪、昆德拉、卡尔维诺的小说眼球仍不断翻转、叹为观止的整本书里，只是那么像油画颜料刷暗了，"气数已尽"的短短一章。在这过度的雨季里，发生了哪些事？

·雨停了易家兰就要死。

·空气潮湿，鱼类居然从门口进屋再由窗口游出去。大雨损坏了马康多的一切。

·席甘多的牲口大批死去。

·马魁斯上校（邦迪亚上校最可靠的多年老友，也是阿玛兰妲晚年的追求者或心灵的安慰）死去，葬礼非常凄凉，棺材就放在一辆牛车上，这让人想起《儒林外史》写到落难、破败寒士在道途死去，那仓皇匆匆的埋葬场面。

·席甘多到情妇处，看见瘦成皮包骨的柯蒂斯怒气冲冲饲养着最后一匹同样瘦得皮包骨的骡子。

·卡碧娥的碎碎念。这花了颇多篇幅，用这位"错位以为自己是外国贵族之后的失落怨妇"的暗影重播，把那些在前面章节如光墙电影播放的邦家亲人们，以颠倒嫌憎、底片的方式重描一遍。而席甘多把屋里所用瓷器、花盆、水晶器具、少女像、金镜框的镜子，全部砸碎。

·席甘多狂挖易家兰埋的金币，但一无所获。

·雨停了。马康多成了废墟。泥泞的街上有家具的残骸、布满红百合的动物遗骨，所有人都去。在街心晒太阳的人们，皮肤还带着霆雨造成的藻青色，身上有股霉味儿。

在紧接着十六章（这场漫漫雨季）之后的十七章，马尔克斯"处决"了两个重要角色：一位是整本书重要性不下于邦迪亚上校的易家兰死去。他写到这位"大嬷嬷"的死，充满超自然的现象：玫瑰带着藜草气味，有一盆鸡豆坠地，豆子排成海盘车几何图形，有人看见一排发亮的橘子形圆盘飞过夜空；大批飞鸟死去；人们从一陷阱拉出一人面牛身的巨大怪物，肩胛骨有翅膀被伐木工人砍掉的残痕。他们把他倒挂在树上。

另外则是让那对性格迥异的双生兄弟同一天死去（一个目睹被折藏进历史背后的广场大屠杀，从此如梦幻幻象阴郁冰冷的亡魂那样活着；另一个则在这种典型"流浪汉传奇"西班牙文学传统：痴儿、傻子、好运的疯狂第三世界小庄园主的短暂暴发户传奇中失去灵魂和民族伤害史记忆，而最终仍被大雨造成之崩坏冲袭仆倒）。他们两个的棺材，在最后一刻还被喝醉的葬墓工人放错了坟坑。

我年轻时，数次读《百年孤寂》，大约都是读到这里，之前的人物，从老邦迪亚开始，历历如绘，栩栩如生，清晰得像自己小说秘境的亲人，但都是读到这里，这场浸湿、蚀毁一切的大雨，之后到收尾的最后几个子孙的命运，都模糊不清了。

（勉强记得那终于应和诅咒，因乱伦生下有猪尾巴的婴孩，被红火蚁列队抬走，吃得只剩一架瘪皮囊。）

　　当然这场"大雨的拆毁"，比起《红楼梦》那慢速的、预感的、不祥的，诸人命运在更摊列庞大的单元"仿现实时间展演"的，惘惘威胁，将要来临的不幸，巨大积木亭台楼阁抽去小块木片的"慢速塌毁之术"，马尔克斯还是教给我们一种现代性（民族被殖民史时钟）诗歌的快转、浓缩、隐喻的巴洛克技术。但那像一个大括弧的"塌毁""捏瘪"，将之前他幻术吹玻璃冒出的那些困在琥珀般"只给一次机会，再也没有机会"的老邦迪亚、小邦迪亚、因嫉妒发狂的阿玛兰妲、吃石灰而射杀乱伦兄长的莉比卡……他们像动物内脏缠缚在那绝望发出尸臭的拉美国族的死亡里，他们各自在之前已瑰丽的"死过一次"，那不同的想象力喷洒的这个家族所有成员各自不同的死亡布置，不仅仅是因弹奏着"不同死法"（各自那么的卡夫卡，那么的福克纳，那么的海明威，甚至那么的伍尔夫的死法），而让他们像魔术师的小人偶，在他鞠个躬后一一收回那顶礼帽中。他们像人类学者视觉的"永远在欧洲时钟与地图之外，其实并不存在的幻影"，只有那音乐钟节奏的滔滔叙述启动时，像露珠而生，但在那注定枯荒将花朵蒸干枯萎的伤害国度上，终又像露珠消逝。而这里，马尔克斯只是让他们"再一次地死亡"。

妖异绽放的"恶之华"

　　这是一本"创痛之书"，一本"过去之书"，一本"等待之书"。整个故事从主角的哥哥艾瑞克自精神病院逃脱，打电话宣告他"正在赶回家的途中"（这样如同疯人狂躁呓语的电话突击，不断在书中出现）开始，我们被叙述者那面无表情，看似平稳却不断翻牌展示的残暴疯狂景象所感染，被裹胁进那个"等待的时光"：既期待又畏悚，一种拖延的、忧郁的空转。那个哥哥从边界（时间上是难以启齿，核爆般的大伤害初启时刻）尖叫着、疯笑着，像复仇使者朝着主角"我"所在的这个等待之点靠近。

　　主角的身旁有一个钟楼怪人般的父亲，一个施暴者衰老的形象，主角和哥哥私密通着电话的那个伊底帕斯的对象。此处这对兄弟（在故事的结尾，"我"的性别认同像魔术方块被扭曲旋转）的连接让人想到《恶童日记》的双生子：他们残虐，冰冷，以孩童或少年的形体执行着让人惨不忍睹的杀戮——

《捕蜂器》中，哥哥放火烧狗，虐待小孩；弟弟残杀兔子、鸟类、昆虫，甚至谋杀亲戚间的小孩，其屠杀设计之智商与美感更远超过其兄——恶童之恶有其小说心灵史的合理性：他们是邪恶父亲镜廊里的投影，二十世纪战争人类大规模屠杀同类的集体噩梦的浓缩版，他们是启示录画面难以重现的罪之负轭者（譬如格拉斯《铁皮鼓》中的侏儒男孩奥斯卡）。他们像一只小铁罐，把大人们填装进去的巨幅恶之全景，以一种孩童剧场的纯洁形式翻印出来。

作为读者，很难不为书中主角娓娓陈述的那些杀戮场面（杀动物以及杀人）之骇丽魔幻、诡魅创意所颠倒着迷。那种精准、对诗意的偏执、博尔赫斯式自闭少年的迷宫花园、将所有的死亡拉高至一种宇宙祭坛的哲学顿悟：

> 献祭给"捕蜂器"的黄蜂多数会自己死亡……如果它来到"火焰湖"，那么按下活塞杆，让它点燃打火机，从而引爆汽油的，也是我。
>
> 我们的生命都是符号。我们所做的每一件事……我有"捕蜂器"，它和现在、未来有关，而不是过去。

这种种瑰丽梦幻，却又将手术刀解剖之理性精准，或钟表工匠技艺之精微感官，进占一出接一出少年独自布置的"死亡游戏"（像少年用模型小兵或傀儡布置的游戏密室），在本书中不胜枚举，让阅读成为一种喘不过气来，"杀戮成为纯粹美感运动"的视觉飨宴。读者在被那一朵接一朵妖异绽放的"恶之华"炫技所催眠进入的激爽、叹服、沉醉，甚至逗笑之后，难免不幽微浮出某种道德迷惘："如果杀戮、处死，成为一种纯粹美感的客物化行为，一种将感觉独立于其他伦理脉络之外的创造能力？"

关于"恶"——恶之华，恶的妖艳靡丽，恶的大教堂巍峨高矗，恶的梦游化、嘉年华化、去人化——我们这个世代的小说读者或许读过不少。一种纯机械理性的标本剥皮师傅式的细节慢速运镜，纯感官地将血淋淋的肝胆心肺或人皮人脑、生殖器官割裂、施暴。将伤害诗意化，成为蔷薇花瓣，成为收藏的香味，成为一种性爱快悦如神秘河流分支漫滤的冒险，成为一种伪启蒙、伪悲剧（同样有一种巨大的哀悯与恐怖造成情感之洗涤，却与命运无关，纯粹是丧失与剥夺后的动物性地狱变）……

经典当然是聚斯金德的《香水》，无感受他人痛苦的能力，却深谙"将人的古典定义摧毁，成为破碎的客体，成为萃取极品香膏的材料"之专业技艺；譬如莫言的《檀香刑》，人如神坛上傀儡，怀抱着本雅明式对古典灵光之手工技艺的崇敬与伤逝，以虐杀人体之慢速延缓其"抵达死亡"之快速，打开一个痛苦之繁花簇放、一个周期表展列、"一百万个天使站在针尖上"的感官之显微、放大、爆炸；或如丹尼洛·契斯的《死亡百科全书》，僵直心灵的无意义虐杀；或如福尔斯的《收藏家》，误解的词，以剥夺、监禁、将对象标本化的机械操作而进占"爱"这个字；或如威廉·戈尔丁的《蝇王》，自然主义的表亲，作为文明人雏形的孩童，在一个封闭剧场（奇怪，

"岛"通常是这一类型"恶童故事"的空间设定）内如何失去文明之残余，变成猎杀同类，被自我的残虐与兽性惊吓而无从救赎的"被遗弃者"……

谱系庞杂，掌纹紊驳。这些"恶之华"们，大抵已离陀思妥耶夫斯基之《罪与罚》远矣。甚至可能早已脱焦"恶"的哲学性思辨，成为一种让人胃囊发冷、眼肿灼疼、肾上腺素飙升的创造力极限运动，一种纯洁的虐杀，一种对铺天盖地全球化、系统化、人之零件化、感性钝化的即兴挣跳（或反刺）。血液在析光镜里瑰丽地喷洒，或系统化、屠宰场意象地切截人体（电影《人皮客栈》）。背后总有一个二十世纪的幽灵：法西斯，一个关键系列词组："现代性与大屠杀"。

"人为何要无意义地杀人？"电影《八毫米》里尼古拉斯凯奇饰演的忧郁侦探这样悲伤地问。"不为什么，只因为他有能力。"这几乎隐蔽进推理小说、城市犯罪小说，被专案处理的提问，譬如小说《八百万种死法》里马修·斯卡德这样问，影集 CSI 掌握了高科技与凶杀现场还原能力的鉴证科组长这样问，甚至电影《汉尼拔》里那个古典贵族教养的变态杀人魔感伤而不以为然地问那些新世代"无品味"的杀人狂……掌握了更高的权力者，更有钱，更具高智慧（自由脱逃于警网），更新品种病毒般可扭曲古典人性的意识形态，更进化的国家机器、军队、传媒、运输与现代化屠杀工具……

"祭祀柱"对书中这位少年主角来说，是岛中之岛，所有伤害暴风中心那唯一宁静安全之地，因为岛上其他居民不会闯入，对敏感、乖诞（故事接近尾声我们才意识到，他／她是个性别认同错乱的"阉人／伪造阉人")、残虐版《天使爱美丽》的少年而言，是避风港。但同时亦是无成人秩序的《台风俱乐部》——我们一开始以为是个受创少年在他的秘密基地虐杀小昆虫的感伤成长小说，待伊恩·班克斯的叙事魔术剧场一全幅展开，才惊吓地意识到那是"变形金刚版"的恐怖大屠杀。

奇怪，即使少年的"杀戮史钟面"由杀昆虫、杀动物，而至杀活生生的人类小孩，他对他者的痛苦丧失感性的冷酷让我们不寒而栗，但我们同时会对他那恶魔般才华洋溢的杀人创意，奇异地涌起一种近乎幽默的智性欢乐。（"天啊，那些杀人的点子和场面实在太屌了！"）你很难不产生这种同时欣羡同时不安的道德焦虑。从"祭祀柱"到"捕蜂器"，一个大场景的秘密祭坛到微宇宙的精密屠宰场，那穿透少年外在与内在的诗意象征联结，本就是一个扭曲、尖叫、伤害的歪斜风景。它本来就透过少年的"像蜜蜂被无意义地拔翅掐头火烧"的受难画（"反基督？"）反证了一个邪恶的、成年人类打造的文明：这个文明的史诗说穿了，就是对屠杀的技艺的飞跃进步与理性启蒙。

但《捕蜂器》当然远不止于此，一如福柯曾在详阅中世纪法庭死刑犯罪行（杀害全家、杀父杀母、肢解分尸自己妻子）与精神病监狱中疯人病例——往往只是寥寥几句——后说，他们怪奇的一生："像一句诗那么短。"而那其实是那些人名在那些疯魔骇异时，眼中所见的汹涌地狱之景。

写稿的此刻，我其实仍难以厘清这本小说带给我的狂暴、华丽、激情，甚至幽默的笑……那浓郁丰饶的诗意到底是什么（绝对和《南方四贱客》里血浆乱喷、尸块乱飞的远离真实的尖哗谑笑完全不同）？那忧郁且拖着钝重阴影的童话感是什么？那种同时对"杀人"形上本质的不安但又催眠进入一种纯粹的、小说美学的高度飞升的分裂感是什么？对我而言，小说结尾的骨牌逆翻（此处亦不宜转述）如果意图作为印第安沙画般，将全书之"童谣谋杀案"做一道德翻盘，是不具说服力的（究竟它不是如《中性》，或吴继文的《天河撩乱》，全书的抒情资产与"匮缺之伤恸"之机关全设定在"他／她"的性别指称代名词之颠倒），套句老梗："表层即核心""过程即终点"，这是一本将"杀戮"演剧，魔法绽放到一如"漫天纷飞的银杏叶片"，让人眼花缭乱，为之痴迷，但卡尔维诺是这么说的：

> 漫天纷飞的银杏叶片的秘密在于，在每一刻，每一片正在飘落的叶子，出现在不同的高度，视觉坐落的空洞无感空间便可以区分为一系列连续的平面，在每一平面，我们发现有一片叶子在旋转，且只有单独的一片。

宇宙黑洞里蕴藏的能量

　　《2666》这巨大小说的第一部，就是以四个不同国度的学者（文学评论家），他们在一种说不出的忧郁、迷惘、绝望中极微弱的一丝小火苗，卷入一个谜一般，按说从人世消失的小说家"阿琴波尔迪"之下落。透过三四手的传说，有人曾在墨西哥城见过阿琴波尔迪，而他最后留下的行踪讯息是将要飞往圣特莱莎这座城市。当然熟读这部小说的朋友都知道这四个文学评论者（应该说是那位谜般失踪的高个德国小说家阿琴波尔迪的铁粉）其中三位，真的展开一场"寻找阿琴波尔迪"之旅（真的疯狂度是八〇年代那些不择手段想把张爱玲从她隐没消失的美国公寓挖出来之人的一百倍吧）飞到了"圣特莱莎"这座城市，且他们各自被困在这座城市"南方的忧郁"之中，当然最后一无所获。而这本《2666》最为行内人惊佩骇异其昆虫学式技艺展廊的第四部《罪行》，就是用一整大章节（其实是一本小书的篇幅）不带感情、纯粹档案记录式的，巨细靡遗、法医报告之冷酷笔法的，写了二百具被连续杀人魔杀掉的女人尸体。她们大部分被奸杀，身份有女工、妓女、女侍应生、大学女生、小太妹……那环绕着这些女尸——死者的琐碎细节，没有她们活着的故事，而是被"硬生生从卑微活着的工作、家庭或残缺的家庭、贫穷世界"被抠掉了吹灭了，像虫蚁般无足轻重的名字，已被损坏的残骸（像CSI那样的美国凶案片视觉）。那对大量死者持续、机械性的简单素描，奇异地形成两种关系小说"情节之上"的效果：一是一种譬如我们读像福楼拜、巴尔扎克乃至赫拉巴尔这些小说的印象，一部墨西哥底层城市女性的生命史，悲惨、廉价、无罗曼史余裕、卑微地活着；也许因为大量，有某种错幻累积诸如读了塞拉的《蜂巢》（酒馆中来去只有一瞬印象，几乎没有脸孔的酒客）、维勒贝克的《无爱繁殖》（那粒子态的单一个体只是福柯式的某一年代的社会学话语中的精微公式的反应），甚至《海上花》（那些十九世纪上海长三书寓送往迎来的妓女嫖客间，刻意如白描的对白）；然后面却渐渐浮现一种"推理期待的心理崩溃"，随着堆上纸页愈来愈多的女性死者和尸体，好像以不是追踪某一个心理变态却又狡猾难追缉的连续杀人魔"真相之翻牌"，那后头巨大的阴郁击倒了我们，终于发现那样的昆虫学式品相繁复的一枚一枚词条般"被虐杀的百科全书"恐怖，后面是近乎卡夫卡的土地测量员，那疲惫空洞的眼神：后面是怎样的被彻底毁灭的形上空无，使得这样重复的重复，再无法产生一种进入单一身世或心理学式的品鉴刺激，只剩下对"为什么会造成这样的文明"的恐惧和悲悯。

　　这样的展开、撒开的"万花筒写轮眼"，不止在《2666》里，波拉尼奥之前的《荒野侦探》里，那无数"证人"的回忆、口述、破碎拼图但各自不可思议的脑中剧场、胡说八道、各自的"追忆似水年华"、各自的"地下室手记"，那已超过我们对一巨型小说所准备的"听故事额度"（无论读者的窥探位置是听哥们酒后胡说、听信徒告解的神父、听病人回忆童年阴影的心理医生、警探、狱卒、情人，最后一定会被那从地穴不断涌出、那么多各行各业、心灵愚智高低不一的故事繁花给击倒）。这样的小说家，面对世界所准备的"进入"，真的是像尸毗王割肉贸鸽，碎成片片洒向幅员那么大的地表。你不可思议他怎么可能认识那么多人？怎么换取他们的故事？或许他有这样的人类学家习惯，在长达十年二十年的流浪漂泊中，随身拿着笔记本，记下每个萍水相逢者酒馆胡吹感伤的自白？

　　不过这些将来有机会再说。回到《2666》第一部的《文学评论家》们——一种"二十世纪文学核心的抵达之谜"，如果真有这么一个谜一般自我放逐、匿踪、消失于"文学-研讨会-国际版权-出版行销操作"生态的大小说家，他们扮演了一出穿越文学行话、学术圈子老狗变不出新把戏的浮世绘、由无数小说繁花涌出的二十世纪各种小说印象俯仰摭拾的存在问答机锋、疯人院、高级知识分子或艺术家之沙龙、男教授和他的女学生情妇、大出版社老板遗孀的豪华晚宴……种种二十世纪末参与、出没于"文学"这既是失落贵族又像资本主义大游乐场渐渐失去公众意见领袖光环的各种人物场景的侦探剧。这四个学者分别是法国人让-克劳德、西班牙人曼努埃尔、意大利人莫里尼，和一位英国美女教授丽兹。这一整部的"鲸鱼龙骨"即是：找寻那个消失的小说家，阿琴波尔迪。

在让-克劳德和曼努埃尔这两个男人间，像共谋、哥们、情敌的，"中邪了一样"同时缠卷进两个不同的"存在的黑洞"。

一是对"阿琴波尔迪"这个谜一般消失的小说家（他的小说、他本人，甚至他消失前最后传说去往的那座城市）；一是同样和他们是"阿琴波尔迪铁粉"小组的丽兹，她那已超越女体色情的"美杜莎"式的，溺死他们、召唤他们动物性的欲望、恐惧、哀愁、说不出的空缺。

后者，波拉尼奥在第一部《文学评论家》的前段，就露了一手"两男一女性爱旋转门"戏法，法国人和西班牙人，时光重叠但各自从自己的国家搭飞机（像绅士从夜暗后巷爬防火梯那样偷偷摸摸）去丽兹的床上。他们是好哥们，有学问的文明人，却在一种名分不清的状况，互给对方戴绿帽。后来他们终于又以男性"友谊"的语境，在互相诚实的语言河流中，找到一种不伤害交情和义理的对话方式。这种"情夫与丈夫"（或倒过来）明知对方上了我最爱的女人，却期期艾艾、吞吞吐吐，在艰难的语言剥除或绕圈中，找到男性友情的音频定位。在我自己的阅读经验中，譬如品特的剧作《往日》；或格林在《恋情的终结》；或井上靖的《冰壁》（他其他许多小说特别爱处理这种第三者"情夫"躲在阴影里的嫉妒和悬空感），都是一种难度极高的"搓洗这封闭剧场二男一女脸上变化的表情、阴阳闪躲的对话"展演。但波拉尼奥行云流水（还加上一个坐轮椅的意大利男人，所以是三男一女的多角关系的喜剧），只为了盘球带过中场，哦不，让他们在各自"明明上了丽兹的床，进入了丽兹的身体，却感到说不出的空无，和一种孩童般不理解之前的历史发生什么了的被遗弃感"——这里让我们想起昆德拉在《生命中不能承受之轻》里，那个和最终遗弃他的典型西欧知识精英，进行了一整章"误解的词"的弗兰茨。他被那来自承袭了历史苦难恐怖之"第三世界"国家的女人深深迷惑，愈想往那迷雾核心里钻，却只能被瘫痪、遗弃在他弄不懂的空洞废墟——除了意大利人，其他这二男一女，如前所述的推理剧（启动一场"寻找小说家的三个角色"？），他们千里迢迢飞到墨西哥的圣特莱莎，他们像困在一做梦之人早已离场的（废弃游乐园？卡夫卡？）空洞梦境里茫然打转。

波拉尼奥这样写着：

> ……他们看到了工厂和废弃的货棚，还有一条挤满了酒吧、纪念品商店和小旅馆的大街，据说那里夜晚无法入睡。城市郊区有最穷的居民区，虽然不十分杂乱；荒地上，偶尔可见一两处学校。在城市南部，他们看到了铁路和几个足球场，是为了穷人玩球用的，四周都是棚屋；甚至看了一场足球比赛，但是没有下车：一队叫"垂死挣扎"；一队叫"忍饥挨饿"；还看见从城里延伸出来的公路；还有一条由两座垃圾山形成的峡谷；还看见了居民区里到处是瘸子或瞎子等残废人；还看得见远方时不时地出现工业加工厂的轮廓。

　　和所有的城市一样，圣特莱莎也是没有尽头的。

　　没有尽头的。他们把自己丢进那被（欧洲人）不断繁殖冒
长的噩梦里，慢慢地像热病侵袭两眼空洞梦游者。贫民窟、连
续杀女人传说、沙尘里浪漫的城市，稀薄成像一则则片段的梦
境，后来她也中场退出，飞回英国。但回国后持续写信给这几
个伙伴（情人？性伴侣？）的信上，仍是梦呓般的话语。西班
牙人则像涉水弯进溪更小的支流，迷失在那残败贫穷的墨西哥
市集里，爱上一个当地少女。法国人则是在"人已不在"的旅
馆大量沙发、酒吧、房间，继续读着"阿琴波尔迪"的不同本
小说。

　　这《2666》第一部的结尾，他对他的同伴说：

　　"相信我吧！我知道阿琴波尔迪就在这里！"

　　他同伴西班牙人曼努埃尔问：

　　"那咱们为什么找不到呢？"

　　法国人说："重要的是他在这里！我们也在这里！"那些
桑拿浴室、旅馆、网球场、铁丝网、枯枝败叶……"这样，我
们永远和他距离最近。"

　　这当然可以是，譬如嘲弄那些"翻垃圾桶捡破烂找寻小说
家身世的文学评论家"们的一幅浮世绘。但当你继续往这部大
小说第二部第三部第四部阅读展开，你会发现他们这几个"阿
琴波尔迪迷"，以及这一切面（以旅人眼中所见）的圣特莱莎，
才要展开那像宇宙黑洞层层皱褶、迷宫中还又回廊展开重重建
筑，梦中之梦的巨大展幅。原来他们只是像元杂剧"楔子"中

作为开场的，引逗那幻境边界的，傀儡般的"入口的旋转门"。这实在太厉害太可怕了。

·

《2666》的第二部《阿玛尔菲塔诺》里，有个非常诡诞的女人形象，劳拉。在以这个哲学教授阿玛尔菲塔诺那"巡弋、回顾、哀伤漫游"一座彻底塌毁的内心宇宙的视角，她是离弃他（没有犯错）、造成他永远无法再找回爱之弥补的空洞躯壳的，那个"逃妻"。但这个遗弃和逃离，是因这位劳拉，作为独立全然自由的女人，她曾在一次，一位重量级诗人家里的沙龙，那荒淫超现实、大麻、酒、诗人、艺术家、年轻女孩杂混的夜晚，被那自恋的诗人"临幸"过一次。而后（许多年后）得知这诗人被关进精神病院的消息，她便毅然抛弃这许多年已潜伏进正常人世的人妻、人母的角色，启动一场"将诗人从疯人院抢救出来"的行动，问题是，作为一个无钱无任何社会资源的女人，她注定在这个"被她遗弃，从此歪斜的家"，和"诗人不肯离开的精神病院"这之间的公路流浪、成为流浪妇、暴露在日晒雨淋、饥饿、没有住宿（中间有一段时间她每晚躲进有钱人的墓陵地穴里睡）、被强暴……这样的"永恒的在途中"，存在只能在这样肉身与心灵近乎苦行僧的彳亍于那作为隐喻同样受创的土地、底层的人们、被驱赶出布尔乔亚可以安全栖住的建筑小壳的柔弱脏污羞辱的，实践吗？

当她记忆中像极限光焰永远记得，当年在诗人家中被"临幸"的画面，她像个小女儿，衰老的诗人像个父亲。然而，当她起心动念发动这个"大拯救行动"时，一种奇怪的印象，她成了把那"被世界损毁、破碎、伤害"的诗人抱在怀中的圣母玛利亚，那时她成为一个母亲（很怪的，她遗弃了自己家中的丈夫和小女儿）。

在她千辛万苦混进那精神病院，站在已心智散溃的老诗人面前，坚定提出的脱逃计划是这样的：

> 咱们像朝圣者那样翻山到法国去……咱们一起住在青年旅馆里……我和因玛做清洁工，或者去巴黎的富人区看孩子。你在家里写诗。晚上，你给我们朗诵你的诗歌，跟我做爱……等过了三四个月后，我就能怀上孕……我还能再继续工作几个月。但到了分娩的时候，因玛就要加倍干活啦。咱们会像乞丐先知或者儿童先知那样生活，与此同时，巴黎的眼睛聚焦在别的目标上：时装、电影、赌博、法国和美国文学、美食、国内生产总值、武器出口、大量制造麻醉剂，所有这些将是咱们胎儿最初几个月的环境……

这段告白真是最美的情诗，似乎是一像斯蒂芬·金那惊悚小说《头号书迷》的梗，一个疯魔的读者粉丝，混淆了这作家（诗人）虚构世界（诗）和真实，她要把他挟持进他作为虚无上帝所创建的那幻影国度里，成为他孩子的母亲。那疯狂的光焰所反照的，是已让诗人无力对抗的这个世界：传媒、流行、跨国金融游戏、区域战争、毒品……但她（她的子宫）可以让诗人那萎瘪枯死的肉身，在现实中又怀下一个真实的"他的婴孩"。

但那个已彻底疯掉（或许是无比自由）的老诗人，面对女人这番疯话，只是在她面前专心地吐烟圈。当劳拉（疯掉的圣母玛利亚，无限柔慈疼爱地对那疯掉的上帝）问他："怎么吐出来的？"

这个老诗人回答了一段非常诗意的话："舌头加嘴唇的变化。有时，你好像用横纹肌。有时，好像你自己在烧烟圈。有时，你好像在喂一个中等大小的鸡巴。有时，你好像在一座禅室里用禅弓射禅箭。"

这样又像是幻化变形即生瞬灭，却又百感交集那曾与之交接之刻（多么像性）难以言喻的回忆，烟圈一圈圈吐出，中间有一看不见的穿越，"禅弓射禅箭"，如火车穿越过一景色不断塌糊消灭的旷野。我突然想：这整本《2666》的阅读，不正有一种"同时喷吐出烟圈，它们还停留在将散溃未散溃的魔术时刻，另一团连串烟圈又被吐出"。你被复线交织、层层累叠的推理情感逗引着往那小说烟圈之隧道里钻，同时进行着一部超大型的公路电影、一部超壮阔的"流浪汉传奇小说"。四个文学评论家寻找小说家阿琴波尔迪、逐渐疯掉的哲学家寻找（或等待谜之拼图浮现）他跑掉的妻子，而那妻子长途跋涉、成为疯妇只为了找寻住在疯人院里的老诗人；或是记者卷进那布阵满野的二百具女尸的连续杀人魔之谜……所有的旅途疲惫的叠加在下一个旅途上（所以这是波拉尼奥另一部《荒野侦探》？），你满目疮痍像核爆穿越那绝望的、暴力的、所有人没有明天地活着，说着疯话的、和底层各种盘根错节、偷拐抢骗的黑帮、拳手、警长、记者、大学生、妓女、酒馆老板……一层一层像极光裙幅、像剥洋葱、像老邦迪亚带着他的村人在无星暗黑之夜迷路踩进陷足的泥沼，那样多重视觉（他又不像福克纳《喧哗与骚动》那样一种多声部、多叙事主体架设但回望的是同一谜团黯影），像将一盆尖塔的锉冰先淋上红豆汁，再在那上头淋上抹茶糖浆，再淋上焦糖水，再淋上炼乳，这样的垂直的叠加同时塌陷。就是穿越一坨坨烟圈（散溃的故事团在之后混融成一整片烟雾或烟草味）。奇怪的是，这些在旷野找寻的人，最后眼睛会逐渐失神，像吸毒者或梦游者那样空洞，如果说他们像《六个寻找剧作家的角色》，是为了找寻那个抽象意象上"为什么我们被写成故障、残缺、少了什么重要之物的不幸幽灵"的"剧作家"，但那最终被找到的人，被扳过脸来，我们发现是一张被更恐怖噩梦击打出窟窿黑洞的，更深更深的绝望。

　　这第二部里，那个妻子跑掉的哲学教授内心播放的幻灯片，波拉尼奥这样写着：

　　　　劳拉这个他猜测的形象陪伴了他好几年的时间，仿佛从冰冷的海水里轰然冒出的记忆，尽管他并没有真的看见什么，因此也不可能记得什么，只记得前妻在街上的身影，那是路灯在邻居墙壁上照射的结果；再有就是做梦，他梦见劳拉沿着圣古卡特出来的公路逐渐走远，她走在铺路上，只有为了节省时间，躲避收费高速公路的车辆才走的道路，由于肩扛行李箱，她有些驼背，无畏地走在马路边缘。

·

《2666》的第三部《法特》，一开头写一位叫法特的美国记者，母亲刚过世（也就是他刚经历了一场心不在焉、几乎有点像加缪《异乡人》那样，穿过波光粼粼般透明陌生人的葬礼），他前往底特律去采访一个叫巴里·西曼的老黑人，这家伙之前是个黑道（黑豹党员）、前拳击手、杀过人、坐过牢，和杀黑人的警察或毒枭打交道，但如今是个在教堂讲坛分享神秘灵魂体验的名人。

有一小段文字，不太引人注意的——约莫是法特陪西曼将要去教堂布道之前的过渡时光，他们的闲聊：

西曼说他不喜欢嘻哈音乐，因为提供的唯一出路就是自杀。而且连有意义的自杀都不是。法特说，我知道，知道。很难想象什么是有意义的自杀。这种自杀不常有。虽说我也曾经见过或身临其境两次有意义的自杀。我想是有的。不过，也许我错了。

法特问："嘻哈音乐用什么方式为自杀辩护？"

西曼没吭声，他领着法特抄近路，穿过了树林，出去是一片草地。人行道上有三个女孩在跳绳。她们唱的歌让法特觉得特别罕见。歌词大意是说有个女人被截去了双腿、双臂和舌头。还唱什么芝加哥下水道工程和该工程的头目，或者是一个叫赛巴斯蒂安·多诺富里奥的职员，然后是一段反复重唱芝——芝——芝加哥的副歌。还唱什么月亮对涨潮的影响。然后又唱那个女人长出了木腿、铁臂和用花草编成的舌头。

这一小段文字，对我充满了一种"小说的性感"，怎么说呢？

1. 他处理的是一个中年男子去见一位权力老人（或至少是拥有神秘力量的老家伙），他们各自被时光磨钝，所以通常沉默、老于世故、不说废话。前者较贴近读者视角，忐忑、多疑，带着审视对方是否浮夸或装腔作势的隐藏观察者心思；后者则较放松、自在，不经意间对所有这些狐疑、观察自己的人放电（这种角色，我私心觉得马尔克斯的一个短篇《总统先生，再见》写得特好。他们经历过繁华世面，害怕、寂寞，曾被人簇拥，一旦启动对着群众演说的唬烂模式，连自己也无法分辨是真是假）。这样的一场剧力万钧的戏，又要被压抑、举重若轻，看似闲聊扯屁，其实互相探对方的底——看看你对生命的虚无，到水深下怎样的一个刻度？——此所以难写，也性感之极。

2. 这两个男人，后来我们才领会，背后都是黑人人权运动的大范围参与者。法特背后的杂志叫《黑色黎明》；西曼所装神弄鬼布道的教堂，也是典型美国南方黑人布道所糅合了黑人底层群众情感与文化的大叙事语境。作为个人，他们有不言而喻的族群伤痛史、政治的激进；但同时有非常细微的，不同姿态的，对这种激情陷阱的疲惫或犬儒。这像荆棘丛里冒出的不相关小杂花儿，看似无意义的任意乱洒，其实又是难中之难。

　　3. 他们关于"嘻哈音乐造成无意义之自杀"的这段无厘头废话，似乎颇符合某些好莱坞黑帮电影，杀手在赴狙杀行列之任务途中，会来的一段饱含个人生命体验与哲理的废话（始祖可能是昆汀·塔伦提诺的《低俗小说》），对照之后西曼走上教堂布道坛，那简直像摇滚巨星在舞台炸开辉煌不可逼视之强光，或神一般的大提琴手那震慑全场海潮或星空般的演奏，这老黑人灵媒展开了八页如诗篇如宇宙创世纪全景的演说，那样强大激情的宗教雄辩直如陀思妥耶夫斯基，但完全掺入了新世纪宗教、黑人底层生活共感、炫耀自己的黑帮出生入死，逻辑任意乱跳（某部分似乎与那些黑人嘻哈或饶舌法则相似），譬如：

　　　　……如今，笑容令人怀疑。从前，假如你是卖东西的，走进了什么地方，那最让人高兴的就是人们笑容可掬地请你进门。无论你是服务员还是经理、女秘书、医生、电影导演还是园丁。唯一永远不笑的是警察和狱警。他们永远板着脸孔。但别的人，大家都努力微笑。那时是美国牙科医生的黄金时代。当然了，黑人永远有笑容。白人有笑容。亚洲人有笑容。拉丁美洲人有笑容。如今，咱们知道了，这笑容后面可能隐藏着最凶恶的敌人。或者换一种说法，咱们已经不信任何人了，首先不信任那些有笑容的人……但是，美国的电视节目里充满了笑容和越来越完美的牙齿……他们完美的牙齿、完美的身材、完美的举止，仿佛他们始终是与太阳脱离的，是火焰的碎片，是炼狱的碎块，他们之所以出现在地球上仅仅是服从表示敬意的需要。西曼说：我小时候不记得孩子嘴里打过舌钉。如今，几乎我认识的孩子人人有舌钉。无用的东西流行，不是为了改善生活质量，而是成为时尚，或者是区别他人的标志，而无论时尚还是阶层的标志，都需要别人的敬意、赞美。

这一段演说真是漫天飞花、眼花缭乱、大珠小珠落玉盘，但他对着教堂里那整大片的黑人信众说什么道理呢，他说他发觉黑人的胖子太多了，"现在应该给各位开个菜单了"，于是他开始不厌其烦要求大家记录一道"柠檬抱子甘蓝"的菜单工序、食材分别多少克，制作手续是什么……这已完全是同部落里老人家的叨叨絮聒了。如此恳切，如此世俗，如此东拉西扯，"常识与知识"、但又如此灵魂性，规劝"大家要阅读"，"要阅读黑人作家的作品"……

4.《法特》这一部，可能是整本《2666》里，阅读后记忆最涣散、忧郁，但或也最进入墨西哥城市底层社会的流动性各类人等浮世绘走廊的一章。它就像是独立的一章"穷人版爱丽丝梦游仙境"，或是"墨西哥版的仲夏夜之梦"。这位黑人记者法特，像所有公路电影的老梗，原本是政治、文化、社会版的记者，只因为顶替杂志社一位刚过世的体育线记者同事，临时出差到这整部《2666》作为"连续杀二百多个女人的凶杀案"的地狱隐喻之城：圣特莱莎，采访一场美国拳击手对墨西哥拳击手的拳赛。于是像涉入暗夜芙渠、沼泽网络，慢慢愈陷愈里面。像眼花缭乱的换手洗牌，他走马灯地接触那些地方记者、环绕着墨西哥拳击手的陪练、助理、隐约各有来头的黑帮、毒贩、妓女、酒吧的服务生。法特始终保持一个局外的姿态（他甚至对他临时起意来采访的拳赛也是大外行），和各路人马喝酒，听他们意味深长每人似乎都有一段奇诡歪斜的身世；听各路匪夷所思的八卦；听他们虚无地说起这座城市（或这个国家）的绝望、已发生和正发生的暴力；关于墨西哥人种各式屈辱的笑话；也以一种不冷不热的男子气概认识了一位似乎和黑帮脉络甚深的当地记者（或高级皮条客？或毒枭？），跟在身旁进入那玉体横陈、所有人似乎总吸了毒晕茫，或扯进美国 A 片工业来此拍摄的一些迷雾庄园但挤满典型第三世界人口贩子、警察黑帮、各种军火枪枝的废置油污加碎肉机式的场景。当然，从各路人的闲谈扯屁，若隐若现地浮出那"二百个女孩被不同方式杀掉，弃尸在沙漠"的恐怖犯罪，也被所有人表情暧昧、明暗闪烁的这些"话语如潮汐上的菌丝蜉蟒"——一个集体话语的恐怖景观：所有说话的人说起这在国家生存之人所承受的抽象暴力，都带着一种虚幻，道德感彻底破产、自暴自弃的疲惫笑意，不论他们谈的是墨西哥的拳击手、墨西哥的女人，都像在谈那地景上大型工厂输送带里支离破碎的肉块，缠缚在上头的铁丝网太复杂了：不论十七世纪西班牙人带来的种族屠杀和强暴妇女；现在美国老大哥把他们当所有黑帮、毒品、枪支、色情产业的滤鳃；或这个国家内在的贫富差距，或这民族性根底的无可救药的疯狂或人吃人——那些话语（闲聊扯屁、喝酒互侃）的背后，影影绰绰总会引到"那件杀了二百个女孩"的，且因如此规模，似乎牵涉到的黑帮与警察之勾结根脉深不可测，所以永远无法破案。它成为所有人说话时背后的"鬼故事"、噩梦里的巨大蛞蝓、惘惘的威胁。

那位像皮条客又像墨西哥版的"了不起的盖茨比"的丘乔，在和法特聊起"人人都在说杀女人的事"时，他的说法是："每隔一段时间就冒出来，就成为新闻。记者们谈论的就是这个。人们又在说谋杀案了。这是就像滚雪球，直到太阳出来，雪球融化，大家忘记，重新干活为止。"

他说："这是一座完美、整齐的城市。我们应有尽有。工厂、加工厂很多。失业率很低，是墨西哥失业率最低的地方之一。有贩毒团伙。有来自其他乡镇的民工潮。有中美洲移民。有个承受不住人口过快增长的城市规划。我们这里很有钱，可也有很多贫困现象。这里既有艺术想象力，也有官僚作风；既有暴力现象，也有和平劳动的愿望。就是缺少一样东西。"

当法特问他"缺少什么啊？"

他回答："时间，缺少操蛋的时间。"

·

《2666》的最后一部《阿琴波尔迪》里，有一段落非常美，讲到汉斯第一次和那美丽而古怪的女孩英格博格亲吻，女孩要他别忘了她。汉斯发誓了，但这时发生了一个颇艰难的状况，女孩质疑汉斯："你冲谁发誓啊？母亲，父亲，上帝？"结果发现这女孩可能是世间最孤独如游魂、被遗弃到最无可依傍之境的不幸之人，她不信上帝，不信父母，不信军队（国家），当汉斯问她："相信太阳下山吗？相信星空吗？相信拂晓吗？"她皆孩子气但又早熟地说："不信，不信！不信任何可笑的东西。"她不信书本（因为她家的图书全是关于纳粹的政治、历史、经济、神话、诗歌、小说、戏剧），不信她的妹妹们，不信世界上的孩子们、鸟类、欧洲的河流、昔日的情人、友谊、生活本身……她不信这一切，意味着像一条无流之河，无有可对之承诺、发誓的珍贵事物。读者读到此，脑海中浮现的是一被生命本身的苦难或暴力，"欺骗"、剥夺得分崩离析、眼瞳死灰枯败的（才十六岁！）神经质姑娘——她郑重其事地否决一切提问（而汉斯这样认真的提问，证明他和她是同一种人：他们还是孱弱的孩子，但已不轻易相信这伪善虚晃那些美丽发光事物以榨挤他们可怜兮兮之信仰的，大人世界，而汉斯像偷给女孩看他手上所剩不多的几张，他相信的牌），但这游戏本身就是这一对男孩女孩间，关于"相信"这件事，曲径通幽、"赫拉克利特河流"式，或剥洋葱刮鳞片式的，哲学盘桓与辨伪冒险。

女孩最后说出两件"值得她以它们的名义发誓"的事。

女孩说："我要说出来你可别笑话我啊！"

第一件是"暴风雨"。"当乌云密布，天空漆黑，雷鸣闪电划过长空，农民们穿过牧场倒地而死的时候。"

第二件更怪，是"阿兹特克人"。

女孩这样解释："他们是些怪人。你如果注意观察他们的眼睛，很快会发现他们有疯病。但是不关在疯人院里……阿兹特克人穿着非常华丽，每天穿衣时非常仔细挑选服饰……他们挑出最合适的衣裳，戴上昂贵的羽毛帽，胳膊和双腿上佩戴首饰，还要戴上项链和戒指；无论男女都涂抹脸部。然后，出门沿着湖边散步，互相不说话，凝眸注视着航行的船只。"

这女孩接着说起：

"阿兹特克的巫师或者巫医把祭祀的活人放在石头上，然后挖出心脏……这些石床是透明的……在神庙里的阿兹特克人是站在庙内观看祭祀的……因为照亮庙内的庙顶天光恰恰来自那块祭祀石头下方的开口……起初光线是黑色或灰色的，是一种微弱的光线，只能照出庙内阿兹特克人严肃的身影；但是，新牺牲者的心血一流淌在透明的黑曜岩上，光线就变成了红黑色……这样一来就看不出阿兹特克人的身影，而是照出了他们的面庞、被红光加黑光变形的脸，好像光线能把他们每个人个性化……"

这疯女孩这段妖丽不可思议的画面，感动了那少年汉斯，他呼吸困难地说：

"我冲着阿兹特克人发誓，永远不会忘记你！"

这个古怪的段落也深深感动着我。一个乱世浮世的年轻士兵，和一个脑袋不知充满什么奇怪、阴郁、高烧、疯狂念头的女孩，用"阿兹特克人"来起誓，像这两个在分崩离析，所有人类被卷进一个战争、屠杀、地狱之景的噩梦，偷偷地，用游标锁定一个他们秘密的——"其他神圣之物皆早被其赝品、窃占者玷污、偷换成假的了"——只有这个女孩描述的，不完全是阿兹特克人，严格说是被笼罩在那活人祭之后的光影效果中的阿兹特克人，足以支撑他们对"永不忘记"这对抗时间腐蚀、崩塌，纯度硬度质子数最大的那枚锚钉。

但女孩所描述，借之让她爱人起誓的那一切，不知为何，却让我想到电影，而且是我有意识进入现在这个世界（应是二十世纪最后二十年，到现在二〇一四年吧）的电影，而非我出生之前就已历历存在的那许多电影史上伟大的博物馆展廊般的电影。

这让我想起让-吕克·南希的《电影的证明》里，讲到伊朗导演阿巴斯的电影《随风而逝》中，妇女禁止主人公使用照相机，有一段我阅读时反复咀嚼，颇晦涩的话：

　　这部电影中，摄影遭到禁止——同时这也一定会唤起一神论的禁止：首先，一神论是神明于内心深处的后撤，一种缺席的存在（即"隐蔽神"）。这位坚持的妇女显露出对影像的禁止——拒绝和抛弃……但禁止本身在一神论的边缘显得筋疲力尽，正如它与真实电影中影像的冲突……它可以被村庄闪烁的白光和风吹过的麦田所吸引：好似颜色和体积的力量，既丰富又含蓄，为了禁止而溢出和补偿，也即是说，死亡的秘密隐蔽于生命深处。

这段让我反复咀嚼仍晕眩不已，似乎在那透明、薄光、流动幻灯画面的"电影"，其力量在一随时摔落深渊的滑石波进入又出来，一种搅淆着大量象征、高深莫测的"往死亡那端眺望"的诗意，甚或抽象的宗教："一个再次给定的世界"。

在《2666》这庞大万花筒写轮眼的最后一部里，小小这一段，这女孩让汉斯起誓的"阿兹特克人的神庙"中发生的，那流光幻影，那所有人悲不能抑被琥珀般裹陷在其中，却又平静、柔和，只见轮廓或身影，不正是"一个再次给定的世界"？它是从那庞大的海洋菌藻般的，被女孩判定为"不信！不信！不信！"那些美丽的符号、抒情的感动、歌剧、古典的高贵品德、现代国家所渲染的激情……像网路巨量讯息中过滤、筛选、比对，躲开被植入的木马程式……最后让这对小恋人选择，不只是相信，而是可以借之起誓。

那个"阿兹特克人"当然只是那疯女孩脑中某个投影的，秘密的某一时刻的电影院。某一部正在投影的电影。她投影到遥远古代（外国），和她完全无涉、互不相识的，一群正被残酷、神圣仪式，被巫师催眠"现在活动着的这些你们，并不是真实的存在，你们或只是一个更高意志创造之梦里的破碎影子"，所有人的眼瞳都像被镊子拿掉的游魂状态的，阿兹特克人。

那使我想起被飞弹击落的马航，我哥们说："为什么一定是普丁？按利益成本推算更可能是老美。"我想起刚结束的世界杯。我在哥们家熬夜，怀疑这是一场梦吧目睹巴西被德国咚咚咚咚连进七球。我们狂怒哀号："这他妈后头一定是国际赌盘在操作。"包括墨西哥延长加时被荷兰进一球加一个十二码罚球硬生生反超。我们拿着啤酒痛骂："假的！假的！"甚至后来我哥们神秘对我说："你真相信内马尔什么脊骨破裂吗？"我们被一个规模超出想象，像唐卡一层之外还有无数层的电影制作团队蒙骗着，天地之间无所遁逃，"假的！假的！假的！"，我们和那女孩无有差别。

笼中少女的暗惨心思

张爱玲的这两本自传体小说延缓了半世纪在中文世界"被翻译"的小说，基本上是一个"铸风成形，编沙为绳"，两本书（其实是一本书的上下两部）皆用了这么老旧、暗扑扑的中国式象征：《雷峰塔》与《易经》。

前者为一外在巨力如钟罩不可对抗的封禁：塔中鬼魂们被禁在千百年来的历史秩序，原地打转地度每一日。后者为"祖先智慧之书"。

以两本书为单位看，结构上有一奇异的相似性，结尾俱是天崩地裂的巨变。

《雷峰塔》是以父亲迎娶后母，后母从经验箍缩暗动手脚将姐弟俩渐入孤雏之境，而后挑拨父亲痛殴琵琶并监禁阁楼，更以弟弟病死告终。《易经》是以香港沦陷，女主角终于离港返回上海作结。

这两个"剧烈变故"，分别是我们耳熟能详，可算张爱玲最经典的两部小说《半生缘》和《倾城之恋》，分别作为小说中改变女主角命运的，极重要之命运交响曲的重锤。但在这两个剧烈的结尾、变故之前，张爱玲小说术真正让人凛然的，是她描绘出两幅时光卷轴画，在怀旧的时光过渡死区里，唏嘘度日，不知该如何是好，在新旧时代夹层柜被挤扁的这些鬼魂们的摄像。

张爱玲是中国现代作家中极少数极少数把人物的精力烧干在对扮戏的自觉中，一种神经质与厌乏虚脱。譬如在《雷峰塔》中童年烂漫时光时，有一次父亲要琵琶选一枚洋钱或是金镑。她"苦思了半天。思想像过重的东西倾侧，溜出她的掌握。越是费力去抓，越是疑神疑鬼，仿佛生死都系于此。"最末她做出决定（选了洋钱），却是错了。父亲冷哼了一声："傻子不识货。"

总是如此，每一个笑容，每一句话，每一次细微的试探与表态，都如此艰难。她总是在担忧"丢三落四"，每一细节都不舍放过。如库切说布鲁诺·舒尔茨："他成熟时期所有的奋斗，都是为了重新接触他早年的力量，都将是为了'成熟为童年'。"

一个颠倒，失重的女儿。父亲一如她小说的经典名句："泡在酒精缸里的婴尸。"吸大烟、玩窑子女人、吃饭时擤鼻子、绕室背诵八股文，在新时代惶惑不知如何坠入人形。最后还引入后母并以对女儿施暴达到近乎"本格小说"的疯狂戏剧高峰；连最中性、讥诮，冷眼疏离的姑姑，也因为性（和侄儿明哥哥）有一段乱伦恋，而成为始终是手帕交的母亲口中的"小偷"，将自己卷入舅老爷家族巨额亏空案的"女性失败者"

（赔了人又赔了钱）。

所以这个少女之眼看出的，经常出现"很是诧异""震一震"这样的句子，一种古怪的屈拗世界中的启蒙，实在太多表情和大人们真实的意欲和层层心思都太歧异了。在《雷峰塔》上半部分，便呈现一个没日没夜，和小姐弟（"孤雏泪"）一起关在落败宅邸里的仆佣们，她们"瓮声瓮气"、低声细语、臧否主子、像多了奸猾世故笑脸之"祥林嫂"们。

当母亲回来时，她便置身在母亲和姑姑之间，听她们一人接一句冒出各种家族的秘辛、异国的凶杀案、品评恋爱、新女性的美学和健康须知。许多这些蛛网尘封的家族（沈家的、罗家的、杨家的、唐家的）繁复关系、前朝旧事、恩怨丑闻，既是评弹八卦，却又带着某种道德视距，亲密地传递给这个"像海绵吸吮人世经验"的少女。

张爱玲编织这错繁交织小宇宙的恐怖感，在于她对这孔教的叠床架屋的"关系"老屋建筑有如此强大的执念，但她又处在这所有成员被挤扁在这昔日世界被一个新世界迎面撞击、支离破碎的变形时刻。

"穷"的威胁和"性"的变态魅影，是这两本小说把所有人物变成怪物的重要元素。前者在慢速中掏空、淹袭少女身边所有人。后者则液态地在这家族记忆、流言的下水道穿流。

这些隐喻的"孔教秩序"，把这些压抑、猥亵的性镇伏在暗不见光处，只剩下交头接耳、交换八卦。所以书名曰《雷峰塔》：被封印镇住的不只是这苍白忧悒的少女自况，且包括了那巨大祖屋（鬼屋）里惶惶惑惑的老、中、少、主、仆、姨、妾的所有女人们。

笼中少女的暗惨心思，到了《易经》的前半部，琵琶对母亲的"变脸"之惊骇达到了高峰：美女难挽青春不再的狼狈寒碜，一方面她漫不经心将外国老师赠予琵琶的八百元助学金一夜输光；同时怀疑女儿是用处女身交换来，这种将贫穷之黯然与性价值之错混，乱针刺绣成像羽毛褪色的孔雀，只有少女琵琶旁观着她的慌乱。

这缠过小脚的母亲让自己脱离那"雷峰塔"的行动布置，还是在"性"和"经济"——但在这里，母亲又切换频道变回琵琶童年时那幽暗大宅老妈子的话语，反过来哭诉女儿冰冷不孝，进入母女间精微戏剧化的对峙：链子断了，美丽的母亲在那一瞬变老、变丑、变弱了。

这种"变"，如果《易经》如英译名为"变换（幻）之书"，张爱玲写的不只是书中直言其喻的"商朝覆亡之后，宗室利用古老传统与祭祀的知识谋生，之后父传子子传孙，极力回避当朝的耳目。伯夷叔齐死后若干世纪，他们的后人老子教导世人这支宗族的求生之道，不断告诫世人心怀惊惧，贴墙疾行，留心麻烦……历史上天灾人祸频仍，老子始终是唯一的支柱。"

张爱玲写这种"变"，父亲、母亲、姑姑、弟弟、家族遗老、亲戚、仆佣……全在这种"覆亡之族后裔"的心怀惊惧中，内在依傍的价值秩序崩溃了，"身份"穿梭，像川剧舞台变脸快速穿脱面具，然所有的个人的慢慢之"变"，却又如浮花浪蕊被吞没在"这是乱世"的恐怖巨变。她写得真是风生水起，让人目不暇接。

奈保尔《米格尔大街》，二○○七，远流
赫拉巴尔《没能准时离站的列车》，二○○七，大块
安妮·普露《恶土》，二○○七，时报

真实世界的边陲地带

　　奈保尔的《米格尔大街》[1]、赫拉巴尔《没能准时离站的列车》[2]、安妮·普露的《恶土》，三位作者俱是此间各拥书迷，当今世界小说的地标式人物。三本书之艺术成就亦无从比较高下，俱入经典之殿（白话一点说，就是无论现在有没有时间这三本书都该买回家放进自己书柜）。

　　《米格尔大街》是奈保尔的处女作短篇集，"奈保尔式"的冷峻、锋利、幽默、阴郁的素描深度，以他们的故乡千里达首府西班牙港的这一条街上，形形色色的贫民区人物群为他日后诸多殖民地小说的"地狱变"巨幅壁画之起点。也是他"印度-千里达-英国"抵达之谜反复以社会学人类学式旅行者记录一本叩问杂散大叙事荒谬核心的、难得之"纯小说"。古怪、

---

1. 又译《米格尔街》。

2. 又译《严密监视的列车》。

滑稽、悲惨、无望的生命……在这本小说里，都以奈保尔之后否定推翻之西方小说最严谨且充满说故事天才的形式存在。

赫拉巴尔的《没能准时离站的列车》用一个火车调度员描述一个等待火车进站到火车离站的"停顿时刻"，慢动作、剧场化了整个二战时的捷克被德军占领之历史。似乎延展了他那些短篇中的人物素描秘技：底层的、被伤害侮辱却滑稽喧哗笑闹着的角色们；黄色笑话、阶级身份转换时的谄媚嘴脸或恶形恶状；貌合神离的官僚语言与规训惩罚；主人翁那古怪胡闹的父系家族史。似乎是巴赫金所谓"小说是许多组高低阶不同社会情境语言整体穿透我们置身的某一历史时空"的示范。那似乎同时开着战争失家者与被害者的玩笑。但小说的后段才急转特写战争（或被占领）恐怖残酷的一面：德军的特护列车通过车站时，车厢上的坦克、年轻的德军，以及被虐杀的牲口……直到最后，读者才见赫拉巴尔翻出底牌，失去自由的这些被占领国车站的废材们，全是一个暴力又诗意的游击爆炸行动的共谋。但这一切全被赫拉巴尔的叙事魔术封锁在一场像昏昏欲睡、时钟针尖始终不曾移动的车站白日梦境里。

同样可以高度体验小说阅读之叙事魅力与灵魂重击的，尚有安妮·普露的《恶土》。

"恶土"之"恶"字，似乎上演的是"人之恶"。人被剥夺掉文明褶皱与繁缛后的粗暴原始，但又浑浑噩噩在父子、母女、男女交媾、邻人、酒吧男子汉，种种相较大城、形式极简之人际关系中找寻着经济劳动之余的、硬邦邦、无感性的"人活着的价值、意义与趣味"。因为空间幅员实在过于广阔，所以这些故事势必成为小人儿被残酷大地捉弄、羞辱的乡野传奇。

这样的恶质地荒土地上人如戏偶渺小荒诞谋生求偶的故事表层，让人想到大陆作家李锐、曹乃谦等人的短篇，但安妮·普露笔下的小人儿更带有一种进入现代文明的短暂能力："太阳下山后，边狐镇上空形成一团宛若荧光水母的光球，为幽暗的山区涂染出象征文明的光晕。"她的牧场、小镇更经历经济兴衰的印痕，这使得她笔下故事的时间卷轴更复杂有趣，常在一个短篇可以窥见具体而微的小型家族史。且除了一片枯瘠的荒草，还有黑熊、叉角羚、野牛、野狼、各式群马这样的动物景观；或有降雪冬夜卡车在空旷公路打滑抛锚这样公路电影的桥段。那像是"真实世界的边陲地带"。

她似乎在写"恶土"，但却更近似写人类征服不驯带有灵性野性大地的失败者悲怆诗篇。一种奇异的、冷面滑稽的"大地之正义"在这些现代城镇、汽车坐落其上却似乎和千百年前无异的枯瘠大地上发生。或许正因为土地上的人、马、麋鹿，在一种怀俄明州式的无限旷野上，猎食-守护，白人-苏族人，老獾-牧场女主人之关系，如此诡谲且丧失城里人之精明细腻狡猾，所以一切的暴力或制裁，皆显得懒洋洋而有喜剧的悬念。

如《断背山》之前的风格，性成为这些小说群组的魅影，支持着海市蜃楼般石油小镇的暴发户家族史、白人与苏族第二代的殖民遭遇。重点是，所有的人都悲叹着"旧世界一去不复返"。这一组短篇又更带有一种主人翁在不自觉的男欢女爱、偷情、参加越战、离开故乡又返回牧场，回到生命原轨或从此脱离轨道的时间流中，青春快速便消失了的恐怖感。安妮·普露似乎有点化繁为简，神秘地进入近乎传说的世界，或进入另一个"怀俄明之外的世界"：譬如吉伯特的越战梦；琳妮父母的苏族原乡（在一部灰飞烟灭的老电影胶片中），或如吉伯特对死去母亲的鬼魂说："我敢确定的是，耶稣才不会开牧场，以免惹上一辈子的麻烦。"

逆旋的时光重力场

门罗收在《太多幸福》[1]短篇集里其中一篇，《自由基》的故事大致是这样：

一个叫妮塔的女人（她六十二岁）的丈夫瑞奇（他八十一岁）刚过世（死于猝死）——小说的开头便是这个初老妇人孤独刚办完那寂寥的葬礼。

门罗的所有故事，发生的地景，因为那典型加拿大小镇地旷人稀之感，把人和人的距离在那摊平的空间拉远些，所以使得一切猜疑、怀念、较长时光里的耿耿恨意、曾发生过的某一次偷情秘密收藏了几十年、在那些屋子里一起生活的男女必然产生的，时光落叶堆的彼此厌烦，这一切似乎比其他人的小说，因为在一较空荡荡的运动场馆里，产生了恍如有回音的效果，每一种心思电子在那"门罗空间"里跑动，要花更长一些

---

1. 又译《幸福过了头》。

时间，才会如撞球击打到桌台上的另颗球。

　　这个故事，这个初丧偶的老妇妮塔，在一种静默、孤寂，对生命乏味的持续状态，"剩下我一个人活着了"，有一种轻微的错愕或面对生命的荒谬不知作何表情的呆愣：即原本她（以及那老丈夫）预想是她会先走，他俩大概一年前就有了准备，那时医生诊断她的癌症已到了最末期。

　　"我怎么料得到，这会儿居然被他抢先一步？"

　　她成了那个，必须疲惫办理老伴丧事的，"收拾者"。主要是，了无生趣，活在死亡遮蔽所剩无多的余光里。这时门罗开始露了一手她的"巨蟹座时光落叶堆魔术"，女主角的内心独白，回忆。原来这妮塔在很久很久以前，是这瑞奇和他前妻婚姻的闯入者，"鸠占鹊巢"，赶走了那个前妻，成为这屋子的新女主人：

　　　　最后的结局是贝蒂去了加州，后又搬到亚历桑纳州；妮塔则在教务主任的建议下辞了工作；瑞奇因此无法升为文学院院长。他选择了提前退休，卖掉市区的房子。妮塔没有接收贝蒂的木匠围裙，却在一片混乱中开开心心看她的书，用电热炉作简单的晚餐，不时散长长的步，探索周遭的一切，带回长短不齐的虎百合和野胡萝卜花束，放进空油漆罐权充的花器。她和瑞奇安顿好之后，有时想起自己不知怎的一下子就成了那个年轻的新欢、得意的小三，活跃欢笑、蹦蹦跳跳的天真姑娘，不免有点汗颜。她个性其实一板一眼，是个笨手笨脚，在别人面前就不自在的女人。

　　好吧，我把叙事的转速调快些，免得掉进"门罗的时光重力场"，那内心层层累聚的深井。总之，这被布置成"多出来的时光"，所有生命债务的相关人事终于在几十年后都死去，那些爱情、后宫机谋的鲜艳毒汁，早变成老妇内心，无人想好奇探知的坏朽家具——一个静态的、被时光之尘封印的静物画——却在某个白天，一个青年上门说要"检查保险丝箱"，当然他不是，他是个刚杀了自己的父母和坐轮椅的姐姐（觉得他们很烦）而逃亡的疯子杀手（他告诉妮塔老妇，他是要他们坐在客厅拍全家福照时，拿出手枪砰砰砰，把他们全干掉了，然后又拍了一张他们惊愕或垂头死状的照片），变成了很像这类电影（变态杀手和屋子的人质之间的对峙戏码）。

　　不对称的，完全无可商议的暴力，这个年轻人处在疯狂和躁郁的高亢情绪，他轻轻一捏就可以把这老妇像蚂蚁捏死。事实上，在他眼中，她也是必死之人（他怎么可能在离开这屋子前不杀了她，让她去报警，给他添乱），他贱蔑她，要她拿出屋里的茶、红酒、食物，砸碎她的餐盘、展示暴力关系里，不让被施暴者用话语中的道德规劝、动之以情、机智、心理战顺藤摸瓜的任何平等对话位置。在这样的二人封闭剧场中，施暴者和承受暴力者，皆无可救赎地掉进一"人失去人类形貌，所有文明的细微支架皆无效"，道德最黑暗的堕落深渊。因为我终将杀掉你，此刻在这火柴盒里，我对你所做的一切丑恶、变态的展演，都不会有任何外面的人知道了。没有任何关于礼貌、道德、舆论指责、别人的目光造成的羞耻、潜意识里的宗教审判……我可以尽情畅爽地在你（一堆死肉）面前，演这唯

——一个观众的独角戏。

但这时，这个老妇妮塔，在门罗笔下，出现了一个三页左右的魔术，她对这年轻人说：

> "我知道那种感觉。我知道把伤害你的人干掉，是什么感觉。"
>
> "是喔？"
>
> "我也干了跟你一样的事。"
>
> "少来。"

接下来她说了一段像变色玻璃隐形眼镜片将光线变暗的故事：她告诉那杀人凶手，当初她如何用院子里的"大黄叶子之叶脉中的毒"，如何精密计划，不动声色，瞒过众人耳目，下毒在那要拐走她先生的贱女人的咖啡里。这时连我们读者都产生一种画框里的细节，在哪被揉捏一下，便偷天换日产生了"宇宙曲拗"的晕眩感。你可能要小说的更后面才意识到：啊？她把故事中的人物颠倒过来了。她变成那个当初被她抢走老公的，近乎没有脸的妻子。而这个妻子进入"下毒时光"所毒杀的"贱女人"，正是多年前的她自己。也就是，她说了一个僭越进"当年被她夺走所爱"、理应那怨恨足以支撑一个巧布机关谋杀她的，那个妻子的内心。但其实一切都没有发生。但在那个故事（此刻她的丈夫已死，她也罹癌似乎不久人世）里，那"薛定谔的猫"把另一个镜像宇宙里该发生的像莎士比亚戏剧那血流五步、复仇夜枭之翼拍击的情节，全发生了。

　　更吊诡的是，这个她"颠倒、错置自己是那个真正生命受创者，所杀掉的死者"之故事，真的打动了这个年轻疯狂杀人魔。他可能内心哪个秘密的插栓被拉开，视眼前这个脆弱无助的老妇为"自己人"，是和他一样，"早被打入地狱之人"。他放过她，说了一些恫吓她的话，开着她丈夫留下的老车子离开了。

　　这老女人在那侥幸活下来的发抖时刻，内心想着：

　　　　她应该写信给贝蒂的。
　　　　亲爱的贝蒂，瑞奇死了。我因为扮成你，救了我自己一命。

　　在同一本书里的另一个短篇《虚构》，则非常奇妙的，写了一个"像那篇《自由基》的倒影，或镜像"的故事。这一篇的女主角乔伊丝，恰是某个"被夺去所爱"的妻子，虽然两篇在各自的人名完全不同——当然这是两篇在各自秘境按不同打孔的人心音乐盒簧片旋转，各自孤立的小说——小说开头先慢速（门罗转速）微勘了丈夫离开她的时刻：惊惶、不解、女性自尊崩解（她那么美、玉腿纤纤、金色长发、智商全校第二——她丈夫是第一——她在学校教音乐；而那抢走她男人的赢家，只是个矮个、全是刺青、没有女人味的蠢货？）。

　　之后是——像许多美丽女人的一生，可以是别的人的几辈子，伤害过她的往昔人事，或许只成为列车过站其中一个站名的月台，或是，秘境湖泊上划小船下望那清澈水底的一艘沉船——可能二十年过去了，乔伊丝已是另一个有钱男人的妻子（续弦的），她已在豪宅、好客丈夫的众朋友们来家的餐会、葡萄酒、美食、管弦四重奏的另一种生活中完美地成为，这种充满活力、交际应酬、欢乐、精英圈子的世界，称职的美丽女主人。之前那个，年轻时和她一道流浪、经历嬉皮岁月、智商和她匹敌而和社会主流那套格格不入、放弃高学历文凭而安静地在偏僻小镇当个木匠的，那和她像一对"偕老同穴"、灵魂双胞胎的男人——重要的是，遗弃她而和另一个怎么看都比不上她的怪女人在一起——这对她都是很久远，甚至记忆模糊的过去了。

但有一天，她意外买了一个年轻女孩的小说，非常奇幻（透过阅读）的某种穿越，她发现那篇小说正是说着她的故事，只是叙事者是以一小学女生的眼光，充满爱情地回忆着当年那位"小提琴课老师"，那个一头长发、个子高高、身上气味是雪松碎片的味儿的女老师。但后来孩子的母亲去师丈那边上班，这孩子夹在大人错综复杂的关系与错觉之间，一头雾水。

　　……星期四有音乐课，是一周中最重要的一天。那一天的喜与忧，全取决于孩子表现得好不好，老师有没有注意到。两者都几乎难以承受。老师的声音可能很冷静、温和，有时讲讲笑话，掩饰声音里的疲惫与失望。孩子好伤心。但老师也可能突然变得轻松愉快起来。

　　于是这个许多年后的金发高个美女乔伊丝，在这小说中比对、像叠放的幻灯片，重新冒出一个"当年没意识到，躲在角落以小动物的爱慕，看着那个正在受创的自己"的新视觉，变成一种难以言喻的复式回忆。她既是那被夺去所爱、羞辱的妻子；却又在这小女孩（而且是那篡夺者的女儿）眼中，充满当时的她并不意识到的，全世界最辉煌幻光的美。她有没有利用这小女孩对老师的崇拜，心不在焉地笼络她，打探自己老公和她妈之间的私密细节呢？

　　透过那小说的阅读，她想起早已遗忘的片段：她开车载这小女孩回家，带小女孩去买冰淇淋，看船屋渡口，告诉她一些野花的名字，别有用心地唆使、探问孩子……

　　如果说《自由基》是当年抢走别人老公的这个小三，许多年后（老公衰老死去），却在一次意外危机中，以颠倒、虚构那个挫败退场的妻子，在不存在的平行宇宙，下毒谋杀了那个自己。她靠这个颠倒、移形换位到"想必恨自己入骨"的老情敌，其实不存在的怨恨密锁保险柜，越俎代庖说出了这个"杀死自己"的故事，却因此救了自己一命。而《虚构》这篇小说，却像量子力学中的"粒子缠绕"——发生过缠绕的粒子，分开后，无论隔多远，这个粒子发生旋转，另一个粒子会像鬼魅的魔法，同步产生逆旋——门罗写了另一个短篇，是以"被夺走丈夫的妻子"，那个受创者，很多年后，她却是读到那已与她生命无关的男人、女人，和当年那小女孩，长大后写的小说，回旋重临那伤害现场。那多出来的观测镜片，折射出比原谅、遗忘更在时光中让人低回、品嚼的，对人类情感的味蕾细微繁复变化之慨：或是在当年的那巨创中，她不是唯一的受害者，但小女孩像凶杀案现场呆站的目击证人，她看见的是这个美丽的女人，在杀死，从那个悲惨的前身蜕壳，变化成另一个人，之前的，那么短暂的换日线。

如利刃般的想象

  这套书里收录的四十二篇安吉拉·卡特（就我个人言，真像某一临摹说故事基本功突然从天而降的"四十二章经"）不同时期短篇，极难在此短篇幅中详细分析。她可以迅速、精确、简洁地调度每一则故事"立即进入"的怪异情境、修辞传统，像奢侈的电影导演严格要求的光度、颜色、氛围、昂贵摆设。在无比宽广的说故事地表，几乎没有一种二十世纪的小说素材（镜中颠倒世界、黑暗之心、地下室手记式的青少年暴力自惩、西部片似的向恶魔借枪报仇的血洗场面、偶戏变成真人反噬其操纵艺师……）不印象画派式旋转马车在她那一则一则的短篇故事中汹涌瞬现。那近乎像博尔赫斯一般博学、华丽、冷面诙谐且以钟表器械之精准，熟知自己的书写位置与任一庞大文学传统卡榫衔接的对奏关系，那样的一位"纯叙事人"。

  如同她在《烟火》一书后记中提到，"尽管表面的花样始终令我着迷，但我与其说是探索这些表面，不如说是从中做出抽象思考，因此，我写的是故事。""哥特故事，残忍的故事，奇异的故事，怖惧的故事，幻奇的叙事直接处理潜意识的意象——镜子，外化的自己，废弃的城堡，闹鬼的森林，禁忌的性欲对象……故事不像短篇小说记录日常经验，而是以日常经验背后地底衍生的意象组成系统，借之诠释日常经验。""故事的风格倾向于华丽而不自然……它只有一个道德功能——使人不安。"那么冰冷、伪造、精巧复制的机器布景道具世界里，卑微丑怪的男人（或老头或少年）如何通过杀戮与变态性爱游戏、游乐场式的不真实与童嬉节庆幻觉，或是童话绘本般强烈印象派风格的异国场景（大海边的城堡、雾色弥漫的街道，日本的"和谐而表象"、镜子般的世界）……将操控魔术、权力、意志，甚至残忍玩弄死亡游戏的想象力，传递赠予给那些如同"梦中醒来"的傀儡女孩："渗透进木偶的意念是，她或许可以不必受别人技巧的操控，而是出于自身欲望自行演出生活的种种形式，但她没有能力理解那套启发她的复杂逻辑……"

葬仪社老板的女儿、乱伦村刽子手的女儿，"被创造"的传说中的电影妖姬老妇、在非洲草原被白人"主人"奸淫、施虐并以灵魂次元学习虐杀，而后枪杀其"主人"并变貌成猎豹的黑女孩……安吉拉·卡特的故事景框绕着这些发狂的、被文明技术"玩过了、伤害了，重建认知回路并旋上发条"的女孩，边尖叫边高速旋转。这套故事集绝对可以让最世故的小说读者不安——一种创造力如利刃以超出你想象之陌生角度切割那些理应是熟烂题材的迷惑、惊讶与叹息。

在大师们的墓地上跳舞

　　欧茨此书当然是一本在伟大小说大师们墓地上跳舞，甚至吃他们尸体之书。每一个短篇皆仿拟每一个作家清楚被辨识记忆的文字风格。他们习惯操弄故事中角色的感伤、自虐、脆弱或疯狂。他们（爱伦坡、艾米莉·狄金森、马克·吐温、亨利·詹姆斯、海明威）被拉至幕前，成为心理学案例，成为不断累聚阴影的怪咖。这调度及炫示的"二十世纪文学教养"何其深不可测，如博尔赫斯的那些伪神学论证与不存在的百科全书，如卡尔维诺的"塔罗牌故事繁殖机器"，读书在享受阅读之快悦时，同时检阅、覆盖了一次自己读过（或没读过，仅是对经典之印象）的这些文学大师作品的地貌。

　　这些"超小说"用一种画框（这些成为经典的伟大作家之冻结侧脸）想当然耳禁锢着那些疯狂、暴乱、孤独，一种静置的傀儡剧场：熟谙地对他们作品的阅读印象，作为隐形的交错弦丝。乃可以启动这些即兴、狂想的恐怖漫画，一种几何学式的精准和隐喻（无须再走过那庞大铺陈的身世情节之旷野来建立一角色身世之幻觉默契）。一种"箱里的造景"。

在《爱伦坡遗作，或名，灯塔》，一种华丽、疯狂、尸体腐败之孤寂感铺天盖地将叙事的狂欢淹没。小妻子在宴会演唱中吐血而死的意象，禁锢这个写"遗书"的不幸的人。爱伦坡不再是我们熟悉的那爱伦坡，变成一个"生物被困在绝对孤独状态下，被无聊感'窒息'、电流停止活动，在细胞层面之系统化崩解"的实验品。

其中，《克莱门斯爷爷和天使鱼》，附会繁衍马克·吐温晚年收藏十岁至十四岁少女作为"我的天使鱼"的故事，特别让人恐怖发冷。那或不只是牌戏棋谱地再一次探勘了纳博科夫《洛丽塔》与川端《睡美人》曾踩进的幽微秘境：一种以暮年老人之哀感、肉身衰败自觉。俗世权力与时间之相对自由并虚无才可能卸除男性动物性杂质而领略的"纯真之美"：非灵魂、非肉体、幻觉般的存在，掐捏在极短暂时效隔间的小妖、发光脆弱神物。这样可能在于各民族不同变态文化规训中而封印的，"针尖般巨大的感觉"，在这个"大师虚构"故事中非以恋童症的疯狂、畸形、恶德之花的形式展开：反而是以马克·吐温本尊、暮年老人的纯真、时光悔憾、脆弱，一种纯洁光氛的罗曼史剧场的自我秘密构造。结尾的坏毁与老人任性将不合意的玩具（天使鱼）丢弃的残忍，却又隐秘回奏这本书诸多短篇的一个统一赋格：作家作为一伪上帝，伪撒旦，常失控地无法处理那些伟大作品与真实世界的暧昧边境。梦境里的东西跑进滤水箱便变成腐臭尸骸。

《大师于圣巴托禄茂医院》，亨利·詹姆斯耽迷于那些战争濒死士兵们年轻纯洁的肉体，这多么变态，一个小说大师混迹在战地医院，因为源源不绝会运来那些被炮火重创、两眼茫然的"男身"，但那确实也符合二十世纪伟大小说家们耗竭灵魂以榨取经验的浓缩和快转。大师对那些尸体祷告："亲爱的孩子们！我的爱！你们活在我体内。但是没有人可以知道你们的存在。连你们也不行。"

海明威的男子汉（或那背后的虚弱）、吞枪前夕的末日之景、药片、胶囊、药丸、导尿管，奇怪地既与这些作家意图神秘化的自我形象颠倒逆反又如此合情合理（描述他们的句子便是引自他们作品的水渠）：宁静、美丽孤独，心脏感受到的愤怒、战争、狩猎。艾米莉·狄金森变成依比例缩小的"复制人"：银翼杀手、AI人工智慧，一个可以启动加速模式的少女机器人。这样乖异怪诞的奇想，使得这个"豪华复制人"的狄金森降临在一对平庸夫妇家，成为他们的小女儿，可以繁殖伪拟纪念馆的"她当时生活其中之场景"。这个意淫、亵渎和最后的恐怖暴乱只是曝光一闪一个事实：天才是不可能复制回"正常"的生活时光里。天才少女诗人被封印在"狄金森"的故障回路里——一如海明威、爱伦坡、亨利·詹姆斯——她只能跳针、重播地写诗，乃至被那主人里的丈夫乱伦强奸，这篇算是这一组小说里狂想幅度最大的（或因主角是唯一的诗人、无小说话语可援引仿造），却也将全书之"偷窥伟大作家"恶戏拉高至一脱离"美国经典小说导读并习作选"，高度技艺化的虐仿陷阱——任何一个浸淫日久并有天分的文学教授皆可能制造的另类选集，如郭强生在序言所说：可能有一本伪写张爱玲、鲁迅、沈从文、顾城或曹雪芹、冯梦龙、施耐庵的怪异小说。《狂野的夜》展示了这样必然的"箱里的造景"，同时提出了不同切面的小说家密室之伦理黑暗面：他们皆是被更高意志通过的尾兽，他们快转、吞噬经验、无道德地猎食他人的爱与灵魂，但我们将之冻结成一时光踯躅之小剧场，会发现那是一违反正常人能承受的地狱变、无间道，这是我读此书的恐怖之处。

华丽镯骸场

布吕诺可以被视为一个个人情况吗？他器官的老化腐朽是个人情况，朝向死亡的身体衰竭可以算是他个体的特征。但从另一个角度来看，促成他享乐主义的人生观、建构他意识以及欲望的背景，其实是整个他这个世代。装设一个实验器材、选择一个或数个观察对象，就可以指出原子的某个运动系统——或是微粒的，或是波浪形的——同理可证，布吕诺虽然是一个个体，从另一个角度看，他其实只是历史运动进程中一个被动的成分；他的动机、价值观、欲望，所有一切都和他同世代的人一样，毫无分别。

我们读过二十世纪许多凝视死亡之虚无的伟大小说；海明威、福克纳、菲茨杰拉德、加缪、伊夫林·沃的《窗外有情天》卡夫卡，乃至后来许多日本小说……而维勒贝克以性狂欢、药物、赫胥黎、以分子生物物理代表之现代科技文明之尽头、借尸还魂之中世纪诺替斯异端教派……以妖艳呕吐物、虚乏下垂之阴茎、失智般集体杂交派对之蠕虫场面，以及两位主人翁各自以哲学和科学话语长篇大论之辩证，作为那浸透淹渗过来早衰的死亡尽头之路障。所有的悲伤、挫败、爱之失能，皆成为这华丽髑髅场里一种历史进化之必然。

小说的主角，布吕诺与米榭这一对同母异父兄弟的生涯与性格，像对位赋格一般严谨。米榭是绝对理性、没有内在挣扎、分子生物物理顶端精英中的精英；布吕诺则是个外形衰老难看的性滥交症者，却同时感伤忧郁、一个愤世嫉俗者。前者之被描述，似乎是透过未来《美丽新世界》式复制人种，对已消逝之"人类"此一古典（有性欲、可爱、因欲望而生出的自我与排他感、感性、易怒）物种之科学话语之追记。后者则似乎是二十世纪所有性解放、嬉皮运动、狂欢性派对、杂交天体营、"垮掉的一代"或所谓"道德日渐沦亡的西方"，在"繁殖"被流放出"性"的伊甸园后，但这些被失于自己的意义而不慎繁殖出的个体，如何由不同路径寻找激爽、"寻找爱"的绝望历史。

最优美感伤的一段是米榭与安娜蓓儿这一对少年恋人在二十三年后重逢，他们温柔温馨地性交，第二天早上醒来后，安娜蓓儿心中想："……在繁殖范围中，他们是两个逐渐衰老的个体，繁殖后代的价值已经非常低。她经历过不少，吸过可卡因，参加过杂交派对，睡过不少豪华大旅馆；年轻时正好经历道德解放时期，她的美貌将她置于这个潮流的中心，为此她受了不少苦……至于他呢，因为漠然不在意置身潮流的外围，就跟他对人生漠然、对一切都不在意一样，所以并没受到那个时期太大的影响；只乖乖地当'单价超市'的忠实顾客，乖乖地研究分子生物。这两个生命体验了完全不同的经历，但在他们个体上并没有留下多少痕迹，是生命本身执掌摧毁的任务，一步一步使他们细胞老化、器官衰老，身为拥有智慧的哺乳动物，本来能够相爱相守……"她说："我不明白事情怎么会糟到这个地步，我无法接受。"比照马克思"获利率渐次降低"的概念，这些不论如何开发创意挑战边界的性狂欢终难逃脱放荡体系中"欢愉度渐次降低"的原则，欲望和欢愉一旦丧失了精神上、道德上的诱惑条件，纯粹追求肉体上之标准，维勒贝克言，其趋势必定朝"萨义德式的性活动"发展，硬挺巨大的阳具，打过硅胶的女人胸部，女客们被一堆巨大阳具插入……再来即是 SM 俱乐部，温柔消失了，个体消失了，爱消失了，真正的快感亦在流水式繁复的集体肉体后消失了。

事实上小说中这两兄弟最终皆各自找到"爱"的化身，他们几乎要被翻盘被那两个爱之典型女神给救赎，这样的两个女人像圣母玛利亚抚慰承诺人类被自己创造之文明的堕落邪恶所吓坏的冰冷和永恒孤独。但维勒贝克不允诺这个"狂欢加速快转之骇怖死灰感"之后的爱之赠礼。两兄弟赖之救赎之两位爱之女神，先后因绝症（个体肉身难逃衰老坏毁之自然法则）而自杀。于是两兄弟作为二十世纪末"人类"这种物种的性爱存续价值的取样，其逻辑便彻底被否定。才有本书最末章之"无爱繁殖"之未来复制人种的启示录手稿。

这确是一本巨大、可怕的小说。

不只处决了小说一次而已

……那时恩斯特·海明威已放弃了斗牛、钓鱼、打猎和拳击，并且用猎枪轰掉了自己的脑袋。没想到那声枪响竟引发了全国大枪战。先是李哈维·奥斯华德枪杀了甘乃迪，接着杰克·鲁比又枪杀了李哈维·奥斯华德。后来华伦·比提和费·唐娜薇分别扮演邦尼与克莱，在一场混战中双双被枪杀。然后劳勃狄尼洛又扮成计程车司机，为了营救雏妓茱蒂·佛斯特，干掉了一批吃软饭的皮条客；结果有个刺客爱上了茱蒂·佛斯特，竟然跑去射杀隆纳·雷根。其实雷根那时不演牛仔已经很久了。但这件事可惹恼了演洛基的席维斯·史特龙，他干脆扮演愤怒的动物蓝波，把所有看得到的人都射杀了。不过，那已是一九八〇年代的事。到了一九九〇年代，有个叫阿诺·史瓦辛格的，甚至把未来的人都干掉了！

——《去年在阿鲁吧》

"多年来我一直在怀疑，所有小说中描写的梦境，都在影射我的生活。"——怀念九〇年代《黑客帝国》？《我，机器人》？《人工智能》？似的"残存了人类意识的虚拟人带着一个女记忆体在系统母体铺天盖地地追捕所展开之大逃亡"情节，被挑逗、被调侃、被哭笑不得地陷入那个古典浪漫爱情的"记忆晶片"拟像之经验。

"这个天才是谁？"我以为是年龄小我一轮、小说的启蒙时刻即得天独厚由《哈扎尔辞典》、威尔·塞尔夫《伟大的猩猩》、伊恩·麦克尤恩《最初的爱情，最后的仪式》或如玛格丽特·阿特伍德《羚羊与秧鸡》……这些古怪，自由翻转世界，任意将周期表元素、函数、混沌理论、基因复制工程，种种科学修辞光影挪移偷渡至一个人体（或意义），魔术般拗折、变形、溶解、碎散、重组，"美丽新世界"的新人种。

不想后来揭晓，作者是早在一九九〇年即以《速度的故事》惊动武林万教，拿下时报文学奖小说首奖的贺景滨。

《速度的故事》是这十多年来两大报文学奖如海底火山爆发而浮出诸多新岛屿的得奖作品中，至今仍被我们这些老文艺青年津津乐道、念念不忘的少数几篇之一。当年评审之一的张大春先生还写了这么一段评感："《速度的故事》及其获奖的评审过程实则凸显了小说界（如果有此一界的话）对于形式自由的巨大渴望，即使它们无法唐突也不可能崩坏——一个具有长久历史的小说传统。值得庆幸的是：贺景滨只能运用此一极端的嘲谑来处决小说一次而已，在充分获得书写或想象自由之后，叙述传统将获得再生的机会，那些曾经捆缚过小说的批评架构亦将从自我的解放中重新汲取作品的启蒙。"《速度的故事》与《去年在阿鲁吧》两篇作品时隔十五年，一如贺景滨屡次以"李伯梦"为故事主角之系列所借典之《李伯大梦》。未来之境。或者一回首已百年身。如今我们有幸拿着一手"时光之牌"。这位的出手实在珍罕，在小说时光的长河中总以"李伯梦"，跑出"现在"的景框之外，以他个人打造的另一个星球语言之"代数与火、海洋与帝王、矿产、飞禽和鱼类、建筑和牌戏、对神话的恐惧、语言学、神学和玄学之论战"（博尔赫斯语），未曾改变地说故事，其实岂止"处决（台湾的）小说一次而已"？贺景滨的这些小说，让我回想起台湾一九九〇年代那个充满叙事狂欢与形式奇诡之冒险精神的、小说的黄金时代。

唬烂之术犹如炼金术，上天下地、无所不进小说家颠倒之世界镜像：伪造科普新知、人类学者田野调查报告、航海日志、科技发明史……那飘浮着各式刻意设计错误、奇形怪状之基因组合生物、乌托邦新人种、歪斜滑稽之城市设计草图或国家律法……一个想象力爆炸，读者无比欢乐、茫然、歇斯底里跟着叙事魔法狂笑不止的"美丽新世界"。

贺景滨的小说，一如他的《速度的故事》，在高速时"灵魂被甩出车窗外"。他似乎始终未将"写小说"这事儿的夜河行舟划进水藻密覆、布满历史考据、抒情陈腔、风格化文体、情欲书写、写实主义复辟之"没有人会笑"的世纪末重彩妆小说沼泽区。他的欢哗疾行、一路抖包袱、无有古典戏剧之停顿时刻，让人想起另一位华文冷面笑匠天才王小波的《白银时代》。他们有一个共通性：白话文之杂语言写已臻化境，行云流水任意唬烂打屁俱能成一篇"我们这时代的上林赋"，却又不耐烦于小说只是一种对"人的存在处境之古典（经典）小说之临摹"。某部分的他们借着撒豆成兵任意窜改的相对论、数列虚数（i、∞、0）、遗传工程神话、病毒与免疫系统之 Discovery 剧场……将人的存有拉高到一种宇宙论的高瑰丽视觉；另一部分的他们却因此让故事中的主角们呈现一种"培养皿中的精虫们"的、恍惚无明、梦游痴呆的宿命论者状态。"他"成为"他们"、"我"成为"他们"，以各篇小说为单元剧（速度、记忆、政治、白色恐怖、信仰、性……），成为一本"人类的故事"；个体只是克卜勒定律中大小卵形轨道里的一枚陀螺；或千万枚测不准的乱数群体里的一小粒分子；一个黏巴达病毒；一个乔治·奥威尔的集体剧场，既科幻又感伤。任何一个"我"（或"他"）的极限经验（失恋、戴绿帽、离散、被遗弃、成为反对运动者、受到白色恐怖……）都预先被一个无限组合几率的群体"共业"给买单了，所有现代主义式的上穷碧落下黄泉的主体施虐成为一个纷乱跳动整体中小小的共振振幅（像一泡精液中的一小颗精子）。如此，被高速甩出的灵魂（那个老说上帝开玩笑的、一脸笑意的小说家），比所谓的"百科全书派"小说家殚精竭虑打造之庞大又虚无之知识殿堂更清楚地模仿了这个当代人类处境的渺小愚蠢。

　　这似乎不很公平，他只是讲个屁笑话就戳穿了上帝的诡计。且他未掉进卡尔维诺所说"搜罗主义的恶魔在书页上掀翅怪笑"。

　　或者我们听见了那桀桀怪笑。但那笑声经过了李伯梦的时光机器，二十年，难免令人觉得怀念而温暖。那似乎是每个读他小说的读者心中乍乍浮现的迷惘："人类的想象力有极限吗？""这是这个我在笑？还是我的 GG 在笑？或是潜在我体内的老 I 在笑？"创造力在那样的痉挛时刻，竟然带给我们一种极纯粹的，存有感无比清明与实在的，小说的愉悦。

二〇〇六年八月号《幼狮文艺》

二〇一三年改写

百感交集的旅程

如同奈保尔在《抵达之谜》里，充满惆怅地回忆，他十八岁第一次远离故乡千里达，在纽约的城市高楼间踟蹰晃逛，看到一家电影院的广告，片名和演员皆显示那是一部法国片，他写道："我这辈子从没看过法国电影。但我知道不少法国电影。那是我从书上看来的，我甚至会以某种方式'研究'它……就像一个人，他拒绝去一些著名的城市玩，只看那些城市的街道地图……我认得那些书中所有的剧照。他精辟的文字内容，以及我对法国之身为文化大国的浓厚兴趣……让我从那些反差大、复制效果又差的小剧照中看出了特殊的优点。"奈保尔将之（他的"十八岁出门远行"）描绘成一趟"自我剥夺、删除记忆，却又充满欣羡在想象中比照'巨大'西方现代实景"的旅程。余华则在《我能否相信自己》中，像"年轻一些的博尔赫斯听年老的博尔赫斯说话"，他必须从博尔赫斯"四倍的子弹"的现实讲起。那和他置身、面对并且必须为自身作品解释的国度如此陌生。一些巨大的名字。那很像是马尔克斯在《我遇见了海明威》里所说："我们这些小说家读别人的小说只是为了了解那些小说是怎样写的……我们不满足于小说正面暴露出来的秘密，还要把它翻个面儿，看看它的接缝。我们以某种难以解释的方式把小说的主要部件拆卸下来，等了解了它那独特的钟表似的结构之奥秘后再把它重新组装起来……"这是读一个一流小说家饱含感情谈另一位一流小说家作品精微妙处的美好经验。譬如我们读到博尔赫斯用芝诺"飞矢辩"谈卡夫卡或是昆德拉用主题赋格谈卡夫卡，我们当然知道卡夫卡不止于此，但常常我们记下的就是某一个作家在另一个作家的作品中，灵光乍现勾指出那不可思议的天才段落。譬如马尔克斯说福克纳"像一群公羊在一家玻璃店里撒野"，卡尔维诺说博尔赫斯"每件作品皆包含了宇宙的一个模型或特质"。余华的《我能否相信自己》确实是一本"温暖和百感交集的旅程"，我们颠倒迷离地跟着他穿过那二十世纪上半叶，现代小说黄金时光，那些伟大小说家在搏击"真实"与时间、大屠杀与孤立个人的信仰崩毁、语言或记忆……他们穿行过的山谷之阴影或是桥梁反面的脊骨。余华的"小说时间"钟面恰好迥异于王安忆的"心灵世界"。王安忆的后俄小说素养使她在某一阶段的书写实现上避开了现代主义的文字白化症与一种早于他们现代性经验、仅只内向封闭于小说中的"观念性的解释世界的冲动和为世界制造一次性的图像模型"。而那恰正是余华的起点。这样的（朝向不同时代的西方典律）时差、浓缩挤压、错杂并置——包括八〇年代同期产生于寻根之后的"新写实小说"和

"先锋小说"——令人不能置信地在二十年间（余华二十岁最初读到川端《伊豆的舞娘》，二十五岁在浙江海盐一间临河的屋子里读到了卡夫卡），将西方近百年来的小说（或如昆德拉所说：欧洲小说一种对于人的存在处境之描述热情），"超英赶美"，繁花簇放集中实现在大陆这一批黄金世代的中文小说实践上。那个过程或已难立分一边界——或正是奈保尔哀伤感慨，或是早于六〇年代便由王文兴、郭松棻他们开启的现代主义——他们在五四以后，中文小说书写的另一次接轨西方文艺的现代化高峰，触撞到了怎么样的墙？（黄锦树说"哲学？"）因为博尔赫斯是《我能否相信自己》的核心关键字，所以串联着每一诗意饱满的篇章，每一位提供了不同的叙事的现代性体验或"当代小说对技巧的深刻需要"的大师名字，便无可避免地环绕着"虚构"这个小说国度与真实隔河相望的词语之王。"真实可信的存在方式是因为它曲折的形象。"（《一千零一夜》）"描述细部的方式，几乎抵达了事物的每一条纹路。"（川端康成语）"他们都是在人们熟悉的事物里进行并且完成了叙述。"（卡夫卡语）当然全书最动人的章节是福克纳、陀思妥耶夫斯基他们在小说中杀人后，如何"停止描写内心的语言"；以及讲到布鲁诺·舒尔茨那"父亲变成螃蟹被煮熟后复逃跑"的段落。"虚构"在这里成了小说家素朴尊严的工匠技艺，而非昆德拉式的碎裂犬儒或埃科的电脑爆炸知识百科之熵。

未来的小说家

雅各的画作不能各别拆开来看待，任何一幅都缺乏一种解决完成的独立性，但是当我们留意到每幅之间的关联时，会赫然发现到其间的呼应与质疑。

——《留白》

他们在那儿，他们远在他们所讨论的话语中，像是挤在一辆行驶中的火车上，那些什么"制度层面""势力整合"的字眼，成了火车车窗。一串串话语载着这群习惯于将自己交付给这辆列车的人，迅速前进，超越风景，玛迦目送这便捷的列车驶过，算了，很快又会有下一班的。

——《留白》

某次听黄春明先生回忆国峻童年的一段往事，非常感慨且感动，他说国峻从小便敏感而害羞，却运气不好没遇到愿意柔软理解他的老师。小一时，有一次黄春明发现国峻写作业写到十一二点，原来是老师要他把每一个错字罚写二十行，而国峻一共要罚写九个错字一百八十行！黄春明第二天去找老师，说我觉得对一个小一学生来说，晚上九点上床睡觉比把每个错字写二十行要重要。没想到这位老师是个气量狭小之人，冷冷回了一句："那我没办法教你们小说家的孩子。"从此在班上冷淡疏离国峻，小二时黄春明便让国峻转学，但那时学期还未结束，有一天黄春明便对国峻说："国峻，我们去环岛旅行好不好？"

于是，在那个年代（还没有高速公路），一对父子，公路电影般道路在眼前不断展开，父亲骑着野狼机车（里程走太远还要在路旁将机箱拆下清理灰渣），儿子紧紧抱着他。他们在客家村落看猪农帮母猪接生，像电影画面，我们似乎看见七岁的小国峻，睁着惊奇、黑白分明的大眼，躲在父亲腰后，看一只一只晶亮湿漉裹着胎衣的小猪鬼，从母猪的后胯挨挤着掉出。或是他们在旗山看见遍野香蕉树叶如巨大神鸟集体扇扑翅翼，在台风中中魔狂舞，也因为遇到台风，他们骑机车顶着漫天银光的大雨，父子披着雨衣，折返北上。

那个画面让我感动不已。原本是被这个社会粗暴伤害的预言般的起始时刻，一个敏感的灵魂，却被父亲的魔术，转进公路电影的，对这个世界惊异且诗意的窗口打开。"国峻在那时看见了什么？"对于我像是一则关于小说——小说可能开启的观看，神秘眼球、魔术万花筒，或一个自给自足的孩童马戏团，这样一个隐喻：一个孩子，他正被这个世界（远大于他的暴力）伤害，这位父亲，守护他，为他展开一场公路电影，但这位如天使般晶莹的孩子，他看见的，在他眼球中所播放的，未必是所有大人想象的风景。"度外"，空间上它可能是在这一切画面、画面中的人儿、风景，这一切之外的，"眼球玻璃体的另一种弧光"；时间上，它可能是小说所能赠予的诸多时间领悟之外的，另一种穿过这些小说时间的方式。

我最初读到黄国峻《留白》，当时心中想到的就是"法国新小说"，特别是罗伯-格里耶的名作《窥视者》《嫉妒》。那种在小说的叙事力量，已自觉、怀疑一班人阅读小说时的俯视"绝对权力"。某部分来说，这样的小说，可能将我们正阅读的小说视为一幅画。照亮这画面中场景里人物的光源，不再是读者如电影投影光束的"让故事跑动"。如同福柯在谈论委拉斯凯兹《宫娥图》时所举证，造成视觉的光源从这空间四面八方产生，每一个看似无关紧要的角色，他（她）观看这"同一景致但不同角度"的眼睛，若有深意的表情，使整幅画像一布满红外线光束的蛛网阵，汹涌喧哗的视觉市集、视觉马戏团——即使从我们这样单一的角度看法，只是一幅关于"观看"的静物画。

所以"法国新小说"那些人，提出了小说的主角，是一屋子的客体物件，只是这每一件物件，透过这篇小说叙事者的眼睛，它们不再是"纯洁"了，它们已是荧光般、沾着辐射尘已经"被动过手脚"了的餐桌、餐椅、墙上的挂画、橱柜、烛台……一切的一切，都已带上了叙事者的感觉：怀念、嫉妒、窥察真相的侦探式观看、"我不在其中"的空洞与哀愁、"原该是我的空间却被另一人占据了"……种种。

"法国新小说"并没有在二十世纪后半叶造成较大的影响——主要是他们对于小说中叙事者故事纵欲（或无节制力）的摘取，要穿过的哲学镜箱，抽象的几个翻转，难度颇大，和二十世纪的后半叶，从小说那攫取了"说故事者"神杖的，好莱坞为首的影视工业，乃至现今已蔓窜布展成另一种文明形态的网际网路，集体创作，故事已超出单一作者提出沉思、延搁、缓阻……之愿力，喷洒迸爆，成为一种朝大数据巨量"全人类都在疯故事"的菌藻式繁衍奔驰，形成了"演化的脱节"——更别提清末乃至二十世纪初，"文学改良刍议"才启动的现代华文书写实验。从十九世纪西方写实主义借鉴来的中文小说，也许在二十世纪八〇年代受到拉美魔幻之晃动，似乎并没有再经历"小说意识"与"真实"之间较大的冲激和异质的"反书写"：或许这个民族这一百年来，光要说出人们所遭遇的，"不可思议的写实"，就已经占爆传输线路了。

这于是我们此际阅读（已在二十年前离世的）黄国峻的小说，那说不出的陌生诗意，眼球（或是调度重组那些片段字句之讯息的大脑）被一种奇特的太空舱飘浮感向四面八方离散，一种也许早些年初读北岛、顾城，或年轻时的余华、格非小说的，一种"小说还没长成后来所是的庞然巨物"，最开始时刻对小说的"寂寞的游戏"，一种新生事物、如朝露未被蒸发前的，灵动、纯真。

金属餐具的表面，映像扭曲、破碎。

——《留白》

坐在牧师身旁的哈拿，她知道姐姐并没有不悦，只是累了。看那盘苹果，每片都切得不平均，有的还带着一丝外皮。她不是一向很会料理这些不必叮咛的细节？

——《留白》

困在窥看的视野中，她是藏不住心思的，没一会儿就泄漏情绪了。到底雅各在笑什么？好像有什么是自己从镜子里还看不到的。

——《留白》

这样藏在行文中的细节，不胜枚举，我们难免想到过世后遗稿读见的《小团圆》《雷峰塔》，张爱玲即使在她中年之后，远离那个"原爆震央"，那个少女时间的自己，那从稀微时光流河中召唤的"感觉周边一切人们心思"的观察者，仍是痛苦困顿于自己数百倍异于常人的敏感，每个人的感觉她都接收得到，但她无能力左右这胶态梦境中所有大人们，像狙击手准心互瞄，那繁复错综的"塞满感觉之窒息"，因为她只是这画面里最孱弱的小女孩。那一切要等到很多很多年后，她才能重临伤害现场，细微索索、一笔一画重绘出"当时现场如何如何"。

《度外》这一批短篇，完成于二十六至二十八岁之间的黄国峻。我如今五十岁重读，仍震撼于那种"每一处小裂缝都抑藏着像蒸气壶的喷气尖叫"，然而最后是一整幅静默的群像。那种细微心思无处不在，遍布整个空间，乃至瘫痪的神经质。

国峻的文学内在世界一直是个谜，可惜他没有给这个世界够长的时间，提供更多的，这些"洞穴中的壁画""箱里的造景"，为何那么晶莹剔透？更多的解谜线索。我印象中曾读过某次他提及影响他较大的小说家，竟是弗吉尼亚·伍尔夫。当时我便觉得这位小说家真怪。没有我这个世代虽人各有异但一定会被其潮浪浸泡的马尔克斯、昆德拉、卡尔维诺、博尔赫斯、三岛、川端，或张爱玲。因此他的作品即使放在当时他出现的，台湾九〇年代这些作家群（包括黄锦树、董启章、我、赖香吟、同样已逝的邱妙津、袁哲生）之中，仍是说不出的"无脉可寻""无根而璞"。一直要几年后，所谓"内向世代"（黄锦树语）的集大成者童伟格出现，有其小说及小说论的洞穴层岩之延展纵深，我们或才多少有一些更全景的小说壁画之领悟，略能领会国峻的小说，"啊，原来那时你在那里"。

他的父亲是台湾重要小说家黄春明先生，其作品可说是鲁迅一系的传人，然又如巴赫金之理想说故事者，深谙底层、民间、市井各种杂语的自由活跳，带着说故事最原始的"流浪汉传奇"活力，其作品《青番公的故事》《莎哟娜啦·再见》《锣》，多篇已是台湾乡土文学的经典。但国峻的小说，完全跑到他父亲小说光谱的另一端。

譬如《归宁》这一篇，如果以现在流行的 IP 做法，可以简约成"一个叫安妮的新婚且怀孕女子，回娘家待了几天，和娘家人相处，没有发生什么重要的事"。事实的确如此，以我们能追忆的中文小说，譬如张爱玲的《封锁》，或是沈从文的《静》，所谓"无事儿小说"，也许是一空景的素描，我们可以探寻这样的一篇素描，这些浮世绘中人物们淡眉淡眼，日常琐碎对话，摘去了重大戏剧性或事件，其实小说背后伏藏着某种"现代性经验"，也许是更大的灾难或惘惘的威胁在幕后正发生，张爱玲和沈从文都是此中高手。

但黄国峻的"故事解离""空镜头"，连前二者那压至水面下，"藏起的鬼牌"，然终可以和大历史当时"小说中人物正活在怎样的乱世／虚假的楼台／眼前一切，下一瞬将被焚毁炸灭"的恐惧之预感，都不同，以疯子或精神病的当量计价，它只是一个初次怀孕的女人，内心的浮躁和浮想联翩（你非常难，近乎不可能做这样的联结："这个人，就是被他所在的时代，或受创的国族，给搞疯的。"我们在鲁迅、波拉尼奥、马尔克斯、卡夫卡、奈保尔、鲁西迪，甚至那些美国短篇小说，都能做这样的轨迹连接）。一种小规模的纯净小说中的移形换位。

　　大多数人都没有发疯，安妮边走边想。她知道有的女人之所以发疯，是因为遭到严重的伤害，可是什么伤害那么强烈？路上的车辆在安妮眼前疾驶，互不碰撞，太神奇了。也许，一个女人正在研究如何做天鹅泡芙的颈子，如何将糖霜施撒平均，她的思维变得细如纤丝，这时突然一件伤害生命的事降临，这样的对比就可能显出伤害的强烈程度足以使她发疯；不过对于不必学做泡芙的人而言，他觉得被推倒在地根本不算强烈，至于算不算伤害，那就得看人的幽默感够不够了。

——《归宁》

归宁，某种时光的租界。嫁出去的女儿，在那个清楚截断生命某一阶段形态，或身份的仪式之前，她是少女，女儿，这个家的女儿。但在那个仪式之后，她是"别人家的"，媳妇、妻子、母亲。但在"归宁"这短短几天，她又潜回原来所是的那个"自己本来理解当然在那其中"的空间，一种"犯规""僭越""被人世约定所取消的，却无声但任性的"挨蹭回女儿的老位置。那个重回不在场（我们想起品特的《重回故里》）形成这整个短篇，或这位怀孕女主角内在的"无人知晓的内在建筑正被飓风撕扯，将要分崩离析"的内在意识。

什么都没发生（以小说的戏剧性规模），但又发生了许多事（以小说的观测、视觉移动之尺标）。

我们试着从小说其中一段，以类似电影分镜的方式，看看这少妇安妮在"归宁"这段时光的再切分"小时光"里，遇到哪些事。

△午餐前，安妮去了一趟图书馆发泄。走到巷口，她看到几个老先生正在围观拆房子的工程。

△安妮想起了姑妈第一天所说的："你要是再早几天来，还有火灾可以看。"

△（作者的旁白）因为这附近的房子都盖得很接近，所以失火的那家人不但没有得到同情，大家反而把他们当杀人未遂的凶手来看。围观房子被拆，也算是种泄消心头之恨的方法。虽然本来安妮也想看看工人们是怎么拆的，但是想着人家的感受，于是也就离开了。

△安妮在校区图书馆里。一些老先生独占着报纸。

△安妮经过了各门学科类别，来到图书馆最角落，就在休闲类的下方，她拿了三本书，坐下来阅读。

△没读完一面她就愣住了。怎么自己所拿的书——有那么多更有意思的书——是生育须知、园艺大观和美食百科呢？怎么自己竟和一群秃头的老人坐在同一张桌子前？他们打呵欠，抖动两脚，难道自己看起来也是这副模样？大略地翻看食谱，彩色的图片吸引了注意力。这是吃的东西？做得真美味的样子，可是她的丈夫说：吃是低等的感官。没错，所有的事实都在支持他那无法被攻击的论调，可是这本书竟企图把低等的享乐精致化。

△一整段关于安妮被甜点美食书的照片吸引着迷至其"精致微物之神"的描写："……它们美得像是在教训、在嘲讽做和吃的双方。十颗做成天鹅形状的泡芙在糖浆上面浮游，这些泡芙有着细长的弯颈子、圆头，以及巧克力酱画上的眼睛，和背上如鹅绒般的糖霜、鲜奶油灌胀的身躯。这怎么吃？"

△外头一阵房屋倒塌的巨响，如雷鸣般传过来。是工人们所拆的那间烧黑的危楼。

△这声音将安妮从书本中揪出来。她的感想：自己并不

喜欢这样相比，但这些无比精致、雕镂，和房屋塌倒的巨响相
比，她才受到惊吓。

△一个人影站在身旁，安妮抬头，在图书馆遇见姑妈。

△安妮和姑妈一同离开图书馆，结伴回家。

△在途中市场外，两人见到路上一个疯妇。

△这里有一大段安妮对"发疯的女人所受的伤害，或没发
疯的女人，那些伤害是如何移形换位"的内心独白。

△安妮和姑妈回到母亲家，桌上有半包留给母亲的糖炒栗
子（奇幻的是刚才路上疯妇大喊卖糖炒栗子，但其实她拿的是
空篮子）姑妈向母亲说："安妮是个体贴的孩子，话不多，挺
懂得包涵人家。"母亲说："那是你没见识过她生气。"姑妈说：
"发脾气总比憋在心底让人放心，是吧？"

我就不用再引小说内文了，但有一句话，从这篇看去如细
微水波，各种"面具后面的尖叫"，却如雷诺阿画作充满柔慈
之光，静态风景画的粼粼描写中浮现："胎儿一稍有动弹，安
妮就注意自己是否哪里做错了。"这种精密秤盘的晃摇、微观
世界里天摇地动，但现实中只是沉默女子，穿梭在不同角色
的换装自觉，或可作为这整本国峻短篇小说集的进入方式。
我们会说"他太纤细了""他太精密了""他太内向了"。但这
些小说的内在，有一种奇妙的内禀、原子引力，像许多小钢珠
哗哗找寻一种动态的均衡，那个均衡态，外在世界一个稍大的
变故，使全盘毁灭。于是这些小说的小心翼翼，精致动态如此
珍贵。

在《触景》这篇由三个短片段书写的"景三"这一篇，我在二十年后重读，仍震撼于国峻的天才。那种奇异的空间变形，界面胶状的内与外的自由翻脱，因为写实主义小说无法抵达，而像多维演算，不可能的膜宇宙、胚胎化的时空捏塑，受过创伤的人们在这些奇特的材质如在极窄的剧场光区走动，辩证着爱与被弃的时光……这样子的小说境界，只有在其后黄锦树某几篇绝妙的短篇，或童伟格那"谜一样的小说秘境"，才得见那种等级的高度。我重读时内心的惊异，以及痛失同侪最天才者的失落遗憾之感，再度袭来。

一张摄影作品。海浪在相纸上冻结。这是坐船在海上向陆岸拍摄过去的，山脉、房屋和火车，远远地浮在海面，海水荡出了碧蓝色与金色。虽然这不是亲眼见过，但也算见过了。

这很像阿莫多瓦《关于我母亲的一切》一开始那怪异的，已死的儿子的独白，好像无限依恋，感伤回忆的那个母亲，但后来我们意识到这儿子已经死了，那这个"追忆"的声音是从哪冒出的呢？国峻的这篇短作，是一个"声音的无中生有"，这个叙事声音："我们"，似乎是在一张摄影作品前的观画者，"我们还被绑在母亲的背上趴睡着"，这像是个孩子，或某人回忆自己还是孩子被背在母亲背后看到一幅画（其实是摄影作品）的印象："我们在那张奇怪的照片前止住了哭泣，斜着头，从她的脑袋旁往前看，看母亲在看什么。"于是孩子顺着母亲的视觉，画面与画之外的现实，那个界面被移接、偷渡了，"我们"进入到画之中，"我们在雷声中惊颤……雷声捶打着天空"，"大雨随即落下，我们来了"。我们原来不是孩子？是每一颗雨滴？但他又写"我们破碎成不同个人，落在母亲背上"。这于是"我们"以时光之外的侵入者，侵入到那个母亲还未成为母亲，可能还未受孕，被遗弃的创伤还未发动前的少女静美时光。有一个可能是"我们"的父亲的男子，和那年轻时的母亲在这大雨临袭，后来成为照片的"现场"，栩栩如生进行着一段年轻伴侣的，寻常的对话。

　　——"我就说应该下车回去，整片天都被雨下灰了。"男人看着他的那袋摄影器材说。

　　"我的脚站得好酸，不先休息就又要站回去吗？"母亲说。

　　——"就继续坐在这家店喝茶好了。"

　　"我们可以搭渡船，至少。"母亲回答。

　　——"我看船根本超载了，我们的命真不值钱。"男人说。

　　"可是如果不让他们上船，那他们会在岸上抱怨的。"母亲说。

　　读至此，这幅画面里的男女，给我们一个印象，男人是个艺术家（摄影师），充满想往未知世界探索的意欲，女孩（"我们"未来的母亲）是个阴性、柔慈，但陪伴在这位任性艺术家旁的小女人。国峻这样写着。

　　是哪个男人让我们的母亲怀孕？他在平常都做什么？他在小心摄影器材有没有淋到雨，他在用独到的眼光观察四周，拿着笔在小册子上写：何时何地，第几张的光圈是多少。他把那些记录和心得，写得好像世上若没有他，那几行字是不可能有人能凑得出来的。

　　……

　　他写着：这世界用雨水触摸自己的身体，这淫荡的山川和林谷，这孤独的创造者。生命是死亡的过程，在死亡之前，我大概会有七十年的临终时间。写到这里，他坐回到她身边，她掏出手帕，帮他擦去袖子上的水珠。

　　这张"伤害照片"，"怀旧照片"，"昔日某一瞬时间的冻结"，是这位对身边女孩之温柔视而不见的男子（创作者），他将要摸索、灵光一闪的作品，而之后的时光，这个男子会弃这女孩而去，女孩怀了他的孩子，生下这篇文字说故事的"我们"，未来的回看、像侦探全景观测"当时"是如何一种情境的历史反思着。所谓伤害，其实朦胧、混沌于这个小母亲，在日后无数时光，背着孩子，看着"那张奇怪的照片"，"家中那张一哭母亲就抱我们去看的照片"，它既是伤害的源头（那个不在场的父），也是疗愈母亲思念哀伤的纪念圣物，更是"我们"之所以是"我们"的，在一切之前的史前史。"我们"就是世界，国峻写着："这世界是我们的打击乐器，各种材质上滴答声，合奏着，心情迈向欢娱，我们像自大的孤儿，嘲笑着费解的身世，没有羞耻心地横行着。"我们就是那张照片将被按下快门前，那将临袭的暴雨："……雨刷冷漠地挥开我们的包围，我们积在街道路面，等着阳光未来将我们从千百次的碾踏中蒸发走。一个个在各处避雨的人，动也不动地站着。"

　　这种关于"观看—被看"；"静物画中各有心思的人物素描"；如同，希腊导演安哲罗普洛斯的《雾中风景》，那对小姐弟以一张幻灯底片的静物画作为证物而展开不可能的寻父之旅；那个让人怀念的纯真年代的空气；或国峻内在思考的"爱""父性的神""只能在时光中领会的母性的牺牲和柔慈"，这些辩证（在这篇《触景》）之三联小段的第一段，就写了一篇关于"男性上帝和女性上帝之间，关于创造的狂激，以及深知这创造必带来毁灭，那奇幻的纠缠与回旋"的故事）……以未来的"我们"，触景之不可能的小说才能发动的，狂欢的大雨，既成为"回到过去——发明那个将会创造未来的神秘时刻"，成为界面，也深邃地完成小说能触及，而写实主义无法触及的，"神所在的每一细节"。

　　针尖互相磋磨，操作它，机械化地持续此一动作，不用多久，双手便会感到停不下来，精神渐渐进入迷眩的状态中，这是一场在手心里展开的微型舞蹈，拇指与食指巧妙地一缩一踢，棒针尖像鸟喙般琢磨着大自然中某个坚硬的角落，要怎样才能了解它动作的用意？这大量反复的棱网纹路，不眠不休地繁殖着，那屋外尖细的虫鸣声，遍布整个星球，该不会闯进屋内吧？幸好后门提早锁上，今晚屋里没有男人。

——《度外》

　　我的朋友宋明炜先生有次对我说："法国人和西班牙人认为，帕维奇是第一位二十一世纪的文学大师，虽然他在二十世纪写作。美国人认为，波拉尼奥是第一位二十一世纪的文学大师，虽然他在二十世纪写作。"

　　我如今重读国峻，这位极可惜才刚穿过二十世纪之膜，便陨灭的小说家，他建造那像是必须在工作台俯视，甚至拿放大镜才得观看的奇异音乐盒，那种难以言喻的光与影的舞步，硬质与胶状的交互鼓突与塌陷，每一瞬都在变迁的不同人的内心独白或画外音，他使得这里"双针织编"的人心——哭泣与耳语、喧嚣与孤独、声音与愤怒——像实验室的光子投射，从所谓小说的故事泥流或情节转盘中，抽离出来。或许国峻写这些小说时，并未读过巴塔耶、鲍德里亚，或福柯的《外边思维》，但他的《度外》，那种奇特的将看向过去的强曝光全开，使得猫瞳眯成一条缝，甚至进入全黑，暗室中松果体的投影光束打开，形成一整厅廊"黄国峻式天文馆"。心思像宫崎骏《千与千寻》里那成千上百只追击白龙的纸折之鸟，被某种意念幻术放出，日行千里，盘旋飞行，在画面之外自由再开启另一画屏，"为了收容这些思维悬浮在渺渺光影和重重时序的人们，于是街上挖开了一坑又一坑的咖啡馆、书店、剧院、画廊、以便他们不会掉入危险的空洞感中。"这些心之猿意之马，蹿跳出原本画框剧场中，静峙站位的主人翁，以博尔赫斯所说的"编沙为绳、铸风成形、梦中造人"相反之物理形态，随意翻跹（是的，他其实是个像塞尚，不，夏加尔那样的画家），挥洒出在旷野、树林、河边，那让这"度外者"轻微忧悒，说不出是挂心或怀念的小小人儿，他们或在野营，或在打猎，或在水畔睡袋中将睡未睡。

这个"度外"（心思在己身之外的另一个空景飞行、冒险）的地景，又会遇见另一个人的心思，像一团龙卷风自成漩涡出现，很奇怪的，它又成为一内视空间"充满了多少另一群极多的人的意念"；"储存在架子上的书本，不断增加，往上叠高，真怕它们快压垮了这筋骨，书房是一间屋子里的大脑，如果崩毁，它就算是个疯子了。"

这种静默的疯狂，人静立于屋中，但意念奔驰成旷野水影画，当那空洞感让读者以为是王尔德或米切尔·恩德的童话地景，小说内文那个紧束、折叠成书架上众书挤压的讯息重量立刻又让我们被压挤喘不过气。

> 她每天都花一点时间，慢慢整理，依照类别和时代做排列，并且移至另一个订制的架子上，分散它们日增的重量，这项工程从来不曾停顿。
>
> ——《度外》

> 白齿的蛀洞，旋紧的瓶盖，还有许多背后有支援与指使者的小缺点，样样都可能占用了她部分的判断力……那

一道道字体不相同的书名，紧密地夹出一条条线缝，再亮的光线也照不进去，空间被吃掉了，往后退、往后退。

——《度外》

我如今重读《度外》这篇小说，真是被那原以为静物素描，内向书写的，"小说打开了它的多声部音轨"，那个简直如《火影忍者》我爱罗撒向天际的"沙瀑忍"，那巨大的画面之外的翻滚、骤变、暴胀的扭力，以及瞬间收摄，"烧光了的灯火和封锁的铁门"，这种介质任意揉掉，无中生有，但你会感到那种混杂了流失感、金属玻璃轧碎感、空间突然因人群走光的恐慌感、一种再说一点某个秘密聚会将熄灯关门的预感……它们成为一种超荷而爆炸碎裂，无法承受的"书写最高规格——也就是核爆——的引爆之瞬"，但作者将之羁縻，如琥珀胶冻于核分裂之瞬，那强光、地狱震波、烈焰，全部尚停在那只是像漏壶筛孔、微细"将要发生"之细微泄物，那个千万分之一秒的，时间痉挛起点。

这个"时间痉挛"，像一个掩口怕自己真的疯掉狂喊的女人，不断在窜暴而出的无垠旷野，压上像镇魂咒术的"繁复坛城"：图书馆、购物商场、电影院、街道广场四周的各式精品小铺（不可思议，那年代的国峻读过了本雅明吗？）。床底下喜饼盒里的广告传单、剪报、那些过期外文杂志上的"外国人"：马戏团表演、魔术表演、花车游行、选美比赛、足球与啦啦队和乐队、外国广告和卡通片、美术馆和城堡的介绍、鼓群和萨克斯管的黑人……（不可思议，那时帕慕克还没写出《纯真博

物馆》吧?),如同《留白》《私守》《归宁》,这本短篇集中诸
篇,那个女人无人知晓的担忧、电影中的火灾跑出真实世界
(那时还没有《黑镜》这个影集吧?),将这一切烧光。这一切
的担忧、惘惘的怕哪里犯错、基于礼貌的反复回想斟酌极细微
的他人的表情……翳影重叠将我们压垮。

　　我内心大喊:"国峻是未来的小说家!"

　　但随即想起,国峻已不在这世界上。

层层梦境的房间里，无尽的四人转

雷蒙·鲁塞尔（Raymond Roussel，1877—1933）以过世后两年出版的遗著《我如何写我的书》（*Comment j'ai écrit certains de mes livres*）而闻名。这本"遗著"稍稍不同的地方，首先在于这并非是由于（作者生命的）意外而无奈变成遗著的作品，相反的，这是鲁塞尔于生前便写好，并托付在死后出版。这使得他的自杀（尽管有人怀疑是他杀或意外），留下更多的疑点，不禁让人怀疑，是否是鲁塞尔想赶紧让这本书成为"遗著"，才实践完成这最后一个条件：他自身的死亡；其次，如法国哲学家福柯（Michel Foucault）于1963年发表的《雷蒙·鲁塞尔》（*Raymond Roussel*）一书所说，鲁塞尔在这本"遗著"所坦白招出写作秘密的方式，反倒是让他整个作品更塌陷在神秘之中。例如，鲁塞尔解释，他1910年的作品《非洲印象》（*Impression d'Afrique*），缘起于一个文字游戏：他首先选了两个字构组合极为接近但字义毫不相干的字

"billard"（台桌）与"pillard"（强盗），接着使用这两个字造了两个一模一样的句子。

在古式社会中"社会"实在地作为一个整体存在着，在这样的社会中存在着一种可以称为"夸富宴"（potlatch）的"总体呈献体系"，在这种整个部落的盛大集会上，"氏族、婚礼、成年礼、萨满仪式、大神膜拜、图腾膜拜、对氏族的集体祖先的膜拜，所有这一切都纠结在一起，形成了一个由仪式、法律呈献与经济呈献等组成的错综复杂的网络，也在其间得到了确定。"（莫斯，二〇〇二）

·

八年前，我人在香港浸会大学驻校，之前《西夏旅馆》的出版，我意外在不同评论中，读到一位陌生名字写的评论，深深震撼。那可能是除了前一年，我读到杨凯麟、黄锦树写的《西夏》相关评论之外，我读到最强大的一篇评论。在我的内心，事情被翻转过来了。从前，我总有一种迟钝的自弃，评论者谈我那本小说，总只像把一只该有数十层皮的大象，就那么剥了七八层皮吧。而你没能奢求更多，究竟各人有各自生命要忙活的事；所有的长篇小说，它只能在这些出版后一个月左右的嘉年华烟火，被两千字以内的书评，印象派式地交代。幸运如我，可以在一场小型研讨会，被尊敬的评论家以万字展开。但不论是盛赞，或是贬低，那其实和你建造那个繁复长篇的几年时光，绝对不等价。但意外读到那篇作者是"朱嘉汉"的论文，不急于评价，而是配备强大阅读背景的真正的读者，悠游、进入局部、回旋共舞，那是小说，无论短篇、长篇，最希望的被阅读状态啊。真正的阅读，他写下的笔记，其实应该篇幅长十倍于这小说所浓缩折压的篇幅之上啊。后来和这位作者通上信，发现他年轻得让我齿冷，好像才二十七岁。当时刚去法国念博士学位。

　　我记得当时收到其中一封信，他提到他的名字，很奇妙的，和我也超喜欢的捷克小说家赫拉巴尔那本《过于喧嚣的孤独》，里头那位悲伤地在地底，将整座城市所有的书本、戏票、公车票、复制宗教画、照相馆的冲洗纸、妓女的经血草纸、情书、纳粹宣传小册，全用压纸机压成一坨一坨废纸巨块，这个男主角叫"汉嘉"，恰好和"嘉汉"的本名倒过来。我感觉他是个非常奇特的"吃书怪物"，他年纪那么轻，感觉好像许多我这生应无缘一读的、但慕名是二十世纪非读不可的大作品，他都读过了。而且像是和福柯啊、罗兰·巴特啊、列维-斯特劳斯啊、什么巴塔耶、普鲁斯特，这些人都熟得要命。他可以随意摘引他们生命中的秘恋、不为人知的羞辱时刻、对童年母亲形象的创伤记忆。我不知道他是在生命的哪段时光（除非开外挂）读了这些大书？

　　大约就在那两年，朱嘉汉与童伟格，在公馆的"胡思书店"有一场关于文学的对谈。那是一场光电迸飞的文学高端会谈，童伟格不足奇也，他本就是台湾未来小说的星际战舰。那时《童话故事》还没展开，但《西北雨》已炼成，事实上他把台湾小说的可能拉高一个维度。但朱嘉汉何人也？那次对谈惊动武林，许多年轻一辈最顶尖的小说家都乖乖去当听众。我看了后来整理的记录，真是惭愧又佩服。这就是我想望的一场下一轮文学的启示录啊。后来和嘉汉有缘在台大附近咖啡屋一叙，发现他那时才三十，真是英雄出少年。他跟我说了成长时光多待在这样的小书店。说他父亲退休以后，成为"文学老年"，由他开小说给父亲：川端、夏目、芥川，乃至陀思妥耶夫斯基。我啧啧称奇。后来我在香港驻校，生了场大病，当时想开笔的新小说，进度非常不顺，陷入低潮。收到嘉汉从法国的来信，充满对文学的浓郁气息，一种对文学的狂热。他说想写一部小说：四个人物，整本是他们关于文学、哲学、社会学的对话。还告诉我：在巴黎，有去鲁西迪和保罗·奥斯特的签书会，去排队拿到签名书。这种气，也鼓舞感染了我，我总觉得这些文学青年，像冉冉魔术之烟里冒出的神兽，他们的文学教养和知识准备，远超过年轻时的我。我一直认为文学是一场关于文学老人、文学中年、文学青年、贵族、废材、书店老板、出版社老板、教授、剧作家、咖啡屋正妹／老板娘，一种鲜衣怒冠的怪咖们拿酒瓶互砸的盛宴。这么些年来，我幸运遇到各种无法装瓶标签，但灵魂是文学之心的人们，他们跟我说一些比马尔克斯，比波拉尼奥还诡谲、华丽的故事。但许多有才气的创作者，现实中并不顺遂，还必须和生活搏斗。

　　前年嘉汉和夫人回国，在板桥开了一间法国米其林甜点铺，我因又生了场大病，没能去尝尝那像法国小说一样回旋，奥丽的梦幻蛋糕。有天收到嘉汉的信，写道：

忙到倒在床上又无法入眠时，总是很想念朋友。想念你们这些可以谈谈文学的朋友们。可惜我的生活已经离文学越来越远了，我还得再撑过一段时间，或许才有一点点余力。

后来那间法国甜点铺（狭窄的二楼则是嘉汉在那办了许多场讲加缪、讲巴塔耶、讲罗兰·巴特、讲福柯的极纯文学或法国理论介绍的讲座），终于熄灯收了。之后他竟在一家法语补习班当法语老师。这听来滑稽又悲惨，我知道在这个小岛，要想撑住那像《天平之甍》留学僧，对他两眼眼瞳变成银色所朝圣的法国思想、法国哲学、法国小说的持续引介或实践，是会遭遇多贫穷困顿的挣搏。

然后他交给我们这部小说。

非常怪，扭转着阅读小说经验，不太常那样剧烈使用的大脑、眼球、甚至身体其他神秘不常使用部位肌肉，被拗折扭转到很陌生的疼痛，的经验。

故事初始看的印象是这样的：有四个年轻、漂亮、聪明、精英的男女。他们是四个在法国巴黎留学的台湾出身青年。

多亏了文学，他学会了同时以方式全景式的角度观看自己与解剖内在，但坚硬的墙也难免裂缝。

——《四人的故事·第五节》

菊儿似乎是一个"曾经写作,如今似乎在(台湾)人们的眼里,停止写作",但"写作仍在,在她的生命里蔓延"。所以这是一个女体,但错换移递成罗兰·巴特《恋人絮语》中,情欲、神经质、自我透明感与被他人侵入(理解)之不可能,一种很奇特的,零度和情色的书写缠扰经验。

> ……并且意外地,勾结上其他人的思想、意志、情感与欲望。色情的。她甘愿被当作诱惑者,女巫,妖孽。献祭自己,秘密的写作的空间任由践踏。

博尔则是"认识即归类,涂尔干的社会学走到底的风景,包括个体,个体的每个思想、情绪、习惯与反应,都是层层分殊当中暂时的栖所。"

这很怪,进入到布满这些二十世纪大名字社会学家、哲学家理论的圣殿,很像某种分子解离机的图解:涂尔干、伯格森、萨特、梅洛庞蒂、福柯、布尔迪厄……

但这位台湾出身(其实是最高端的"世界",喔不,"法国"理论)的朝圣者,但最后"回去台湾"只是当个法语教师,因为"讲了一口完美的法语"。

亚铭、安娜则是另外的性格、身世,同样复杂、解离、像是比《六个寻找剧作家的角色》更进化的AI人工智慧,他们在解离中创建出自己的"小说中孵养",形成轮廓、内心伤痕、思想、情欲、比栩栩如真更进化,因为他们在那"列车的八分钟"里,巡弋、锚定、学习,小说形成之前,那一切是什么样子?

这些负笈至欧洲，忍受着剧烈、巨大的"方法论的移形换位、拆骨重生出一副完全新的内在"，最后盛装、塞满这个孤独者（台湾人）的内在，无法回去传播、解释、引进原来这个岛的思维话语之混榨机里。

他们成了某种，从外部看去、安静、茫然、和周遭世界有某种隔绝、脱离，像在巴黎那些一批批从电扶梯走进国家图书馆的新的、老的，理论博学者们之中的一个，亚洲游魂。

但于是这四个"同是天涯沦落人"，在他们秘密的、只有四个人，"飘浮在巴黎的'另一个时空'"，某种身体的、色情的，盛装了过多法国理论。

安娜的"恋人絮语"，进入一种很像我年轻时看雷乃的《去年在马里昂巴德》：有一个画外音持续的呢喃，像内心独白、感伤自恋——是的，这个"絮语"之所"恋"，乃一个"我（安娜）"瓦解中，"不断说话，却都没有声音"的再确定，无法确定，微观宇宙中的不断趋近又远离，"以皮肤感知温度，以睡眠探知日出日落"——"我只是我的缺席"，很怪，这个安娜，像是普鲁斯特以《追忆逝水年华》所限制、晕散、瓦解的"我"：如果我不写作，那就无法成立一个连续性的"我"；非常怪，因为作者朱嘉汉所描述的这个安娜，她的絮语式自白，她不断否证着那个"真正开始写一篇小说的'我'，是前于时间开始流动的，幽灵吗？闪瞬的浮光掠影吗？"乃至于阅读这些文字的我们，竟产生一种像水中揉搓染色纱布，搓着搓着，"安娜"这个人物竟影影绰绰，似有若无，真的出现了。包括写她和亚铭的性爱，关系的挫败或说不出为什么地跨不过那一张纸的隔绝。乃至于安娜把日记交给博尔阅读之后，两人完成性爱，而且得到强烈的高潮。这里，朱嘉汉非常奇妙，将性爱与阅读错置混淆（多么的罗兰·巴特）。

这四个人（两男两女）之间的小圈子，终于以一种杂交性派对危机（像维勒贝克小说那样全然没有爱，没有戏剧性，没有原始冲动的性交），慢慢移形换位，确定（暂时性的？）关系，所以即使朱嘉汉让每个角色出场时，都带着一种戒惧——这个人可能是某一长串哲学、社会学概念的描述，让你产生误读，以为是一个有完整主体性的灵魂，但终究，即使像剥去一层层薄膜，一种以人工化透气胶取代的"剥洋葱"动作模仿，最后我们仍会在安娜与博尔，或亚铭与菊儿，各自围绕着性的衍生性"时光的指甲屑、蜕皮"，慢慢习惯、期待这四人两组男女探戈的依偎之情。从罗兰·巴特，到大江的"奇妙的二人组"、狄德罗《宿命论者雅各和他的主人》，乃至福楼拜最后一部小说的两个抄写员，一种"共同生活"，二人组冒险走到了这两男两女，他们简直是不可救药的阅读重症患者，明明他们已两两各自在情节中发生性爱了，朱嘉汉还是不赠予他们时间。他们还是在一种水中悬浮之沙的破碎，不被降生、分娩。一种"前于时间之前"的，即使他们或抄写、或阅读、或聚会讨论、或性交，但就是只有名字没有脸孔的，这个小说家一直让翳影累聚，但忍精不射的，"前于'一个小说人物'的断碎句子"。

其实，我自己的领会，当代小说对书写者而言，是一个剥鳞，揭去脸，乃至全身皮肤、拆解骨架、近乎古代凌迟之刑的行动，像童伟格、杨凯麟，乃至朱嘉汉、之前的黄以曦，愈具备二十世纪后几十年的法国前沿理论，这种在书写时，近乎殉祭将己身之意识时间、小说语言，乃至你已朝一秘境抛掷而去巨量的书写投注，可能都必须在一种"自我解离机器"的旋转、搅碎、离析，甚至原子态的崩解，一种量子物理学意识进驻的，"被偷换的孩子"，所以其实书写，写小说，乃是一个将自我，提炼成铀235，然后核分裂数百万"我"的内在粒子态，发生连锁、溃裂、核子内禀裂解、发出巨大能量的变态工程。这是我在参与《字母会》的书写计划，五年之中，一次一次感受其难、其严酷，这种内在近乎上百只"内视镜"（类乎胃镜、肠镜、子宫镜这种侵入式摄像头的内部显微摄影），以几乎切除隔绝外在"我"的表演、人际反馈，一种寂静的，但让人发狂的"另一种重建的、腔体翻过来、内部的剧场"——并不同于黄锦树曾提出，以黄启泰、赖香吟为代表的"五年级内向世代"，我又私添上黄国峻、袁哲生、董启章、三十岁时的我，以及晚十年又出现的童伟格——一种《雾中风景》《度外》，或甚至《无伤时代》那样的欧洲独立制片般的空镜头、无言的旷野、海边、废街、车站、小镇……这些把孤独者、失聪者、失语症者放置进去的、最后的抒情场景都消失了，像"默片"的彻底相反的另一端，流动的影像在某种播放技艺下，成为空洞眼睛瞪着，但"不存在"的，而只剩下缠绵、反复、文德斯《柏林苍穹下》那样嘈嘈切切、各方侵夺的内心独白。

　　事实上，安娜、亚铭、博尔和菊儿这四个流落异乡巴黎的台湾年轻男女，我在现实人生中似曾相识，高智商、内向、类阿斯伯格综合征，我不知道原来这样寡于言的天才，他们的内心世界，是这样既像挑高拱顶巨大欧洲图书馆，不像某种播放软体因数位过于巨大，所以影像传输总会发生延迟、断讯的状态。这样的四个静默但内在思绪暴涌的宅男宅女，他们所成的一个小团体，正是莫斯提出的"礼物"这个词，这样像四颗极高端电脑运算，但在地球外飘流的人造卫星，如何能演绎莫斯那人类学之观测、长时期在取样较大之部落、社会人际关系中的衍生。"如何发动友情？"如果它并不是利益、权利、性资源的索求、位阶的确定，它并不是一种《儒林外史》或《红楼梦》《金瓶梅》式的观测，如何从这样孤寂却又脑中大运算的离开四个人原本在台湾的语境或身世脐带，像一种"学习"、体验仪式，四颗孤独、冷光之人造卫星的"礼物之舞"。

"礼物"或只是这四个"超强大脑年轻男女"（或就是朱嘉汉本人的分身、分裂、分饰角色）的渠道、河床、大小交织的圳沟，这部小说的惊人之处，便在于那种内心意识湍流前所未有的暴涨、冲激、银光进窜、万溪奔腾，那是我即使读过的外国小说，也未曾有过的奇特阅读经验。譬如川端的《千羽鹤》杜拉斯的《情人》、福克纳的《喧哗与骚动》，乃至卡尔维诺《如果在冬夜，一个旅人》，都是一种感觉的乘法或几次方设计，但不是这种实验室中，内心独白扩大器的旋钮开到最大，而测试那些法国理论前沿所虚拟，但未必投掷过小说人物之"伞兵""登陆小队"的疯狂、幻变、不存在之存在的场所。

在这个他们命名为"礼物"，实则是四人之间探索、长出玻璃芽蘖、尝试在此无重力实验室之外的社会关系不可能存在的、神经质的、任何一种硬/软、突进/凹塌、幸福感/恐惧威胁感、他/我、她/我、被拥抱/被色诱、此刻/将来、共同/孤寂，皆尚未命名的"显微镜头下银光灿亮的变形虫运动"之观测。如前所叙，每一种两两或一三之间的即兴碰触，同时又牵引着女腔或阴茎的极敏感激爽，但又同步开机其中某人大脑内对正在发生之状态的摄影记录，而后他们又以读书会的形式，分享阅读对方的日记。可以说是一种层层叠套，每一层界面膜再加上改变上一层定义之参数，一种像清宫"鬼工象牙球"（牙雕套球）、那样十几层镂空雕、层层以球表面独立不相连，故可各自旋转，但事实上这十几层空心球，却又镶嵌缠缚在同一个球状空洞之中。它们任意旋转时，各自表面的镂雕空洞或可随机相通，于是十几层球面的不同雕洞，可能形成许多个不可测的乳酪巢洞状迷宫。这是我看朱嘉汉设计的这四个年轻男女，他们以奇特的内外翻剥之亲密又不亲密的方式，缠缚在一起的轻微旋转，所产生的联想。

　　这对传统的小说阅读者，可能是个痛苦的经验：你感觉你的大脑（不，作者可能要求更多，可能是超出你原先预想的，"正在读这个小说的，二十一世纪二十年代左右的我"），像魔术方块被灵活手指快速不同水平垂直线地旋转着、拧扭着。

　　在第四章《辞格》的第0小节，作者直接将底牌打出：

　　　　四个人的名字首度在菊儿写下的《四人的故事》中出现。

　　　　分别在四个场景。安娜在墓园。亚铭在地铁。博尔在图书馆。菊儿在家中。

名的由来：

安娜来自 Anais NIN。

亚铭来自 Walter BENJAMIN。

博尔来自 Pierre BOURDIEU。

菊儿来自 Marguerite DURAS。

这是每个人的星座，每个人的守护神。

这里头除了 Anais NIN，我们比较不熟悉，（但其实如果我们上维基百科，Anais NIN 是一个非常传奇的古巴裔法国小说家，或说法裔美国作家。她大量书写许多关于"她与父亲的性虐待和乱伦关系"，还有一些大量、奇怪的情色与精神分析。）其余三个，应该说是耳熟能详：本雅明、布尔迪厄、杜拉斯。天啊，我年轻时怎么没想过，会有个神经病，拿这几个人（他们自身的作品，就曾经是我们生命某段时光，忧伤的、阅读时花极大力气改造你对世界的描述想象、他们可以说是怎么随个人不同喜好、偏执、任性，但内心十根指头，好吧，十五根指头，一定会数到的三个"文青大神"），作为小说人物，他们发生感情、性交，然后如前所述，一个秘密、类似读书会或精神病分享小团体。

当然朱嘉汉也特别在附录的一篇小文中，解释了"安娜"这个角色，那似乎是福柯在《雷蒙·鲁塞尔》一书中，翻解鲁塞尔一本"遗著"《我如何写我的书》，透露他 1910 年的作品《非洲印象》，其实只是个两个字中，只有一个字母差异，却让两个除了那个字母，其他每个词完全相同构句，产生完全不同的意义，又从这两个句子之间拉扯出一本小说。这于是层层的解密，一本书再向另一本书致敬，模仿其最初故事只是在这么鬼脸般的文字游戏，冒出它第一个动机，一种后继者重建老头子带着诡秘笑意，设计的迷宫，必须"回敬一个故事"给那个一百年前大师所打造的"原本只是……啊"的迷宫，"一层再一层，置入成倍数的拗折布置空间"，语言耗尽，主体性也被破坏殆尽，意识消亡，最后成为"一模一样的屋子"。在这"从鲁塞尔，到福柯，再到莱希斯，再到朱君"，将吞食的（像老鹰吞食的蛇，蛇吞食的麻雀，麻雀吞食的小虫，小虫吞食的别种虫子的卵）逐一如俄罗斯娃娃吐出，于是出现一个"和最初手记里一模一样"的还原：那个女佣安娜。

　　这真是疯狂到无以复加的小说疯狂加速器，当然还有一个其实是废话的问题："为何是他们四个？"当然我们或也因此出现这样的小说狂想之邀请："如果有一间分租公寓，住着张爱玲、海明威、卡夫卡，和……啊我想我还是会挑杜拉斯"，或是"一座荒岛，有四个船难余生的，黛安娜王妃、迈克尔·杰克逊、三岛……哈哈，第四个我还是会挑杜拉斯"，如此的二十世纪天才神殿同时是着火的疯人院建筑那般的大脑与灵魂的巨观，但小说家让他们重生，放进小说家的"无间地狱"，形成一种小说更没有"烧断保险丝""控制阀"的N次方马戏团、生存实境秀……怎么可以没有喷散着性荷尔蒙，却又以哀戚、创伤的诗意衣褶穿梭那么老的女人身体到那么幼稚的女童身体，那些色情和乱伦（对母亲的恨）；怎么可以没有那个"土星的忧悒"，那个永远捡拾着瓦砾、尸骸，风暴中，捞光握影那些消失的灵光、文明的幻灯片回望、犹太人式的神秘与记忆杂物堆栈的拘谨男子；怎么可以没有这位，将我们带进"场域""惯习""象征暴力""反思性"……无所不在的社会学神经质的精力旺盛者、思想的狮子；然后再加上（我们不熟悉的，但好像以女性色情之精神分析的"被色情"及反客为主的"色情缠缚女王/女仆"，完全不输杜拉斯的阿娜伊斯·宁（Anais NIN）。

这样的设计在你还来不及继续想"为什么是他们四个？"，小说的奇异内在斜坡，或螺旋梯，或陡降断层，或反重力机械——你不知是什么，像美国电影里那些戴头罩、迷彩装、拿狙击冲锋两用枪的海豹特勤中队："Go! Go!"你被这样一组强力叙事的特训过的、凭空创造战争空间与意识的身体推搡着——掉进小说不断发动的，已经不是静态空间的迷宫，而是一种大脑中必须调度，被召唤的剧烈扭折、变形、弹跳式移位、类似浮潜或跳伞的全陌生猜想、瞬间抽搐至极小但高度密集的感官、瞬间又膨胀成极大尺寸的布幕或篷顶……对我这样一个同样是写小说的极限运动员（或说老师傅？），我真是诧异、惊羡，朱嘉汉设计出这样奇诡的小说"暴力机器"。

杜拉斯、本雅明、布尔迪厄，还有阿娜伊斯·宁，他们的性爱时光中的销魂与孤寂，他们不幸命运来自过于敏感，耽美倾向而"注定要成为某一段昔日辉煌文明的悼亡者"，他们的超人大脑、那社会学不断创造然后拆毁所发明之结构的精力，以及，女性色情及自我感的诘辩，怎样已经"在里面了"，却仍什么都不是，怎样是爱欲？怎样是强暴？怎样是侵夺了他人的说话位置？怎样是真正的聆听及懂得对方的连续性时间的每一单位感觉，乃至敢叙述"生命史"？

这些非由情节（想想莫言的小说，或鲁西迪的小说、马尔克斯的小说），非由魔幻或夸诞（想想刘慈欣的《三体》、我的小说、甘耀明的小说），甚至也非某整个人小说秘境已绝对成熟，然对应着一个历史无法言说的黑洞（童伟格的小说、黄锦树的小说），但却形成内部剧烈湍急的"小说引爆"（如果你是国际特工电影迷）、"小说激爽"（如果你是A片观赏迷）、"小说星际穿越"（如果你是科幻迷）、"小说的寿山石雕刻着魔鬼之鬼手"（如果……）。

当然，小说中颇长的篇幅，在进行前述四个大名字（四张超级A牌），其实是小说最前面的那个流落巴黎的台湾留学生，从"法国"那些神坛上的黄金疯狂者谪仙，下戏，搓洗回"台湾"，这一辈年轻人的，精英文青的，类似波拉尼奥《荒野侦探》中那些"内向写实诗人"的年轻文学（思想）朝圣者，他们的"生活在他方"。不知是否有意识地反嘲，这个揭开底牌（他们四人的守护神，以及在这部小说中的名字）后，予人一种局促、困顿于缺乏社交（在巴黎）资本，颇为经济惶然，以及某种阿斯伯格综合征式的封闭。拉高来看，这可能是这一代"台湾文青的忏情录"，他们可能是像爬虫类的幼年时期，在台北的独立书店、巷弄的小咖啡屋、大学课堂或图书馆，攒着那些不同时光收集的碎片，形成一个内在的巴黎，想象的欧洲，大教堂般的"小说圣徒们的祭坛"。他们比那些法国同学或欧洲同学，必须花费大许多倍的背后那小岛原生家庭的资源（以及他们和在那小岛现实时光切断的赌注心态），才能跑进这部小说中的"那一模一样的房子"。

堂吉诃德与桑丘，或是《宿命论者雅各和他的主人》，一种小说在暴雨中旋转，似乎历史、事件、灾难，所有整代人眼前快转、巨人场面的仰视电影历历播放，如何抓回那个"在故事旷野冒险、诘问存在之谛、和遭遇的他者形成关联"，大江有意识地设计了"古义人"这个疑似于作家本人（伪私小说）的老人，和死去的少年挚友导演伊丹十三，或和一个似乎不存在的另一个自己、或和一个同父异母的邪恶人物，翻转拆卸似乎日本（或世界）战役史，在何时失落了纯真、善美的本来结构，那种"奇怪的二人组合"，颠头异脑、悲伤的晃荡，一种西方流浪汉传奇大叙事重新塞回当代，二十世纪后半现实的，小说引擎重新点火，启动——但"四人转"，套段我挚爱的，卡尔维诺在《月光映照的银杏叶地毯》中所说："……如果银杏树上掉下一小片黄叶，落在草地上，那种观看的感觉就是单独一片黄色树叶的感觉，如果是两片树叶从树上掉下来，眼光随着两片叶子在空中飞舞，一下子飞近，一下子又飞散了，活像是两只蝴蝶在空中追逐，然后滑落在草地上，一片在东，一片在西。三片、四片甚至五片树叶在空中旋转，情形也一样；回旋的树叶随着数目的增加，与各片叶子呼应的感觉汇聚起来，产生类似一阵宁静雨般的整体感觉……"

在这篇小说，卡尔维诺模仿的川端《千羽鹤》那奇怪的"内向乱伦之四人转"，也示范了一场艳美变态，我、老师、师母、女儿之间的超感觉派细微经验的孤僻练习，以及一种最后权力关系与性支配的扭绞缠缚。更别提我年轻时读过的另一位"四人转"大师：品特。他的《背叛》《重归故里》，莫不是这种两两成对，男女或在关系中，同谋，或背叛，或爱欲，或施暴，拆换舞伴，重跳一次舞步，那造成的眼花缭乱与内在伦理欲望的"解与结"。我们在包括雷蒙德·卡佛或门罗的极短篇，都可以找的一些"四人转"的品类，不知道什么原因，"四人转"很容易形成一种较适宜短篇之卡榫、移形换位、魔术方块的旋钮但结构严谨的效果。或作为人类关系中之"力"的观测，更近似物理学中宇宙四种基本力中的，电磁力、强核力与弱核力。

我们在这基础上，看朱嘉汉充满"小说意识"地设计这个"四人转"的原转盘、离心机、打碎搅拌机，架在这解离又汇聚的原子态剧场上方的光学显微镜：这四个台湾流亡在异乡巴黎的安娜、亚铭、博尔、菊儿，在我们的小说阅读惯性，这四个年轻男女的，张爱玲式"四人转"、昆德拉式"四人转"（而他也确实赠予了我们对这种密室四人探戈舞蹈，所有色情猜想、关系难题、说谎与诚实、角色扮演的上身与离开……种种的激爽），之后，朱嘉汉的这四人"离心旋转"，进入一种（事实上我还无法完全参透领域）神秘沼泽的，"无法写作""想给出全部""赠礼与回礼"，小说的哲学性"不可能被写同时不可能被读"的隐蔽犯规，或说搏击。

或有将来的评论者重评朱嘉汉《礼物》这部小说，这一部分，也许会说，这是一大段不折不扣的情色书写，简直把这四个年轻漂亮男女的密室交换性爱，写得像渔港鱼贩将刚捕捞的四尾乌贼，在光滑湿润，互相搏跳，喷出生存腥汁的搓洗中，将那纯洁、桃花芙蓉般款款摆动的身体、皮肤，鱼刀剖切，翻出腔体内部，局部地拨弄它们缠绵贴触的美色、颤抖、痉挛、那么的美！有些段落写到了类似希腊神话中，赫马佛洛狄忒斯这样绝美，阴阳同体的意境。赫马佛洛狄忒斯原来是一位俊美的少年，在一湖边停驻观看自己在水面的倒影，湖中水仙萨耳玛西斯疯狂爱上了这绝美容貌，但美少年拒绝了女神，为了逃避那疯狂之爱，他跳入一条河中（这也太激烈的无爱？），但水仙也跟着跳下去，将其抱住，疯狂亲吻，并向诸神祈求要永远与赫马佛洛狄忒斯在一起。诸神允诺了，于是从此赫马佛洛狄忒斯变成了阴阳同体，并且许愿，之后所有在这条河中洗澡的人变成和他一样的阴阳人。在西方绘画中，赫马佛洛狄忒斯常以带着男性生殖器的少女形象出现（以上多引用维基百科）。

这种"雌雄同体"，在朱嘉汉的笔下，形成一种不同色情（同时抒情）时光断截碎片，在文字激流中的载浮载沉，固态液态的混淆——我自己的经验，读到后面的段落，会翻回前面，重读（享受）之前写到安娜的美、亚铭和菊儿在穿衣镜前性交、"阴茎挺进她的阴道，手指在她的腹部与双乳、锁骨与细颈之间游移"、或博尔那强如钢铁的阳具，让安娜在销魂欲死持续高潮再一次建立"她是可欲的"，这些在"第一次的阅读"，或许是被那抽离成他们四人关系回旋机器，所布置、延伸的"礼物"概念，但这时回头"单纯享受"那学院派式，极高级的情色描绘，那是一种也许我们眼皮下电光一闪，依稀唤起旧的宗教名画譬如《索多玛与蛾摩拉》，或是譬如"伦勃朗光"那经典的《夜巡》《杜尔博士的解剖学课》。朱嘉汉笔下的肉体之诗、性爱耽视，其实有我这一代尚缺乏的西洋美术视觉的完整教养。那使得我们阅读印象中的男体局部、女体特写、交媾混缠时刻的身体之美、都带有一种曾在美术教室下功夫素描过西方身体雕塑的简洁力量。于是那确实会再一次造成我们对亚铭、安娜、博尔、菊儿，这些借代自西方哲学社会等大名字，但其实是四个台湾年轻人的，"土洋混淆"。不仅在密集调度那些罗兰·巴特的恋母情欲与同性恋爱欲、福柯的阴郁强迫的性意识史、阿娜伊斯·宁或杜拉斯她们一生惊世骇俗、艳异狂放（或曰诚实探索）的爱欲经历……即使仅以这部小说在直写感官的修辞策略，我觉得朱嘉汉都是有意为之，一种他这个世代经历的（完全不同于七等生、王文兴、陈映真他们那小镇霉湿、白蚁在街灯下飞舞、日式木造屋或那卡西意象的性压抑），雌雄，不，不是同体，是一个较大一些场域的男体之美与女体之美的华尔兹但同时这个"雌雄混淌于一锅"的精神分裂，在身体的被植入与解离、试图还原，又带着欧洲（其实就是法国）与东方（其实就是台湾地区）的身体细微规训记忆，那个内在暴力——我们曾在莫言的《檀香刑》读过这种"中国身体在西方注视下的自我刑虐、炫技、撕裂、变态"；或是黄锦树《刻背》，那种南洋的无史、失言的移民的身体，反讽地可能作为一"中文现代主义伟大小说"之书写载体；或是舞鹤

《拾骨》里一些早已崩解的、散落成疯狂残骸的身体；或是甘耀明《杀鬼》的无敌铁金刚。但朱嘉汉的"雌雄同体""土洋双声""你泥中有我、我泥中有你"，不啻是一条歧路幽径。

但是在"赠礼：四人的故事"之中，他们喋喋不休讨论着《追忆似水年华》、讨论列维-斯特劳斯、兰波、福柯、罗兰·巴特，或如在他们之上的这本书的概念：莫斯的《礼物》、"漂浮的意指""零度的象征""写作的准备"，或是像更进化、更学院（或说更前进这些法国理论发生现场的第一线）的，董启章的《学习年代》。那可能让普通读者不耐烦或眩晕的读书会式讨论。这些哲思话语愈狂热地焚烧、长篇累牍地争论时，这四个人物在小说印象的轮廓变愈空洞、远离，这非常怪，或许我们可以反过来这么看，莫斯的《礼物》是以上百人的部落、上千人的前现代社会，乃至上万人现代城镇乃至十万计的大型都市，来作为模型，作为人类关系与权力的替代或准仪式。但以这四个年轻男女，在一个他们内在开启的奇幻乒乓球桌，上下四方里面外面，多重焦距瞬变地来回击球，根据物质不灭 $E=mc^2$，他们四个人每人承受的，对这种关系实验浓缩铀，那密度实在太大了。等于《红楼梦》或《2666》那数百人如昆虫学的生命史（或截断面），全押注在这四个在巴黎的台湾人的脑袋，那远远越过了听一个故事，展开一个小核，其中任一人物所承受（惯习默契）的庞巨讯息量。

于是，在这个如同深陷"内向写实"之沼泽，密度浓度愈窒息、四个角色愈缠缚在一团，无法筛漏、或洒开 0.01cm 的"故事宛然发生"的戏台展演效应（而这正恰是朱嘉汉设计给这部小说的先验难题），重力过大而坍缩必然发生（已经发生），这时，小说家朱嘉汉的魔术出现了，这部小说出现了一个"杀鸡取卵"的奇观，由"我"创造出四个角色，这四个角色像《百年孤独》里那个偷看了美女瑞米迪娥洗澡之裸体，而被枪杀的士兵，剖开他的脑，全浸润着一种浓郁檀香的金黄色蜜膏，同样地，这四个人，亚铭、安娜、博尔、菊儿，他们在一种性爱与哲学思辨的离心搅拌机、被绞碎混淌在一起，但这个小说机器仍不停止那高速旋转，最后，这只"鸡"（雌雄同体、性爱绝美的身体、大脑中塞爆了"小说之练习""他人之不可能亲人"的二十世纪下午法国思想的浓稠、疯狂诡辩）被小说家剖开，我们眼睁睁看着他们孵出了五颗发出奇异之光的"小说之蛋"，也就是最后的五篇极美的小说。

如果我们回头去看这本小说附录的《Locus Solus》一文，会较理出线索，但同时更迷失于繁错、一层叠加一层的"虚构如何穿过筛滤之鳃叶，在分娩过程中，将'生它的子宫'杀死、扯进、成为这胚胎的一部分"，这种怪异的、多维度加密，而且每一手的上一个"被杀死的作家"，都留下一些伪造遗嘱、假线索、布置成迷阵，真的像电影《盗梦空间》的梦境楼层关，每一层梦境，当你置身其中，它都正在瓦解、崩塌、蒸发、显露出它是虚幻的本质，但事实上它又是我们朝下一层梦境再坠入的时空基础或暂定契约。

于是，我们知道，在法国 1937 至 1939 年间，有一个"社会学院"（Collège de sociologie），由巴塔耶、凯瓦、莱希斯组成。而这本书的"第一只被扳下的虚构之门撬",就是(以下可能都是朱嘉汉虚构的)莱希斯在雷蒙·鲁塞尔过世后收到一份"遗嘱",他遵照指示而进入了鲁塞尔生前便造好等他参观的 Locus Solus。Locus Solus 里的怪奇万象,残忍冷酷到极限地让莱希斯的认知框架因之坏毁,并且戛然而止。

而莱希斯为他正要出版的民族志田野日记找到了名字《非洲幽灵》(1934),是对鲁塞尔的《非洲印象》的致敬。如前所叙,《非洲印象》本身源自鲁塞尔的一个"billard(台桌)与 pillard(强盗)极相近之字,但以此二字造了两个一模一样的句子,最后所形成天差地别的两个叙事",而鲁塞尔的《非洲印象》就是以第一个句子出发,然后在第二个句子结束的小说。而鲁塞尔晚年留下的《我如何写我的书》,似乎是一本预留的遗著,他安排好这本遗著,然后自杀。这够怪了吧?比埃科的《傅科摆》、波拉尼奥的《2666》,至少不输的奇怪拗折,谜中谜,曲径通幽的"无中生有搓捻出一阵烟般的,然后跳进真实中的一本书"。

《给维多丽雅的在时光中复返的一封信》,在朱嘉汉写给我的一封信中提及:

> 这篇小说,以及另外几篇小说,严格来说,如果拿去参加台湾的任何小说奖,应该都不会得奖。因为它们"有点不像小说",像个本事,或传记中提到某人生命中的某段时刻。

Caillois 也是那"社会学院"中的一员(最英俊年轻的

一位），当年他二十六岁，和四十九岁的维多丽雅（博尔赫斯的女编辑）发生热恋，并因避第二次世界大战，随维多丽雅跑去阿根廷，六年后回巴黎，成为博尔赫斯及当时那些拉美作家最好的翻译者与编辑。Caillois后来酒精中毒，英年早逝，过了一个月后，维多丽雅也伤心过世了。

这五篇小说，巴塔耶、Caillois、普鲁斯特与考克多、罗兰·巴特，啊，它们让我有种，"法国哲学、文学、思想圈子内的《聊斋志异》，或《阅微草堂笔记》"，一种你必须是"槛内人"，非常熟悉（要像那些超级大联盟球迷，如数家珍说得出哪位传奇投手或神之打击者，在一九多少年哪一季的哪场比赛，对手是哪一队的谁谁，那每一打数的投球内容、时常让人震慑的、不可思议的场面，或如日本动漫迷能说出哪个冷门系的经典，哪位传奇动漫画家的离奇失踪之谜），要那么熟悉朱嘉汉笔下这些法国二十世纪黄金头脑们，他们的著作、他们奇特的疯狂和不伦的畸恋，事实上他们就像摇滚巨星一样，把书写变成扑朔迷离的悬案、留下传说和八卦。这五篇小说的四个主人公，就像我在华人世界写五篇短篇，主角是"邓丽君""宋美龄""张爱玲"或"郁达夫"……或如卡罗尔·欧茨那本《狂野的夜》，写海明威拿猎枪朝自己嘴里轰的下午、爱伦坡发狂的"狂人日记"、艾米莉·狄金森被制造成女仆机器人、马克·吐温的恋童癖……种种。但这五篇小说，朱嘉汉埋伏在他这整个"小说解离机"最里面一层的，由他创造出的安娜、亚铭、博尔、菊儿这四个"小说失语症"的小说膜拜者，最终其实比较像《红楼梦》的"宝玉在警幻仙子处，看到的十二金钗的谶诗——一种预示，或形式上的底牌"，在《礼物》一书中，这五篇"最终被写出的小说"，恰是巴塔耶那如何消灭"我"、使"我"不存在的，但曾经写过的句子的摘引；Caillois 那可以偷换死神之沙漏的书写，不断如芝诺"追龟辩"去重启，替换掉"已死／已不存在"的时间，书写成为一种"不在之繁华"，可以悲伤的校正时间成为"遗书终被挚爱之人读见"，但读见什么，"我们的追忆逝水年华"；考克多发现自己所有写作出来的东西，一步步被引诱，最后写出的全是普鲁斯特的作品；而车祸死去的罗兰·巴特，在"秘密的奇迹"（博尔赫斯），死而未散灭的鬼魂状态，真的将两年"小说的准备"的课程及之后的"准备"，写成了那篇小说。

从黄锦树最早借日本"内向世代"这个词，来描述包括黄启泰、黄国峻、赖香吟，乃至之后更全景展示者童伟格，"内向世代"或已不再只是某个年代闪瞬一次的某种小孩风格，或创作者所封阻一个内在诗意、空旷、独白、甚至无声电影般的"心灵形状"。但到了朱嘉汉的《礼物》，或稍早，去年出版，黄以曦的《谜样场景：自我戏剧的迷宫》，甚至于杨凯麟的短篇连写《虚构集》，或许是冒出一个全新的，整个华文小说读者都极陌生，缺乏阅读配备以览读的，小说的新物种。"自我戏剧的迷宫"真是最好的注解。以外行人看，他们或都是"法国哲学或法国理论的重度读者及实践者"，于是，这个"自我戏剧"，非常奇幻的，并不是在一整个文学史的光，或文学史产业的自然生态回顾、搜证、挖掘，譬如张爱玲的传奇性、卡夫卡的谜样内在，本雅明或布鲁诺·舒尔茨的不幸早逝、甚至杜拉斯的风流艳史、三岛或太宰治的戏剧性自杀……他们把所有关于"小说家在写小说这件事"，思辨重兵驻集，甚至在小说被写出来之前，集中在法国这些疯狂天才的怪异回旋梯之塔，甚至可以伪造证据、伪造不在场证明、伪造在场证明、开死亡的玩笑、以一种幽灵式的"在系统之外"的投射，将"没有小说家的小说"投影成虚空中的显像。精神分裂不再是病患的病症，而是写小说这件事必然要穿行过的修罗剑戟森林。性爱怪诞马戏团或罪恶博物馆（背叛之罪、遗弃之罪、说谎之罪、淫人妻女之罪、杀人之罪、渎神之罪……）已不再是九〇年代某些"身体书写""情色书写"的后延，它是一种脑额叶中的过多的判读讯息的，内在核爆灿亮之景，外在可能只是一静止、失能的寂寞青年的脸。他们既是小说家脑中万倍于"真正动笔写小说"的嘈杂闪电、空气中静电、一切眼耳鼻舌意受想行识的讯息波，叠加再叠加的幽灵，但同时是博尔赫斯的《环形废墟》那梦中造出之人，竟也用那一切的哲学、神学、宇宙论、历史、闻名的知识，创造出小说。

我其实也只是个普通读者（缺乏朱嘉汉布置这本小说内在迷宫，所期待的理论教养），但我觉得这样一本小说，投掷到现有的台湾小说或华文小说水域里，像一尾奇幻的鲸，我期望它卷起文学思考较多不同惯性的激流和漩涡。作为小说读者，我觉得非常奢侈而幸福，像年轻时看的那部电影《天堂电影院》里，在电影播放室的小孩，可以看见超出你的想象力极限之外的，小说飞行如电、如极光、如整片流星雨、如万鸟错落于晚霞中乱飞，如整座玻璃瓶工厂各种形状排列在架上，想象那都不是从外国翻译过来的名著，而是我们自己的年轻小说家在以声名和才华冲撞着虚构的他方魅界。我们的眼睛，读过童伟格那像塔可夫斯基旷野上，人类可能是这个形态，超解离的、爱被重创之役，如何重新长出只在小说次元的存在；黄锦树那像唐传奇中剑仙的袋囊，奇怪的不可能掏出恐怖哀愁之境，仍层叠掏出历史之外的真实；陈淑瑶那透明如水母摇摆的，人心对时间的细微感受；陈雪的疯癫爱欲之塔；甘耀明的怪力超人，如孙悟空和二郎神的变大之术；黄崇凯那偏执的"小历史"癖与短篇奇技百科的折纸术；连明伟的台版冥界哈克流浪记（密西西比河变成台湾阴府传说的游冥河或点指兵兵）……想想我们多幸福现在又冒出了一个朱嘉汉，小说的电窜回路，像盯着一只掀开壳盖的手机内脏，里头缠缚紧密、错繁嵌织的积体电路。我认为这会是一个新加入的，极重要的台湾小说可能性的物理学参数。

董启章
《心》，二〇一六，联经
《神》，二〇一七，联经
《爱妻》，二〇一八，联经

局中局，谜之谜，秘中秘

　　董启章小说中，小说家的神性：一种不介入的、几乎将动物性冲动全拆除的慈爱、照顾，但造物者因为是人（小说家），所以迷惑、惘然、常有一种面对不同人类，不知如何反应的面无表情，重要的是，这个造物者还病了。于是我们看到，所谓"神性的背面—后舞台"，一个孤独初老男子。妻子远行不在家。在《神》一书中，儿子甚至也突然去住校，将他遗弃。

　　造物者—小说家，与世界的人际联系，有像大江健三郎小说中，那种"恶意的侵入者"会冒出，闯进他虚弱的"病中时光"，研究他的小说，用强势话术将他曾经的作品，带入另一套诠释体系，或他的学生（充满伊底帕斯情节的门徒）。之后，就是一些，很像川端的《睡美人》里的美少女，但梦游般的醒来，活在二十一世纪的香港，她们以不同的方式，进入"神在大楼里的住所"。那种《睡美人》与外界世界隔断，形成一种绝对耽美，或少女晶莹透明之美的观看、思辨，变成一种"小说家被困在一玻璃动物园"的哀之展示：被遗弃之哀、无能处理正常人际之哀、被不爱了之哀。很奇妙的，在董启章的"妻不在场三部曲"——《心》《神》《爱妻》，形成一种特有的董启章剧场。孤独，可能隐约未明还看守着"妻如今不在"的空屋（作为读者的色情悬念，一定期待着，有那些慕小说家之名的美少女们，以不同借口成为《聊斋》里的狐仙花鬼，闯进来有一番艳遇）。但宇宙创造的破绽、悖论、各种相反的哲学模型失重飘浮着，这位创造者在自己的公寓里，并且在一种精神耗弱的大病初愈的虚弱状态中，这些静夜无人的思辨，因而带有一种非重兵登陆、伞兵降落、特种兵攀建筑、火炮密集的调度（如之前的《学习时代》），它当然还是充满着董氏特有的，小说中人物各自是优质阅读者，常常对某位作家（譬如柄谷行人、庄子、阿甘本）的某个作家，长篇议论，但更多时候，这种"不再是读书会，而是安身立命，自我生命之大疑惑：包括生死、爱、存在如何被他人感知、关系的理想形态、责任、曾经写过的小说中的'宇宙原型'（大江爱说的）"，在这个像玻璃水槽中，分崩离析、造物者示弱（他不在一个强壮的状态）、漂浮时远时近的"小说家的写小说秘境——除了大脑，就是小说家的隐私之家里"，一种奇特的、静谧哀感的，川端的《睡美人》全跑光了，偶尔一两个回来，但社会人格来得不很清晰（所以都是梦幻文青少女），带着好奇（也先后是小说家不同时期作品的读者）、自身情欲的仍不清楚，也非典型的护士、母亲、女儿，或小狐狸精的女性形象，其实这正是董启章的"女孩书写"在整个华文世界独树一帜的珍贵奇观。他吹玻璃造成的女孩们，完全不沾一点张爱玲的女性戏偶的气息、素描线条，开启密码（想想王安忆、锺晓阳、黄碧云的女性们）。

"你像是夏目漱石《心》里的那个老师。"

"内心挣扎着，渴望做一个诚实的人。"

硬用光谱来分，董启章的女孩，更接近阿特伍德这一边；而离杜拉斯的疯狂、性气味、童年创伤、乱伦焦虑颇远。她们身上总有一种"被创造的指纹"，像小动物灵动的眼睛、耳朵、上下四方观察转动的漂亮头颅、颈部，仍在迷惑着自己为何身在此刻，要如何"学习"一些难辨其词源的感觉或美德。

到了《爱妻》，妻子仍然是远行英国，不在场的状况，只是这次蜕脱成"妻是小说家"，而"夫是一位大学老师"，与《心》《神》的类大江健三郎，模糊隐约似假还真"私小说"气氛的，董启章的"病中书"（确实在《心》中，男主角和屋中亲密少女"心"关于夏目漱石的深入讨论，夏目笔下的"少爷性"与明治时期现代性形构的内在错置吊诡，反照着身在二十一世纪初香港，作家董启章对公共意识、小说书写之信仰、诚实的实践、自我质疑辩证；乃至《神》，那儿子的家政老师、柴犬"狐狸"的看顾，关于裸体剧场的多重界面、内外之讨论或怪异实验；变身成"情色小说家"的"我"似乎是董虚拟自嘲的"未写出之虚构作品群"，以他的学生"形"对老师的伊底帕斯情结，近乎夏目漱石《心》中老师与K的人格精神往神性之赌注的搏击……这些都是内爆于小说家与"过去的我（或我的作品）的缠祟，分身忍术之自我诘难，一次一次涉入自己这条赫拉克利特河流"。但《爱妻》同样在那样的，

"妻子不在场"，守着空屋的丈夫，受到川端式的美少女之引诱，一种心灵的迷雾森林，男主角在一大病重击后的虚弱，且主要的密室剧场，还是在这位"暂时性鳏夫"的大楼公寓内，但已向读者宣示"这是一部虚构小说"了。

这个"交换身份（变成小说家）的妻"，在这部小说中，不在场的在场，以隔一两章节便从英国写长信给这位虚弱、迷惘、思念，并影影绰绰可能和美少女学生产生不伦恋的丈夫，展开了一本"局中局、谜之谜、秘中秘"的小说杰作！妻子写给病夫的最初的信件，就讲述了小说家朱利安·巴恩斯（Julian Barnes）的 The Sense of an Ending（我也是多年前读过他的《福楼拜的鹦鹉》）。这是一个非常恐怖的故事，可以说是以小说最强韧延展的"时间"材质（相较于小说可以而其他艺术形式也可以实现的，自身的限制与因此得以专注展演的人类悲剧性）：遗忘。断线而清洗掉的记忆。因为叙事者的失忆，于是在结局，底牌揭露之前，整个故事的叙述，是在一脆弱随时破裂跌进深渊的浮动薄冰上行走。读者也处处感到叙事者在多处不经意细节的破绽。原来主角 T 多年来憎恨，那个遗弃、背叛自己的初恋女友 V，后来竟和自己的好友 A 相恋。在这种阴郁、厌恨的情感中过了一生，最后却收到一位过世的女士留给他的遗物。除了一笔五万英镑，还有一页日记。这过世女士是那位当年 T 认定背叛他的女友 V 的母亲。后来 T 在一厌弃的状态，和 V 重逢，V 带他去一间智障院舍，有个智障中年男子。T 以为这智障男子是 V 和 A 的儿子。但最后雷电错闪，底牌翻出，那智障是多年前（只是 T 硬生生失忆了），在一个夜晚 T 被 V

的母亲引诱，而怀上的孩子。这也正是多年前那个断电失忆的夜晚之后，T一直不解，V为何突然对他冷淡，也似乎玩弄他的"妖女形象"，最后还离开他和他的好友在一起。

这个"妻子写来的信提及的小说情节"，将《爱妻》这本书的高度（及难度）先验拉到一个让人喘不过气的人心之"棋中难手"：嫉妒、说谎，我印象中是石黑一雄的绝技——"不可信的叙事"——有什么不可告人的秘密，藏在那静静的生活、远山淡景、平静的日常描述背后。那是真的歪斜坏毁，真的屈辱与无从忏悔的背弃。

小龙。小蛇。小虎。

这本《爱妻》又展示了一次，董启章那华人小说无第二人的，虚构出多本这位"小说家妻"（栩栩如真）曾写出过的几本小说（以我看那些情节本事，都觉得是料理的上品食材）。然后这位美少女学生，恰是这位"小说家妻"的作品研究。

作为读者或自诩为小说上的对手，我对董启章这种，内部衔接、链接、若隐若现、互为颠倒（光影、隐喻、伦理之相反），但情节如爬藤不疾不徐，多重发声机制，由不同角色在不同情境，谈着德日进，小说家妻各部不同的小说（都是伦理乖谬，激烈不输 Julian Barnes 那部小说的，现代聊斋吗？时间之谜戏吗？一种从前在小说家董启章作品完全不会连接到的，爱欲之迷乱与关系之错置，而产生的，可能要上溯莎翁的《哈姆雷特》《仲夏夜之梦》……这些世俗人伦爱情极悲之境与喜剧精神的混声）。

小说中，妻子来信的议论，特别能将这小说的迂回飞天，某一切面放进特别深邃且哲思的"二维箔"上检视，包括另一信谈及 Julian Barnes 的另一本小说 *Levels of Life*，谈及了"失去妻子的'悲伤'（grieving）而非'哀悼'（mourning）"。这一段谈得何其深刻："妻子的死亡剥夺了人生的更高'层次'。你不能再跟她一起在爱中向上飞开。那么，为寻找她的残影，你就唯有向更低的层次下降了——字面上爱人已经长埋地下，而隐喻上你便只能向下流入梦境和回忆的心理底层了。"

　　这些"不在场／远在英国的妻子"的来信，奇妙地给予阅读者一种朦胧的暗示，或像希腊歌队的预言。像被煤屑蒙上翳影的窗玻璃，透出去所见，残缺、朦胧之景，有一种"不是推理线索的暗示氛围"，这个丈夫的故障、病弱、独守空屋，似乎是"后台有更大的事故发生了"。

　　在和小虎的部分，很多时刻，我读的感觉，那已是在一种恋人间的状态，但这丈夫却硬将不在场的妻子摆着，终还是老师的角色。

　　从他的学生"岸声"那里（那封信）给予的镜像，这个老师和她的女友，就是庭音，不止发生一次性关系！除了那圣诞夜那晚他们三人在启章（不，那个女小说家的丈夫）家，之后，他们在钟表展会场旁边的酒店吃饭，发生了性关系。

　　在"我"这边，奇异的叙事使可信度裂解了。他描述事件的版本，和其他人们不同片段的截面，玻璃镜片映出的，全部有出入、差异。他们不约而同在某个对位关系时，眼神或语气露出对他的担心、关怀，那是《欲望号街车》里白兰琪说的："我一直都依靠陌生人的慈悲而活。"岸声说："……老师你的处境，的确是值得体谅的。对你在这时候，有无论是肉体上还是感情上的需要，我是表示同情的。"

我们会想：他的妻子，其实已经死了。只有他，一直相信他太太在英国，持续地写信。他们对他说："老师你终究要面对现实。"

我读到启章这本小说的后面，竟悲不能抑，无语凝噎。我好后悔去年在香港科大的"科幻小说大会"，遇到他，我对他那么嘻嘻哈哈。这是一本我想写却写不出来的小说。

女孩（庭音）对他说：

"阿蛇，你做了很长的梦，是时候该醒来了。"

然后他看着书房里，妻子戴着那只手表，他说："小龙，你终于回来了。"

玲珑剔透的天生"观测人"

我建议朋友可以去看看"一席"上，黄丽群做的演讲《大命运上的小机关》。

她真是个聪明剔透的孩子，我的内心想。但其实她已是个将要四十岁，可能放眼台湾文坛，可以说小说天分数一数二的天才。这不是我说，黄丽群在很年轻，很小的时候，就是许多严格小说读者心中，口耳相传的，但有点神秘的"天生要写小说的"。我这么比附可能有点傻，但我觉得，很像我初读二十多岁就出手极老成世情的张怡微，那种我这样的鲁男子，把小说之途视为重武装骑兵的阿北[1]，惊艳、困惑、不知那个天分、心窍、强壮（同时冷酷同时哀悯）的摄像机（同时是小说家个人的第三只眼），是怎样的生命史，地层挤压，上天垂爱，其实就像我们在说二十多岁时的张爱玲，你意外在一城市楼顶天

---

1. "阿北"，为台湾地区对中年男子的称呼，原为闽南语"伯父"之意。

台，见她脸上若有泪痕，无端看着下方（非文德斯《柏林苍穹下》的高空，而是更近距离，她于是也淹没在那市井声与难以言喻气味之中），但见她大衣一脱，原来背脊有大翅翼，啪啪就飞上另一栋楼灰灰的建筑影廓上方。

她的小说《海边的房间》，当初给我的震撼，我如今还记忆犹新。"这是谁？"非常震惊。包括另一篇《卜算子》，那使我羞愧在那个年纪写小说时的我自己，多么傻×啊。这年轻人怎么有能力这么洞悉、悠然、把"怨憎会""爱别离"，那么自暴自弃地混写在一起？怎么可能那么年轻就蛋壳无一缝隙，笔意可以写出那种傀儡散架，无声的滑稽、不是为自恋而颓废，而是生命不可思议的惊悚局面，远超出任何算命师、充满对现代生活"辨识生存指南"之世故，也无能为力蚂蚁举巨大铁板的，倒霉？或是我年轻时（也就是她现在这年纪），正襟危坐，当作武功秘籍心法，潜心精读、力有未逮，福尔斯的《魔法师》与《蝴蝶春梦》，纳博科夫的《洛丽塔》，那个高智商者的控制神之塔，以及必须创造一个小说之境，来实践这个禁锢的佛经写的"极乐世界"，那个被禁锢者，如何恐怖地微弱地回想，最初，已经单薄无法捞捕的，空气中微絮或电波的，"自由"，这两个字。

"她怎么能做到？""她怎么会？"

就像你在一台夹娃娃机台前，投了上百枚铜币，隔着玻璃看里头的玩偶（如果是小说中的人类）堆叠成山谷，但那一次一次那设计不良的机械手臂，夹起，稍一晃动，夹到之偶百次有九十八次是，在懊丧中掉回它原来的那堆死物中。但跑来一个少女，投一枚钱币下去，一次就夹起一只，这样自在像本来就该如此，机器手臂每次都夹一只从礼物出口掉出来。那样的愕然。后来的几年，在不同文学奖评审中，好几年了，看到许多篇仿"海边的房间"体，但即使是仿冒，仿学她之痕迹如此拙劣者，都还是让人读时是好小说啊。这真是一种不可思议的"时代的原创观看方式"的发明者啊。那是一种，我要过了四十五岁，才从生命吸了各种酱油渍啦、原子笔墨点啦、捷运上密闭空间近距离不知道哪些女孩身上的香水味啦、香烟的烟附着的燥味、养的狗沾上的落毛……，那油腻袖口凑在鼻前嗅闻的，百感交集。那怎么能如此写意，像画笔画观音的开脸、衣褶、手指，将所谓"世情"，无有迟滞，如练了几十年书法，自在湍飞就圈出一个"完美的，我心中理想的短篇小说"？能写出那样的小说，在我内心，认为是，像"冥河上的摆渡人"，"连续变态杀人狂死刑前告解之神父"，或"疯人院的巡房护士"，才可能剑一出鞘、一刺，就精准无多余振动，直刺中，上方铁钩钩住之一颗人心，滴落在半空那泪珠状的琥珀色之油滴。很难用理论趋近这种天才为何有此能力？（譬如二十多岁初出手的童伟格，或雷蒙德·卡佛，或者不魔兽争霸战一点的波拉尼奥，或汪曾祺学不来的那部分的沈从文）。无他，天才也。

我年轻时至今，一路万中其一，遇过几个这样的天才美少女（但无一人有黄丽群这种，无根可璞，让我这重装铠甲武士诧异站起的那"举重若轻"啊。她也许像是隐去了出手式的夏目、芥川？）。但始终未能深谈。她们会有点像杨泽老师说的

"过来人"，不论年纪其实小我多少，但一种直观的天分，剥解一群人在一个状态中的难堪、坚持不丢脸、怨怼（但因对戏剧化的厌恶，变成一种"好啦，你别说出降格的话"）、神经质但因长时间被驯制于是莫名的抱歉、女人知道另一个女人在做什么"多出来的动作"，但不会说破，老男人如海狮般的怠懒……种种种种，我不知道（一直不知道）她们为何年纪轻轻就那么懂这些。一种将动态的场面，成为全息二维摄影的能力。

很多很多年前我遇到黄丽群，和我读她小说的印象不同（就是你以为会走出个张爱玲或门罗之类的），她和我的年龄差当然在我眼中是个"美眉"（但我知她的天才所以敛衽以对），但她比我想象的话速稍快一点点（只有一根丝弦那一点点），没有任何猫科或仙女的畏光，完全没有一种张爱玲式的"稍慢速"（只有一根丝弦那一点点），这很有趣，我们聊起紫微斗数，我发觉她熟知那个算术系统的各种比较难的进阶符号之"维基百科式解释"。我是传说中的"雄宿朝元"格，说来是萧峰这一路，降龙十八掌的强壮刚强命格。结果这位天才少女的命格是传说中的传说，紫微在它最强大的宫位，也就是"君臣庆会""极向离明"格。后来这许多年，我遇到黄丽群，都会开玩笑称她"女帝"。

有一些机遇，很像围棋高手凭空谈棋，可以灵动测知对方对某些抽象难度的领会，我记得最痛快的是，一次听黄丽群、柯裕棻，一起在一正式长桌，谈论金宇澄的短篇小说集。那真是酣畅淋漓，各自的忍术四方射出、张展撑开，能谈那小说中最需审美教养，又懂人世屈瘪之哀，又能游刃有余地，像谈量子态坍缩多维宇宙，那样谈小说中人物的"时光"，遗憾、怀念、无能为力、一种豆皮放着发青霉长白毛但味道特别鲜美，那种轻微酱色的体会。那真是听她们谈得熠熠生辉，因为是真爱那小说在一微妙空间的盘桓飞行。我心想"这女生是真懂小说的，是真的天才。"

她应该是海派小说家的机灵颓废，心思潺潺，但你听她说话，却是一种元气和"大家把话打开天窗，光照亮着说"的"大局为重"，直接谈实不谈虚。她有一种"北平人"的敦厚和"知道世界在运行得已跑到多远"的真诚。能扛大事。这是我遇见她时真实的感受，和脸书上的灵狡机锋或偶尔耍废嘲谑不同之印象反差。

另一个机缘，当然是胡迁。有次胡迁来台北，也是丽群帮约人，当天有柯裕棻，陈雪和早餐人，我记忆中那真是个美好的晚上，我们谈着文学、命盘、两岸青年创作者的不同困难。胡迁自然是一种超年轻天才的愤世，但其实马路边抽烟时，他安静而温柔。后来我们又去青田街的咖啡屋续摊，那是我喜欢的，想象中的波拉尼奥小说中的文学创作者的，带着激情和爱在谈文学的台北之夜。很奇妙地，那次印象中的丽群，像个大姐姐了，她会温暖地顾着大家，且用创作过来人的诚挚（而她同时是幽默的），我觉得那是对胡迁将对他在他那边遭遇的愤郁，试图多说一些创作之途未来还可能看见，不是一翻两瞪眼的风景。

胡迁过世消息，我是从黄丽群写脸书私讯告知，后来才知，胡在对自己创作的才气自负、棱角毕露，或对大环境黑暗或集体疯魔于金钱大梦的同辈创作人的愤怒，这种种如核电厂高辐射、高温、高爆的灵魂狂奔或躁郁状况，曾将丽群当亦师亦姐，书信中请她给他创作建议。其实我自己五十岁了，不说年轻时亲友先后离世而造成内心难以修补，奇怪的哆嗦、愧歉、生气、哀痛，不同时期亦有灵魂和现实世界产生切角向量歪斜，那些"不想活了"的求援者，其实对另一个如履薄冰活着、认真坚持写作的创作同路人，是不公平的事。譬如我知道胡迁自死的时间点，正是我自己发生一场几乎丧命的心肌梗塞路倒不久，我非常伤心、愤怒，我想我可以不断给这些有才气的年轻创作者，太阳的温暖，但不可能源源不绝地发散啊，我也有枯竭而亡的时刻，但强者应对你拥有这胸怀里的才气，像守护驯服一只九尾妖狐，那样在时光中保护自己，也保护这上天赠予的强光高爆之核燃棒。那是上天何其偏心的眷爱。但我生命已经太多次无能地对这些创作世界里，被黑洞吞噬的天才（但我自己也是天才啊）说："求你不要死。"

我是在胡迁自死这件事，简短的几封信，感到黄丽群有一个我这老司机称之为"黄金之心"的，创作者（或曰写小说之跋涉者）最珍贵的质素。她自己才气过人，可能在很年轻时便早熟自知了，这种才华者灵魂高频音者，在人们以"天才作家"称呼之时，其实都花了很大的自我内在降魔之杵在无人知晓的镇压过程，他们自己一定是神经质的、强迫症、忧郁症、狂爱而受创的受伤者。但如何温暖、稳定、更大的宇宙飞行参数、对生命更长时间流浪的想象力，然后有一种对人类仍保持温暖的信仰，这以她的年纪，就真的让我刮目相看了。那是一个从涡轮强爆转刀片般扇叶，那个自我与同代人与所处时代搅碎机中穿越而出来的试炼。

所以我脑海中当然浮现一些我不同时期，认识的不同天资过人的"天才少女"们，但皆无法将之比附黄丽群。这种奇特的全景花园的玲珑剔透的天生"观测人"的女生，或许在上海（那个时期的上海），就长成了张爱玲；在北平（那个时期的北平），就长成萧红；但她长于二十一世纪前二十年的台北，于是就是黄丽群。我觉得她们若在同一年代、年纪遇见（包括二十多岁时的邱妙津、包括波拉尼奥小说里那些神经病年轻诗人、包括在台北时期的聂华苓），应该都会和她成为好友。不知为何我这么相信。这是一种奇特的（我又想起她那强大的紫微命盘结构），最深的黑、疯狂、残酷，她没少那下凿的地底深度，但她又可以强壮、诚恳、有一种力量，同情理解，稳定的"不演那个太宰治"。

新作《搬云记》目前我只读到一万字，有一瞬想到吉本芭娜娜的《白河夜船》里的那个有陪睡，将他人梦境中那些黑暗、恐惧、屈辱、罪恶、扭曲，透过梦貘般食梦的天生异禀，全吃进自己灵魂这边。但事实上，黄丽群有一种她的小说特有的"对话形成的人物特殊性"，这对我而言非常难，就是对话可以产生这个作者特有的剧场，而非场景素描或冗长的内心独白。其实"对话"或正是小说神髓，谜面所在，我可能年岁愈大，愈感到小说中这一块难以言传之秘的难中之难。可能它正像是一场九十分钟足球赛，几度来回接传、盘球、跑动、三角短传，大部分时间的这一切努力、耗费，只为了那一瞬空档，然后神乎其神地射门。这一切的跑动、动势中创造出一瞬似乎在人类巨量的这样疲惫、日常时间的形态，我们以为是水银泻地、电光雷闪的"一个优美的射门"，其实那其后的运动力，大脑要将千万种讯息协调、筛选，才能瞬间找出创造之瞬。我年轻时错过（或小看了）小说中的"对话"，可能正是这个说故事者，对人类的理解、对某个人物为何存在之洞见、这一笔书法写下时，那后头或已演练数万次的，如何不过于戏剧化、如何不变成傀儡空洞、如何吹一口气让这个说话的人物"活起来"，他被放在一个几维的小说波函数里？他们为何"非如此不可"要在此刻说这些话？或是这样说话？我们细读《红楼梦》《海上花》《金瓶梅》，或昆德拉，波拉尼奥，或黄丽群那么喜欢的金宇澄，这些"敲敲头顶，脚底会响"的擅长较大数量人物群演剧的大小说家，他们对那样灵动的小说人物，那个在对话中的撩动波涟，那本身正就是一种"搬运"的难度展显。文明的、世故的，或因足够繁复的文明世故教养，才水池够深、形成说话情境的那个话中有话、刻薄遮藏着哀悯、自厌自虐后头的内在礁岩生态群的光影错落小宇宙、一种熟烂的、于是"不做不如沉默"的语言重力同时又是语言的透析度。套句我后来迷上的寿山石对那难以言喻的关于"感觉"更多出来的美感："温、润、细、腻、结、凝"。那是对石头"更多层次的感觉"。当然或许我们可以有更多"词的暴胀"：空洞、说谎、权力高低位差、躁郁症、洁癖、有重大秘密在幕后不让读者知道、读者和所有人都已知道唯这个剧中人不知、犬儒者、宗教狂热谵妄者、死者、人工智能、秘密警察、装疯卖傻者、花痴、曾经荣耀的过气者……种种种种。小说家对于这种小说之中"说话的人们"的神经质，或正是一场只发生在小说之境的"搬运"：历史、恐怖的大屠杀档案、一座城市的兴衰史、像张爱玲那样的《雷峰塔》加《对照记》的家族变态与创伤、社会学或人类学做得更完备的、某些魔术方块的结构之美……将它们搬运到孤立审美，后来我们会读到《红楼梦》《2666》《卡拉马佐夫兄弟》，他们就只能是小说的那座耶路撒冷，那个小说星球。但散落于途的、车辙错叠的、站在三岔路口不知该选哪条路标的，或整批辎重卡车坠落山崖下的心痛，这一切或是才识也写小说者对另一个写小说者的物伤其类，看得懂那搬运之途，种种非人的心灵创伤和辛苦。在这个故事里，"搬运者"们拥有能力，为了帮助人们"遗忘"或"删去"那些翳影黑魅般，多出来的负能量、内心的脏，但真实里，其实小说家正是搬运那一切变复杂、络绎、遗骸散落于途的一种时间移转的驮兽。所谓天才小说家，他会在这搬运队伍的可能上万个句子、像蚂蚁流河、或骡马车队、或孤独的长列火车、或机场所见的频繁起降、或太空舰队、或量子传输，总之他会让人看见那个搬运过程，极隐秘特殊的原创发明，那时我们会说："啊，这是个好小说。"未必是故事的回旋，未必是人心更变态黯黑的大教堂建筑（这些，好莱坞或美国影集的科班出身高材生编剧群都做得到了），甚至，未必是一种昆德拉说的音乐曲式的赋格，或卡尔维诺式的一套塔罗牌不同随机排列组合的故事天文学，"魔鬼藏在最原初的，说故事人对生命、人类命运、人在所谓的关系中翻滚浮沉之体悟"，这个修炼像田黄石必须从山体被冲落，翻滚、在湍溪中被冲打，出现裂痕，然后以矿石而言是伤是缺点，经过百万年，那个温润的土，一点一点沁进它的伤裂中，直至整颗田石变成不可思议的"煨黄""烂柿红"，那个腻、凝、润，他石无从仿起，原本是伤裂缺陷反而成了田石辨识，最重要的"筋格"，这是我或说了冒大不韪，但我深深认定"活下来的小说家，比死去而未完成的小说家，重要太多了"。这像是废话，但是我读了黄丽群这一部分新小说段落，心中涌现的感触。

小说家与小说家的大卖场

神把一个东西交到我手上。

那是沙漏。神在里头不停落下。

落下的神难得露出热衷于喜爱事物的表情。

神快漏完的时候，我就把沙漏翻过来。

翻过来。再翻过来。

我有点后悔了。

可以停下来吗？我祈求神。

神没回答。

我站起来，退开几步，不再翻转沙漏。

神静静坐在沙漏底部，但不停止。

——《神与神的大卖场》

这种古怪、恐怖，将我年轻时读加缪的《西西弗斯的神话》，以短短两千字，形成一个透明、果冻状、与神共进晚餐

（吃的是这个"我"的身体）的时空，神就像所有客服投诉电话那端，只会简单空洞的提问，这位年轻小说家具有对"荒谬"这件事，奇异的原创力。"我"在神之中，时间似乎还未被创造，在那个压扁，什么都还没展开的"反空间"里，神所展现的恐怖，正是想象力的贫乏。神只能跟祂唯一的这个造物，想一些极弱智的乐子（在这些描述里，又不带特写、不感觉痛，都是卡夫卡《流刑地》式的虐刑），但这个预言最后，又以这样极简，甜甜圈的形式，完成一个"层级创造/层级剥削"的俄罗斯娃娃叠套，"我"又在某种同样单调贫乏的状态中，发现自己极小范畴内，是个神，于是重复以虐待那被造物排遣无聊。

试想，这样的一段情节，做成动画，是多么惊人的空间，景观，慑人的天才光芒？

这是我读李奕樵这些短篇的感慨：突如其来，自由界面，能将我们所在，卡夫卡之后近百年的这个世界，原创的（这是重点，再说一次：原创的），像吹泡泡的"吹梦巨人"，这些独立的短篇，正是这个资本主义、全球化秩序、好莱坞电影中星际航行像我们只是还没上旅游网订票，还没去某个城市某间旅馆 check in，比卡尔维诺的"错缠交织的网路"更无限辽阔，珊瑚礁聚落 n 次方的社群感，"我到底在这个庞大到不行的群类的哪个比例尺的哪一处标点？"事实上，这个每一处细节，都在兑换、交易、传输、数据化、拟像化，最重口味的文学、哲学，完全可以存放在电子书的云端，"我们还能写怎样的小说？"如果卡夫卡的土地测量员是二十世纪的堂吉诃德，卡尔维诺的二十世纪版本的命运交织的电影院，是书写中不断延异的人物、身世、关系网络、满眼洒落的各细节、隐喻……我们要怎么写能让一百年后的读者拿到，读了后，充满感悟地说："啊，没错，这就是二十一世纪最初二十年，那时人们生命的状态"的小说？怎么表现"创造同时在复制的大骰轮机中翻滚"？表现"最高级的演化智慧藏在整片单细胞海洋的潮流里"？契诃夫、陀思妥耶夫斯基，乃至伯格曼的知识分子的高蹈人类生命的辩论，其场景不是某将军某伯爵家的客厅，而是某个小实验室，泡面碗烟灰缸旁的电脑键盘？《红楼梦》的少年少女对未来命运的悲感，乃至较大范畴的人际错综之体会，对于美的极致疯魔感受性，其实在一种多维魔术方块的旋转拆解手法，仍可以展演？可能可以在"魔兽争霸"的断代史，找到这个时代的《战争与和平》或《伊里亚德》？

　　这种震撼感可能近似前两年，我看英国的《黑镜》影集，说是影集，其实每一集都是一个创造力爆炸的现代故事。人脑的侵入性可重播、停格，甚至修改的记忆档；美丽新世界式的蜂巢密式的网民和选秀节目上的"另一种人生"；游乐园恐怖屋其实是永劫回归的无限重播；养老院的瘫痪老人可以进入大脑大库存，永恒地在一其实是电脑虚拟的，片场般怀旧的美好世界……每一种伦理的边界，以前认为是渎神的、恐怖的心灵放逐，其实我们早在这个上面、下面、里面、外面，全部都戳破界面之膜，爱、伤害、控制、交出自由意志、歧视、扮戏，这些古典伦理感知，只是像培养皿的悬浮液不同数据成分，我们像鞭毛虫、草履虫在其中漂浮，碰撞其他个体。现在的说故事人，有没有意识到张口，动指，要启动的故事，已经无可逆反地要进入这样的，空间的变形？

《另一个男人的梦境重建工程》，故事的起手式让人想到卡洛斯·富恩特斯的中篇《奥拉》，一位年轻的历史学家，应一位死去老将军之遗孀请托，进入老人书房整理混杂的日记、手札、书信，要帮老人重建一本传记，没想到陷入老人和老妇的一个耽美而与恶魔交易的爱情秘密里。富恩特斯这个迷离的"重返时光之初"的魔术，其实是一种博尔赫斯式的雄辩，年轻的历史学者，透过对手中破碎证物的着魔，混乱了禁锢的时间之墙，破碎的遗骸可以重组成历史的前身，即"活生生的当时"。变成那个被他撰写的传记主。但李奕樵将之成为"科学怪人"版，变成年轻的电脑工程师，答应那个遗孀，替老人——而这个老人在过世前，已因大脑语言区受损，只有敏捷的生物及身体能力，无法言说或表情达意——重建老人生前的梦境。他将《奥拉》中那女人想青春永驻的入魔之途，改写成了"量子芝诺效应"——到了量子芝诺效应，当我们对某个微型物体的变化进行观测，在最长最密集的观测之下，将可以使被观测物静止下来，即便是光也不例外。这真是恐怖的小说拆解，历史-日记-最隐秘的所在-无人能窥知的梦境，这真是伦理与科幻对坐加码的难度飙高啊。当然我们已有过《黑镜》，筒井康隆的《盗梦女神探》，乃至《源代码》那个死后脑波暂存，不断重临行驶火车爆炸前的八分钟，一个死去之人，残余的身体量子态，如何投影成"那个不为人知，隐蔽的所在"，天才科幻小说家多有幻技。而李奕樵在之前以原子力显微镜的原理：

> 固定探针的赛璐珞片是我用美工刀削下的。雷射光源固定在结构的外框架。雷射打到赛璐珞片的背面，在反射的路径上安置判定赛璐珞片弯曲程度的感光元件。然后用马达跟齿轮组机械零件的移动扫描样本的平台。透过机器逻辑的单晶片程式的撰写，让平台载着样本，以极小极慢的速度，一个一个点移动样本接近赛璐珞片下的那根探针。当样本接近到离探针仅有数纳米的时候，赛璐珞片的震动就会被探针与样本间的凡得瓦力干扰。像这样把一个点采集到的高度数据回传给外部的作业系统做记录，就能慢慢地把物件的微观形状给组合出来。

移形换渡成"对梦境之外，这个身体，与环境、空间，最细微的物理感知的残余感"，作为梦的捕风捉影。一种科幻小说对最尖端量子物理学的量子态猜测，可以变成写实的人类演剧。

这可是挑战海德格尔的《存在与时间》，每一个近乎静止的，像忍住打喷嚏之前的"瞬刻此在"，在一种熠熠发光的博物馆陈列大型动物骨骼标本的状态，但怎么可能将这些死寂静止态，哗啦成流动时间飞行之箭矢呢？年轻的造梦工程师，为了拟造出老人梦中爱恋妻子的形态，他们在梦之外真的性交了。李奕樵的滑稽、荒诞喜剧的天才，在此又充分展露。不只这篇，这本书各篇皆给予像我这样的读者，可能第一次听过的科学理论术语，但那近乎当年爱因斯坦和玻尔，那经典的量子力学大辩论——"爱因斯坦的光子盒"——关于"观测"这件事的层层颠倒、否证虚实。这个将富恩特斯《奥拉》变异成难度更高的，"死后的梦境猜想"，把包括 EPR 实验，种种由海森堡"测不准原理"延异的，关于观测主体与客体的错放、辩诘、找出设计错漏，全跑了一轮，请注意，在他将之变成束手无策的荒谬色情剧场，将这个故事剥皮翻转了。在各种繁复、假想、层层外加的实验（天啊，这整个像是二十世纪那些剧场天才的各种可能的即兴创造），拉了一个弧圈回到最古典时刻的"双缝实验"。那么美，那么沉静地进入"因为懂得，所以慈悲"？很妙的是，这位"影子情人"，为了勘探老人梦境，让自己扮演老人，慢慢"面具变成脸"，沉入那老人游向死亡的沉静无语之海。这个情节逻辑，最后竟和《奥拉》没有相悖！

《两栖作战太空鼠》这篇，是全书首篇，我不知道这本小说集诸篇创作时间的先后，但相较其余各篇，显得较古典，太空舱、人脑被植入高科技的意象还未出现，那种滑稽剧的自由喷洒也还没展露，但或可一窥，这个小说家的"启动原始码"：那个伤害系魔术方块最初的三角函数。一个典型的外岛陆军的封闭世界，这个世界以掌握绝对威权的人，将其他由自然人穿上军装便成军人的人，以一种无意义的恶，纯粹找乐子，或建立群体对差异者（弱者、温柔的人、不擅社交融入"我们"的人）的泯除文明法则的施虐。种种假借军事操演、军营纪律、军队服从伦理，其实已越界、"变成不是人"的疯人院意象。

这种暴力既虐待有独立思考的人（如这篇的叙事者"我"），也以变态的方式邀约或胁迫他加入拿皮鞭的那方。从无异议虐杀白狗，以及无异议下注要"我"鸡奸队上另一个更弱者。人在一种放弃自我的状况，空洞地说着军中位阶服从的语言。"我"的脑海里，秘密地充满着鼠群的影像。这样的"军营苍蝇王"，让我想到舞鹤的《悲伤》，童伟格《西北雨》中同样处理外岛军中的一段，或甚至昆德拉的《玩笑》，这个小说家充满对密室权力中，人类如何透过失控的暴力，失去人的形貌，那一切如人类学观察，每一个细微的推门越界，弃守人最低微的不忍与尊严，全部看似如此合理；异化成绝对的控制者和绝对的被控制者，充满敏感的洞察，那样的反思和恐惧感，延伸到其他的科幻系小说中。这样的基本结构，让我相信李奕樵将会是个"大的小说家"，他不是依赖抒情天赋，魔幻技艺，怪奇家族史进场小说的隧道，而带有一种让我想流眼泪的，伯格曼式的，陀思妥耶夫斯基式的，恶与爱的严肃思辨。

《猫箱》这较短的一篇，它像是每一个束装上阵的小说终极战士，"登大人"前通常会有的一个签名式，我们在奈保尔、马尔克斯、舒尔茨，甚至黄锦树、童伟格，这些冷硬派小说家都会看到这种一闪而逝，模糊、感伤的签名式，甚至到中年、晚年，这种孺慕和哀念还是会持续出现。一个解体的家，跑掉的不在场母亲，失智老人而终离家死在公园的祖母，颓败故障的父亲，过度早熟，形成一种自主成长，一种轻微眩晕的，不那么快乐的，"我是从那样的车间被拼装上路"。严格意义上它也没企图将之布展成《家变》这样的小说，或是《家族游戏》

这样的窄光圈观测，那可能梳理了作者，一种避免伤害、过度激情、故而观测习惯都带着一种疏离冷淡的薄光。《火活在潮湿的城》则是另一种作者的签名式，放在这批强大繁复的小说舰体之间，有点太过柔弱、梦幻，可能标题本身就已完成了的一首诗，这种童话寓言，我不知道，或许是在铅笔素描，这代年轻人这些年，某些社会运动的愤怒、无力，或平视同侪的内向纯净仪式。或许很多年后，这位作者重看自己的这本最初小说集，还是会对这篇充满柔情吧？

这种疏离、像细金属丝的荧光水母细微摆动的新人类勘测，硬蕊地展现在 *shell* 这篇，我先引一段小说中对 shell 的解释：

不，不存在 shell 这个指令。好吧，至少真正实作出来的程式不会直接用这个名字。shell 是壳，是作业系统里的一种概念，它被叫作壳的理由是因为它是"包装"其他抽象存在的东西，也就是界面。精确点来说，你现在见到的 shell 形式是 command-line interface，指令行界面，与此相对还有其他形式的 shell，像是图形化界面也是一种 shell。封装在软体世界的各个层级都存在，但习惯上只有为最终使用者封装的，最外层的那一部分，我们才称为 shell。

"那如果没有 shell 的话呢？"

喔，这真的是个假设性的问题。不过你可以想象，荧幕还是荧幕，键盘还是键盘，那些程式也都还好端端地躺在硬碟里面。不过你就是啥事都不能做了，甚至连关机都办不到。你可以敲键盘，但是就算打一万个字，系统还是什么都听不到，半个字母都听不到。也许它冰冷空荡地等待，也或许它正在一个错误的回圈里疯狂燃烧它自己的所有资源。但它听不到。

这当然是一篇关于魔兽争霸的断代史，简略地说，有两个世界：一个是"我"和同伴们所在的现实世界，一个是关于魔兽争霸内部的，自成传奇、经典决战的那个世界。"man shell"是一个骇客传说，有一个资讯工程师偷偷在某个作业系统的发行版本内塞了一份不存在软体的使用说明书。某些部分，我把这篇小说读成一个雕刻的故事，雕刻师运刀凿刺着大石凹错的各方位，晦涩藏在其中的，那要被浮现的核心，随着各种不同的形态变幻，不断改变着我们对将要浮凸的是裸女？死去父亲的脸？一把凶器？或外星人曾留下的某幅他们文明的景观？凭良心说，这篇小说作为迷雾森林的种种极专业的程式语言，骇客间的破译选择的讨论，我几乎全看不懂，但随着他旋转几种不同轨道的各面向切换，层层剥凿，"人心秘境"可能像亿万数据的盘桓蜷缩其中的峡谷，这层透冻石面还没完成，却隐约又见埋在下一层的，故事的不同形态。最终秘密的核心，如shell所指，在于外壳，界面。小说在不断累积的身世，隐藏的秘密，造成读者的推理情感，也跟着他仿佛手指在程式沼泽掏挖，快弦乱拨，最后的结果却那么美，出人意表的一个压抑极深的爱。变成拆解电脑的外壳和组装，我想这年轻小说家的小说资产，就在于他可以虚空雕刻，造成一种不同界面的任意跃迁，像雕刻师运用不同概念的圆雕、透雕、深浮雕、浅浮雕、薄意雕，形成一种错落，叠视的眼花缭乱。而他所活在其中的世界，其实已是在铺天盖地的网路世界，进行一切有为法，如梦幻泡影的寂寞雕塑。这很妙，他可以铺开一层层以抽象概念成立的膜，让他的人物在这不同的膜世界任意跳跃，像《盗梦女神探》一样，然后辩诘出这一叠卷起的界面膜只是一个谎言。

《无君无父的城邦》这篇，我只有一感觉，"这太像玛格丽特·阿特伍德了。"我很难说清那种感觉，事实上，若是出版社出了这一篇，然后说是玛格丽特·阿特伍德的旧作，或新作，我想任何人读了，都不会怀疑。我自己跑了一轮这种惊异感，困惑感，我不知道这是好还是不好？事实上作为一个写小说至少摸索快三十年的老师傅，我知道这有多难！但这是放在其他篇科幻小说之群里面，所以这位年轻作者是带着调皮微笑，拿出草笛吹一遍那个"末世科幻老女王"的经典曲律，"没错，那就是她！"这种恐怖的拟仿，也许是其他篇科幻，反复出现的高阶诡戏：在一个从基因图谱、AI、精微的反馈投影可以重造梦、可以像橡皮糖融化游进神在创造时刻的内里，可以透过变形-面具-粒子态的重组拟态，可以如《黑镜》那样有所谓人类亿万头脑的记忆储存云端，由机器人管理，那有什么理由不能这么说：只要按下某个名字按钮，会掉下一罐完全就是那些二十世纪大师，完全如他们亲笔写的小说。有什么不可能？这年轻小说家就展示给我们看了。"这是真的。"而他不是炫技，但我不能明白他是从怎样的路径达到的？阿特伍德绝技的阴性统治神话、和现在的世界秩序偏斜一点点的另个科幻的历史、父的暴力、我与另一个他者之间的换穿、充满维多利亚风格的抒情呢喃调、被强暴过后的女神重建的洁癖新世界，仿佛在现在熟悉的二十一世纪你所在之处的街景，但又像是希腊罗马时代的城邦街廊，像宫崎骏动画里那些细节被消去的古欧洲市集……完美的大回圈，安卓珍尼，克莱恩，神秘的教谕，繁殖所带来的暴力的终止。戏剧的高潮（那个假扮成姐妹但太阴性的生错性别者，被绷带缠绑着穿过平交道，迎来熟悉的街民的近距离的身体接触，撕去扮装的破片），那么动人，那么美，这种恐怖奇特的女高音飙演，让我骇异而几乎落泪。它在无懈可击，古典赋格的演奏同时，轻轻敲着玻璃杯的外沿，"请注意喔，这是在二十一世纪喔。"程式设计师摆下的迷阵，其内层层封锁的"最里面的盒子"固然重要，但还可以有余裕，演示将电脑电线剪断，拆卸起电脑的不同金属构成，在记忆体演算的物理框限之外的拥抱，那么窄的波，作者在那隐秘之处签名。这时你又会想起，最开头，神与神的大卖场，那个桀桀怪笑，快乐的笑，在创造（神哎，神的等级哎）的声带上玩的古怪的小玩笑。

《游戏自黑暗》恰像是《神与神的大卖场》的"繁版"，剧场空间从创造之初（或宇宙大爆炸之前？）蒙鸿不知所之的房间，成了好像是漫长航行的宇宙飞船。"这个船舱里，不定期会带走一些孩子，也许是交货，也许是丢弃，我不是很确定，带走那些人的同时补入相近的人数。"所以孩子们像是犬只繁殖场的批量交易幼犬，奴隶，或是奥斯维辛集中营意象？石黑一雄《别让我走》的器官复制少年？这是资本主义流水线，最沉静但剥夺人类感的，隐晦幽微难以被描出的空间。

　　偶尔会有还没进入状况的孩子会哭泣或者喊叫。这时候甲板上就会有人下来了。那人会寻声找到正在发出情绪性声响的孩子。接下来就不会有太多声音，一些撞击、闷哼、因为强烈撞击至地板压扁肺部硬爆出的一声短嘤。

李奕樵所虚拟宛真的空间，都是饱含着各种像梵高画中颜色，或张爱玲神经质的人情敏感，那样的伦理性。从军营、神的房间、阴性家族统治者的街、替死者重造梦的实验室，全是"伦理的参数像调酒师，把不同的基础烈酒，混摇在一起"。那几乎无法在以古典时光里的人，有可以掌握的教养、尊严、对他人的暴力攻击的反应。事实上我们这个世界，不就已有"深网"的存在？器官买卖、买凶杀人、买卖绑架的女人为性奴、国家情报局追捕的骇客、毒品军火买卖都只是小CASE……在他的小说中的主人公，通常因为要面对这种"百感四处涌出"的暴力、创造者给予的乖异伦理颠倒（譬如军营中那要求主角去上另一个在团体中更弱势的人），会形成一种感觉钝化、放弃反抗、狐疑下一瞬间那喜怒难测的绝对权力者，又会丢出什么难题。这种"卡夫卡式的主人公"，我会充满感情地想起童伟格小说中，那背负了太庞大时间繁瓣与死者像要活回来的柔和心思，所以像失聪者那样的废人、无害的人；或者伊格言《噬梦人》中，那由伪基百科如鱼鳞覆盖，一种巴洛克风抒情感暴涨，水草塞进眼耳鼻口的遁逃者；或是徐誉诚《紫花》里的万花筒写轮眼吸毒者。这样的人物，回应着存在处境的难题，进行伯格曼式、陀思妥耶夫斯基式、卡夫卡式，或《儒林外史》式的，思索一下于是慢几秒的反应，这便判定这是不是个"好小说家"吹出梦境，他所要在其中，艰难反证他的时代的感觉。

看看这段话，几乎可以作为这本小说集，那难中之难，其中的对于他的小说（或追索这个分崩离析的世界，所有的空间创造论）的启动（源代码）意识：

我猜想你刚刚有问我问题，也许现在你又想问我问题。原谅我，我还没有办法做到回答问题之后还能继续述说。一来我可能根本听不到，二来蔓延出去是很容易发生的，因为问题可能太有趣或太无趣。我现在所做的，还是依靠我过去不断重复的同一套练习，状况好的话可以没有任何失误。我的脸上可能看不出什么表情，如果你看得出来的话，可能也会像甲板上那些人那样子把我按在地上猛殴。但这值得骄傲，很少人知道完美地重复，或者完美地回归这种事有多么难。

在黑暗无光的船舱内，这个"我"和那些批运来又运走的孩子们，玩起"发明字词"的游戏，这种打发时间——《等

待戈多》中，那两个人物，在永恒的废等待中，想出各种无异
议、白痴的小把戏，来消耗那个，后来台下观众都已知道这是
最恐怖、悲哀，也等同人类的恐怖悲哀的，"他们等候的那人，
永远不会来"——《游戏自黑暗》的这个"我"，和那些孩子
玩数头发、数肛门褶数，后来有个女孩教会了他跳舞；或者，
在那样的黑暗航行中，他们果然互相伤害（这已是这位小说家
的凝视主题），然后"练习"，练习交媾，练习成为群体，游戏
发展成为辩论游戏本身，于是必须发明更多的字词以供抽象的
分析使用，"我们发明了所有我们能执行的游戏"。（这里我不
一一复述他那眼花缭乱的，游戏的繁殖机器。）之后这种在重
力极大的黑暗中，抵抗空无的游戏，像是进入德里达的语言学
海洋。

　　与这本书其他篇小说相同，李奕樵的小说是由"小说之外
的零件"组成，也就是说，描述他的每个故事的词，几乎都是
他另外发明的某个形状怪异的物件、词后面的解释名词，譬如
他那些程式语言，这些原本功能并不是拿来陈述故事。就像你
不会拿一个小婴孩来当手机通话，反之亦是，但李奕樵的小说
全是这样的装置。这篇《游戏自黑暗》，恰正后设地描写这种，
每个字词是从最初始创造，但他们可能已是从维基百科、奇摩
拍卖，某件怪异形状的机械手指、裸女烟嘴、似曾相识的丢弃
电影海报，它不是乌托邦或鲁滨逊，而是一种资本主义社会用
过即弃的，或维勒贝克那种大灭绝之后的残余或落单者。每个
字词从历史之外的这个空洞之境，从他们的游戏产生，可能无
法延展过长的记忆，而以身体经验了某些字词已颇复杂的学习

感悟者，又将在某一站被带走。"我"是这些游戏与字词的发明者，倡议者，而船舱内有另一个男人，沉默阴鸷，则似乎是拿着干枯无墨之笔，在纸上记录更长时间（历史？）的角色。但可能这个似乎一直坐在暗影中，惘惘的存在的记录，如男人所说，"只是说谎。"这种海洋里的单细胞菌藻，过短基因段朝生暮死的，短短的某一时间括弧里，但又是那么真实的爱、依偎、群体、伤害、对真理煞有其事的争辩……这又像是网路、脸书、帖子，每页如荧光海（海面上大批荧光菌）令人目眩神迷地明灭着。回到电影《源代码》那无数次回去，"爆炸死灭的一列车乘客的八分中"，李奕樵是否也是某一瞬刻，进入这个网路世界如量子态，可以微观但无法形成时间记录，泡去了另一边的，弦的振跳？那个无垠的黑暗里，他发明了这些剥除了社会错繁记忆的，某种"单子人""器官人""孩子"，他们以游戏和练习的形式，本能重启描述情感的词语，但因为这个独立而出的航程，给那些参与游戏练习的孩子生命周期太短，都像流产胚胎被不成形流掉。所以这些发明便得如此虚无、透明，如果冻、露珠、蛛丝，这是这个小说给人的悲哀恐怖之感。

　　这样的一个天才小说集的出现，给台湾的小说什么样的启示：我们不仅不是跑得太远，反而是跑得不够远！当我如今想回奏关于小说的高阶乐谱时，还是得拍拍灰尘拿出老博尔赫斯、老巴思（写《敏里劳士如是说》的那位），小说的读者无痛感地被贫乏的想象力吃着，小说坍缩成小说自身，不再思索曾经前辈们对世界变化的激动思索。于是"小说家和小说家的大卖场",不再需要"一个筋斗三万六千里,连续翻滚到天外天"的神奇,而李奕樵,这个我本来陌生的名字,让我看见了那个神奇。

哭笑不得的台湾心灵史

　　这本小说集的第一篇是《当我们谈论瑞蒙·卡佛，我们谈些什么》[1]，它似乎定下了这《文艺春秋》十一个像独立短篇，又像一部长篇的十一篇章变奏的主要密码锁的回路设计：当我们谈论某某人（可能是聂华苓、王祯和、锺理和、袁哲生），我们谈论什么，而这谈论着这个某某人的"我们"是谁？在作者的设计里，他们是某种"瑞蒙·卡佛小说式的人物"：他们是非典型人物，生命的挫败者，被隔绝于正常人生之外的被掠夺者，某部分来说，他们可能不是理想的谈论者，因为他们在谈论某某人的时候，可能闲扯搭聊的是另一回事，另一种东西。这个谈论者的生命困境，或他原本隐藏未露的黑暗阴郁，屈辱与损坏，会在那谈论的过程像车子漏油那样漏出来。

　　这篇《当我们谈论瑞蒙·卡佛，我们谈些什么》，那个

_____

1. 瑞蒙·卡佛即雷蒙德·卡佛，台湾译名。

"我"很明显是个瑞蒙·卡佛控，他在和废材朋友哈啦，一种典型台湾青年间的虚无、怨恨、赌烂的对话中，他们好像聊的都是台湾人大陆人这些话题，关于已经发生交流的台陆青年的抬杠，突然在某个转岔，"我"开始说起瑞蒙·卡佛那倒霉、困顿的作家人生，他的酗酒和五十岁就挂掉，瑞蒙·卡佛在这样的被谈论中，造成了一个上扬的诗意，但立刻让废材哈啦的气氛冷掉。第一篇的起手式，黄崇凯似乎以一篇台式瑞蒙·卡佛腔的小说，预示了"当我们谈论瑞蒙·卡佛时，其实我们那时在谈的是台湾"，一种一言难尽，可能得用曲率、折射、绕射、描绘一个不存在的白矮星、必须讲另一件事情、穿过那些（他挑选过的）各自生命史或某种倒霉、掉链的小说家的小说，"当我们谈论聂华苓或汉声小百科或杨德昌或林强，我们谈些什么？"我们谈的其实是这个小说家奇异的曲率所描出的古怪、暗藏隐晦、突梯、哭笑不得的台湾心灵史。

　　这本书中的各篇小说，叙事者都予人一种"画外音""镜头之外的人""和那个作家有极遥远距离的读者"，可以说理想的阅读可能被剥夺损坏，变成一种充满执念地对某个作家或某本书歧路或另造歪路的追寻。可以说这本书可以称为"十一个寻找作家的读者的故事"。譬如《三辈子》这篇，叙事者是个长期监视聂华苓的情报人员，他可能是"聂华苓"这个作家最忠实的读者，像电影《窃听风暴》，情报人员对无所知的对象进行监视，那形成一种最违反道德的全景观察，非常怪的这种视觉暴力却非常接近偏执狂读者的理想状态：包括雷震案所牵连的白色恐怖；傅正被抓（军警来带人时，聂华苓让女儿继续弹琴的历史场面）；殷海光抑郁而终；保罗·安格尔来台北时，两人的邂逅；乃至两人在爱荷华成立国际写作计划……非常吊诡的是，这位情报局人员随着监视的猎物老去，他也逐渐老去，那些无人知晓他在画面之外监视的画面，竟和后来聂华苓自传《三生三世》记录的段落完全一致。文学史的纪录片与情报局的档案文件叠印成同样的叙事。时间在迫害者和被迫害者身上形成一种奇异的共同完成，事实上，在黄崇凯的《文艺春秋》挑选了聂华苓，她正是被放逐于台湾文学史时钟之外的人物，那种"什么都不是"的恐惧、疯狂与崩解，写在她于美国时创作的《桑青与桃红》。由一个始终在场却隐身的情报员，来重描这个"在之外"的存在，这或也给予接下来诸短篇，一种阿列克谢耶维奇所谓"二手时代"，一种观测镜成为无效工具，然其玻璃之棱角、色晕、弧形反成为考古证物的不可能被看见的曾经发生。

《如何像王祯和一样活着》是这本书里我最喜欢的一篇，这个科幻小说的设计，让一百五十年后在火星生活的年轻人，学校老师给的作业，是探讨王祯和这位几乎被遗忘的台湾小说家。叙事者是在"未来"的时间之外，甚至地球之外的火星，这样想将王祯和的小说复建，将认同的难题扩张成火星认同，离散与历史痉挛造成的我与他者在时光中完全不同的感性，放到了星际尺度。火星移民者在几代后，对地球产生了复杂的脱离情感。几百年后一个火星孩子重读王祯和的小说，也成为一种历史或庶民史曾经的伤害、羞辱，难以被后来的读者破译之悲哀。火星上"开采的矿藏、金属资源大多流到地球，而这个经济圈的形成，自然要压榨新开发的地方，就跟古时候的大帝国四界压榨殖民地没啥不同"。作为这科幻小说火星的隐喻，则地球未必是王祯和小说中焦虑或戏谑化的全球资本主义链所造成的看不见的（美日）殖民情境。因为被甩离到遥远的火星，"我"被迫在空间和时间的域外，重新翻译出王祯和小说的现实维度。某种移形换位，台湾小说或台湾文学，成了像火星文学一般，可能永远是地球本位文学史的漂流幻影。黄崇凯可以将王祯和小说的阅读、解译，放置在这么奇异的虚拟时空，将王祯和小说独特的滑稽笑谑，以一种投掷向未来的坐标，将那滑稽突梯再平方或立方，这里或暗藏了《文艺春秋》一书的"台湾文学史"悲观，如果这是一个持续漂离的模型，那么王祯和小说人物，某个时光考古层的后殖民纠葛、颠倒、滑稽，将难以被后来的读者曲径通幽。

《迟到的青年》是借大江健三郎的长篇小说之名，核心之语是"我在战争中迟到了，无可挽回地迟到了"，作为日本战后的社会、心灵、历史感、作家的意识，种种的思辨体小说。但黄崇凯却像是颠倒了这个题目原意的，写了一位生涯跨越二战结束的台湾作家黄灵芝，像当时许多已娴熟用日文创作，却在战后骤转中文书写、禁绝日文的同一个岛屿，无所适从竟而失语的台湾作家相同。他持续以优美的日文创作，不论小说或俳句，那成为一个无人阅读的秘境。这篇小说或可见黄崇凯小说语言可以任意变换的功力，全篇竟类仿日文小说的典雅、压抑、感伤的大正文风，黄灵芝的"迟到"，是透过日据台湾时建构的文学启蒙、想象与教养，之后这些"文学"所依附之语文，被禁制消失，那个持续、延迟的创作，仍在自己的宇宙静静燃烧，这是语言的画外音，语言的镜头之外的人，文学史时间的鲁滨逊。那并不像迟到，而是以对文学的虔敬，赶赴一场盛宴，却发觉包厢已全被撤换的荒谬。"自禁绝使用日语文以来，他在病中反倒常想着，语言究竟是什么？就艺术创作来看，无需语言的音乐和绘画，丝毫不受语言的影响，唯独以言语文字为媒介的文学被牢牢框限。"黄灵芝的一生创作，"以无根、无繁衍、无互动的语言书写，那也不过是我个人的事"，在这《文艺春秋》里，很奇异地无比之"瑞蒙·卡佛"。

《夹竹桃》是另一个版本的"迟到的青年"，叙述者是锺理和在北平时期相识的一位台湾文学青年，所谓台湾文学之意识，产生自与黄灵芝以日文文学启蒙约同一时间点，然背后的现代文学场景却是老舍、周作人的北平，锺理和的《白薯的悲哀》，或是"台湾—沈阳—北平—上海"这样岛屿之外流浪动线的某种"五四腔"的自我疑惑。锺理和作为那时代台湾作家有大陆经验者，战后回到台湾；而这篇小说的叙述者却留在四九年之后的北京，经过"三反""五反""文革"，老舍投湖自尽，傅雷先生服毒自杀，"我"因台湾人身份在暴乱中吃尽苦头。他仍持续连接着"中国台湾人"的难以言喻之感，竟是和其实已在六〇年辞世的锺理和单向的写信。这也是个忠实读者的故事，但"白薯的悲哀"似乎是台湾回归中国时光源头的裂隙，锺理和回到台湾，他的作品始终有"原乡"与"祖国"这两个对位；而这位持续和他对话的台湾同乡，留在大陆却始终什么都不是。《文艺春秋》里的这些人物群，让我想到波拉尼奥《荒野侦探》中的那些墨西哥人、内在写实主义者，他们是像撒豆子般被扔进不同历史情境中的倒霉鬼，没办法追溯大历史，只有糊里糊涂、四散弹跳的个人生命史。

《你读过〈汉声小百科〉吗？》这篇也极妙，这里引一段维基百科上的介绍：

> 《汉声小百科》是一套由台湾"汉声杂志社"编辑、"英文汉声出版公司"（Echo Publishing Co., Ltd.）一九八四年十二月至一九八五年十一月出版的一套儿童百科，全套书共十二册，为台湾著名的儿童知识性书籍之一，以"本土性""图像化"与"科幻导入"为三大特色（参见其序文《进入科学世界的书》)，口号是"带孩子进入多彩多姿的科学世界"。不同于一般百科书籍，该套百科的十二册各以月份为名，并以日期为单元，共有三百六十八个条目（一月册包含一个十二月三十一日，十二月册多一个个别单元）。虽然该书为百科类书籍，却以故事剧情贯串十二册的全部主题：身怀各种超能力的小百科从外太空前往地球实习，最后落脚台北市李家，指导阿明（李永明）、阿桃（李永桃）两兄妹学习与关心身边与世界上的各种知识……

台湾六、七年级一代的人，可能是看着小百科长大的，那不只是一种"挑选过的世界知识启蒙"，甚至可能就是他们持续生长其中，说不出的窄扁、忧郁、一个壶中世界，"世界的模型"，或说是相较真正的大型百科，汉声小百科是一台湾人能意会而笑的删减、卡通化的版本。这些读着小百科的少年少女长大了，发现世界并不像小百科所描述给他们的那么有趣丰富，这篇小说最妙的是，它假设小百科里的那位"阿桃"长大了，她的真实人生是什么境况？无有特殊的初恋、破处、工作，和任教学校男同事婚外恋，跑汽车旅馆；至于那个"阿明"则是个男同志，却娶了个女人生了两小孩，最后变多元成家两个爸爸一个妈妈两小孩生活在一起。这篇小说让我想起日本内向世代小说家三浦朱门的《箱里的造景》，即使不是乱伦，所有人也生活在一种封闭关系的藤蔓互缠。那或是黄崇凯这一辈人的"宝变为石"，台湾或不再是聂华苓出走、黄灵芝失语、锺理和自况为悲哀白薯，或王祯和的殖民语境颠倒的那个台湾，而是健保基金崩溃、服贸像浪潮可能冲击礁岩生态各行业、青年贫穷、工厂生产线般的升学就业、一种惶然、困沮，从《汉声小百科》的万花筒转换成一种窒息沉闷的筒状世界。这个长大后的阿桃说："我闭眼念口诀似的背诵小百科教导的人体知识：人体内含六根铁钉，可制成九百支铅笔的碳，可制成两千支火柴头的磷，足以载人飞上高山的氢气，头发可支持八千公斤，心脏一生跳动二十六亿次，指甲一生可长二百五十公分，眼睛能分辨八百万种颜色，鼻子可分辨四千种气味，打喷嚏的速度比台风还快，一生可排泄三千公斤的粪便。许多知识在转换之间逐渐散失意义，无用的知识使我安心。"

《向前走》全篇就像一首 rap 饶舌歌，嘀嘀嘟嘟就说了一遍台湾"解严"后的流行歌简史，"周杰伦第一张和第二张专辑全部歌曲、张惠妹前两张点得到的歌、孙燕姿前三张点得到的歌、蔡依林《看我七十二变》之后两张的歌（小鸡说明：我以前很讨厌她，但你看她多么努力，即使被甩了照样唱歌跳舞又整形不断挑战极限多让人敬佩）、全部的陶喆、王力宏、陈绮贞、五月天、伍佰以及全部的张学友（每一首都会唱有吓到我）；点得到的薛岳、沈文程、叶启田、施文彬、江蕙、梁静茹、莫文蔚、林强、张震岳、优客李林、董事长、四分卫、脱拉库、乩童秩序、L.A. BOYZ、MC Hot Dog……"或也可看出这小说家切换不同语言腔调的功力；但或许从这篇之后，《文艺春秋》这书便进入"小时光"，既展演一种杂驳碎物野史癖（应该像《春申旧闻》那样的文人笔记），但确实这一切流光幻影的人名、歌曲又那么朝花夕拾，他们短暂地只活在一代人的青春记忆里，《你读过〈汉声小百科〉吗？》若是小说家试图展延一种"二次元世界的人物拉到真实世界"的乖异感、影戏感；《向前走》则是一种一维的线性时间，无法追忆逝水年华，因为一直向前走的矢向，饶舌歌说这故事的人便蒸发消失，不会再说第二次。

《宇宙连环图》是借卡尔维诺书名，同样地将活着的时光拉扯进一个漫画志的小历史，随着连环图的嵌入，叙事也被切断，"小贺打烊妥当，靠在吧台画图。关掉背景音乐的室内，冰柜运转声断续，邻近狗吠低低流过。这些细碎声音会生出线条，这些线条会连成图样，这些图样连续编织下去，就是连环图。小贺专注，几乎没有意识地任随右手和自来水毛笔自动运作。"我们可以确定黄崇凯是非常清楚对小说语言的介质、节奏、句式之限制，充满一种不信任的剥离和分裂意识，也许这篇的《文艺春秋》，如前几篇暗藏了一个不在场的台湾作者：杨德昌，但整篇却以流光打在白墙上，阿伯心中繁花簇放的那些漫画，作为这边这个世界的播放。这篇小说读着读着，竟让人想起陈淑瑶的《流水账》，在台南的这一家叫"阿鲁吧"但很像里民活动中心的 pub，时光像粉尘飘浮打转，传递这些漫画英雄的美国、日本，或《汉声小百科》里那对未来乌托邦的想象，都和这小说里的这群人极遥远，他们像被弃置在一个低成本电影的播放感和空镜头之中。

《狄克森片语》这篇延续着前面所言"对小说形式的神经质、敏感、抽离意识"，这是我们一整代一整代台湾人升学考试，那近乎"器官"的必然附带物，这篇小说仿狄克森片语的句式与举例造句，"主词、受词、名词、形容词、副词和动词组成的结构"，我们可能被这些造句延展成一种考试的机械化的整段故事，这样由狄克森片语的章节形式，后面却藏着一个在白色恐怖年代，仅因别人诬告便到绿岛坐十几年牢的倒霉鬼的故事：柯旗化的故事。和《狄克森片语》一样，我们整个上下几代，对于联考英文的必备参考书：《新英文法》，其实这本英语教材的作者，经历着十几年的冤狱，他甚至是柏杨这些外省政治犯的狱友，也经历了一九七〇年的泰源监狱暴动，许多人被枪毙了，时移事往，囚犯们陆续被释放了，只有他进入一种卡夫卡式的荒谬、胡闹、无表情地施暴，刑期无止境地延长。讽刺的是，坐困火烧岛，无法参与孩子成长，失去真实人生的倒霉鬼，讽刺的是，这个倒霉鬼，他的《新英文法》却成为整个台湾所有考生的必备英语书。那是一个卡夫卡的《美国》，所有人学着那个国度的片语、文法、句式的使用，但黄崇凯颠倒梦幻地用那考生必备的参考书语句，说了一个"活在另一边世界的人"的故事。这也就是"台湾的瑞蒙·卡佛"，经过战后个人史被历史扭曲，一些微小的恶、平庸的暴力，可以将某个个体内在击打成常人无法想象的钟乳岩洞，疮痍呜咽，小说家不断往那幽微之境探勘，"没有比这还瑞蒙·卡佛了"的奇特投影。

　　隐藏于《宇宙连环图》墙上光影的杨德昌，在《七又四分之一》这篇里全景簇放，黄崇凯又展演了一次所谓疯狂读者，最专业且偏执，对某位创作者的百科全书加八卦杂志的如数家珍，那变成一种催眠梦呓的叙事，而小说背景设计在二〇七〇年代的人工智慧电影游乐场，游园者（或读者）可以介入、拆解、重组杨德昌每部电影中的段落。这个游乐园主人最后说的一段话："我花了一辈子做这些，借此研究杨德昌电影的每个镜头、段落，分析他如何拍出这些作品，为的就是希望可以复制出另一个杨德昌，令他继续创作，完成有限生命来不及做完的事业。我希望知道他怎么看待现今这个世界，希望他透过电影记录我们此时的生活，甚至尖锐地揭露或批判现世。我希望他一直拍下去。这次又失败了。不过我不会放弃。我会再次把你造出来，让你学习所有电影的知识，让你再深入地理解杨德昌，直到你可以化身为他，在这个世界拍出真正的电影来。"这段话可以作为这整本《文艺春秋》的作者自况，这是一本将"后设"建造成"可能和作者真实生活的那个年代""作者在作品中折缩隐秘的那个世界"，另外一个平行宇宙。那可能是我们现在这个世界一百年后的未来，可能是《文艺春秋》中诸创作者行色匆匆闪瞬错过的另一个垂直街景，一个挪移换位、也许琐碎、喇赛、沮丧，但多出那一个踯躅时光的观看和想望，"如果这个创作者可以不那么衰，不受到那么不公平，不那么抑郁，不在一个八又二分之一又被削减成七又四分之一的国度"的"黄崇凯小宇宙"。

这本小说集的最后一篇《寂寞的游戏》写袁哲生，我读了自然被那难以言喻的"时光"与"小说"这件事的后坐力冲击，袁是我同辈创作者，许多同时在三十上下对创作未来的彷徨、不得志、自嘲衰咖的情景，如在眼前。活着是一种接力赛，小说中这个参加了文艺营，因此记下了袁哲生作为文艺营导师的形象，乃至于袁自死，一种潦草、尚未搭建完整的这个时代的文青对文学的入场券想象，结果可能告诉这年轻人"那里头是什么"的兄长人物，留下了"寂寞的游戏"。更年轻一代面对文学环境的萧索、迷惘。小说的后半，叙事跳成约三十年后，这位追记袁哲生的后辈，也已死去，活着的时光，或以这活着的时光而执行叙事这件事的，变成这文青已半老的妻子。袁哲生的短篇擅写空镜，或人物不被多余心理描写，只但写其在生存状态的一种轻轻摇晃、人间失格、或进不去正常的舞台，或是台湾小说最早有受瑞蒙·卡佛短篇影响者，这本《文艺春秋》以瑞蒙·卡佛开局，以袁哲生收尾，既让人对这样一场"文艺春秋"吁叹哀感，也叹服整个钟表机械盒般，繁复隐秘的嵌错结构。从聂华苓、王祯和、黄灵芝、锺理和、甚至藏于故事后开"阿鲁吧"的贺景滨、写英文参考书的柯旗化、流行碎片的林强、杨德昌，乃至过早结束生命的袁哲生，他们各自被时代不同形状的暴力或乖运痛击，形成不同的凹凸歪斜生命史，但他们各自在星系的外面的外面飘浮，被一台后来飞行出去的小太空船伸出机械手臂打捞，每一次伸向那无垠黑暗处，就多领会一些文学微小但尊贵的什么。当我们谈论这些文艺春秋时，黄崇凯想说的其实是什么呢？

我们可能忽略了黄崇凯从《坏掉的人》《黄色小说》一路创造的，某种古谷实风格，或波拉尼奥《荒野侦探》中，那些贫穷、偷拐抢骗、对真实茫然爆干，距世界文学中心最远之边陲的内在写实主义年轻诗人，这种废青的人物形象。我们可能忽略黄崇凯可能是黄锦树那"虚构出一本不存在的马华小说选，且每篇伪造的小说可能都是充满世界前沿小说的极品"，但真实的那个应该出现这种小说群的背后，却是离散或政治因素对"可能顶级小说家之生成环境之灭绝"，这种朝未来无中生有的文学史狂想，唯一的类似愿景。我们也可能忽略了，这本书中各自单篇，都内含着对"小说之可能"不同形式的辩诘、挣扑、找寻逃逸之次元路径，这些技艺的难度。他用这些狂想的形式每篇不同地让这些作家成为小说的充气娃娃，这却让我想到美国女作家乔伊斯·卡罗尔·欧茨的《狂野的夜》，书中大开美国文学史巨人的玩笑，艾米莉·狄金森成了家用邮购机器人，马克·吐温成了色爷爷，海明威举枪自杀的前一个小时，这有一个姿态，没有一个文学史的巨人是不能恶搞的。《文艺春秋》当然在战栗哆嗦一种年轻文学朝圣者的自问：我们处在他们不同形态、不同被远远隔离、不同的倒霉、不同的受到创伤，我们能做得比他们更好吗？你看得出他对不同的这些作家未竟全业的瑞蒙·卡佛式命运，他苦思这不同小说方法论去涂色填补那些大哉问的空洞。

我认为这是一本可敬的书。

祝福这本书。

夜空炸开的故事

　　对我而言，洪兹盈这样的小说家，像是台北这样的奇幻时空，在我这代的小说创作者之后，在童伟格、甘耀明、伊格言这代的小说家之后，会有个更自由、更怪异、更飘浮无重力的异质世界，长出奇花异蕊。

　　我稍年轻时曾遇过洪兹盈还非常年轻的小说初始时光，她和徐誉诚、赖志颖和另几位年轻热爱小说者，有个读书会。我记得他们就像印象画派的画面中人：晶莹、易碎、高智力，却各自被生命中什么荫翳给困住了。我的隔一段远距之猜想，感觉洪兹盈更像二十一世纪玻璃镜城（而非《雷峰塔》）版的张爱玲。他们更随兴些，更早衰于这个在二十世纪九〇年代便预支了全部过剩繁华的未来之境。他们或因天赋极高，其实无须殉身于小说书写，而各有优渥的社会身份。我总想："再几年，你们的高智力，会体悟你们花很小力气在其他领域，可以得到极大成就，无须留在写小说这个，让自己变得不幸的工作啊。"

　　然后我有时会忘了他们，他们那么像某个遥远星球的外星人，触须发着光，好像也不想打扰我，事实上我不知道这些当年两眼虔诚的年轻天才，他们后来的人生遇见了哪些事啊。我们这个世界的演化，好像对他们这样的灵魂奇花异蕊者，更难以长出一个完整的小说胎膜。他们在后来的网路世界，好像也安静而疏离。我感觉"这一支的演化"可能如清晨朝露，其实确曾出现于这个岛屿的心灵史，但因种种原因而蒸发、被人们遗忘。他们在年轻时，就带着一种隔着玻璃墙对着这世界，说不出的温和、寂寞、萧索、害怕过于戏剧性、甚至你分不出，那是抱歉或是轻微责备的微笑。

　　但我之后断续在某些文学奖的参赛作品，读见洪兹盈的小说（后来是首奖或第二名），我内心想："啊，原来你还在写着。"那让我会有一种，小说这件事，又在生命时光中持续浸染、发酵的，眼眶发热，难以言喻的情感。

　　如同她在这部科幻长篇中，非常不重要的一段小细节："就只有一片草地，陈述者仅是不断改变草地的颜色，非常细微的差异：'春绿'是嫩芽、'清新绿'带有雨后的干净气味、'奔放绿'适合打滚、'醉绿'质地柔软色泽饱满、'礼貌绿'虚假无感带有塑胶的味道、'绝望绿'迷幻诱人但却像是随时会褪色消失、'真诚绿'略微枯黄却最接近记忆中的草色、'遛狗绿'像是步步惊魂踩地雷，不小心就会沾上久违怀念又恶烂的狗屎味、'恶绿'黏稠且令人不适宛如步行于异形的胎液中、'刺绿'无法久坐久站，必须像鼠笼里的老鼠般不断奔跑、而'性绿'则会召唤内心性欲……"

非常奇怪地，在之前的创作者觉得已被探索过的地域，再分隔进一个无中生有的"另种秩序的世界"。包括所谓的《牙签百科全书》；包括收成脉、防御脉；《叫做苏婷的酒》；包括无中生有的女儿；包括性的感觉被撑开、介入一个空荡的实验室，不，一艘太空船的意象。当然那已是个"在之后"（在"末日"之后，"古典存在之真实世界"之后，"我们现在还能想象，人类蜗居于这个地球"之后），万有事物皆飘浮、解离，也许只是一些虚空附着于巨大电脑之上的记忆码。

像繁复的花瓣、层层圈绕的洞中之洞、谜中之谜、城寨中之城寨，所有的记忆、意识流、哀感中的被流水线输送，那么单薄透明的一瞬"我"之迷惘……可能都是兆亿运算的庞大程式中的一小部分。

那当然已和我们习惯的，最大包括范围的写实小说，从每一个衔接处都脱离、飘开了。于是我们脑海中会浮现过去这些年，台湾的一些极品科幻小说：贺景滨的《去年在阿鲁吧》，伊格言的《噬梦人》，乃至更年轻的李奕樵的《游戏自黑暗》。但这样的归类，或许只是印证我们对于小说阅读，一种文学语言的反馈和回收。我们（至少是像我这样一个小说读者，或小说创作者）习惯于，透过小说的文字，召唤、抵达、虚拟重建，某些其实我们已经手握极稀薄的、印象画派，不，可能只是一枚邮票、一张幻灯片，那样的昔时街景，昔时的人们聚拢说话时的气氛、腔调、摆设细节、心机来往的套式，那个静物画的"栩栩如生"：张爱玲的《雷峰塔》、鲁迅的《在酒楼上》、舞鹤的《拾骨》，或童伟格的《西北雨》、黄锦树的《犹见扶余》。那都是虚空中被小说家闪电照见的，"在文字之前，其实已不存在"的鬼魂之阁楼、鬼魂之小镇、鬼魂之街上行人、鬼魂之屋里亲爱围聚说话之人……于是，像洪兹盈这样的小说家，徐誊诚这样的小说家，赖志颖这样的小说家，其实是我的小说解读雷达不熟悉的、不太知道怎么描述出读后感觉的，一种高科技电脑光屏上，转换了好几道程序才投影的"真实"。你好像爬梳不出他们的小说，和张爱玲、陈映真、黄春明、七等生……这些小说藤蔓的联结关系；但又非常清楚，像《墟行者》这样的小说，是和雷光夏的音乐，《攻壳机动队》《黑镜》，不只是网络，而是 AI、VR 已侵入我们生活的世界。绝对和八〇年代、九〇年代完全不同的台北东区街景，或男孩女孩身体各种流行变动的材料触感、味蕾记忆、情色挑逗、故事的衰竭周期、空间里较大数量的群体动态感觉（譬如跨年演唱会），更细节又细节的物质符号的品牌如河流之波光粼粼，它是从这样的数万倍于二十年前我的眼球像素，长出来的小说。"像植物一样的灵魂""像核桃壳一般的大脑回路""像透明水母一般的性交""灵肉分离""银河垂瀑布"，那已都不是形容或隐喻，而是真实感受的物质互换了。这是洪兹盈小说在细节处让人晕眩、着迷之处。这同时是一部在阅读过程，可以享受空间之变换、建筑之奇诡、立体迷宫路径盘旋、虚实如冰霰阶梯，让你踩踏分不出是逐渐上升或朝巨大地洞深处下降，大脑内的水平仪不断重新校正的小说。

在这本科幻小说《墟行者》中，母女间在时光中对峙的恨意，少女时期，母亲在密室所给予不可思议的伤害，那使得这其中的女叙事者，充满一种静默的尖叫、一种像耳半规管受损，维持正常平衡极艰难的歇斯底里。如他们这个世代不为人知的秘密内在，窸窸窣窣的四面八方的残余感觉，但大历史已经消灭了，这是一个解离的、意识讯息在胶囊和其外的虚拟实景，像花房、又像实验室的寂寞之地。而这样的不同代的"母亲-女儿"，既仇恨又在一无所有的"其后"不断回放怀念与感伤，那个奇异的女性与女性联结的再生、重制，恰和整部小说的螺旋梯结构，形成内在的嵌接。

她的故事像在夜空炸开的烟花，各粒光球冉冉朝自己的方向飞行，每一孤立的局部皆如此安静哀伤，最后，很奇异的，这些似乎彼此不相关的沉静、发出荧光、科幻的、童话的、AI的、胶囊的、果核的、无爱的、透明而将失去存在感的，最后这些光球会聚在一起。让听故事的我们，眼睛被一种奢华且魔幻的光照亮、闪瞎。

不在之境，历历如绘

一

这部武侠小说写了三分之一，开头第一章那白玉钗女侠刚生下婴孩，未满月子，却在雪天中劲装上马，和一位叫李鹊的少年告别；故事第二章以少年独白，交代与白女侠结识之缘，所以这个故事读到现有之卷终，难免慨叹悬念：原本是处女之身，少女形貌的白玉钗，在那没写出的章节里，是发生了怎样的恋情？在这江湖凶险、仓皇被武林各高手追杀的路途中，那带着一身武艺与身世谜团，刚烈或伶狡，使得一对霸气雌雄铁剑，却又时不时以发髻之钗为短兵刃突击敌人，透过这个少年饱含感情之眼，像观音娘娘那么美的女侠，是如何成为一个独自将婴孩裹在肚腹间纵马驰骋的少妇？

这个少年李鹊，讲起他从自家故乡岭南南雄，跟随这白女侠北上，冲州撞府，沿途被遗弃，那个泪眼汪汪、满怀愚忠的"说故事人"姿态，让人想起塞万提斯《堂吉诃德》里的仆人桑丘。事实上，有心读者应不会怀疑，李永平有这个叙事幅度和野心，用这个佻俏女侠和流浪儿，展开他的古代中国，剑侠、飞檐走壁、那个在大历史边缘之外的，既寓托那庞大积累武侠小说之语境、世界观、正邪辩证、或奇情冤孽，这个庞大的故事层积岩；但同时又有一抽离的、像堂吉诃德那样痴迷于剑客传奇的颠倒错妄之"重来一次/后来的/抵达之谜的"漫游，这个漫游可能对三十年前读过《吉陵春秋》的读者而言，是一趟百感交集，朝一个没有边界、没有终点的幻丽之境，任何奇诡、妖异、超乎想象的遭遇，也无足惊怪的大冒险。

　　这种"两人浪游"的堂吉诃德模式，在《海东青》中，就创造了一个和靳五这个老浪子一道在台北西门町漫游的洛丽塔少女"朱鸰"。《大河尽头》中则是少年永和他的荷兰姑姑，这种年龄差距颇大的双人同伴，是李永平小说中的某种驱动故事之谜，可能年龄差异较大的男女两造，既是相濡以沫面对这暴乱世界的相依偎者，又有某种乱伦之张力，但李永平又多让这样的"二人转"保持在一种感性，甚至涕泗交错的旅伴说听故事关系，叙事上始终保持这种危险悬空感。"少女—受创的女性—大地之母"，到了《新侠女图》里的少年李鹊，身无武功却跟着被全天下追杀的女侠跑，我们透过他的眼睛与描述，那个女侠白玉钗的出场，脸容身段，香汗笑靥，简直是青春期少男荷尔蒙喷发，对流行天后的迷恋。这样的叙事声音、说故事者，使得展开的武侠图卷，更有一种眼球水晶体中液态摇晃的"第二层次"，这个故事于是和其他武侠小说完全不同的视窗灵动变换，人物之间在旅途中，关系与情愫，甚至生死之义的辩证。（李永平曾在访问中，说起"如果金庸的韦小宝，是用第一人称叙事，那不知有多妙"。）这种"堂吉诃德与桑丘""雅各和他的主人"式的，不对等二人展开旅途的设计，或将来有评论者对其作更深入之分析。

二

李永平的小说场景，充满电影的视觉不断绽放运动、气氛、人物对峙的戏剧张力，他是莫言之外，华文小说最有力量让一群人物在旷野运动，从节气、屋舍建筑、树木花鸟昆虫，不同镜头的纵深，乃至人物对话的活佻机灵，形成一种丰富饱满的人物群戏。我年轻时抄读《吉陵春秋》，就深深为其怪异、阴郁、暴力、但又青春勃跳的"古代某中国小镇"，那像黑泽明电影的畅意大器运动所着迷。那个怪异、充满汁液、不断陷人的糜烂，在文字上让人想起福克纳的《熊》，但其实李永平在这种人物近距离挨挤，像咏春拳粘贴着肘腕、关节的，不论性或暴力的特写，它后头总有一个环境之外的天地，那像是中国画的俯瞰视角：小镇或村子，村子外的林木，小河蜿蜒，再后面是凿痕密布的皴法峭壁，青苔山石，下面小小的人物：牵着胭脂马的女侠，一旁一个少年，趄趄趔趔；周围门檐下站着一个个脸孔阴沉，"黑斗笠、黑油布雨衣、蓝袷裤和青布腿带，加上一双编织得十分结实牢固的草鞋"，这些锦衣卫。

事实上，我们读李永平的小说，不论最早的《拉子妇》《吉陵春秋》，到中期的《朱鸰漫游仙境》《雨雪霏霏》，晚期风格之大成的《大河尽头》上下卷，后补的《朱鸰书》，从台北西门町，到婆罗洲原始丛林，大河冒险，如王德威先生所说之"色授魂与"，我们为其文字之斑斓、多孔窍、比别的作家色谱更繁复的羽翼、叶脉、颜色，弄得颠倒迷离；他的文字，像独自演化出的另一批比其他中文小说之字，种类庞大数十倍的昆虫学。我记得年轻时听一位前辈作家评论《海东青》，说了两个字："尔雅。"那是什么？中国最早的一部词典，一个古代文字的复活工程。那简直是一个文字的博尔赫斯行动，以另一种之于现代，完全异次元的文字，重建叙事、感官、时间、空间，似乎在叙事，但字本身的密度过大，形成一种黑洞似的塌陷。但《海东青》之后的李永平，从那凝滞挨挤如文字尸阵、墓葬、化石岩层独自钻出的凿字矿工，成了一个自由畅意，我不自觉会想到晚明中国画变形主义大家陈洪绶，善画人物，但花鸟、草虫、山水，无所不能。

　　清代张庚《国朝画征录》说陈洪绶："力量气局，超拔磊落，在仇、唐之上，盖三百年无此笔墨也。"明代灭亡，陈洪绶一度出家为僧，改号为"悔迟"，曰："酣生五十年，今日始自哭。"这种无论时间空间皆为家国弃儿的狂颠、醉酒，既临摹古代，但那从灭绝虚空中召唤至笔下的山水、人物，全部发生变形。似乎可对比李永平笔下那凝滞郁结，充满刻痕，将中文字的颜色、光影、魂魄、变形之瞬，似乎在翻涌出"另一个时空"，写吉陵、海东、婆罗洲，都是"不在之境"，却又历历如绘，比别人的文字更多长出羽毛、蹼肢、植物的叶脉、彩色毛发、古饕餮，说不出是古画还是现代街头少女的脸……

　　但其实李永平从《大河尽头》《朱鸰书》的南方，不论少年永，或是少女朱鸰，他们在对中文读者更陌生的地名、河流、热带丛林中冒险，遭遇光怪陆离的人物，也许可以还魂到笛福的《鲁滨逊漂流记》、斯威夫特的《格列佛游记》，甚至吉卜林的《丛林奇谭》、詹姆斯·希尔顿的《消失的地平线》……这些英国殖民时期的，仿佛在地图另一端有个颠倒梦幻、充满原始生机，以及多汁艳丽的故事丛林；但是作为《拉子妇》到《吉陵春秋》乃至《海东青》的读者，会在这样的李永平的"抵达之谜"，感受到一种和奈保尔那掌握了英语及其现代性，对重寻被四百年来帝国主义弄得柔肠寸断之批判、忧郁的嫌恶，完全不同的天真、浪漫、少年含情脉脉的叙事位置。他并无意于一个形成扭绞、文明冲洗后的人类学观察；那个全景构图的魔幻靡丽空间，是一个和外界隔离，和难以言喻的近现代历史抽离的"另一个世界"，这样的其他中文现代小说家无法全景透视的大型场面，竟然让我想到范宽的《溪山行旅图》。后人评范宽，说"峰峦浑厚，势壮雄强"，"溪山深虚，水若有生"，"水际作突兀大石"，"山顶好作密林"，以致"如行夜山"。

　　这种疑惑，到了读到最新的《新侠女图》，整个豁然开朗。即使最缺乏中国绘画素养之人，读到这篇小说，也会想到扬州山子雕刻，那在玉石、田黄、鸡血石上，挨挤在一起，却又可以形成远近景变化的山水、树木、人物、飞禽、楼台的"小宇宙"的奇异空间。书名为何有一"图"字？乃在于武侠小说，从还珠楼主、平江不肖生，到金庸、古龙、梁羽生，百年的积累，庞大的武林集体记忆，篇幅或不长至数百万字，无法展延那奇诡、错综、阴谋身世连环套，或是武功超乎想象、情爱缠绵悱恻，超大型的人物阵；似乎是一个庞大的集体创作，海量讯息的儒道释墨、乱世之史、朝廷或山林，一个古代中国的想象世界。但这个可能在"网路"出现之前，数据存量最庞大的"武侠小说"，似乎和现代小说的文学内爆、文字异化、从西方引进的"中文现代主义"（黄锦树语）没有交涉。冒犯地说，这个庞大的故事场，似乎仍在文字的二次元世界增殖蔓长，演化上它自成系谱，和"现代感觉"（譬如卡夫卡、波德莱尔、博尔赫斯、普鲁斯特、贝克特、鲁迅、张爱玲、王文兴，乃至李永平）失之交臂。甚至它可能和真正的古典中国文学，譬如《红楼梦》《儒林外史》《金瓶梅》的繁复浓缩也岔开道去。李永平，可能是现代中文小说家的文字档案库贮存量最大，穿行过《海东青》《大河尽头》的这样一个中文现代主义小说的碑石人物，他展开的"武侠小说"是怎样的一种奇观？

三

《新侠女图》以明朝正德末年，一位身负血海奇冤的女侠，从广东（李永平的南方）沿大驿道一路北上北京，李永平在一篇采访中说："要建立一个中国传统武侠小说新女侠典范，让她心狠手辣，让她杀人不眨眼，无所谓正邪。"他也在同次采访中说道："语言方面，从《金瓶梅》《醒世姻缘传》等明朝章回小说中汲取精华……将故事设定在明朝，是受胡金铨武侠电影影响……明朝是最黑暗、腐败、荒诞的年代，冤案自然也多。"这确实让人想起《吉陵春秋》中被奸杀的棺材铺老板娘长笙，那整个弥漫湿热郁抑的鬼气、冤恨。《新侠女图》以少年李鹊死活赖缠跟着这冷若冰霜的侠女，他的说故事就像一台播放的老式电影投影机，充满一种黑暗观众席仰望布幕上发光的一切人物运动，"从他那单调无奇的生活，猛一头，栽入一个陌生、绚烂、带着噩梦色彩的新世界。"许多场景不可思议地宛如真实，"早晨巳牌时分，日头爬上树梢，路上积雪开始融化了。驿丞躬身送走最后一批身戴重孝，匆匆经过的钦差，和那一队队鲜花怒马、乌筒帽上别着一朵白绒花、嘚嘚踏雪奔驰的锦衣卫缇骑，转身入内，咿呀一声，阖上那两扇挂着白幡的朱红驿门。"这样让人抓耳挠腮的写景、细节的显影、光色的移晃，完全让听故事人被硬生生穿渡过那魔术之换日线，进入到恍如在现场的"图"中。

　　接下来，包括那个看上去文弱的书生萧剑，与杀人不眨眼的东瀛武士菊十六郎的对决；或是锦衣卫的整批带绣春刀的高手，群集围杀女主角白玉钗；或是武林诸门派掌门在客栈围杀受伤的女侠……这些如《黑客帝国》将对决时鸿光一闪、刀剑交错的瞬刻，无限慢转，进入一种粒子态的分格构图，女侠使双剑在马背上的翻跳间，和东厂大档头的双刀搏击，"白玉钗那条葱绿色窈窕身子，甩着一根乌黑麻花大辫，只管穿梭、游走、窜逃在东厂大档头手中那一对利剪似的，明晃晃，不住进击的雁翎双刀下。从堤上望去，她整个人活像一条灵动的青蛇，开心地嬉耍在柳树荫中"。这样的充满动感，同时又拨光翻影的描写不胜枚举，美不可言。如果是电影蒙太奇，那可是超豪奢的剪接，特效后制，细到不能细的慢动作中某一个微观之镜头特写，但这一切又同时如全景繁花收束在无比流畅，一气呵成的搏击之中。

　　白玉钗与各路高手的对打，迥异于传统武侠譬如萧峰、虚竹、张无忌他们那种超现实的，一运掌强虏灰飞烟灭的武功仙幻。她总是气喘吁吁、狼狈不已，生死一瞬，甚至带伤对决，那种对方身上的汗臭，剑尖划破衣衫拉出伤口的痛感，发束散开，或是慌乱中以白骨簪偷袭对方，拳脚肘腹如此挨近，完全不讲江湖名门正派的派头，每次对决都是生死之搏，不惜用上各种即兴的肮脏手段。这种近距格杀、刀剑撞击或身体闪躲皆带着物理性的局部力与反作用力，并且不惜以多击少，那种对手不断增多，而女侠一己之力仍困于刀剑阵中的恐怖、绝望感，更以后来出现的五小蝠、五大蝠以亲嘴施毒，群体扑上，我想即使以经验观看过二十世纪递换后，这十几年来，包括昆汀·塔伦提诺、叶问电影系列，乃至像《釜山行》这样的活尸片，李永平笔下那种诡谲恐怖、持剑之手颤抖，与死亡贴肤之近，那种累叠于画面上，无法突围脱身，但又是月色下，一整株玉兰树下的幻美景色之中，这种远超出个人的，无感性的群体，让我想到鲁迅的《祝福》，或是莫言的《蛙》。但李永平是将这奇异的感受，压缩挨挤在一块鸡血石山子般的，那一个《红楼梦》的、《金瓶梅》的、《儒林外史》的，静止时如一幅幅幻美绝伦的中国古代画轴，一转身，画中人物动起来，又如现代电影的眼花缭乱，快速运镜。

　　祝福李永平老师身体平安健康，早日恢复，续写这部《新侠女图》。

驶向未来的小说火车

我一直在想"未来"这个词，从五年前《字母会》的 A 就被这个词困住，现在还是。是跟什么样的"未来的人"以小说想象一个跟"过去"不一样的"未来"？我想五十年后，应该也不会有个希腊人会因读我的小说，得到翻转宇宙的想象；同样的，我也缺乏想象力：我的小说，就算发生核战，把人类除了我的小说，其他的所有古今中外小说炸光，焚尽，也不会有到时幸存的某个法国人，某个日本人，某个哥伦比亚人，某个俄国人，拿到我的小说，而意义等同他拿到一本《圣经》《卡拉马佐夫兄弟》《2666》《百年孤独》，或是《红楼梦》，那么幸福。

你们听得出来我开始这段话全在喇赛，不过有几点，我想可能在座各位是与我处在这个同样的情境：

一、即使是在二十一世纪的前二十年要过去的现在，我们在写小说这件事，仍是在一种西方，或欧洲，或由欧洲而被从雾中风景翻开书页的拉美、俄国、印度小说，我们仍是在那一百年的技术学习生的内心自觉，"现代小说"的这一百年的巨人们，在我的想象里，并不是一种时间轴的"我站在他们的未来"，而是我此生剩余的有限未来，也无从在我内心重建一次，他们的小说曾光辉熠熠建构的小说大教堂。这里绝对有个物理学的边界，就是二十世纪的这些大小说家群，对我而言，在小说的世界里，竟像神学一样，不具备时间感，我好像永远不觉得它们会成为过去。反而我的某种时间坐标，是在台湾，听见某些人谈论文学，而我内心想："天啊，你怎么还在用一九六〇年代的文学思考方式在谈文学。"我因为不耐其缺乏小说创造的想象力，就把他们判成"陈旧的过去"。

但是事实上，包括我自己，好像华人的小说，在小说可以推到多远的意识，其实还是在一种"欧洲大小说"没有孵出的鸡蛋形态。卡尔维诺的技艺、博尔赫斯的技艺、卡夫卡的技艺、昆德拉的技艺、雷蒙德·卡佛的技艺，如今若有华人小说家模仿，仍是非常新的小说冒险。那种九〇年代，我们就有人在模仿或被启发了，二十多年过去，好像世界并没有出现提出新的，在二十世纪想象的未来的小说的典范。人们倒退回去模仿村上春树，模仿张爱玲，模仿写实主义或流浪汉冒险传奇，都得到重量级文学奖的赠予典律。过去几年，身边的朋友知道波拉尼奥是对我非常重要的一位小说家，他的《2666》乃至《荒野侦探》，我各自都读烂五遍以上，那两年几乎只抱着他的小说抄读。那于我意味着什么？一种长篇小说该具备的庞大人物群的身世采录之重要。他是将墨西哥当成一最深沉的关禁杀人狂的最深最黑暗的疯人院，那些浮光掠影的拉美人，全是和我们一样的文青，内在写实主义者，有足够数量的马赛克碎片，他才能用他们（用大长篇）拼贴出一幅中南美洲的绝望哀愁，历史的无法救赎。波拉尼奥是个很未来的小说家吗？这和我在字母会受到的训练，短篇的极限提问，是另一回事的未来。就是这个时刻，这个未来，之于我，一定比崇凯、柏青、奕樵你们要疲惫，但另一部分也缺乏你们还站在编沙成形的时间风暴那端，要轻松。因为我或和陈雪一样，我手头有五六个"过去"的长篇，虽然这些长篇，我至今仍认为他们是"未来"的。《我未来次子关于我的回忆》《西夏旅馆》《女儿》《匡超人》。但是以已经写过这些作品的我，我自认在一个已经是运动员结束了他的高峰期，那之后的"其后"，我要怎么想象未来的小说性？

　　二、现在的我应该就是二十岁时的我的未来。我二十多岁时，对于小说这件事，应该是充满着未来感吧？但这件事和诗不一样，它要耗费的时间资源太大了，要到你稍能掌握一个觉得还行的小说，可能距离那个二十多岁时的自己，已经十年二十年过去了。我一直以为，小说是属于"和过去打交道的一门技艺"，提问："现在的这个我，之所以变成这样的怪物，是在之前的什么时刻，发生了什么不发动小说，无法再现的事吧？"于是推理的忍术之结界打开，秽土重生，死者复活，时间停止，抵达之谜。能在这个折返点撬开更多繁衍剧场，就是愈厉害的小说家。我原来是这么认为啦。或就是大江说的那个《新人类》，五十岁以后的我，因为生大病，突然着迷于寿山石，突然发现其中繁复族庞的一种历史或审美或知识的深坑道。但是若没有小说，我可能和那些过了这年纪，不写了，转行去写书法去改牡丹亭剧本的前辈一样，其实是转行进另一种完全不同的形式创作。但我内心觉得不是这么回事。我这两年细读红楼梦、金瓶梅、儒林外史都深有启发，完全是一种小说上的内在吸纳。我不觉得我是学院里的研究。他们反而在调校，让我观测我一直以来的叙事者的人际剧场效力的窄小，他们在某种长篇意识的粒子态的全景布置，反而接近波拉尼奥那样大数量的进出人物数量。这种自我静默的学习，其实与未来无关，他们也非我的过去。但它们可以像装设更好的观测望远镜，让我在后来的书写野心，可能可以以较庞大的小说飞行结构，对现在的这个我们将往未来变成怎样的感觉、领悟？做出一个粒子发射仪的提出，打出粒子，形成图谱的工作。

三、博尔赫斯魔术。这是我三十多岁到四十多岁一直在尝试，在练习的。这部分黄锦树和董启章和我比较像同代人。我觉得我算是极充满时间意识的创作者。一直到童伟格和杨凯麟的出现，那对我是一个全新的碾压，不过这是后话。题外话：关于《我未来次子关于我的回忆》，在座竟只有我有小孩？表示写作确实很大的真相是无法肉体意义上繁衍后代。但进入所谓社会角色的父亲，现在我们学会一个教训："你的孩子不是你的未来，他是他自己的未来"，转喻进小说家伦理，有几个层面：小说家其实只是僭越，暂时取得替他笔下角色的未来布置命运的权力。或其实别假了，小说家在他发动的故事中，就是上帝。除非他又分裂出反对这个小宇宙中的"小说上帝"的另一个，或又再生出另几个颠倒、错面的自己。另外，小说家能替未来的小说家预示，那个未来吗？当我们现在坐在这里，说"小说的未来刍议"，其实是在对许多，也许我们不写作，会被我们认为缺乏想象力的过去的小说代言人，挟持了那个往未来延伸的可能，其实未来本来如同空气蛹一直都在，只是大部分的未来的可能在不同时间分割段，被杀害了。每一篇湿淋淋从创造湖泊中站起的原创小说，就是交涉、放生了其中一种可能的未来（原本它被闷死了）。

如何能如博尔赫斯，在一个小说模糊契约中，同时启动每一个未来？影分身术，然后将之收回那个大写的我。每一种没经历过的其实都筋疲力尽经历过了？但那是真的吗？当然可以做一种唯识宗式的，无尽的漂流，如同《儒林外史》《海上花》《追忆逝水年华》，记录下你经历过的，较长时间里的人事，一种人类学笔记的不介入。如此虚构的力量变成最危险的，将一个错误推论成为国王的新衣。

四、关于列车。

卡尔维诺《如果在冬夜，一个旅人》那月台之煤灰，月台厕所湿木屑混合阿摩尼亚味，车窗舷窗之脏雾，离别之气氛，所有小说只写开头前两段，就已完成。

川端《雪国》那位男主角头抵窗玻璃看着外头流逝且冥敛渐暗之田野景色。三重影像之叠加——男子自己被时光侵蚀、疲惫之脸，窗外地貌远端，疾驶后撤之农家篝火，以及整部小说结尾，疯掉自高台跳进火中自焚之幻美绝伦少女。这一切形成感觉将不断在其后情节涌出之预示。

马尔克斯《百年孤独》，老邦迪亚死去那段，他在梦中，穿越一个个像列车连接之房间，这些房间像修道僧小室或个人监狱，摆设极简，但一定有两扇门，他从上一个房间走进这房间之那扇门，以及他将要走去下一个房间，将打之那扇门。通常在他疯掉之时光，每晚重复之梦就是穿越这串"房间之列车"，最终到达梦境最深处——盗梦空间——见到当初被他杀死之一位老友，然后反向一节节车厢，不，一个个完全相同房间循原路走回，最后一个房间就是他第一个梦。但他死去那夜，他在这列车梦境中其中一房间迷失了，于是他找不到走回第一个房间之路。

这就是老邦迪亚之死亡。

袁哲生之《送行》，无须多说，移动中之近乎静态素描画。似乎形成剧场，而其抒情性正恰好不是小说习惯处理之"命运""因果""之前"或"其后"，一个飘浮之时间外之下戏状态，恰有一人在旁素描。我其实极喜欢雷骧许多极短篇，都是这般慢车、电联车、小站间移动，所以摆明只是浮世绘之铅笔素描。

当然，《源代码》那个不断回去之八分钟。（我提过 N 次了）。《天下无贼》那个列车上长长时光之"打三更"，两造人马，一边是要夺走那傻子最珍贵之物，一边是要守护那傻子最珍贵之物。于是他们在狭窄的列车甬道、厕所、卧车包厢、火车顶部（外面）、机关夹层，像咏春拳那样挨近招招杀意，变成了一整列车上不同的尸体。

维基百科：

第一部蒸汽机车是由英国人理查·特里维西克制造，

并于 1804 年 2 月 21 日进行第一次上轨测试。之后经过多年的改进，蒸汽机车的经济效益才足以在商业上的营运使用。乔治·史蒂芬生在 1829 年制造的火箭号（The Rocket）便是最早在商业成功使用的蒸汽机车之一。

　　蒸汽机车在二十世纪中开始被内燃机车或电力机车所取代。

这也是网路上抓的：

　　在火车思想实验中，爱因斯坦设想，有一列很长的火车，正在以一恒定的速度 v 沿着一直线轨道行驶。该火车的两端分别为 A 和 B，其中间点为 M。火车从 A 向 B 方向行进（即 A 为车尾，B 为车头）。同时假定，在某一时刻 t，与火车处于相同位置的铁轨也存在三点 A'、B' 和 M'（三点分别对应于 A、B 和 M）。A' 和 B' 处分别有灯 L1 和 L2，并且 L1 和 L2 在 t 时刻同时打开。那么，L1 和 L2 的光线到达火车中间点 M 处（假定在 t 时刻，M 点和 M' 点是重合的）的时间孰先孰后，还是同时到达？

　　在这一思想实验中，处于不同参照系中的观察者，"看"到的结果是不一样的。在以铁轨为参照物的坐标系中，站在 M' 点处的观察者"看"到的结果是显而易见的：因为 L1 和 L2 到 M' 点的距离相等，光线传播速度相同，所以 L1 和 L2 的光线将同时到达 M' 点。但在以火车为参照物的坐标系中，人们将看到一番完全不同的景象：因为

　　火车正在以速度 v 向前行驶，即当光线 L1 和 L2 发出时，火车上的 A、B、M 和铁轨上的 A'、B'、M' 三点重合，而当光线发出并向前传播时，火车的中间点 M 同时正在以速度 v 远离 A'，向着 B'点运动。所以，L1 发出的光线到达 M 点的速度应该是 c－v，而 L2 发出的光线到达 M 点的速度是 c＋v。那么，结果也就显然是从 B'点的 L2 发出的光线将先于 A'点的 L1 发出的光线到达 M 点。

　　　　　　　　　——爱因斯坦"追光论""火车思想实验"

　　这一部分其实是我一直弄不太懂的，可能我的想象力天赋在这个部分的跳跃时，总缺乏照见全景的光。时间膨胀，你那里的时间变慢了。在火车上的人，会进入一种，比火车之外的人，感受到慢一些的时间。

　　还有"路边野餐"，那列车窗景如电扇扇叶，于是他可能在一条隧道之墙，预先画上分解动作，使火车穿驶经过时，反而往窗外看，是一倒带播放，时间倒转之景。

　　当然，还有，超逸出我这题目一切之外的，非常不可思议，是我少年时翻读过，但当时读不太懂，但深深着迷其哀感、孤儿感、宇宙荒蒙（奇怪有种西部片印象）、残酷发生在母亲身上，《银河铁道 999》。

　　我们这样设想：十九世纪初开始以钢铁怪兽之姿，喷着黑烟，在地球表面上燮出轰隆咆哮声，撕裂之前马匹、骡子动物之力的速度感，二百多年来，已经有多少亿车次的火车，从此到彼，而它形成的那个内部空间，一个时间之外的时间，出发之前，到达之后，什么都不是了的，只属于列车或说速度之中的静止，爱因斯坦式、川端式、或说袁哲生式、老邦迪亚式的，无数次中的某一次，一个属于小说家可以布展的时光蜡像馆，不，所有关于小说幻觉都可以在其中，以一列一列理论上可以无限加挂之车厢，而非迷宫式，非摩天大楼式，非西夏旅馆式，非红楼梦整座大观园式，非追忆似水年华式，非一座城市街景漫游者式（譬如房慧真的《河流》），一种与在之外的人注定只能看见其轰隆驶过，但在之内的人，如在一个高速移动的梦里。如同童伟格的《西北雨》，所有死去亲人，所有无法说话的自己，都在这上亿车次其中一列的其中一节车厢里。我好像在说网路（但这有李奕樵在，《游戏自黑暗》），我好像在说"历史怎么被说，被观测"（但这有黄崇凯在，《文艺春秋》）。它可能是一种假想：若世界至今还没有网路这种绝对宰制的发明，不，应该说网路已独裁的时间律法，一个我们已被移民其上的名为网路时间的星球。这么想有点像在想，如果恐龙没有被大灭绝，那么，想象恐龙议会，恐龙 NBA，恐龙 shopping mall，恐龙 A 片。也就是说，我渐渐浮现一种，试图回想"二十世纪小说"的饱满情感的经历，不知不觉出现脑海的，就是列车的意象。

有阿运在，别忘了开往奥斯维辛必然要重构的，铁皮车厢里的，在我们之前，更大参数，乱数，但那许多列长长的载运已被取消人类存有意义的几百万人。我们曾经相信，让他们其中的某一个不是这样，不该在还不应消减的很早之前被橡皮擦擦掉，唯一的人类尺度修补，就是说出那一个人独一无二的生命史。但若是光焰早已熄灭于无穷暗黑中，怎么能说，他或她的故事呢？这就是我想说的，一种属于小说，或我们所经历的这二三十年小说，读小说，写小说，否证小说，但在我，它不可能是《星际穿越》，或《地心引力》那颗被陨石打爆的人造卫星。

我在一个叫"火旺教授"的人的虚构文章，看到这一类话语：

> 隐写术（Steganography）的起源可以追溯到动物界和植物界中存在的"拟态"，它被证明是一种很好的保护自身种族繁衍的方式。与加密技术相比，隐写术的主要特点包括：隐藏传输的信息是嵌入在一个看似无关联的载体上进行。换句话说，隐写术的概念能被恶意程式用来暗藏资讯物、更能借其夹带特性，在资本廊道窄化的情况下，构成其他经济空间的可能。在这里，一切的节点访问都具有可扩增性，一切的网页链接都是随机生成，你可以使用不同工具对"各种媒体类型"执行隐写（包括：Hiding Glyph、Vecna、TrueCrypt），例如 Vecna 是以随机方式将添加的信息分散到图片中，能利用自己的随机数字生成器实现数据的相对混乱级别。还值得一提的是，该应用程序用来隐藏数据的技术也可以用来在图片中存储所有类型的数据，包括文本、Portable Data Format（PDF）、甚至其他图片。而 TrueCrypt 不仅能够隐藏文件，还能够隐藏整个操作系统。简单来说，假如我在网路主流影像空间中开

设一个视觉长廊，Vecna 这类程式能让每一帧影像都藏匿
另一个档案、那 TrueCrypt 便可能藏匿另一个机构，甚至
我们可以尝试用以不同隐写技术来建构出一种不断延展的
文化容器的存在。

我觉得此人该来参加字母会。
或是这样一段（赖火旺）：

　　这种多重屏幕的受众想象，即是在相同空间中同一用
户可能接受不同频道的阅览关系而设定。"隐蔽走廊"就
像全球娱乐节目的镜像，你能见到一批穿戴纸模头套进行
美食评论的无名者，或是顶着难以辨识的复合元素、记录
昆虫生态，主持人澄清这不是科幻片，并告诉你——他正
在资讯化成一只纸巢蜂（Polistes fuscatus）。更有《反真
相》这样的新闻频道，播报者每周化身为不同装扮的游标
（Cursor）、坐在各大新闻页面中像睡前童话那样亲昵地告
诉你"这世界其实没有真相。"尽管人类是一种善于辨认
脸孔的动物，但还是有大约 2% 的人具有某种缺陷。"隐蔽
走廊"上的人不是疯子，他们仅是一群热衷去除社会身份、
一群尝试贩卖颜值操作外文化运作的新形态经济劳动者。

　　他应该加入字母会的。事实上他是在 Medium 书写，他虚
构着许多不存在的网络社群，像是《黑镜》那样的，平庸者踩
脚踏车以交换时间货币，也许可能储存一定量后，购买自由，

或公众"知道"你这个人的社群存在感。或者这正是一个"去除作者执念",所有内容物像 youtube 那样由链接法则,一大串提供内容者无关紧要,无人在乎作者名字的无限"追忆逝水年华"的文章,不是坟场,而是大批的网路书写蚁民。

网路的四面八方,一个被填满兆兆兆级的情感自动化脉冲、事件的巨量呕吐物储化槽、于是没有时间这件事,而是关于速度的存有论。一种对于思考贱民的大解放:所有人都在敲击键盘,都在点滑鼠,就是这世界有网路发生了。一种属于速度的时间暴力感,"不在现在存在,它将连过去都不是"。这时,我二十多岁时,想象"小说"是一列挂着极长极长车厢,在旷野、铁轨上、朝一个方向驶去的,虽说是移动中的,但究竟有个纵线,或量子态的叠加、一种时光中的加挂。譬如我们字母会,还是需要二十六次的书写发动。或说,还是要有童伟格的、陈雪的、淑雯的、颜忠贤的、崇凯的、我的、怡帆的。或是我自己的小说,所谓长篇,譬如《女儿》,它可能是三四十个不同章节,我希望它被阅读成一种同时交响的奏鸣,但真实上,以个体肉身和时间所可能做到的,它还是在劳作中,一节车厢一节车厢打造,这一次的八分钟,这一节车厢里能够做什么?一场张爱玲、一场伯格曼?一座纯真博物馆?一场西北雨?一场西夏骑兵军在沙漠中的冲杀?一个读书会,四个成员上来上去,他们互相交配,并且逃脱出下一列车厢可能是那位他们找不到的大小说家的一部从别人壁炉里干来的长篇?

列车的意象如此显得古典又老旧,但我近乎固执地愈相信这个就是我的"此生，而未必有未来"的小说之诗。很像有些阿北他就是爱装腔作势收藏黑胶唱片。不是因为书本出版形成的"切断""一个完整的小说"造成的运载，或好像在时光中前进的幻觉，或是化学键或常常数学方程式的现代金属移动剧场的懒怠、便宜行事。而是说，在我读到巴塔耶这篇《外书写》之前，其实从凯麟的文章，伟格的《童话故事》，或是字母会的操练，好像就要将我自成宇宙的，过去二三十年的书写时光，某一节进入到"梦忍术"或"轮回天生之术"，一切重力改变，粒子态的幻觉被瓦解，很奇怪的磷火去黏附到他人坟冢的骨骸，烧灼出腥臭、痛苦、也许有激爽。但这如何能承受？如果不以列车的"它恒在行驶"，作为那个老邦迪亚梦中一列列打开门进入下一列的，梦境最底层确定这一层是真的之陀螺仪，那梦外再翻出去、再翻、再翻，如何能不疯狂？或死去？

其实我有点被这"外"啊"内"的搞晕了，字母会五年下来，凯麟很像变态的剥皮大师，"不在场""死亡""赌注""零""逃逸线"，我想几位顶尖小说家或和我一样，经历了被剥皮，然后如纳粹变态女魔头把自己的（写小说的那个自觉的一层）人皮做成灯罩，违反其原来的形态印象，或是追踪其晕糊侵染、说不出脏污的光晕，或是这个剥皮的疼痛，量子态将其变频成电音，或是《白色旅店》那每一个被这个时间括弧内被惊异巨量化的大屠杀，但仍要追问个体独一无二之诗，独一无二个体内在的色情春梦。凯麟说还不够，但我不觉得不够。我也没有觉得超过或逸出了这些诡谲、奇异的哲学剃刀能触摸书写边界之外——就是这些幽灵般的，对所有书写行动残酷地拉下铁卷门，"你不是书写"，"这还是过去而非未来的书写"，"这还是在已知的小说旧大陆的圈地"，像最刁蛮的妖妇，无论你想出什么样的性爱激爽奇技、给她偷吃什么迷幻苍蝇水、鞭打、滴蜡烛、窒息性爱，她都全身汗珠，说"这不是真的性爱！这远远不是！"——说实话，我有时怀疑，除非一死（这个写小说身份的我自杀，或杀了那个哲学家身份的K老师），何以可能"假谛"的确定一个"写小说"的幻觉？但我说的不是这种"反过来的一千零一夜"，以前我想的是说故事阻止那变态国王大屠杀的天才王妃，但我发觉凯麟所打开的字母会，像是如何升级进化成不被王妃一千零一，不，一万，十万种说故事奇淫技巧所蒙骗，那个一定要直视黑暗深渊的变态国王。我说我没觉得不够，也没觉得超溢，而是觉得刚刚好。如果你是个花了二十年在写小说，即使没遇见字母会，也一直在这个"将临-正在临-无法临过-永不受孕"，或"非异性恋脑袋，永不高潮——一种临病，临的虚拟病理学或幻肢狂执"的生理性时间中经历，就知我的意思。他像是电子双缝实验的魔鬼游戏，不看，就是波，一看，就是粒子。一看，就不见了。所以理想的状态是，那列火车必然被炸成烈焰浓烟，一片粉碎，但真正激励人心的时间，是在那无从搜寻的魔鬼手帕后面，才开始延展。但小说家，平庸的小说家，装神弄鬼的小说家，不写的小说家，写了不发表死后交给朋友焚烧但朋友一定会背叛其遗嘱将其发表的小说家，或是，诚实的小说家，我理想态的在座诸位，天才小说家，提出一种以上让人震撼神驰的天才小说家。当他真的一直在我说的，火车这种速

度（而非网路超乎个人的海量，全部，生成速度），十年不辍
写着，二十年不辍写着，三十年不辍写着。他必然会是一个阿
北，不论是《再见，我的书》里那个大江阿北，《2666》里那
个巨人身材的疯了的小说家阿北，或是《伊丽莎白·卡洛斯》
里那个老妇，他会安定照车厢内其他乘客一样，坐在他的那个
位置上。好像只有列车的意象，才可能让他在下一节车厢，每
一节车厢都有一个寻位而坐下，这个只属于他的，移动中他在
其中却是一静置场景的，孤独造出小说的那个坐着的位子。

　　回到那个爱因斯坦的《火车实验》，在火车上的人观看、
感知的两扇对面镜子的光子来回一趟，就是比火车之外的人
所观测到的光子的同样一趟来回，在永远等值的光速里，他会
有一段多出来的时间。如果我在这以火车车厢上的比喻，描
述我们（写小说的我们，而非读小说的我们），我们在一篇短
篇，一本长篇，一列封闭于这趟书写的列车上的时间，它向未
来传输而去。最后我们一定会死去，但死去的时间，在我们全
部觉知的这列小说火车上，理论上说，如果最后这列车的速度
一直增加到光速，最后这列车上的时空会被送至，地面上的那
个时间尺标上的"未来"，而且是一百年后的未来。这件事甚
至不是时光机器，而是物理学上铁硬的定律，我们目前之所以
达不到，是因为要让火车这么大质量的物体移动至光速，需要
无限大的能量，而我们现在的技术，还无法使用那样的能量。
这是我真实的感觉，你会在一个完全不感觉到任何时间的状态
里，那就是你的小说列车，只有你有这个能力，这很像是博尔
赫斯《秘密的奇迹》的盗版，但事实如此，它必然还是一件传

输，它一定会被传输到未来，但因为你在这个停止时刻耗尽愈大的建构能量，你在这列车厢里布置的"无时间之时间"愈大，携带的讯息量愈庞大，有可能你才建好这列火车的内部，你就死了（譬如波拉尼奥，譬如卡夫卡，譬如曹雪芹，譬如普鲁斯特），不知为何，我就是觉得"小说"它无法是一艘太空梭，或一架小型时光机器。它就是庞然巨物的火车，且一定会被传输出去，你在你的秘密车厢时间，让它愈不可能传输，但它一定会被传输，于是那超出我们能委托的国家运输部或太空总署的力量，和那个公式。当它的内禀、质量巨大到超乎这个传递的，火车式无感的诸多人自由上下车，出发，投掷，冲破时空，这一切惯习，这个巨大内装布置的这列火车，它会在那超越我们能力的投掷中，内爆出不可思议的能量，它会造成时间膨胀，以及超越到极未来的跳跃。

套句很像凯麟的话，它是一列"不存在但在未来某个场景，会轰隆冲破电影布幕，驶出的火车"，如同在场的各位。

我又画蛇添足想起一个，我小孩小时候，我读给他们睡前听的童话故事，那本童话绘本叫《喂！下车》。就是有一列奇异的火车，在夜间行驶应该是梦的旷野，火车上原本的乘客只有一个小男孩和他的狗，但他们不断发现有偷渡客偷藏上这列火车。一开始他们抓到一只大象，"喂！下车！这是我们的火车！"但那只大象可怜兮兮地求他们："求求你们不要把我赶下车，人类猎杀我们大象，要取得象牙，我只有躲上你们的火车啊。"他们让那大象成为这列火车的乘客。接着他们发现一只老虎。"喂！下车！这是我们的火车！"连那只大象也变得像原始成员那样气势汹汹赶老虎下车。"求求你们不要把我赶下车，人类猎杀我们老虎，我们已经灭绝了，我只有躲上你们的火车啊。"于是他们又让老虎也加入他们。如此，接着被抓到，被驱赶，然后被同意搭乘这辆火车的有北极熊、丹顶鹤、海狗。总之，都是濒临灭绝的动物。这列火车，以童话故事的教养，它同时是一个冒险，小男孩和他的小狗在这列孩童火车上，可以成为列车长。而它同时收容那些，白日里，真实世界，被人类，这几百年来和火车同样出现的现代技术，统治的这个世界，灭绝掉的那些，原本神秘美丽的野兽，它不只收容它们（如果仅那样，那似乎是个动物园），而是在一个火车的移动之梦，让它们成为那个移动之不存在之境的主人。回到我最初说的，或因我想象力形态的限制，我很难用网路的空间，迷宫，蜂巢，命运交织的城堡，命运交织的酒馆，命运交织的电影院，去想象这样一个，悲哀，但又温柔，而且到未知的远方去流浪的童话。但火车可以让我呈现这样的想象。

在那列火车上，也许正是一片旷野上，那个老诗人放火烧着房子；也许下着整片的西北雨；也许是那个父亲，正要插进他女儿的身体，所有女巫都掩面哭喊："不！千万不！"；也许，一间疯人院，一整列车刚刚屠杀过的男女老幼的尸体；一队骑兵军正准备冲杀，迎接自己身体断裂的死亡；说真话，这世界有时让我觉得我几乎撑不住，几乎就要疯狂，分崩离析，但是这个寂静、笨重、必然驶往未来的火车印象，救了我。

二〇一八年台北艺术大学《未来的书写》研讨会发言稿

无限阅览室
延伸书单

波德莱尔
（Charles Pierre Baudelaire,
1821—1867）
《恶之花》
（Les Fleurs du mal）
一八五七

福楼拜
（Gustave Flaubert,
1821—1880）
《情感教育》
（L'Education Sentimentale）
一八六九

陀思妥耶夫斯基
（Фёдор Михайлович
Достоевский, 1821—1881）
《群魔》
（Бесы）
一八七二

福克纳
（William Cuthbert Faulkner,
1897—1962）
《喧哗与骚动》
（The Sound and the Fury）
一九二九

鲁迅
（1881—1936）
《在酒楼上》
一九二四

卡夫卡
（Franz Kafka, 1883—1924）
《城堡》
（Das Schloß）
一九二二

本雅明
（Walter Benjamin,
1892—1940）
《单向街》
（Einbahnstraße）
一九二八

布鲁诺·舒尔茨
（Bruno Schulz, 1892—1942）
《肉桂色铺子》
（Sklepy cynamonowe）
一九三三

博尔赫斯
（Jorge Luis Borges, 1899—1986）
《小径分岔的花园》
（*El Jardin de senderos que se bifurcan*）
一九四一

鲁尔福
（Juan Rulfo, 1917—1986）
《佩德罗·巴拉莫》
（*Pedro Paramo*）
一九五五

沈从文
（1902—1988）
《三个男人和一个女人》
一九三〇

纳博科夫
（Vladimir Vladimirovich Nabokov, 1899—1977）
《洛丽塔》
（*Lolita*）
一九五五

川端康成
（1899—1972）
《睡美人》
（『眠れる美女』）
一九六一

三岛由纪夫
（1925—1970）
《金阁寺》
一九五六

威廉·戈尔丁
（William Gerald Golding, 1911—1993）
《蝇王》
（*Lord of the Flies*）
一九五四

福尔斯
（John Fowles, 1926—2005）
《魔法师》
（*The Magus*）
一九六五

格拉斯
（Günter Wilhelm Grass, 1927—2015）
《铁皮鼓》
（*Die Blechtrommel*）
一九五九

品特
（Harold Pinter, 1930—2008）
《往日》
（*Old Times*）
一九七〇

米兰·昆德拉
（Milan Kundera, 1929— ）
《生命中不能承受之轻》
（*Nesnesitelná lehkost bytí*）
一九八四

雅歌塔·克里斯多夫
（Kristóf Ágota, 1935—2011）
《恶童日记》
（*Le Grand Cahier*）
一九八六

埃科
（Umberto Eco,1932—2016）
《昨日之岛》
（*L'isola del giorno prima*）
一九九四

鲁西迪
（Salman Rushdie, 1947— ）
《摩尔人的最后叹息》
（*The Moor's Last Sigh*）
一九九五

玛格丽特·阿特伍德
（Margaret Atwood, 1939— ）
《羚羊与秧鸡》
（*Oryx and Crake*）
二〇〇三

巴尔加斯·略萨
（Jorge Mario Pedro
Vargas Llosa, 1936— ）
《酒吧长谈》
（*Conversación en La
Catedral*）
一九六九

聚斯金德
（Patrick Süskind, 1949— ）
《香水》
（*Das Parfum*）
一九八五